TINA FRENNSTEDT
COLD CASE – Das gezeichnete Opfer

AF216793

TINA FRENNSTEDT

COLD CASE

DAS GEZEICHNETE OPFER

KRIMINALROMAN

Aus dem Schwedischen von
Hanna Granz

lübbe

Dieser Titel ist auch als Hörbuch und E-Book erschienen

Vollständige Taschenbuchausgabe
der bei Bastei Lübbe erschienenen Paperbackausgabe

Die Bastei Lübbe AG verfolgt eine nachhaltige Buchproduktion. Wir verwenden
Papiere aus nachhaltiger Forstwirtschaft und verzichten darauf, Bücher einzeln in
Folie zu verpacken. Wir stellen unsere Bücher in Deutschland und Europa (EU) her
und arbeiten mit den Druckereien kontinuierlich an einer positiven Ökobilanz.

Titel der schwedischen Originalausgabe:
»COLD CASE – Väg 9«

Für die Originalausgabe:
Copyright © 2020 by Tina Frennstedt
First published by Bokförlaget Forum, Stockholm, Sweden
Published in German language by arrangement with
Bonnier Rights, Stockholm, Sweden

Für die deutschsprachige Ausgabe:
Copyright © 2022 by Bastei Lübbe AG, Köln
Textredaktion: Anja Lademacher, Bonn
Einband-/Umschlagmotive: © Shutterstock: Yingna Cai |
Bruno Ismael Silva Alves
Umschlaggestaltung: Kirstin Osenau
Satz: hanseatenSatz-bremen, Bremen
Gesetzt aus der Adobe Garamond Pro
Druck und Verarbeitung: GGP Media GmbH, Pößneck
Printed in Germany
ISBN 978-3-404-18403-3

2   4   5   3   1

Sie finden uns im Internet unter:
luebbe.de
Bitte beachten Sie auch: lesejury.de

2004

Max warf einen Blick zurück, trat in die Pedale und lauschte auf das Motorgeräusch. Immer heftiger strömte der Regen herab. Solange keine Scheinwerfer zu sehen waren, war alles gut, alles in Ordnung. Sein Puls beruhigte sich.

Vielleicht waren es nur betrunkene Jugendliche gewesen, die ihm einen Schrecken einjagen wollten. Denn ansonsten waren an diesem Samstagabend ungewöhnlich wenig Autofahrer unterwegs.

Er hörte seinen eigenen Atem in der kompakten Dunkelheit. Die Pedale quietschten. Im Wald neben der Straße rauschte der Wind in den Kiefern.

Kurz vor der nächsten Kurve tauchte hinter ihm wieder das Scheinwerferlicht auf. Erneut schaute er über seine Schulter zurück. Es muss ja nicht dasselbe Auto sein, dachte er. Genau wie beim ersten Mal fuhr es dicht auf, klebte förmlich an seinem Hinterreifen, ohne Anstalten zu machen, ihn zu überholen. Vielleicht war die Sicht zu schlecht.

Eine Minute verging. Das Auto war immer noch hinter ihm, drei, vier Meter entfernt, und hatte das Fernlicht eingeschaltet. Was war das für ein Katz-und-Maus-Spiel?

Durch den Regen erblickte er ein erleuchtetes Fenster neben der Straße. Ein Haus, endlich ein Haus. Vielleicht sollte er anhalten? Er hatte es schon fast erreicht, konnte in die Küche hineinschauen. Das Auto kam jetzt so nah, dass er beinahe das Gleichgewicht verlor. Max trat schneller, spähte zum Fenster, meinte, drinnen die Silhouette einer Frau zu erkennen. Das Bild seiner Mutter Gunnel tauchte vor seinem geistigen Auge auf, er würde sie und seinen Vater am Mittwoch wiedersehen, wenn er vorspielte.

Die Straße beschrieb erneut eine Kurve. Die Müdigkeit, die er früher am Abend verspürt hatte, war verflogen. Er war hellwach.

Das Motorgeräusch wurde leiser, und als er sich umdrehte und in die Dunkelheit zurückstarrte, sah er, dass das Auto gehalten hatte. Die Scheinwerfer waren erloschen. Max bremste, stellte einen Fuß auf den Boden und betrachtete es einen Moment.

Sein langer schwarzer Wollschal war schwer vom Regen und kratzte am Hals. Er warf sich das Ende über die Schulter. Seine orangefarbene Jeans war an den Oberschenkeln bereits völlig durchnässt, und auch durch die Lederhandschuhe drang Feuchtigkeit. Nicht gut für seine Finger. Seine Hände waren steif, und er sehnte sich danach, ins Warme zu kommen und die nassen Sachen auszuziehen.

Die eisigen Regentropfen stachen ihn wie Nadeln ins Gesicht.

Etwas weiter vorn endete die Straßenbeleuchtung, doch dann war es nur noch ein kurzes Stück, bis er abbiegen und auf dem Strandweg die letzten Meter bis nach Hause fahren konnte. Er warf einen letzten Blick zum Auto zurück, sprang auf sein Fahrrad und fuhr wieder los.

Große Tropfen liefen ihm über das Gesicht, sein blondes, halblanges Haar war pitschnass, und er zitterte. Das altmodische Vorderlicht seines Fahrrads schickte einen dünnen Lichtstreifen auf den Asphalt. Der Dynamo surrte.

Wie spät es wohl sein mochte? Um kurz nach eins, als der Pub zugemacht hatte, hatte er sich auf dem Marktplatz von den anderen getrennt. Es war laut und ein wenig chaotisch gewesen. Die anderen wollten weiter, zu einem Absacker nach Malmö, in der Wohnung von einem von ihnen. Vielleicht hätte er doch lieber mitgehen sollen, statt allein im Dunkeln nach Hause zu fahren. Doch er wollte topfit sein, wenn er vorspielte, sonst wären all die Stunden, die er am Klavier verbracht hatte, vergebens gewesen.

Die Fahrradkette rasselte. Er hatte es nicht geschafft, das Rad zur Reparatur zu bringen, ohnehin wollte er sich demnächst ein neueres mit Gangschaltung kaufen.

Der Regen wurde noch stärker, und er leckte sich ein paar mit Schweiß vermischte Tropfen von der Oberlippe. Wieder hörte er das Motorengeräusch hinter sich.

Die Scheinwerfer waren auf ihn und die Bäume gerichtet. Max drehte sich um. Sein Herz klopfte wild. Das Auto kam langsam näher, hielt sich ein paar Meter hinter ihm, wie schon zuvor. Es konnte nicht dasselbe Auto sein. Nicht ein drittes Mal. Der Fahrer blendete zweimal auf, wie um ihm etwas mitzuteilen. Dann wurde es still. Das Auto war stehen geblieben, die Scheinwerfer erloschen. Max fuhr weiter, so schnell er konnte. Sein Herz pochte wie ein überdrehtes Metronom. Zwei Lichtkegel näherten sich von vorn. Endlich kam ihm jemand entgegen, ein Lastwagen. Max bremste, sprang ab, warf das Fahrrad zur Seite. Der Lastwagen kam auf der Gegenfahrbahn auf ihn zu, und er winkte mit beiden Armen, hüpfte auf und ab und rief:

»Stehen bleiben! Stehen bleiben!«

Doch der Lastwagen wurde nicht langsamer. Max winkte noch heftiger, sah der Fahrer ihn denn nicht?

»Stehen bleiben! Hallo, bitte bleiben Sie stehen!«, rief er verzweifelt.

Der Lastwagen verschwand um die Kurve, und um ihn herum wurde es wieder pechschwarz. Vor Kälte klapperten ihm die Zähne. Max schloss die Augen und hob die Arme schützend vors Gesicht, als zwei große weiße Lichtkegel ihn blendeten. Sie schienen ihn direkt anzustarren und blendeten dann erneut auf.

Er hielt den Blick fest auf die Scheinwerfer gerichtet, bereit zu fliehen, und hob sein Fahrrad auf.

Dann sprang er auf den Sattel, beugte sich tief über den Lenker und strampelte, so schnell er konnte. Der Regen beeinträchtigte die Sicht. Er spähte in die Dunkelheit, suchte nach dem Abzweig, doch um ihn herum waren nur Baumstämme und schwarzer Asphalt. Max fuhr im Stehen weiter, um mehr Kraft zu haben. Ein Fuß rutschte ab, und als er weitertrat, ging es ganz leicht, viel zu leicht.

»Oh, verdammt!«, fluchte er.

Die Kette war wieder abgesprungen. Gleichzeitig kam das Auto immer näher, in seinem Rücken blinkten die Scheinwerfer.

Würde er hier je wieder rauskommen?

Er spürte den Stoß gegen seinen Gepäckträger und wurde auf dem Sattel nach vorne gedrückt.

Erst beim zweiten Stoß stürzte er vom Fahrrad und fiel in den Straßengraben. Sein Gesicht wurde in das nasse Gras gepresst. Aus dem Augenwinkel sah er sein Vorderrad, das sich im Scheinwerferlicht drehte und drehte.

Dienstag, 16. April 2019

Es gab nur weniges, was Polizeikommissarin Tess Hjalmarsson wirklich aus der Fassung bringen konnte. Selbst im heftigsten Sturm stand sie mit beiden Beinen fest auf dem Boden. Aber in einem hellen, harmonisch eingerichteten Wartezimmer zu sitzen, in dem Kerzen brannten und meditative Musik aus den Lautsprechern drang, machte sie schrecklich nervös.

Mit der Hand strich sie über das graue Schaffell auf dem Sofa. In einem Regal standen Spielzeug und Kinderbücher. Noch konnte sie einfach gehen, einfach aufstehen und durch die Tür verschwinden. Niemand würde etwas sagen, seine Meinung dazu äußern oder protestieren. Sie hatte niemandem etwas versprochen. Außer sich selbst. Und genau das war so unheimlich. Sie konnte niemanden enttäuschen, außer sich selbst.

Eine Frau trat aus einer Tür weiter hinten im Flur. Tess betrachtete sie. Sie lächelte und schien ganz versunken in ihre eigene Welt.

Tess musste an ihre Schwester Isabel denken, vielleicht hätte sie sie doch bitten sollen, sie zu begleiten. Doch Isabel wusste nicht einmal, dass sie hier war, niemand wusste es. Es war ihr wichtig gewesen, diese Entscheidung ganz allein und für sich zu treffen.

Die Frau trat an die Rezeption, vielleicht bezahlte sie. War sie die Nächste? Am anderen Ende des Flurs öffnete sich die

Tür zum Ausgang. Das Licht, das von draußen hereinfiel, lockte. Tess atmete die frische Luft ein.

Wenn es sich so anfühlte, wenn sie am liebsten davonlaufen wollte, dann war es vielleicht doch nicht die richtige Entscheidung? Tess streckte die Hand nach der schwarzen Lederjacke aus, die neben ihr auf dem Sofa lag.

Fünf Meter, mehr waren es nicht bis zur Tür. Sie wollte gerade aufstehen, als eine blonde Frau im weißen Kittel ihr entgegenkam.

»Therese Hjalmarsson?«

Tess zwang sich zu einem Lächeln. Zu spät, sie konnte nicht mehr entkommen.

Tess drehte sich um und blickte zu der sandfarbenen Fassade des Altbaus hinauf, in dem sich die Klinik befand.

»Das war schon alles«, sagte sie zu sich selbst und sog die frische Kopenhagener Frühlingsluft ein.

Sie folgte der Straße zum Kongens Nytorv und versuchte, nicht weiter über die seltsame Tatsache nachzudenken, dass sie jetzt die DNA eines Unbekannten in sich trug. Ein absurdes Gefühl.

In ihr brodelte eine seltsame Mischung aus Freude und Verwirrung. Sie hatte genau das getan, was sie nie hatte tun wollen. Gleichzeitig war sie stolz auf sich, weil sie ihren Kinderwunsch endlich ernst genommen und selbst die notwendigen Schritte unternommen hatte. Das Problem war nur, dass sie sich so schwer vorstellen konnte, als Schwangere herumzulaufen.

Dennoch war der Wunsch in den letzten Monaten immer stärker geworden, und irgendwann hatte sie sich dabei ertappt, wie sie einen Termin in der Kopenhagener Kinderwunschklinik vereinbarte. Sie durchlief sämtliche Tests und unterschrieb die erforderlichen Formulare, in denen sie beispielsweise auch die gewünschte Größe und Augenfarbe des Spenders angeben musste. Anschließend wartete sie, bis ihr Körper ihr sagte, dass es so weit war.

Der knapp einstündige Besuch in der Kinderwunschklinik war trotz allem ein positives Erlebnis gewesen, sie hatte sich willkommen und gut behandelt gefühlt. Der Raum, in dem die künstliche Befruchtung vorgenommen wurde, war anheimelnd eingerichtet, nichts verbreitete Krankenhausatmosphäre. Niemand hatte ihr das Gefühl gegeben, etwas an ihr wäre falsch, weil sie allein kam, ohne Partner oder Freundin.

»Wir erleben hier alle möglichen Konstellationen«, hatte die Hebamme gesagt und ihr den dampfenden Behälter mit den tiefgefrorenen Spermien gezeigt, die sie ihr einpflanzen würde.

Sie hatte Tess, die mittlerweile zweiundvierzig war, erklärt, dass mindestens zehn Inseminationen notwendig sein würden, bis es eventuell zu einer Schwangerschaft kommen würde. Nachdem sie es rasch im Kopf überschlagen hatte, kam Tess zu dem Schluss, dass sie dann wohl mit etwa fünfzigtausend Kronen rechnen musste. Beim Abschied waren sie und die Hebamme sich einig gewesen, dass es das Beste wäre, wenn sie sich gar nicht wiederzusehen bräuchten.

Es war Dienstagnachmittag, und viele Kopenhagener stimmten sich in den frisch geöffneten Außenbereichen der Cafés und Restaurants auf das bevorstehende Osterwochenende ein. Tess blickte auf Nyhavn herab und auf die Reihen von Stühlen und Tischen entlang des Kanals und der dort vertäuten Schiffe.

Jetzt würde sich alles zum Guten wenden, hatte sie beschlossen. Nachdem sie ihren letzten Fall erfolgreich gelöst hatte und Annikas Verschwinden aufgeklärt war, war es ihr nicht leichtgefallen, sich wieder für die Arbeit zu motivieren.

Das vergangene Jahr war sehr chaotisch gewesen. Ihr Chef, Per Jöns, hatte einen Herzinfarkt erlitten. Bewegungsmangel, ungesunde Ernährung und Lebensführung hatten ihren Tribut gefordert. Und wie in jedem Betrieb entstand sofort Unruhe innerhalb ihrer Abteilung, neue Gesichter tauchten auf und versuchten, sich einen Posten zu sichern.

Tess hatte das ungute Gefühl, dass etwas im Gange war. Sie befürchtete, dass die Neuerungen sich nicht unbedingt zu ihrem Vorteil entwickeln würden. Sie hatte ein Gespür für so etwas. Es war ein Erbe ihrer Großtante Thea und sehr verlässlich. Ein inneres Warnsystem, das einen, wenn man lernte, darauf zu hören, vor so manchem bewahren konnte. Doch in diesem Fall wusste sie nicht, wie sie diese Fähigkeit nutzen sollte.

Was sie wusste, war, dass sie Makkonen hätte Konkurrenz machen und mit ihm um den Titel des Polizeioberkommissars hätte kämpfen sollen, um ihren Verantwortungsbereich als Teamleiterin auszuweiten. Sie hätte ihre Erfolge nutzen sollen, um so ihr Gehalt aufzubessern. Das Problem war, dass sie das gar nicht interessierte, sie hatte keine Lust, in die Chefetage zu wechseln und sich ständig irgendwelchen Machtkämpfen aussetzen zu müssen. Die Speichelleckerei, die dazu notwendig war, lag ihr einfach nicht. Sie wollte echte Polizeiarbeit machen, Angehörige treffen, Ermittlungsprotokolle mit neuen Augen lesen und zu Vernehmungen rausfahren. Tief im Innern wurmte es sie dennoch, dass sie Makkonen das Feld kampflos überlassen hatte.

Privat hatte sie sich dagegen sehr bemüht, endlich weiterzukommen und die Beziehung mit Angela ein für alle Mal hinter sich zu lassen, ein neues Leben anzufangen. Erschwert wurde dies durch die unerwartete Trennung ihrer Eltern, nach der sie sich sehr intensiv um ihren Vater gekümmert hatte, der am Boden zerstört gewesen war. Auch hatte sie sich viel zu lange in ihre Arbeit geflüchtet, statt sich um sich selbst zu kümmern.

Vielleicht war dies der eigentliche Grund, weshalb sie heute in Kopenhagen in der Kinderwunschklinik war. Es war der Versuch, einen neuen Sinn zu finden, etwas anzustreben, das ihr wichtig war.

Sie kam am Hotel d'Angleterre vorbei und beschloss, sich einen Moment auf die Terrasse zu setzen. Die Frühlingssonne wärmte ihr Gesicht, sie hatte keine Eile, ins Malmöer Präsidium zurückzukehren.

Tess spürte in sich hinein, obwohl sie wusste, dass man so schnell nichts merken konnte.

Dies hier war eine der Gelegenheiten, in der sie eine Freundin hätte anrufen können, um die große Neuigkeit zu verkünden, mit der niemand mehr gerechnet hatte. Es gab genau vier Personen, denen sie sich wirklich verbunden fühlte, und eine davon sah sie inzwischen fast gar nicht mehr. Angelas Gesicht erschien vor ihrem geistigen Auge. Wahrscheinlich waren es Situationen wie diese, die einen dazu brachten, darüber nachzudenken, was wirklich wichtig war.

Tess bekam ihren Tee in einer kleinen silbernen Kanne serviert, als ihr Handy in der Tasche ihrer Lederjacke surrte.

»Marie«, stand auf dem Display.

Vielleicht waren es doch eher fünf. Ihre Kollegin, Polizeikommissarin Marie Erling, gehörte wahrscheinlich mit auf die Liste der Personen, die ihr nahestanden.

»Also, so ein Blödsinn!«

Marie hielt sich niemals mit Smalltalk auf.

»Wo bist du?«, fragte Tess.

»In Möllevången, ich führe hier Vernehmungen wegen der Schießerei letzten Donnerstag durch. Ein völlig harmloser Typ wurde angeblich aus heiterem Himmel erschossen, als er zu Hause Geburtstagsgeschenke für seine Mutter einpackte.«

»Ja, klar.«

»Sein Vorstrafenregister ist so lang, dass man damit locker eine Fähre der Scandlines einwickeln könnte.«

Tess verstand Maries Frust nur zu gut. Die Schießereien in Zusammenhang mit der Bandenkriminalität in Malmö waren für sie die schlimmsten Einsätze, die sie sich vorstellen konnte. Kein Wunder: Die Chance, diese Vorfälle aufzuklären, war minimal, und inzwischen verlagerten sie sich immer mehr Richtung Zentrum, ins »schickere« Malmö. Da nutzte es wenig, dass die Verbrechen – meist Vergeltungsschläge der einzelnen Banden untereinander – den Alltag der übrigen Bevölkerung selten beeinträchtigten.

»Außerdem«, sagte Marie, »bin ich dadurch einem Team zugeordnet worden, das einen frischen Mord am Hals hat. Kannst du mich da nicht raushauen? Unter Makkonen zu arbeiten macht mich wahnsinnig!«

»Ja, ich hoffe, da tut sich bald etwas«, sagte Tess.

Marie, die eigentlich zu ihrem Cold-Case-Team gehörte, war vorübergehend für die Mitarbeit in der allgemeinen Mordkommission unter Leitung des frisch gekürten Polizeihauptkommissars Ola Makkonen freigestellt worden. Eine Art Umverteilung der Ressourcen, die zu Tess' Ärger immer häufiger vorkam.

»Und was machst du so? Kommst du heute noch rein?«

Tess fühlte sich plötzlich wie ein kleines Mädchen, das die Schule schwänzt. Mitten in der Woche saß sie mit ihrem großen Geheimnis auf der Terrasse des Hotel d'Angleterre und genoss die Sonne.

»Vielleicht später. Ich habe heute eigentlich frei.«

»Bist du krank?«

»Nein, ich habe einfach nur frei, ich musste noch etwas erledigen.«

»Mal was anderes: Willst du wissen, wie das Date war?«

Oh nein, dachte Tess, nicht schon wieder.

Seit ihrer Scheidung war Marie zu einer der wahrscheinlich emsigsten Tinder-Daterinnen Südschwedens geworden. Bald würde sie sich die Finger verbinden lassen müssen, so abgenutzt mussten sie vom Swipen sein. Und sie hielt mit den Erfahrungen, die sie dabei machte, nicht hinterm Berg.

»Habe ich eine Wahl?«

»Nein. Aber du wirst dich freuen, ich bin nämlich gar nicht hingegangen. Die Kleine hatte Fieber, und Tomas kommt nicht mit allen dreien zurecht, wenn eins von ihnen krank ist. Aber dieser Sebbe, den ich Mittwoch getroffen habe …«

Marie lachte.

»Also, ich weiß ja, dass du dich mit so etwas nicht auskennst, aber hast du schon mal vom Nervösen-Schwanz-Phänomen gehört?«

Tess warf einen Blick zum Nachbartisch, doch Marie erwartete gar keine Antwort.

»Er war wirklich richtig süß und einfühlsam, aber es klappte einfach nicht. Jetzt habe ich mich belesen und habe gelernt, dass so etwas gerade dann vorkommen kann, wenn echte Gefühle mit im Spiel sind. Dann geht plötzlich gar nichts mehr. Seltsam, bei mir ist das anders.«

Marie redete und redete, und Tess glitt in ihre eigenen Gedanken ab. Ihr Blick fiel auf ein Paar mit Kinderwagen, das auf dem Gehweg vorbeischlenderte.

»Also zwei Nieten in einer Woche. Aber auch ein abgesagtes Date ist ein Date. So, jetzt muss ich leider auflegen. Frohe Ostern!«

Unglaublich, dachte Tess, nachdem sie aufgelegt hatten. Marie gelang es immer wieder, es so erscheinen zu lassen, als wäre Tess diejenige gewesen, die sie angerufen und um Auskunft über ihre letzten Dates gebeten hätte.

Tess zahlte, stand auf und ging Richtung Ströget und Rådhusplatsen, um von dort aus mit dem Zug nach Malmö zurückzufahren.

Die Ehefrau

Ein Milan flog über die Wiese. Das milde Aprilwetter hielt an, und die Schneewehen, die Österlen vom Rest der Welt abgeschnitten hatten, waren endlich verschwunden. Ganz anders als im letzten Jahr, als ein plötzlicher Schneesturm an Ostern eine weiße Decke über die Gegend gebreitet hatte. Hier in der Gegend erinnerten sich alle noch sehr gut daran.

Ziellos wanderte sie über die Landstraßen, sog den Duft der Wiesen und frisch gepflügten Äcker ein. Wenigstens die frische, herrliche Landluft gab es noch. Das meiste andere um sie herum hatte sich verändert.

Es war ihr viertes Frühjahr in Österlen. Jetzt brach die Zeit an, in der die entlegenen Winkel sich belebten und die Häuser im Ort sich füllten. Sie hatte gelernt, mit den Jahreszeiten zu leben und mit den Gewohnheiten, die sie prägten. Nach einem langen, harten und stürmischen Winter begann man wieder, sich zu besuchen. Erwartungsvoll und zuversichtlich blickte man auf Ostern und auf den Sommer. Kleine rot-gelbe Kugeln wiesen an den Kreuzungen den Weg zu den Häusern der Künstler und den Galerien. Jetzt pilgerten die Touristen in Strömen herbei, und Teile des Jahreseinkommens wurden gesichert.

Sie selbst fühlte sich einfach nur leer.

Ausgebrannt und eingesperrt. Ihr Leben, ihr Projekt, ihr Traum von einem ruhigeren Leben hatte sich anders entwickelt als gedacht. Völlig anders.

Es war ihr Mann gewesen, der sie gedrängt hatte, aufs Land zu ziehen, ausgerechnet nach Österlen. Und nachdem sie das Haus entdeckt hatten, ein unwiderstehliches Angebot, hatte es kein Zurück mehr gegeben. Die vielleicht einzigen einigermaßen erträglichen Kindheitserinnerungen ihres Mannes waren mit diesem Teil Schonens verbunden. Sie umfassten die kurze Zeit, in der seine Familie hier gelebt hatte, bevor sein Vater die Koffer gepackt und sie verlassen hatte, um wieder in den Norden zu ziehen. Bevor seine Mutter krank geworden war und anfing, sich selbst und ihrer Familie zu schaden, sodass sie in die Psychiatrie eingewiesen werden musste. Bevor alles so endete, wie es das in solchen Fällen immer tat: in Chaos und immer neuen Inobhutnahmen.

Sie selbst war skeptisch gewesen, ob der Umzug eine gute Idee war. Für sie war Österlen lediglich eine einsame Gegend, die einmal im Jahr für ein paar Wochen aufblühte. Ein Ort, an dem Künstler sich um die Wette bemühten, das ach so berühmte Licht einzufangen. Man hatte sie vor der Schwermut gewarnt, die im November über diesen Landstrich hereinbrach. Dann musste man sich darauf verlassen können, dass das Leben in allen Bereichen gut funktionierte.

Doch am Ende war es ihrem Mann gelungen, sie zu überzeugen, indem er ihr ein ruhigeres, erfüllteres Leben als im stressigen Malmö versprochen hatte. Naturnah, mit mehr Zeit für die Familie. Und er würde wieder Zeit zum Malen finden, könnte seinen Traum von einem kreativen Leben verwirklichen.

Wäre sie nicht so verzweifelt gewesen, hätte sie der Gedanke an ihre naiven Träume zum Lachen gebracht. Denn es war völlig anders gekommen. Das Bild, das sie vor sich gesehen hatte – wie sie beide ein altes Haus renovieren, in modischen Gummistiefeln herumlaufen und zwischen Stockrosen und malerischen Glasveranden ein ökologisch korrektes Leben führen würden – hatte sich als trügerisch erwiesen. Nie zuvor in ihrem Leben hatten sie häufiger mit dem Auto fahren müssen, und am Ende mussten sie sich sogar noch einen Zweitwagen anschaffen, um den Alltag einigermaßen geregelt zu bekommen.

Die Entfernung zu allem und jedem machte sie fertig. Egal, wohin man wollte, es dauerte mit dem Auto mindestens eine Stunde. Der öffentliche Nahverkehr war schlecht ausgebaut, sodass viel Organisationstalent gefragt war, denn die Kinder mussten zu all ihren Aktivitäten mit dem Auto gefahren werden. Hinzu kamen die Dunkelheit, die Stille und nicht zuletzt die Wildschweine, die den Garten verwüsteten.

Außerdem ging es ihnen finanziell schlechter, obwohl sie und ihr Mann öfter und mehr arbeiteten als je zuvor. Erst kürzlich war ihr klar geworden, dass er vielleicht sogar ganz froh war, sich hinter seiner Arbeit verstecken zu können. Ihre eigenen Ängste und Sorgen wuchsen dagegen ins Unermessliche. Im Herbst war sie »zusammengeklappt«, wie man das wohl nannte. Mit hohem Fieber wurde sie in die Notaufnahme in Kristianstad gebracht. Dahinter steckte kein einzelnes Ereignis, sondern die ständigen kleinen Stressfaktoren. Tief in ihrem Innern wusste sie, dass einer der Gründe die getrennten Leben waren, die sie inzwischen führten.

Sie hatte angefangen zu ahnen, dass der Umzug lediglich ein weiterer Schritt auf seiner inneren Reise zurück in die Kindheit gewesen war. Eine Art Wiedergutmachung, ein Versuch, die Erinnerungen zurückzuerobern und sie heller zu machen. Mit jedem Tag hatte sie sich mehr auf eine Requisite in seinem Lebensprojekt reduziert gefühlt. Das Einzige, worüber sie inzwischen noch nachdachte, war, wie sie da wieder herauskommen konnte. Sie würde hier keinesfalls noch einen weiteren Winter verbringen, das zumindest hatte sie sich selbst geschworen.

Die Straßen von Malmö leerten sich in Erwartung des langen Wochenendes. Durch das Taxifenster fiel Tess' Blick auf die als Osterhexen verkleideten Kinder, die schon vorzeitig zu feiern begonnen hatten. Das Taxi hielt an einem Zebrastreifen. Über die Schulter des Fahrers sah Tess zwei Frauen, die Hand in Hand die Straße überquerten.

Es dauerte einen Moment, bevor sie begriff, um wen es sich handelte. Dann wurde ihr eiskalt.

Zum ersten Mal seit ihrer Trennung sah sie Angela mit einer anderen Frau. Als das Taxi anfuhr, drehte Tess sich um und folgte dem Paar mit dem Blick.

Eine blonde Frau ging an Angelas Seite. Tess kannte sie nicht, zumindest glaubte sie das.

Sie schloss die Augen, seufzte und lehnte sich auf dem schwarzen Ledersitz zurück. Konzentrier dich auf dein eigenes Leben, sagte sie sich selber und überlegte, wie Angela wohl reagieren würde, wenn sie wüsste, dass sie in der Kinderwunschklinik in Kopenhagen gewesen war.

Die Frühlingssonne spiegelte sich im Kanal unter der Carolibrücke, als sie in die Porslinsgatan Richtung Polizeigebäude einbogen.

»Sind Sie Polizistin?«, fragte der Taxifahrer, als er hielt.

»Ja.«

»Sie müssen da unbedingt etwas unternehmen, das geht so nicht weiter.«

»Was meinen Sie?«

»Alles. Die Gewalt. Ich traue mich schon gar nicht mehr, abends noch zu fahren. In den letzten Monaten bin ich zweimal ausgeraubt worden.«

Der Fahrer namens Yassin zeigte auf seinen Hals.

»Hier. Hier haben sie mir das Messer drangehalten. Und dann kann man nichts machen, dann gibt man ihnen das Geld. Das kann doch nicht so weitergehen!«

Tess erklärte ihm, dass sie alles täten, um die Situation zu verbessern. Was sonst sollte sie ihm auch sagen?

Yassin schüttelte skeptisch den Kopf.

»Dann hoffen wir mal, dass es hilft, denn sonst muss ich mir eine andere Arbeit suchen.«

Durch die Drehtür ging Tess in Richtung Rezeption. Inzwischen wagte sie außerhalb des Dienstgebäudes kaum noch zu sagen, was sie beruflich machte.

Vor allem in den letzten Jahren hatte sich einiges verändert. Obwohl Malmö laut einer Studie inzwischen wieder deutlich sicherer war als noch vor einiger Zeit und es weniger Gewalttaten gegen die allgemeine Bevölkerung gab, sprachen doch alle über nichts anderes mehr. Außerdem wurden Bandenrivalitäten jetzt häufig in der Nähe der »normalen Bürger« ausgetragen. Viele Malmöer hatten einfach genug und äußerten dies auch lautstark.

Tess nahm den Aufzug zur Abteilung Gewaltverbrechen, wo sie erwartete, von vorfeiertäglicher Stille empfangen zu werden. Doch zu ihrer Verwunderung eilten noch immer zahlreiche Kollegen geschäftig durch die Gänge.

An einem der Schreibtische im Cold-Case-Büro saß Rafaela Cruz, das neueste Mitglied in ihrem Team. Immer wieder ertappte Tess sich dabei, ihre Anwesenheit nicht richtig wahrzunehmen. Erst wenn Rafaela aufstand, nahm sie mit ihren eins fünfundachtzig wirklich Raum ein, ansonsten bemerkte man sie kaum. Was Tess über sie wusste, ließ sich an den Fingern einer Hand abzählen. Ihre trainierten Oberarme zeigten aber deutlich, dass sie persönliche Bestergebnisse von hundertdreißig im Bankdrücken erzielte und die Polizeimeisterschaften in dieser Kategorie gewonnen hatte. Tess, die selbst bei etwa siebzig lag und damit auch ganz zufrieden war, war jedes Mal beeindruckt, wenn sie Rafaela im hauseigenen Fitnessstudio zusah.

Ansonsten war Rafaela eine schweigsame junge Frau mit lateinamerikanischen Wurzeln, aus der Tess nicht recht klug wurde. Schwer durchschaubar, aber sehr beharrlich, sie hatte sich mächtig ins Zeug gelegt, um Teil des Cold-Case-Teams zu werden. Ihre Beweggründe waren Tess zunächst schleierhaft gewesen, doch dann hatte sie erfahren, dass Rafaela persönliche Erfahrungen mit unaufgeklärten Fällen hatte. Ihr älterer Bruder war in den Neunzigerjahren in einer Pizzeria in Lund erschossen worden, und niemand war für die Tat verurteilt worden. Solche privaten Erfahrungen konnten sich sowohl positiv als auch negativ auf die Arbeit auswirken – bei Rafaela war sie sich da noch nicht sicher. Aber Tess war dankbar für jede zusätzliche Kraft, die ihr zugestanden wurde.

Nachdem 2010 die Verjährungsfrist aufgehoben worden war, erhöhte sich die Anzahl abgelegter Fälle, in denen weiter ermittelt werden konnte, jedes Jahr. Allein in Schonen war man inzwischen bei über hundert Fällen, zahlreiche bandenbezogene Straftaten drohten mit der Zeit ebenfalls in dieser Kategorie zu landen. Viele würden sich wohl niemals aufklären lassen. Tess führte eine Liste von etwa zwanzig alten Fällen, bei denen man mithilfe neuer DNA-Analyseverfahren vielleicht zu neuen Erkenntnissen kommen würde. Jede Woche befassten sie sich mit mehreren dieser Fälle, wobei sie sich streng an der Liste orientierten.

Ihre persönliche Wunschliste sah allerdings noch ganz anders aus. Die befand sich in dem grünen, ledergebundenen Buch, das sie überall mit sich herumtrug, um sich jederzeit Notizen machen zu können. Unter diesen Fällen befanden sich der brutale Mord an dem Ehepaar Liedberg auf Råå, in der Nähe von Helsingborg, sowie der Fall Lena Bergholm und noch ein paar weitere.

Die technischen Möglichkeiten entwickelten sich zu ihren Gunsten. Seit dem Jahreswechsel ermöglichte ein neues Gesetz es dem Nationalen Forensischen Zentrum, NFC, in Fällen, in denen es keine Tatverdächtigen gab, anhand von DNA-Spuren Familienangehörige ausfindig zu machen.

Es war ihr nicht vergönnt gewesen, die Erste zu sein, die diese Möglichkeit erproben konnte. Die Kollegen in Göteborg waren schneller gewesen, ihnen gelang es anhand eines solchen Tests, einen alten Vergewaltigungsfall an einem jungen Mädchen aufzuklären. Tess freute sich dennoch über den Erfolg und hoffte, bald Gelegenheit zu bekommen, die neue Methode selbst zu nutzen.

Seit sie dem Team zugeteilt worden war, hatte Rafaela Cruz viel Zeit darauf verwendet, alte Ermittlungsprotokolle zu lesen. Tess war beeindruckt von ihrem Einsatz. Darüber hinaus bewies ihr Neuzugang ein gutes Gespür dafür, wie man sich den Altfällen am besten näherte, die richtigen Details und bisher unbeachteten Zusammenhänge fand.

Tess trat zu ihr.

»Wie läuft es im Liedberg-Fall? Hast du einen Anhaltspunkt gefunden?«

Überrascht blickte Rafaela auf. Sie war anscheinend so in ihre Papierberge vertieft gewesen, dass sie gar nicht bemerkt hatte, dass jemand hereingekommen war.

»Ich glaube, ich habe in einer der Zeugenbefragungen einen Hinweis auf ein Auto entdeckt, der bisher nicht beachtet wurde und vielleicht noch mal überprüft werden sollte.«

Tess schaute ihr über die Schulter. In dem Bericht wurde ein blaues Auto erwähnt.

»Ja, das hätte längst jemand machen müssen. Bravo. Schau mal im zentralen Fahrzeugregister, ob du herausfindest, wer zum entsprechenden Zeitpunkt Besitzer des Wagens war.«

Rafaela richtete sich auf.

»Mir fällt es schwer, das so liegen zu lassen. Und vom Computer zu Hause lassen sich die zeitlichen Abläufe schlecht nachverfolgen, wenn alle wichtigen Ordner hier im Büro sind. Ich werde wohl auch am Wochenende immer mal hier sein.«

Tess nickte. Noch nie hatte sie die Kollegin so lange an einem Stück reden hören.

»Das verstehe ich. Ich werde mir selbst auch einen dicken Ordner mit nach Hause nehmen.«

Rafaela verzog das Gesicht.

»Auch wenn ich aus Paraguay komme, so groß feiere ich Ostern nicht.«

Tess klemmte sich die Bergholm-Akte unter den Arm.

»Ich auch nicht, obwohl ich in Västerhamn wohne«, sagte sie und grinste.

Als sie auf dem Flur stand, sah sie, wie ihre neue Chefin, Sandra Edding, weiter hinten im Flur ihre Bürotür abschloss, ein kleiner schwarzer Reisekoffer stand neben ihr. Noch nie hatte Tess sie so gesehen, ohne Kostüm, in weißen Turnschuhen, Jeans und dickem schwarzem Pullover. Sie sah darin viel jünger aus als fünfundvierzig.

Tess fühlte sich in ihrer Gegenwart verunsichert, ein ungewohntes Gefühl für sie. Sie ahnte, dass Sandra Edding eingesetzt worden war, um durchzugreifen und umzustrukturieren. Und sie war sich nicht sicher, wie ihre Einstellung zu den alten, auf Eis gelegten Fällen war. Aber sie wusste, dass sie in ihrer vorherigen Position in Stockholm als eine Art Star gefeiert worden war und dass man sie hier ebenfalls so sah.

Als sie vor ein paar Monaten in der Abteilung für Gewaltverbrechen als die Vertretung von Per Jöns vorgestellt worden war, hatten die jüngeren Männer sich vielsagend angeschaut. Tess vermutete, dass Sandra Edding es gewohnt war, als gutaussehend betrachtet zu werden. Sie schien völlig unberührt von den Blicken, die ihr zugeworfen wurden. Tess hatte gehört, dass sie ihren Mann und ihre Tochter sowie den Sohn ihres Mannes an den meisten Wochenenden in Stockholm besuchte. Sie hatte in verschiedenen Ländern bei der Aufklärung internationaler Verbrechen mitgearbeitet, unter anderem in Frankreich. Dort, in Le Havre, hatte sie auch ihren Mann kennengelernt. Gerüchten zufolge war er entfernt mit dem Stifthersteller Edding verwandt und wahrscheinlich recht wohlhabend.

Tess nickte ihr zu. Im selben Moment tauchte Marie Erling auf.

Sie blickte Sandra hinterher, die in den Aufzug stieg.

»Treffen mit Merkel?«

Tess schüttelte den Kopf.

»Hast du mich raushauen können?«

»So schnell geht das nicht.«

»Ich fahre nicht noch mal zu einer Schießerei raus, lieber melde ich mich krank.«

Tess folgte Marie zum Aufzug.

»Gestern habe ich den ganzen Tag nicht den Mund aufgemacht. Keinen Piep habe ich gesagt. Makkonen ist beinahe ausgerastet. Ich habe behauptet, ich hätte eine Nussallergie, mein Hals sei zugeschwollen und meine Stimmbänder blockiert. Weiß gar nicht, ob es so was gibt, muss ich mal googeln.«

Tess betrachtete Marie. Die Scheidung hatte sichtbare

Spuren hinterlassen. Jedes Schwangerschaftskilo nach der Geburt ihrer Tochter Tilde und noch ein paar mehr hatte sie wieder verloren. Und wenn sie früher schon launisch gewesen war, so hatte sich dieser Wesenszug im letzten halben Jahr noch verstärkt. Tess fürchtete, dass sie immer noch in der Schockphase war. All die Dates, die sie wöchentlich absolvierte, kamen ihr als Außenstehende eher wie Fluchtversuche vor.

Die Initiative für die Trennung hatte Marie selbst ergriffen, nachdem sie mehrere Jahre das Gefühl nicht losgeworden war, die Beziehung plätschere nur noch so dahin. Vielleicht hatte sie damit gerechnet, dass ihr Mann Tomas sie auf Knien anflehen würde, gemeinsam zu versuchen, die Beziehung zu retten. Stattdessen hatte er die Tür, die sich einen Spaltbreit geöffnet hatte, weit aufgerissen und war gegangen. Offenbar, und ohne je den geringsten Hinweis darauf gegeben zu haben, war er ebenfalls unzufrieden mit ihrer Beziehung gewesen. Es war alles ganz schnell gegangen, und am Ende stand Marie unversehens mit einem Alle-zwei-Wochen-Leben da, das sie zutiefst verabscheute.

Tess war drauf und dran, ihr zu erzählen, dass sie ihre Exfreundin Angela Hand in Hand mit einer anderen gesehen hatte, hielt sich aber zurück. Sie wollte nicht darüber reden.

»Was hast du Ostern vor?«, fragte sie Marie stattdessen.

»Ist es schon so weit?«

»Übermorgen. Für die meisten beginnt es mit Gründonnerstag.«

Marie hob abwehrend die Hand.

»Lass uns nicht darüber reden.«

Tess sah ihr nach, bis sie über den Gang verschwunden war.

Sie selbst hatte ebenfalls keine großartigen Pläne für das lange Wochenende. Ihre Schwester Isabel und Familie hatten zu sich eingeladen, da würde sie wahrscheinlich hingehen. Ihr Vater, mit dem sie die Feiertage im letzten Jahr begangen hatte, damit er nicht allein war, hatte sich Hals über Kopf in eine Frau namens Eva verliebt und war nun rund um die Uhr beschäftigt. Und ihre Mutter war mit Freundinnen zu einer Weinverkostung nach Südfrankreich gefahren. Die meisten anderen Menschen um sie herum waren jeweils mit ihren eigenen Familien beschäftigt, wie man das ab vierzig eben war, und eine eigene Familie hatte sie nicht. Noch nicht.

Tess überlegte, wie ihr Leben nächstes Ostern wohl aussehen würde. Leichte Panik ergriff sie. Vielleicht hatte sie dann ein Kind zu versorgen? Und ihre übliche Vorgehensweise, kurz vorher noch abzuspringen, wenn etwas nicht passte, schien in diesem Fall keine gangbare Lösung zu sein.

Mittwoch, 17. April

Mischa Lindberg schloss die Badezimmertür und ging barfuß über den kalten Steinfußboden. Sie war nervös wegen der Vernissage am Karfreitag und fand keine Ruhe. Seit Tagen schon fühlte sie sich so rastlos. Natürlich war sie gespannt, wie ihr Lebenswerk »The End« beim Publikum ankommen würde.

Doch da war noch etwas anderes. Sie fühlte sich beobachtet. Sobald sie aus dem Haus ging, sei es zum Einkaufen oder auch nur, um auf dem Hof etwas zu erledigen, kam es ihr vor, als sähe ihr jemand zu. Am Morgen, als sie im nebligen Garten gelbe Osterfedern in den Apfelbaum gehängt hatte, musste sie sich umdrehen, so fest war sie davon überzeugt gewesen, dass jemand hinter ihr stand. Doch das einzige Lebewesen in der Nähe war der kleine Star oben auf dem Dachbalken, der zu ihr herabsah.

Am Abend, als sie ihr Atelier aufgeräumt hatte, war dieses Gefühl erneut da gewesen. Es hatte sich angehört, als schlüge eine Tür auf der Rückseite der Scheune im Wind, und als sie hinging, um nachzusehen, hatte sie wieder das Gefühl gehabt, da wäre jemand.

Vielleicht lag es ja auch nur an der hohen Arbeitsbelastung und dem Druck, vor Ostern mit allem fertig werden zu müssen.

Mischa gähnte und löschte in der Küche das Licht.

Intensive Tage lagen vor ihr, und sie brauchte eine Nacht mit langem, tiefem Schlaf.

Sie ging ins Schlafzimmer, zog den schweren Samtüberwurf vom Bett und kroch unter die Decke.

Vor sich sah sie ihr Kunstwerk »The End« und verspürte plötzlich eine Art Trennungsschmerz. Nach zehn Jahren Arbeit sollte das Bild dem Publikum zugänglich gemacht werden, wenn am Karfreitag die Galerie Factory ihre Türen öffnete. Bis jetzt war es ganz allein ihr Baby gewesen, wenn auch ein zwei Meter großes, und selbst wenn niemand das Ölgemälde kaufen würde, der Zauber wäre zerstört, sobald sie es mit anderen teilte.

In gewisser Weise hatte dieser Prozess bereits begonnen. In der letzten Woche hatte sie es mehrfach in den Medien präsentiert, sowohl das Fernsehen als auch Zeitungen waren daran interessiert gewesen. Eine Künstlerin, die mit ihrem letzten Menstruationsblut malte, erregte Aufmerksamkeit. Doch das war nicht der Grund, weshalb sie es getan hatte. Wenn sie provozieren, auf Unrecht oder mangelnde Gleichberechtigung hinweisen konnte, sollte ihr das recht sein, aber ansonsten hatte sie keinerlei Interesse an öffentlicher Aufmerksamkeit. Es war einfach ihr Beitrag, wenn es darum ging, den Missstand anzuprangern, dass ein großer Teil im Leben einer Frau versteckt und unsichtbar gemacht wurde.

Ein zweigeteiltes Ölgemälde, ein hellblau schimmernder Himmel und eine gelbe Heidelandschaft, die durch eine Meereslinie, gemalt mit Blut – ihrem Blut – voneinander getrennt wurden. Vorher und nachher. Hatte sie bei ihrem Ex-Mann Andy eine gewisse Eifersucht wegen der großen Aufmerksamkeit gespürt, die sie im Rahmen der bevorstehenden Konstrundan, dem jährlich in Schonen stattfindenden Kunstfestival, erhielt? Kleine Sticheleien wegen des Medienhypes? Sie konnte es ihm nicht verdenken. Es war nicht leicht, als Künstler über die Runden zu kommen. Doch ihr

Werk würde ja auch andere Kunden in seine Galerie locken. Er konnte also eigentlich zufrieden sein.

Sie nahm das oberste Buch vom Stapel auf ihrem Nachttisch. Joyce Carol Oates. In letzter Zeit war sie nicht häufig zum Lesen gekommen. Ein wenig zerstreut blätterte sie bis zum Eselsohr und begann zu lesen. Nach ein paar Sätzen fiel plötzlich weißes Licht von draußen in ihr Schlafzimmer. Sie nahm das Buch herunter und legte es auf ihrem Bauch ab. Dann schaute sie zum Fenster. Es war, als wären starke Scheinwerfer auf ihr Haus gerichtet.

Sie schlug die Decke zur Seite und setzte sich auf die Bettkante. Durch die weiß-rosa Vorhänge sah sie, wie das Licht schwächer wurde. Ein Auto, das zurücksetzte?

Seltsam, dachte sie. Ihr Hof lag am Ende der Straße, und es gab keinen Grund, hier vorbeizufahren. Vielleicht hatte sich jemand verfahren. Sie saß immer noch auf der Bettkante. Doch das Licht schien weiterhin zu ihr herein. Also stand sie auf und ging zum Fenster. Sie öffnete die Vorhänge einen kleinen Spalt und schaute zur Straße. Fünf starke Autoscheinwerfer leuchteten in ihre Richtung. Mischa stand ganz still. Das Auto musste etwa fünfzig Meter vom Haus entfernt sein.

Sie hörte leises Motorgeräusch und beschloss, sich eine Jacke überzuziehen und nachzusehen.

Als sie in der Küche Licht machte, stellte sie fest, dass auch Teile des dunklen Wohnzimmers von den Scheinwerfern erleuchtet wurden. Mischa zog sich ihre Fleecejacke und die grünen Gummistiefel an und drehte den Schlüssel um. Die Haustür knarrte, und als sie hinaustrat, schaute sie in einen weißen Nebel.

Das Auto schien sich dem Haus wieder etwas genähert zu haben.

Mischa wurde vom Licht geblendet und hielt sich die

Hand vor die Augen. Die Luft war warm und feucht vom Nebel, das leise Surren des Automotors war das einzige Geräusch. Durch den Nebel erahnte sie kleine schwache Lichter vom Nachbarhof auf der anderen Seite der Wiese. Sie überlegte, ob sie zu dem Auto hingehen oder lieber auf der Treppe stehen bleiben sollte.

Bevor sie sich entscheiden konnte, erloschen die Scheinwerfer, und sie starrte ins Dunkel.

Als sie ein paar Stufen hinunterging, leuchteten sie wieder auf, blinkten zweimal kurz hintereinander.

Mischa stand auf dem Hof und schaute zu dem Auto hinüber. Was ging hier vor? Die Reifen wirbelten Kies auf, als es wendete und wieder Richtung Straße fuhr.

Sie sah zu, wie die roten Rücklichter im Dunkel verschwanden.

Donnerstag, 18. April

Die feuchte Luft von der Ostsee, über der sich die Kühle vom Baltikum und die Wärme des Aprils in Schonen mischten, hatte Österlen in dichten Nebel gehüllt, der sich über die Wiesen legte.

Mischa Lindberg fuhr im Schneckentempo zur Galerie in Bästekille.

Es war erst sechs Uhr. Sie war früh dran, wollte ihr Werk ein letztes Mal allein auf sich wirken lassen, bevor morgen die Ausstellung eröffnet wurde. Unzählige Male war sie diese Strecke zwischen ihrem Hof in Stenshuvud und der Galerie schon gefahren. Normalerweise lagen die Felder offen zu beiden Seiten der Straße. Einen Nebel wie heute hatte sie selten erlebt. Nicht im April, er gehörte in den November. Die Sicht beschränkte sich auf nur wenige Meter.

Der Schlafmangel machte sich in ihrem Kopf und ihren Gliedern bemerkbar. Nachdem das Auto gestern verschwunden war, war es ihr schwergefallen einzuschlafen. Und als sie schließlich vor lauter Erschöpfung doch einnickte, schreckte sie kurz darauf hoch und starrte zum Fenster, erwartete das grelle Scheinwerferlicht wieder in ihr Schlafzimmer fallen zu sehen.

Sie konzentrierte sich auf ihre Atmung und hoffte, die Panikattacke wieder in den Griff zu bekommen. Die Erinnerung an den Anfall letzte Woche war noch zu frisch. Dabei hatte sie gedacht, sie hätte diese Dinge endgültig hinter sich gelassen. Sie wusste, warum sie in den letzten Wochen wieder empfänglicher dafür geworden war. Er hatte sie angerufen, unter Druck gesetzt, wollte ihr Nein nach ihrem Treffen in Malmö nicht akzeptieren. Warum konnte er es nicht begreifen? Sie mochte seine aufdringliche Art nicht. Wie er etwas von ihr verlangte, das sie ihm nicht geben konnte, ihm nie hatte geben können. Die einzige Möglichkeit war gewesen, ihm ein für alle Mal zu sagen, dass sie keinen Kontakt mehr zu ihm haben wollte. Sie fühlte sich in die Ecke gedrängt, und genau das hatte die Angstmaschine wieder in Gang gesetzt.

Das erste Mal hatte sie so etwas vor vielen Jahren in einem kleinen Motorboot auf dem Meer vor Kivik erlebt. Eigentlich verabscheute sie sowohl Boote als auch das Meer, hatte sich aber vorgenommen, ihre Phobie in den Griff zu bekommen. Stattdessen hatte das Gefühl des Ausgeliefertseins auf dem offenen Meer voll zugeschlagen, und die kleine Gruppe, mit der sie unterwegs gewesen war, sah sich gezwungen, das Boot zu wenden, nachdem sie sich an Deck hingelegt und hyperventiliert hatte.

Sie versuchte die Gedanken daran zu verdrängen, fuhr an dem Hinweisschild zu Fridens Pizzeria vorbei und dann weiter auf der schmalen Landstraße.

Als sie sich hinter der Kurve befand, bog ein Auto von der Kreuzung hinter ihr auf die Straße ein.

Sie warf einen Blick in den Rückspiegel. Starkes Scheinwerferlicht drang durch den kompakten Nebel. Das Auto war nah, wenn sie kräftig bremste, würde es zu einem Auffahrunfall kommen.

»Dann überhol doch, wenn du willst«, sagte Mischa laut und wütend, während sie herunterschaltete, erstaunt, dass bei so einem Wetter irgendjemand überhaupt auf den Gedanken kam, zu überholen.

Doch das Auto schien ebenfalls abzubremsen, und die Scheinwerfer verschwanden wieder im Nebel.

Quietschend fuhren die Scheibenwischer über die Windschutzscheibe und entfernten die schweren nassen Tropfen. Mischa schaute abwechselnd auf die Fahrbahn und in den Rückspiegel. Endlich tauchte das graue Blechdach der umgebauten Industrieanlage auf, und sie bog auf den Parkplatz ein.

Andy hatte die Factory vor fünf Jahren eröffnet. Die Galerie mitten auf einem Feld nördlich von Kivik war inzwischen einer der Hauptanziehungspunkte des Kunstfestivals, etwa zwanzig Künstler stellten dort aus. Mischa war nur mit »The End« repräsentiert, doch es war das größte und meistbesprochene Werk der Ausstellung.

Blinkende Farbexplosionen in den verschiedensten Tönen fielen von dem surrealistischen Neonschirm über dem Eingang durch den Nebel. Mischa blieb sitzen und schaute auf den leeren Parkplatz. Es herrschte wirklich dichter Nebel, und als sie die Autotür öffnete, kam es ihr vor, als trete sie in eine Wasserwolke. Das Geräusch der zufallenden Autotür hallte dumpf über die Felder.

Sie fischte die Schlüssel aus der Tasche ihrer Latzhose. Erneut hatte sie das Gefühl, beobachtet zu werden. Sie blieb neben dem Auto stehen und blickte sich nach allen Seiten um. Lauschte.

Die Feuchtigkeit drang in ihr halblanges schwarzes Haar. Mit der Korbtasche über der Schulter eilte sie zum Eingang. Die rote Metalltür quietschte, als sie sie öffnete. Sie betrat die dunkle Halle, stellte die Tasche ab und ging zum Lichtschalter.

Sie hörte ein Scharren, blieb an der Kasse im Eingangsbereich stehen. Das Geräusch kam von weiter drinnen. Mischa atmete ein paarmal tief durch. Die trockene Luft hier erleichterte ihr das Atmen, und der Geruch nach Kaffee von gestern, Malerfarbe und frisch gehängter Kunst drang in ihre Nase.

Sie tastete nach dem Lichtschalter. Wieder hörte sie das Scharren. Hinter ihr fiel die Metalltür ins Schloss, und sie zuckte zusammen.

Ein mattes Halbdunkel füllte den Raum. Die hoch oben liegenden Fenster ließen die Galerie normalerweise hell und luftig erscheinen, doch der Nebel dämpfte das Licht von draußen. Mischa fuhr mit der Hand über die Wand und fand den Schalter. Sie drehte ihn, schaute zu den großen Deckenlampen hinauf, doch nichts geschah. Seltsam, dachte sie, vielleicht ist eine Sicherung durchgebrannt. Sie müsste Andy anrufen und ihm Bescheid sagen.

Doch ganz dunkel war es nicht. Als Mischa den Blick über die weißen Wände wandern ließ, an denen die Kunstwerke hingen, bemerkte sie einen Lichtschein ganz hinten im Raum. Sie öffnete die Außentür, um besser sehen zu können, und blockierte sie mit einem Stein, damit sie nicht wieder zufiel.

Ihre Sandalen hallten in der Galerie wider, als sie in Richtung des Lichtscheins ging. Ganz hinten im Gang verlangsamte sie den Schritt, dann bog sie um die Ecke.

Auf dem Boden neben ihrem Bild stand eine Taschenlampe, so groß wie ein Scheinwerfer. Sie folgte dem Lichtstrahl langsam vom Boden die Wand hinauf. Der Boden wankte unter ihren Füßen.

Der Streifen Blut in »The End« bildete zusammen mit einem Riss ein gigantisches Kreuz über dem gesamten Gemälde. Mischa starrte ihr zerstörtes Lebenswerk an. Sie trat einen Schritt vor und stieß ein ersticktes Nein aus.

Die Atmung verlagerte sich ein Stück höher in ihren Brustkorb, und sie wusste genau, was das bedeutete. Ihr Sichtfeld wurde an den Rändern unscharf und flimmerte schwarz.

Luft. Sie musste hier raus.

Als sie sich umdrehte, hörte sie erneut das Scharren. Sie war nicht allein. Doch wer auch immer noch hier sein mochte, sie hatte keine Lust, es herauszufinden. Sie rannte zum Ausgang, suchte in der Hosentasche nach ihrem Handy, fand es jedoch nicht. Im Gang zwischen den Bildern flatterte etwas an ihrem Kopf vorbei und berührte ihr Haar.

»Nein!«, schrie sie und riss abwehrend die Arme hoch.

Mischa blickte auf. Ein paar Schritte vor ihr flatterte eine Taube, nahm Kurs auf das Licht und flog zur Tür hinaus. Mit zitternden Beinen folgte sie ihr. Draußen blieb sie vor dem Eingang stehen, die Feuchtigkeit des Nebels hüllte sie ein. Irgendwo da draußen wurde ein Motor angelassen, doch sie erkannte nur die Umrisse des Fahrzeugs. Als sie in die grauweiße kompakte Masse starrte, sah sie einen dunklen Kombi langsam auf sich zurollen. Sie schaute zu den Weiden am Parkplatz hinüber und lief los, an ihnen vorbei und weiter auf der schmalen Landstraße. Ihre Sandalen drückten, sie hörte ihre eigenen schweren Schritte auf dem Asphalt.

Das Motorgeräusch kam näher. Scheinwerfer blendeten hinter ihr auf, und die weißen Nebelpartikel um sie herum erstrahlten in einer Lichtexplosion. Sie drehte sich um, das Auto zwinkerte ihr zu. Zweimal kurz. Genau wie gestern.

Mischa verließ die Landstraße und rannte auf das Feld, stolperte über ein Grasbüschel und landete auf den Knien. Die Nase lief, sie saß auf dem in Nebel gehüllten Feld, schniefte und lauschte auf weitere Geräusche, hörte nichts als ihr eigenes Keuchen. Doch sie ahnte, dass es da draußen jemanden gab, nur wenige Meter von ihr entfernt.

Sie hörte seine anklagende, wütende Stimme in ihrem Kopf: »Du hast es mir versprochen, aber du hast mich verraten. Dabei warst du die Einzige, der ich vertraut habe.«

Freitag, 19. April

»Dreckswasser.«

Olle Hansson schüttelte resigniert den Kopf. Er hätte längst aufgeben sollen. Doch es hatte ihm widerstrebt, mit dem Beruf Stolz und Ehre von Generationen an den Nagel zu hängen. Die Augen der Dorsche quollen wie Pingpongbälle aus den mageren Köpfen, wie Zombies lagen die Fische im Netz.

Langsam steuerte er das Boot durch die Dunkelheit und den feuchten Nebel. Ein paar Meter aufs Meer hinaus, weiter wollte und traute er sich bei so schlechter Sicht nicht. Ruhig lag das Wasser da, ungewöhnlich ruhig für April, und er hatte sein Netz »långelands« ausgelegt, parallel zur Küste.

Aus dem Radio im Steuerhaus drang wie immer der Wetterbericht, er hörte am liebsten den dänischen, das war der einzige, der verlässliche Voraussagen für diesen Teil des Landes traf. Die ruhigen, milden Winde würden demnach noch ein paar Tage andauern, kein starker Ostwind war in Sicht. Ostern würde warm und sonnig werden.

Er zog seinen orangefarbenen Anorak fester um sich und atmete die brackige, frische Ostseeluft ein. Schön, wild und gefährlich war sie, und ach, so tot.

Jedes Jahr hatte er aufs Neue gedacht: Bald wird es sich ändern. Olles Großvater, der große Aalfischer, hatte in der Hanö-Bucht gearbeitet, genau wie sein Vater und sein Onkel. Die Wahrheit war, dass es bald nicht mehr gehen würde. Fischersohn Olle würde derjenige sein, der das Fischerleben aufgeben musste. Umweltgifte und Überdüngung hatten inzwischen auch das wenige, was noch übrig war, zerstört. Letzte Woche war sein Netz voller Zombiefische gewesen, gespenstische, wurmzerfressene Dorsche mit überproportional großen Augen. Und dann die Boykotte, die es ihnen unmöglich machten, den Fisch zu verkaufen. Die Behörden, die keinerlei Anstrengungen unternahmen, ihnen zu helfen. Er trauerte mit seinen Fischerbrüdern.

Bald würde es sie in Österlen nicht mehr geben, auch Olle hatte begonnen, seine Boote und Fischereigerätschaften zu verkaufen. Für andere Träume, die er einmal für sein Leben gehabt, aber nie verwirklicht hatte, war es inzwischen viel zu spät. Aber er würde das schon hinkriegen, seit ein paar Jahren hatte er eine neue Liebste, und mit ihr waren neue Energie und neue Träume von einem anderen Leben aufgetaucht.

Es war gegen fünf Uhr früh, und der Nebel schien sich ein wenig zu lichten. Noch immer war es dunkel, die Scheinwerfer des Bootes beleuchteten das schwarze eisige Meer. Bis die Sonne die dicken Schwaden endgültig vertrieben hatte, würde es wohl noch bis in den Vormittag hinein dauern. Er sehnte sich nach den Sommermorgen, wenn über dem Horizont die Sonne aufging. Wenn man der Wärme entgegenfuhr. Gott, was hatte er auf See nicht schon gefroren!

Der Bruder seines Vaters, Erik, hatte ihm einmal gezeigt, wie man sich am besten gegen die Kälte auf dem Wasser schützte. Dann war er draußen an der Södra Midsjöbank ums Leben gekommen. Olle schauderte immer noch, wenn er daran dachte, was sein Onkel in den zehn Meter hohen Wellen durchgemacht haben musste. Als Kind hatte er oft in Kivik am Pier gesessen und sich vorgestellt, was sich draußen, über hundert Seemeilen weiter im Meer, abgespielt hatte.

Olle blickte zum grauen Himmel hinauf. Die Nebelschwaden bewegten sich auf verschiedenen Ebenen und in verschiedene Richtungen. Trotz der Hoffnungslosigkeit des Fischerlebens gab es weniges, das an dieses Gefühl heranreichte, an einem ruhigen Tag allein vorn im Bug seines Schiffs zu stehen und in die Morgendämmerung zu fahren.

Die Wellen glucksten, und er fuhr weiter die Küste entlang. Jetzt konnte er schon Teile der Hügellandschaft erkennen. Durch den Dunst erahnte er die Konturen von Stenshuvud, einer felsigen Anhöhe etwa hundert Meter über dem Meer, die aus der flachen Landschaft ins Meer hineinragte. Bald würden die Buchen ausschlagen und ihr Blätterdach eine kühle grüne Decke bilden. Auf der anderen Seite lag der Sandstrand und dahinter Knäbäckshusen, ein malerisches Dorf, das im Sommer völlig überlaufen war.

Olle dachte an den Sommer, während das Boot sich tuckernd der Küste näherte. Ein starker Lichtschein, der vom Land durch den Nebel drang, holte ihn in die Gegenwart zurück. Er stellte den Blick scharf, um herauszufinden, was das sein konnte, drosselte den Motor und nahm sein Fernglas zur Hand.

Nachdem er es justiert hatte, stellte er fest, dass das blinkende Licht von Stenhuvuds Udde kam, wo der kleine weiße Leuchtturm stand.

»Nanu«, sagte er laut zu sich selbst.

Olle hatte keine Ahnung, wie oft er diese Strecke in seinem Leben schon gefahren war. In all den Jahren war der Leuchtturm nie im Einsatz gewesen. Es war viele Jahre her, seit man ihn außer Betrieb genommen hatte.

Er legte das Fernglas beiseite und fuhr näher heran. Das Wasser war hier an die vier Meter tief, er konnte sich dem Land also recht weit nähern. Die dichtesten Nebelschwaden lockerten sich ein wenig.

Olle wischte sich die Feuchtigkeit aus dem Gesicht. Ein starker, kalter Lichtschein drang durch die grauen Massen. Je länger er starrte, desto überzeugter war er: Das Licht kam vom Leuchtturm.

Zum ersten Mal in seinem Fischerleben sah er ihn als das, wozu er gedacht war – ein leuchtendes Warnsignal an der Küste, ein grellweißer Punkt an der äußersten Spitze des Felsens, etwa zehn Meter hoch. Nachdem seine Augen sich an das Licht gewöhnt hatten, griff er erneut nach dem Fernglas und stellte es scharf.

»Verdammt …« Sein Puls beschleunigte sich. Ungläubig blinzelte er zu der Anhöhe und den Steinen unterhalb des Leuchtturms hinüber.

Er brachte das Boot zum Stehen, stellte den Motor aus, nahm das Fernglas herunter und ließ es um seinen Hals baumeln. Er blickte sich um, konnte jedoch keine weiteren Boote in der näheren Umgebung entdecken. Er musste sich entscheiden: Krivareboden etwas weiter entfernt ansteuern, das Boot dort vertäuen und zu Fuß zum Leuchtturm gehen oder gleich die 112 anrufen.

Direkt vor ihm lag eine Leiche. Sie war zwischen zwei Steinen eingeklemmt, doch der Oberkörper bewegte sich mit den Wellen hin und her.

Er oder sie konnte nicht mehr am Leben sein.

Olle hatte erst einmal im Leben einen Toten gesehen. Bei einem Unfall auf einer spanischen Autobahn, als er und seine damalige Freundin Sekunden nach dem Zusammenstoß an der Unfallstelle vorbeigefahren waren. Diese Bilder war er nie wieder losgeworden. Und er ahnte bereits, dass es ihm nach diesem Anblick ähnlich ergehen würde.

Noch einmal schaute er zu der Leiche hinüber. Das Haar breitete sich im Wasser aus. Trotz der Dunkelheit meinte er zu erkennen, dass sie ein buntes Top trug, wahrscheinlich handelte es sich also um eine Frau. Gerade hier, am Stens-huvud, trafen die Strömungen aufeinander, bei starkem See-gang konnte es schwierig werden, zu navigieren. Wie war sie hierhergekommen? War sie aus einem Boot gestürzt und von den Wellen angespült worden?

Er drehte sich um, starrte in den Nebel und auf das Meer. Seine Beine zitterten, und er fühlte sich einer Ohnmacht nahe. Er wollte weg, raus aufs Meer, in Sicherheit. Weg von der Anhöhe und dem schrecklichen Anblick der Leiche.

Ein unerwartetes Geräusch ließ ihn zusammenzucken. Doch es war nur ein Vogel, der aus einem Gebüsch aufflat-terte. Weiter Richtung Strand entdeckte er die Umrisse eines kleinen weißen Boots.

Der Leuchtturm warf ein seltsames Licht über den Hügel, über das Meer und den Nebel. Warum in aller Welt leuch-tete er jetzt? Nach all den Jahren? Und wer war die Frau im Wasser?

Die Ehefrau

Seit ein paar Tagen leuchtete die Wiese gelb vom Löwenzahn. In weniger als zwei Monaten würde es hier noch intensiver leuchten, wenn der Raps zu blühen begann, und die Felder wogten. Sie sollte sich eigentlich freuen, sollte zuversichtlich in die Zukunft blicken, dem Frühling und vor allem dem Sommer entgegen, der vor ihnen lag. Doch es gelang ihr nicht.

Je mehr Zeit verstrich, desto mehr hatte sie das Gefühl, der Mann an ihrer Seite würde ihr fremd. Gestern, als er auf der Arbeit noch etwas erledigt hatte, was noch vor Ostern fertig werden musste, hatte sie sich mit dem Laptop hingesetzt. Ihre verschiedenen Geräte waren alle mit demselben Passwort versehen, so war es schon immer gewesen, es war nichts Seltsames daran.

Sie hatte nicht vor, nach irgendwelchen Geheimnissen zu stöbern, und hatte selbst auch nichts, wovon er nicht wissen durfte. Als sie diesmal jedoch die Dateien auf der Festplatte betrachtete, entdeckte sie einen Ordner, der ihre Neugier weckte. Ihr Mann hatte ihn erstellt, ihn mit drei Kreuzen benannt, und als sie ihn öffnete, fand sie etwa zwanzig Bilder. Alle von ihm. Ein paar Kinderfotos, unscharf, verblichen und mit düsterem Gesichtsausdruck. Auf einigen war auch sein älterer Bruder zu sehen. Sie hatten keinen engeren Kontakt, er war von zu Hause ausgezogen, sobald er konnte. Sie selbst hatte ihn nur ein einziges Mal gesehen, als er vor zwei

Jahren im Sommer mit seiner Freundin vorbeigekommen war. Die Stimmung war steif und angespannt gewesen und völlig anders, als wenn sie sich mit ihrer Schwester traf.

Andere Fotos zeigten ihren Mann als Jugendlichen, sie wirkten etwas gelöster, und noch andere stammten aus seiner Zeit an der Folkhögskola Skurup, wo er seine Zulassung zum Studium erwerben wollte. Eine Party, alle hatten Bierdosen in der Hand, vor ihnen Tische voller Flaschen und Gläser.

Ein paar Gesichter erkannte sie wieder, Max Lund natürlich, und ein paar weitere. Die letzten Bilder waren ein paar Jahre später aufgenommen worden. Da waren diese tiefliegenden, geheimnisvollen Augen, in die sie sich damals verliebt hatte, als sie zusammen in einer Bar in Malmö standen. Die eine Neugier und Zärtlichkeit in ihr geweckt hatten, wie sie es nie zuvor erlebt hatte.

Sie hatte sich die Fotos angeschaut und versucht herauszufinden, was er darin gesucht haben konnte. Die Kindheit, wieder einmal, vermutete sie. Diese ständige Suche nach sich selbst.

Nachdem sie den Ordner geschlossen und den Laptop heruntergefahren hatte, fühlte sie sich unsicher und verwirrt. Mit wem lebte sie eigentlich zusammen?

Sie öffnete das Tor zum Garten hinterm Haus. Am Morgen, noch bevor sie mit dem Packen begonnen hatte, hatte sie die Maulwurfshügel auf dem Grundstück platt getreten, die aufpoppten, sobald man ihnen den Rücken zukehrte.

Die Wiese hatte jetzt lauter dunkle Flecken. Sie ging zwischen ihnen hindurch zur Terrassentür, die sie offengelassen hatte. Die Gummistiefel ihres Mannes standen davor, sie hob sie auf und stellte sie in den Flur.

In etwas mehr als einer Stunde wollten sie zu ihren Eltern nach Dalarna fahren, um bei ihnen Ostern zu feiern. Da sie selbst kein Interesse am Kunstfestival hatten, flohen sie gern Richtung Norden, sobald die Touristen die Orte und Straßen in Österlen überschwemmten.

Sie ging in den Flur, um die letzten Sachen zusammenzusuchen. Sie wünschte sich nichts mehr als ein friedliches Osterfest ohne Konflikte. Sie hoffte, sowohl ihr Mann als auch ihre Eltern würden sich Mühe geben.

Die Kellertür stand offen, und sie blieb stehen und schaute die Treppe hinunter. Sie war sich sicher, dass sie sie am Morgen geschlossen hatte, nachdem sie die Wäsche hochgetragen hatte. Seltsam, dachte sie, schloss sie erneut und ging in die Küche.

Als sie gerade eingetreten war, fiel ihr ein, dass sie ihr Handy noch in der Handtasche hatte. Sie drehte sich um, um es zu holen. Als direkt vor ihr die Tür aufsprang, schrie sie erschrocken auf.

»Was machst du denn hier? Warum bist du zu Hause?«

Ihr Mann stand in der Tür. Er wirkte gestresst und ausgebrannt.

Er streckte die Hand aus, um das Licht auszuschalten.

»Ich habe was vergessen.«

»Ist etwas passiert?«

»Nein. Ich muss mich beeilen, damit ich rechtzeitig zurück bin.«

»Aber du bist doch früh genug wieder hier, damit wir pünktlich loskommen? Ich würde gerne möglichst weit kommen, bevor es dunkel wird.«

Er nickte und setzte sich auf die Bank, um seine grünen Stiefel anzuziehen.

Aus dem Keller hörte sie ein Geräusch.

»Ist das die Waschmaschine?«

»Ja, ich war sowieso gerade unten und habe gleich eine Ladung reingetan.« Er lächelte.

»Aber ich habe doch heute früh schon mehrere Maschinen gewaschen.«

Er stand auf, fasste sie um die Taille und schob sie von der Haustür weg.

»Ich hatte vergessen, ein paar Sachen herauszulegen, die ich brauche. Entschuldige.«

Sie wand sich aus seinem Griff.

»Okay. Hauptsache, wir kommen nachher rechtzeitig los.«

Nachdem er die Tür hinter sich geschlossen hatte, stand sie noch eine Weile im Flur und lauschte dem monotonen Geräusch der Waschmaschine.

Dienstag, 23. April

Die Fahrstuhltür öffnete sich, und Tess merkte sofort, dass etwas nicht stimmte. Büromöbel stapelten sich im Flur, und mehrere Kollegen, die gar nicht in der Abteilung Gewaltverbrechen arbeiteten, standen in Grüppchen zusammen und plauderten.

Tess trat zu Makkonen.

»Was ist passiert?«

»Ratten.«

»Was?«

»Die Ratten sind los. Helene vom Zuständigkeitsbereich Häusliche Gewalt ist gebissen worden. Das gesamte Erdgeschoss ist über Ostern von Ratten heimgesucht worden. Jetzt werden die Kollegen bei uns untergebracht, bis unten das Ungeziefer beseitigt ist. Das wird verdammt eng.«

Makkonen schüttelte den Kopf und ging in sein Büro. Als Teamchef für die Aufklärung von Bandenkriminalität innerhalb der Abteilung Gewaltverbrechen war er wahrscheinlich einer der frustriertesten Polizisten Schonens.

Tess sah, wie die Kollegin vom Zuständigkeitsbereich Häusliche Gewalt den anderen ihren verbundenen Fuß zeigte. Sie erzählte gerade, dass sie deswegen zu einer Tetanusimpfung gezwungen worden sei.

Tess ging zum Büro des Cold-Case-Teams am Ende des Flurs, wo Marie in der Tür auf sie wartete.

»Rattenphobie? Einmal sind wir zu einer Frau rausgefahren, weil die Nachbarn uns alarmiert hatten. Die ganze Wohnung war voller Ratten, in Käfigen, aber auch frei laufend, bestimmt an die fünfzig, mit denen sie seit Jahren zusammenlebte. Magere Dinger mit langen Schwänzen, manche von ihnen waren so groß wie Katzenjunge. Sie hatten ihre ganze Wohnung und ihr ganzes Leben eingenommen.«

Tess hörte rasche Schritte hinter sich auf dem Flur und drehte sich um. Sandra Edding wirkte gestresst.

»In einer Stunde haben wir ein großes Planungstreffen mit allen.«

Wieder tauchte das ungute Gefühl auf, das sie schon vor Ostern beschlichen hatte, Tess ahnte nichts Gutes.

Marie folgte Sandra Edding mit dem Blick, als diese sich umdrehte und über den Flur davonging. Sie nickte Tess zu und grinste.

»Na, was hältst du von ihr?«

»Wie meinst du das?«

»Alle reden über sie, und Adam Wikman und all die anderen Idioten scheinen sie richtig heiß zu finden.«

»Aha.«

»Stimmst du ihnen zu?«

»Also, mein größtes Problem ist eher, dass ihr nicht klar zu sein scheint, dass wir in unserem Team deutlich mehr Personal brauchen. Das finde ich.«

Marie lachte.

»Oh, mein Gott, du toppst echt alles. Du könntest doch wenigstens zugeben, dass du sie hübsch findest.«

Tess antwortete nicht, sondern setzte sich an ihren Schreibtisch. Hübsch, ja, vielleicht fand sie sie hübsch. Aber was nutzte das, wenn sie das Cold-Case-Team auflöste?

»Ganz schön leer hier«, stellte Marie fest. »Wo ist denn dein neues Schätzchen?«

Damit spielte sie wohl auf Rafaela an.

»Sie kommt später, hat das ganze Wochenende am Liedberg-Fall gesessen.«

»Wow, was für ein ehrgeiziges Mädchen. Die gibt ja echt alles.«

Tess klappte ihren Laptop auf. Marie setzte sich auf Rafaelas Platz und legte die Füße auf die Papierstapel auf dem Schreibtisch.

»Was für ein beschissenes Osterfest. Willst du wissen, was ich bekommen habe?«

»Erzähl.«

»Zwei Tage Dreck. Einen Wahnsinnsstreit mit Tomas wegen der Wohnregelung und obendrauf eine Panikattacke. Zum Glück habe ich die Kinder nächste Ostern. Nur noch ein Jahr bis dahin! Weißt du was? Heirate niemals, das bringt es einfach nicht.«

Marie nahm ihr Kaugummi heraus und warf es quer durch den Raum, doch es landete neben dem Papierkorb. Sie kratzte sich am Arm, dort, wo das Tattoo eines feuerspeienden Motörhead-Drachen aus ihrem Ärmel herausschaute.

»Wahrscheinlich habe ich einfach vergessen, wie es ist, so viel Zeit zu haben. Und dann vergeht sie so langsam. Eine Betonwand anzustarren wäre dieses Wochenende zehnmal lustiger gewesen, als Marie Erling zu sein.«

»Und du konntest dich nicht einfach verabreden? War Tinder übers Wochenende abgeschaltet?«

»Ostern ist nicht gerade das ideale Wochenende für so was. Ostersamstag war ich bei meiner Schwester zum Essen. Saß da wie das fünfte Rad an ihrer Familienkutsche und fühlte mich wie, ja, siebzehn oder so. Immerhin hat mir eins der Kinder einen Schokohasen geschenkt.«

»Klingt frustrierend. Aber das wird schon wieder.«

»Ja«, seufzte Marie. »Bitte, sag mir, dass alle anderen langen Wochenenden dieses Frühjahr ausfallen.«

Tess blickte auf.

»Du könntest einfach arbeiten.«

Sie selbst hatte sich nach der Trennung von Angela in die Arbeit geflüchtet. Vor allem im ersten Jahr war sie dadurch auf mehr Arbeitsstunden gekommen als sonst irgendjemand im Haus.

Marie zog ihr Handy heraus und begann zu swipen.

»Guck mal, der hier. Gut ausgebildet, Kohle, Aussehen auch okay. Und das Beste: Er hat keine Kinder oder Exfrauen. Wir sehen uns heute Abend, erst mal nur zum Essen, aber das lässt sich ja noch ändern. Guck mal, wie süß er mir schreibt.«

Tess warf pflichtschuldig einen Blick auf das Handy.

»Schön, scheint ein Glückstreffer zu sein.«

Sie wusste nicht mehr, wie viele ähnliche Bilder und Nachrichten sie sich schon auf Maries Handy angeschaut hatte und fragte sich, wie viel von dieser Daterei wohl auch einfach die Suche nach Ablenkung von der Trennung war. Eine Flucht aus der tristen Einzimmerwohnung hinter Triangeln, in der Marie jetzt jede zweite Woche wohnen musste. Sie und ihr Ex-Mann lebten abwechselnd in dieser Wohnung und in dem ehemals gemeinsamen Haus, damit die Kinder nicht immer hin- und herziehen mussten. Marie nannte die Wohnung nur ihre Zelle. Tess hatte sie dort noch nicht besucht. Wenn sie es richtig verstand, war sie so klein, dass man am liebsten rückwärts wieder rausging.

Es klopfte, und Ola Makkonen steckte den Kopf durch die Tür. Der frisch gekürte Polizeioberkommissar wirkte erschöpft, er hatte Ringe unter den Augen und war grau im Gesicht.

»Du hast dich wohl in der Tür geirrt«, sagte er zu Marie. »In zehn Minuten haben wir eine Vernehmung, also Schluss mit Kaffeetrinken, beeil dich.«

»Selber«, rief Marie ihm hinterher. »Übrigens hast du Dreck am Schuh, Mackan.«

In der Tür drehte sie sich noch einmal zu Tess um.

»Stell dir vor, man erwischt so einen Typen wie den bei Tinder.«

Marie steckte sich zwei Finger in den Mund und ging raus.

Ein paar Stunden später betrat Marie völlig außer Atem den Konferenzraum, der den Namen der Sängerin und Schauspielerin Eva Rydberg trug, seit alle Konferenzräume nach bekannten Malmöer Persönlichkeiten benannt worden waren. Marie nickte Tess zu, die auf ihrem gewohnten Platz saß. Makkonen klopfte vielsagend auf sein Handy, doch auch Sandra Edding, die die Besprechung leiten sollte, war spät dran.

»Wie können sie einen warten lassen, wenn die Luft brennt und halb Malmö aufeinander schießt?«, schimpfte Makkonen und scrollte in einem Nachrichtenportal.

Adam Wikman nickte.

»Und natürlich sind wir es, die das alles beenden sollen, und nicht die Politiker.«

»Eine schwere Bürde, die da auf deinen schmalen Schultern lastet«, spottete Marie und nickte Adam Wikman zu. »Geh doch raus und beschwer dich beim Oberhuhn, oder besser gesagt beim Obergockel, der steht nämlich draußen und spricht mit der neuen Chefin.«

Marie spielte wohl auf den Polizeidirektor an. Offenbar war wirklich etwas im Gange, sonst würde er Sandra Edding wohl kaum auf dem Weg in eine so wichtige Besprechung aufhalten. Tess' Befürchtungen schienen sich zu bestätigen.

»Das ganze Frühjahr ist eine endlose Reihe von Feiertagen,

da kriegt man doch keine Leute«, schimpfte Makkonen weiter.

Marie blickte von ihrem Handy auf.

»Ja, Mackan, echt Scheiße, andererseits wird der Meeresspiegel bald um zweihundertfünfundsechzig Zentimeter ansteigen, sodass ganz Malmö unter Wasser steht. Dann brauchen wir gar keine Feiertage mehr, oder?«

Makkonen schüttelte nur den Kopf. Tess selbst hatte kein größeres Problem damit, an Feiertagen zu arbeiten, auch dachte sie selten darüber nach, welche Woche es gerade war. Viele Kollegen mit Kindern aber hatten Urlaub genommen, denn auch wenn die Lage in Malmö angespannt war, konnten ihre Vorgesetzten sie schlecht daran hindern, endlich einmal Überstunden abzufeiern.

Für Lundberg, der auf der anderen Seite des Tisches saß, war es der erste Arbeitstag seit drei Wochen. Er wirkte entsprechend erholt, obwohl er, wie er sagte, einen Großteil der Zeit »auf dem Boden krabbelnd« verbracht hatte. Tess wusste, dass er gerne viel Zeit mit seinen Enkelkindern verbrachte. Was das älteste Mitglied ihres Cold-Case-Teams sonst in seiner Freizeit machte, blieb allerdings sein Geheimnis.

Ihrer Meinung nach war er einer der fähigsten Ermittler Schwedens, denn er besaß die notwendige analytische Kompetenz und unendlich viel Geduld. Für die Arbeit mit den abgelegten Fällen war gerade Letzteres wahnsinnig wichtig, da man die umfangreichen Akten immer wieder aufs Neue lesen musste und sich das archivierte Beweismaterial zu den Fällen an verschiedenen Orten im Land befand.

Seine Achillesferse war die technische Entwicklung, es fiel ihm schwer, da mitzuhalten. Bis zu Beginn des Jahres hatte er nicht einmal ein Smartphone besessen, sondern wollte unbedingt sein altes kleines Nokia behalten. Bisher hatte dies seine Arbeit jedoch nicht beeinträchtigt, denn auch wenn die Digitalisierung allenthalben fortschritt, lagen viele der älteren Fälle weiterhin nur in Papierform vor.

Tess freute sich schon darauf, mit ihm gemeinsam die Lena Bergholm-Akte zu durchforsten, auch brauchte sie seine Hilfe bei den vielen DNA-Spuren, die sie einzuschicken gedachte, um sie noch einmal analysieren zu lassen. Vorausgesetzt natürlich, man ließ sie in Ruhe arbeiten und belästigte sie nicht allzu sehr mit den neuen, aktuellen Fällen.

Als Sandra Edding den Besprechungsraum betrat, wurde es sofort mucksmäuschenstill. Ernst blickte sie die Kollegen an, die sich um den ovalen Tisch versammelt hatten.

»Als ich vor zwei Monaten hierherkam, um Ihren Chef Per Jöns zu vertreten …«

Sie sah Tess an, die schnell wegschaute.

»… wusste ich, dass hier einige Herausforderungen auf mich warteten. Es hat sich gezeigt, dass die Lage noch weit schwieriger ist als gedacht. Allein am vergangenen Wochenende hatten wir zwei Schießereien. Letzte Nacht eine weitere im Ramels Väg, wo eine Familie mit kleinen Kindern nachts von Schüssen unter ihrem Fenster geweckt wurde. Nachdem ein Sohn des Bandenführers Hassan von anderen getötet worden ist, tobt da draußen ein Rachefeldzug. Und es wird mit jedem Tag schlimmer. Wir müssen das dringend in den Griff bekommen.«

Sie hob die Hand und fuhr fort:

»Und dann haben wir den Mord in Österlen draußen, eine Frau, die Karfreitag am Leuchtturm von Stenshuvud gefunden wurde. Zum jetzigen Zeitpunkt wissen wir noch nicht, was das für uns bedeutet, aber es kann gut sein, dass wir die Kollegen aus Ystad bei den Ermittlungen unterstützen müssen.«

Es wurde womöglich noch stiller in der Runde. Dass zur

Bewältigung der Krise in Malmö Kollegen fehlten, war noch untertrieben. Die Banden in den Problemvierteln der Stadt, Seved, Rosengård und Kroksbäck, hatten sich neu aufgestellt. Jetzt lagen einige von ihnen plötzlich im Streit miteinander. Es spielte sich ein Machtkampf ab, dem die Polizei hilflos gegenüberstand, obwohl die meisten dieser Gegenden inzwischen kameraüberwacht waren. Die Täter waren jung, im kriminellen Milieu aufgewachsen, und in ihrem Umfeld war der Hass auf die Polizei tief verwurzelt. Erst vergangene Woche hatte die Polizei einen Treppenaufgang und ein Ladenlokal versiegelt, in denen Drogenverkäufer ihre Geschäfte abgewickelt hatten.

Die Initiative des Polizeidirektors »Operation Aussteiger«, mit der man Abtrünnige anlocken wollte, indem man ihnen ein neues Leben versprach, schien keinen besonderen Effekt zu haben. Allen im Raum war bewusst, dass angesichts dieser Situation jeden und jede von ihnen eine Veränderung im Job erwartete.

»Die Pressestelle wird mit Anfragen bombardiert, ich habe jetzt Westford drangesetzt, das zu lösen.«

Tess musste lächeln, sie selbst hatte Sandra Edding erklärt, dass Westford die schärfste Waffe der Polizei Malmö war, wenn es darum ging, die Presse zu bändigen und die Einwohner zu beruhigen. Selbst wenn es hinter ihr Granaten auf die Statue auf dem Stortorget regnete, würde Westford wie ein Fels in der Brandung stehen und in die Kameras sprechen. Tess schätzte sie sehr, nicht nur, weil sie der Mannschaft die nötige Ruhe verschaffte, wenn es gerade am heftigsten brannte, sondern auch, weil sie eine sehr gute Polizistin und Menschenkennerin war.

»Wir werden also eine kurzfristige Umstrukturierung vornehmen und ganz gezielt zuschlagen, um wenigstens ein paar der Brandherde wieder in den Griff zu bekommen«, sagte

Sandra Edding. »Adam Wikman wird Vollzeit an Makkonens Team überstellt.«

Der junge Polizeimeister streckte sich.

»Zu Befehl«, sagte er und legte die Finger an die imaginäre Mütze.

Marie drehte sich zu Tess um und verdrehte die Augen.

Makkonen wippte nervös mit dem Bein. Eine Sache gab es, die Tess und Makkonen teilten, vielleicht war es die einzige: Sie mochten keine Besprechungen, zumindest keine großen.

Tess warf einen Blick auf die Uhr, dachte an all die Dinge, die sie hätte erledigen können, während sie untätig hier herumsaß.

»Was bedeutet das für das Cold-Case-Team?«, fragte Rafaela.

Tess seufzte. Rafaela wusste nicht, wie wichtig es war, im richtigen Moment die Klappe zu halten, um keine schlafenden Hunde zu wecken. Sie sah schon vor sich, wie ihr der nächste Mitarbeiter weggenommen wurde.

»Woran genau jeder Einzelne in den kommenden Wochen arbeiten wird, werde ich noch genauer erklären«, sagte Sandra Edding ausweichend.

Nachdem Makkonen berichtet hatte, welche Schritte geplant waren, um die jüngste Schießerei aufzuklären, wurde die Besprechung beendet. Tess stand auf und eilte zur Tür, doch Sandra rief sie zurück und bat sie, ihr in ihr Büro zu folgen.

Dort angekommen, schloss sie die Tür hinter ihnen.

»Soll ich mich setzen oder stehen bleiben?«, fragte Tess.

Sandra Edding tat, als hätte sie das nicht gehört.

»Sie scheinen diesen Besprechungen nicht viel abgewinnen zu können?«

Tess zuckte die Achseln.

»Ich habe wahrscheinlich vor allem ein ganz ungutes Gefühl.«

Die neue Leiterin der Abteilung Gewaltverbrechen verschränkte die Arme vor der Brust.

»Ich werde Rafaela Cruz ebenfalls für eine Weile dem Team von Ola Makkonen zuteilen.«

»Für wie lange?«

»Das kann ich zurzeit noch nicht sagen, es kommt darauf an, wie die Dinge sich entwickeln.«

Sandra Edding sah aus dem Fenster, und Tess begriff, dass das noch nicht alles gewesen war.

»Der Polizeidirektor will das Cold-Case-Team erst mal auf Eis legen.«

»Was?«

Tess schnappte nach Luft, obwohl sie schon vermutet hatte, dass das Gespräch der beiden auf dem Flur nichts Gutes zu bedeuten hatte. Aber sie hatte es einfach nicht wahrhaben wollen.

»Das ist nicht Ihr Ernst! Wir sind das erfolgreichste Cold-Case-Team ganz Schwedens, das kann man doch nicht einfach auflösen. Und was bedeutet überhaupt auf Eis legen?«

Sandra Edding hob die Hände, wie um sich zu verteidigen.

»Sie lynchen hier den Boten.«

»Ja, wen sonst? Ist er noch im Haus?«

Tess hielt inne, versuchte sich zu beruhigen, erst einmal sacken zu lassen, was Sandra Edding ihr mitgeteilt hatte.

»Haben Sie schon mal Angehörige kennengelernt, die zwanzig Jahre darauf gewartet haben, dass die Polizei den Mörder ihres Kindes findet? Die zwischen Hoffnung und Verzweiflung hin- und hergeworfen werden, sobald auch nur die geringste Spur auftaucht?«

Ihre Chefin blickte auf.

»Ich habe natürlich häufig mit Betroffenen zu tun gehabt, aber …«

»Wenn man das ein paarmal erlebt und ihnen in die Augen geschaut hat, dann weiß man genau, warum man das alles hier macht. Wir haben vier extrem schwierige Fälle aufgeklärt und dazu beigetragen, dass einer der gefährlichsten Serienvergewaltiger Dänemarks gefasst wurde. Ich habe ihn eigenhändig auf einer Landebahn des Flughafens Sturup festgenommen. Und der Dank dafür ist, dass mein Team aufgelöst wird?«

Sie kochte vor Wut.

»Ich habe versucht, dagegen zu argumentieren«, sagte Sandra Edding. »Aber am Ende geht es einfach um Geld.«

»Wann?«

»Weiß ich noch nicht. Aber die Neuorganisation soll noch vor den Sommerferien abgeschlossen werden. Ich möchte gerne, dass Sie die Voruntersuchungen in einem der neuen Fälle übernehmen, die wir jetzt auf den Tisch bekommen haben.«

»Und wenn ich mich weigere?«

Sandra Edding hob die Augenbraue.

»Tja, so etwas habe ich bisher noch nicht erlebt, da müssten wir schauen, wie wir damit umgehen. Es besteht jedenfalls das Risiko, dass Sie und weitere Kolleginnen und Kollegen nach Helsingborg abgestellt werden. Der Polizeidirektor möchte das Personal dort mit erfahrenen Kollegen aufstocken.«

Tess blickte nun ihrerseits aus dem Fenster.

Helsingborg?

Sie sah sich selbst mit der Regionalbahn nach Norden fahren, um der organisierten Kriminalität in Helsingborg das Handwerk zu legen. Und gleichzeitig sah sie sich ihre Polizeidienstmarke abgeben und nach beinahe zwanzig Jahren den Dienst quittieren.

Gab es irgendetwas, das sie tun konnte, um ihr Team zu retten, oder war es dazu längst zu spät?

»Das Beste am Posten als Polizeichefin ist, Leute wie Sie zu treffen«, fuhr Sandra Edding fort, »die wirklich für ihren Beruf brennen. Ich hoffe ...«

Tess hatte genug, sie wollte ihre Schmeicheleien nicht hören.

»Wer weiß noch davon, dass mein Team stillgelegt wird? Makkonen?«

»Nein, ich habe es natürlich Ihnen zuerst gesagt. Aber in den nächsten Tagen muss ich auch die anderen informieren.«

Sandra Edding legte die Hand auf den schwarzen Tisch.

»Es tut mir leid, dass das jetzt so schnell geht«, sagte sie. »Aber Sie sehen ja, was für ein Chaos um uns herum herrscht.«

Sie deutete zur Decke.

»Und der da oben guckt mir genau auf die Finger.«

Tess war klar, dass damit eher der Polizeidirektor gemeint war als Gott.

Als Tess das Cold-Case-Büro betrat, standen mehrere Stühle an den Wänden aufgestapelt. Auch ihr runder Besprechungstisch war verschwunden.

»Was ist denn hier los?«

Rafaela blickte von ihrem Laptop auf.

»Eine Ratte hat sich wohl auch nach hier oben verirrt. Die Firma zur Schädlingsbekämpfung war anscheinend während der Besprechung hier und hat durchgegriffen.«

Wie passend, dachte Tess. Es wird durchgegriffen. Vielleicht war das die neue Strategie des Polizeidirektors: Er schickte ihnen Ratten ins Büro, um sie einen nach dem anderen loszuwerden.

Sie ging zu ihrem Schreibtisch und starrte auf die Papierstapel, die zu den verschiedenen Fällen gehörten. Das also war es, was sie die ganze Zeit gespürt hatte.

Sie zuckte zusammen, als Lundberg sich räusperte und die Daumen hinter seine blauen Hosenträger klemmte. Sowohl er als auch Rafaela musterten sie, als spürten sie, was im Gange war.

Da konnte sie genauso gut auch gleich sagen, was gesagt werden musste.

»Lundberg, könntest du bitte mal kurz rausgehen und einen Kaffee trinken? Ich muss Rafaela kurz unter vier Augen sprechen.«

Die Ehefrau

Überrascht blickte sie auf, als ihr Mann sich den dritten Whisky einschenken ließ, obwohl er doch normalerweise selten Alkohol trank.

Sie versuchte ihm zu signalisieren, dass sie vielleicht lieber gehen sollten. In den letzten Jahren waren sie häufig bei Daniel und Karin Cervins zum Essen gewesen, sie wohnten in der Nachbarschaft und waren die Ersten gewesen, die sie nach dem Umzug kennengelernt hatten. Noch immer erinnerte sie sich an die Erleichterung, die sie empfunden hatte, dass in ihrer Straße ein Paar in ihrem Alter lebte, denn im Allgemeinen war der Altersdurchschnitt in Österlen deutlich höher. Sie und Karin fuhren manchmal auch nach Malmö, um ins Kino zu gehen, und ein paarmal waren sie sogar essen gegangen.

Wenn jemand gefragt hätte, hätte sie gesagt, sie würden sich gut kennen – wenn auch nicht so gut, dass es ihr nicht peinlich gewesen wäre, was ihr Mann heute Abend von sich gab. Musste er seine Verbitterung und seine Eifersucht so zur Schau stellen? Sie litt, als er schon wieder Anekdoten aus seiner Schulzeit ausgrub, sie wollte einfach nur weg. Daniel und Karin wussten bereits, dass ihr Mann es nicht leicht gehabt hatte, dass er nicht dieselben Chancen gehabt hatte wie andere. Sie selbst kannte jeden einzelnen Satz auswendig.

Seit ein paar Wochen hatte sie das Gefühl, dass er sich ständig im Kreis drehte, auch wenn sie sich zu zweit auf dem Sofa unterhielten. Immer wieder kam er darauf zurück, wie hart und ungerecht alles gewesen war. Werd endlich erwachsen, wollte sie ihn dann anbrüllen. Er hatte eine merkwürdige Arroganz entwickelt, die schlecht zu seinem ständigen Selbstmitleid passte. Manchmal erkannte sie ihn kaum wieder, und sie fragte sich, ob ihm tatsächlich nur Schlaftabletten verordnet worden waren, als er wegen Schlafproblemen beim Arzt gewesen war. Hatten sie ihm nicht doch auch etwas gegeben, das seine Persönlichkeit veränderte?

Aus dem Nebenzimmer war die Geräuschkulisse der Zeichentrickfilme zu hören, die die Kinder zusammen schauten. Hinter den Osterglocken auf dem Tisch erahnte sie Karins mitfühlenden Blick. Ihr Magen zog sich zusammen, sie wollte jetzt unbedingt nach Hause. Schließlich stand sie auf und begann, Teller und Gläser zusammenzustellen.

Karin versuchte sie zurückzuhalten, sah jedoch, dass es keinen Sinn hatte, und folgte ihr in die Küche.

»Lass ruhig alles stehen, wir kümmern uns später darum.«

Sie stellte Gläser und Karaffe ins Spülbecken. Versuchte ihr Unbehagen abzuschütteln und fragte Karin, wie ihr Osterfest gewesen war.

»Schön, das Wetter war ja auch toll, ich glaube, ich habe noch nie so warme Ostern erlebt. Aber ist es nicht schrecklich, was mit der Frau passiert ist, die sie in Stenshuvud gefunden haben? Die Leute reden über nichts anderes mehr.«

»Ja, und dass der Leuchtturm plötzlich funktionierte. Völlig irre.«

»Das stimmt. Außerdem soll eins ihrer Bilder zerstört worden sein, wusstest du das? Könnte also sein, dass es etwas mit ihrer Kunst zu tun hatte, dass jemand sich deswegen über sie aufgeregt hat. Sie hat ja schon immer polarisiert. Aber deswegen jemanden töten?«

Karin schüttelte den Kopf und räumte das Geschirr in die

Spülmaschine. Als sie sich aufrichtete, legte Karin ihr eine Hand auf die Schulter.

»Sag mal, wie geht es dir eigentlich?«

»Ach, geht so. Das Finanzielle treibt mich am meisten um.« Sie hielt kurz inne. »Und dann bin ich es so verdammt leid, mir das ständige Gejammer über seine Kindheit anzuhören. Es wird irgendwie immer schlimmer, als könnte er an gar nichts anderes mehr denken.«

Sie war selbst überrascht, dass plötzlich alles aus ihr hervorbrach, sie hatte nicht vorgehabt, darüber zu reden. Vielleicht war es Karins professioneller Therapeutinnen-Blick, der sie dazu brachte.

Karin lächelte.

»Manchen Leuten gelingt es nie, mit ihrer Vergangenheit abzuschließen. Das Seltsame ist, dass die Erinnerungen daran immer stärker werden, je älter man wird. Man zieht Bilanz, beginnt zu analysieren. In gewisser Weise gehen wir zurück, während wir gleichzeitig weitergehen.«

Aus dem Wohnzimmer drangen die leisen Klänge von Van Morrisons *Brown Eyed Girl.*

»Pass nur auf, dass du dich selbst darüber nicht verlierst, dass passiert ja in manchen Beziehungen.«

Im Wohnzimmer erhob Daniel die Stimme:

»Nein, das verstehe ich jetzt nicht. Was meinst du damit?«

Sie erstarrte und lauschte. Hörte die aufgebrachte Stimme ihres Mannes:

»Heute wird ihnen alles in den Arsch geschoben.«

»So empfinden wir das gar nicht, wir wollen ihnen einfach nur das geben, was uns selbst als Kindern versagt war«, meinte Daniel. Er wirkte peinlich berührt.

Sie sah ihn aufstehen, wie um zu signalisieren, dass er keine Lust hatte, das Gespräch fortzusetzen.

Am liebsten wäre sie im Boden versunken. Sie warf

Karin einen raschen Blick zu, doch die zwinkerte ihr zu. Sie brauchte sich also keine Sorgen um ihre Freundschaft zu machen.

Die Sonne fiel auf den Küchentisch. Sie setzte sich an den Laptop und gähnte, spürte die Müdigkeit im ganzen Körper.

Normalerweise hatte sie keine Schlafprobleme, doch in den letzten Tagen wurde sie immer wieder mitten in der Nacht von einer Art innerem Alarmsignal geweckt. Und als sie letzte Nacht aufgewacht war, hatte sie festgestellt, dass das Bett neben ihr leer war. Nach einer Weile hatte sie das vertraute Knarren der Treppe gehört, sich rasch umgedreht und so getan, als würde sie schlafen.

Das ungute Gefühl vom vorangegangenen Abend bei Karin und Daniel steckte ihr noch in den Knochen. Sie hatte es nicht über sich gebracht, ihm etwas dazu zu sagen, als sie zu Hause gewesen waren, hatte einfach nur schweigend die Kinder zu Bett gebracht. Was sie von dem Gespräch mitbekommen hatte, war, dass ihr Mann behauptet hatte, nicht nur ihre eigenen, sondern auch die Kinder ihrer Freunde seien völlig verwöhnt und würden gar nicht begreifen, wie gut sie es hätten.

Vielleicht sollte sie Karin noch einmal anrufen und mit ihr reden, sich versichern, dass alles in Ordnung war. Doch eine innere Stimme mahnte sie, endlich damit aufzuhören, sich für sein Benehmen verantwortlich zu fühlen.

Wenn, dann musste er anrufen.

Sie stand auf, ging zur Kaffeemaschine und füllte ihre Tasse. Schaute in den Garten hinaus. Die helle Frühlingssonne ließ die Scheiben noch schmutziger wirken, sie musste dringend einmal wieder Fenster putzen.

Die Osterferien waren zu Ende, morgen würde sie zum ersten Mal seit Langem wieder im Laden arbeiten. Obwohl es alles andere als ein Traumjob war und nichts mit dem zu tun hatte, wofür sie einmal studiert hatte, freute sie sich doch auf eine gewisse Art von Routine. Einen stabilen Alltag. Andere Menschen zu treffen, das Gefühl, eine Aufgabe zu haben, egal, worin sie bestand.

Sie öffnete den Schrank, nahm ein Glas heraus und füllte es mit Wasser.

Im selben Moment drehte sich der Schlüssel in der Haustür. Sie warf einen Blick auf die Küchenuhr. Halb zwölf.

Jacob und Hedvig kamen um die Zeit noch nicht aus der Schule.

Sie stellte ihr Glas ab und klappte den Rechner zu, bevor sie in den Flur trat.

Er sah müde aus, ließ seine Tasche neben der Haustür zu Boden fallen.

»Hallo. Du bist schon zu Hause?«

»Ja, ich war müde und habe außerdem furchtbare Kopfschmerzen. Ich ruhe mich ein bisschen aus und fahre dann noch mal runter.«

Er musterte sie.

»Was ist?«, fragte er. »Du wirkst so angespannt?«

»Angespannt? Ich habe mich nur gewundert, wer da kommt. So früh ist sonst nie jemand zu Hause.«

»Ich gehe hoch und schlafe noch ein bisschen.«

Die Treppenstufen knarrten unter seinen Füßen. Noch nie hatte sie erlebt, dass er mitten am Tag von der Arbeit kam, um sich auszuruhen. Er hatte sich definitiv verändert.

Mittwoch, 24. April

Riesige Flammen schlugen aus dem Küchenfenster. Tess musste rein, sofort. Die gellenden Hilfeschreie des Jungen wurden immer leiser, übertönt vom Prasseln und Toben des Feuers.

Von Weitem hörte sie die Feuerwehr. Sie würde nicht rechtzeitig da sein. Es kam auf sie an, ob er starb oder nicht. Eine weitere Explosion brachte auch das zweite Fenster zum Bersten, jetzt schlugen die Flammen auch daraus hervor. Sie kniff die Augen zusammen und rannte los, warf sich mit aller Kraft gegen die Terrassentür.

Sie erwachte von ihrem eigenen Schrei. Chilli, ihr Pudelmischling, sprang erschrocken vom Bett herunter, wo er zu ihren Füßen gelegen hatte.

Tess setzte sich auf und blickte sich um. Keine Hitze, kein Feuer. Ihr T-Shirt war nassgeschwitzt. Noch immer war sie sich nicht sicher, ob sie tatsächlich in das brennende Haus hineingesprungen war und wo sie sich befand. Vor ihrem inneren Auge sah sie Tims rundes Gesicht. Ganz allein, zu Tode erschrocken und zusammengekauert, saß er in der Abstellkammer neben der Küche des Hauses in Östra Grevie.

Endlich beruhigte sie sich wieder und legte sich auf den Rücken. Wie oft hatte sie diesen Traum schon geträumt. Sie war es so leid. Doch er drängte sich ihr immer wieder auf, ließ ihr keine Ruhe, als wolle er sie daran erinnern, dass sie Tim noch eine Antwort schuldig war.

Ein wahrer Traum und gleichzeitig ein Albtraum. Denn sie war während des Brands gar nicht im Haus gewesen, sondern erst später dazugekommen. Dennoch hatte er sich ihr tief eingeprägt, und sie erinnerte sich so gut daran, als wäre sie jede Sekunde mit dabei gewesen.

Sie hatte sich damals persönlich um den Dreijährigen gekümmert, nachdem die Mutter tot im Obergeschoss aufgefunden worden war. Da es keine Verwandten gegeben hatte, die sich unmittelbar um ihn hätten kümmern können, hatte er einige Monate bei Tess gelebt. Erst nach vier Wochen hatte er wieder zu sprechen begonnen. Nur ganz wenig und nur einzelne Wörter, aber immerhin, die Kinderpsychologin hatte gemeint, sein Aufenthalt bei ihr habe Wunder gewirkt.

Sie wusste, warum der Traum ausgerechnet jetzt wiederauftauchte. Der Mord an Tims Mutter Lena war der Grund gewesen, weshalb sie Leiterin des Cold-Case-Teams geworden war. Noch immer jagte sie ihrer Revanche hinterher.

Tess und ihre damaligen Kollegen hatten Lena Bergholms Tod zunächst als Brandunfall eingeschätzt. Erst später, nachdem die Frau obduziert worden war, hatte sich herausgestellt, dass sie bereits vor dem Brand tot gewesen war. In ihrer Lunge waren keine Rußpartikel gefunden worden, wie es der Fall gewesen wäre, wenn sie zum Zeitpunkt des Brandes noch gelebt und geatmet hätte.

Mit mehreren Wochen Verspätung wurde ihnen klar, dass die Frau vermutlich ermordet worden war. Und da hatten der oder die Täter natürlich schon einen enormen Vorsprung gehabt. Tess war damals ganz neu in der Abteilung Gewaltverbrechen gewesen, und die Fehleinschätzung lastete schwer auf ihrem Gewissen. Doch den höchsten Preis hatte natürlich der kleine Tim bezahlt, der seine Mutter verloren und noch dazu vermutlich den Mord mit angesehen hatte. Das wiederum bedeutete, dass er möglicherweise auch den Täter kannte.

Er hatte nie mit ihr darüber geredet. Doch Tess hatte es gesehen, in seinem finsteren Blick. Tief in seinem Innern barg er ein Geheimnis, und sie wünschte sich sehr, dass er irgendwann bereit sein würde, mit ihr darüber zu reden.

Noch immer hielt sie Kontakt zu Tim, der inzwischen Teenager und ein vielversprechender Nachwuchsspieler bei Malmö FF war. Manchmal trafen sie sich in der Stadt. Von außen schien es, als würde es für den Sechzehnjährigen gut laufen, dennoch fragte sich Tess, wie es in ihm aussah. Immer wieder las sie in der alten Ermittlungsakte, um zu prüfen, ob sich neue Anhaltspunkte ergaben. Wegen des Brandes waren die technischen Voraussetzungen sehr schlecht, die Hitze und die Flammen hatten einen Großteil der Spuren zerstört. Der Schlüssel war eindeutig Tim und seine Erinnerungsbilder, denen sie allerdings kaum mehr nachgehen konnte.

Tess stand auf, in dem nassen T-Shirt begann sie zu frieren. Sie schaute aufs Handy und entdeckte eine Nachricht. Den Absender kannte sie nur zu gut. Nach der Trennung hatte sie Angelas Namen durch ein A ersetzt. Lächerlich eigentlich, als würde es das Ganze irgendwie besser machen.

Angela schrieb, ob sie sich nicht treffen könnten, sie würde gerne etwas mit ihr besprechen.

Seufzend legte Tess ihr Handy beiseite. Warum konnte Angela sie nicht in Ruhe lassen? Nachdem endlich so viel Zeit vergangen war, dass der schlimmste Schmerz sich gelegt hatte. Sie wusste ja, dass es Angela nicht darum gehen konnte, ihrer Beziehung eine zweite Chance zu geben. Ganz sicher nicht, schließlich hatte sie sie neulich erst Hand in Hand mit einer anderen Frau gesehen. Vielleicht war es ja auch das, was sie ihr erzählen wollte? Vielleicht hatte sie Tess gestern im Taxi erkannt? Oder es war wie immer: Angela wollte den Kuchen essen und gleichzeitig behalten, indem sie sich versicherte, dass sie immer noch eine Rolle in Tess' Leben spielte, während sie sich gleichzeitig eine neue Partnerin zulegte.

Sollte sie es doch noch mal versuchen, wenn es ihr so wichtig war. Tess hatte jetzt jedenfalls keine Lust, mit ihr zu reden, denn sie gab sich große Mühe, über die Beziehung hinwegzukommen. Irgendwann hatte sie sich, wie so viele um sie herum, ein Profil auf einer Datingseite eingerichtet. Vier Dates waren bisher herausgesprungen, und sie hatte sich jedes Mal zwingen müssen, hinzugehen. Eigentlich war das nichts für sie. Sie begriff nicht, mit welcher Leichtigkeit Marie einen Typen nach dem anderen traf. Sie selbst war wahrscheinlich einfach zu sensibel für dieses Spiel. Mette jedoch würde sie wiedersehen, das war schon vereinbart. Es war das erste Treffen gewesen und hatte sich am natürlichsten angefühlt.

Tess ging ans Fenster. Die großen Scheiben zur Terrasse waren nass vom anhaltenden Regen während der Nacht und in den frühen Morgenstunden. Durch den schmalen Spalt zwischen den Häusern erhaschte sie einen Blick auf die aufgewühlte bleifarbene See. Nicht ein einziger Farbtupfer unterbrach das Grau. Genauso fühlte sie sich auch an diesem Morgen.

Eine Weile starrte sie noch aufs Meer hinaus und dachte über ihre Arbeitssituation nach. Dabei klangen ihr die Worte ihres Vaters in den Ohren: dass man in Krisensituationen wie diesen die wirklich Starken erkannte, die trotz allem in der Lage waren, einen weiteren Pfeil abzuschießen, auch wenn sie sich gerade ganz unten befanden. Weiterzugehen, den Widerstand als Sprungbrett zu nutzen, es war der Treibstoff, der einen voranbrachte. Meistens hatte er recht, und im Moment sah es so aus, als wäre es auch ihm endlich gelungen, sich im Leben ein Feld weiterzuschießen.

Tess trat von der Terrassentür zurück.

»Keine Chance, ich gehe nicht nach Helsingborg«, sagte sie laut zu sich selbst.

Die Gassen von Västrahamn waren wie leer gefegt, im Sprühregen kehrten Tess und Chilli von ihrer Joggingrunde zurück. Tess öffnete die Wohnungstür. In ihrer Tasche vibrierte das Handy.

»Brännström hier.«

Es war der Forensiker in Linköping, ihr wichtigster Kontakt beim NFC. Wenn ihm danach war, kümmerte er sich an der langen Schlange weiterer Anfragen vorbei zunächst um ihre Fälle, was sie enorm zu schätzen wusste. Sie hatte ihm einiges zu verdanken und dachte oft, dass er seinem Namen gerecht wurde: Wenige brannten so sehr für ihre Arbeit wie dieser Forensiker.

»Ich habe in den letzten Tagen ein paar Analysen durchgeführt, die Ihnen vielleicht etwas nützen könnten.«

Tess überlegte fieberhaft. Sie erinnerte sich nicht, in letzter Zeit Material eingeschickt zu haben, zu dem die Ergebnisse noch ausstanden. Dennoch schlug ihr Herz schneller.

»Ich bin gespannt.«

»Der Mord an Max Lund kurz vor Ystad im Oktober 2004 – sagt Ihnen das etwas?«

Tess wusste sofort, welchen Fall er meinte, obwohl er sich nicht auf der Prioritätenliste ihres Teams befand. Doch wie bei allen unaufgeklärten Fällen, hatte sie sich auch über diesen einen Überblick verschafft, um zu schauen, ob sich neue Hinweise ergaben.

Es war einer der brutalsten Morde gewesen, den die Polizei in Schonen je auf dem Tisch gehabt hatte. Max Lund, Schüler des Musikzweigs der Folkhögskola Skurup, war kurz vor Ystad tot in einem Waldstück an der Landstraße Väg 9 aufgefunden worden. Sein Oberkörper war mit unzähligen Messerstichen übersät gewesen, einer davon hatte sein Auge getroffen. Ein Stück von der Leiche entfernt lag das rote Damenfahrrad, mit dem Max nach einem Kneipenabend nach Hause gefahren war. Trotz mehrjähriger Ermittlungen war der Mord noch immer unaufgeklärt.

Als Berufsanfängerin hatte Tess damals ihre ersten Lehrjahre bei der Polizei Malmö absolviert und war persönlich mit diesem Fall kaum in Berührung gekommen. Dennoch erinnerte sie sich noch gut an die Umstände.

»Er wurde damals mit zahlreichen Messerstichen im Oberkörper am Straßenrand gefunden«, fuhr Brännström fort. »Was mich am meisten Zeit gekostet hat, war jedoch eine Spur, die wir nie richtig verstanden haben …«

Er machte eine Kunstpause.

»Ja?«

»Am Fundort, also an Max' Hose, wurde weißer Lehm gefunden. Ich weiß nicht, wie viele Stunden, vielleicht sogar Monate ich damit verbracht habe, herauszufinden, woher er stammen könnte, ohne dass es mir je gelungen ist. Wenn meine Vorgesetzten wüssten, wie viel Zeit ich auf diesen verfluchten Lehm verwendet habe, hätten sie mich wahrscheinlich schon vor Jahren rausgeschmissen.«

Tess erinnerte sich wieder an Brännströms Besessenheit. In der Zeitschrift *Kriminalteknik* hatte sie eine Reportage über ihn gelesen, in der er von seiner Suche nach diesem speziellen weißen Lehm berichtet hatte.

»Und jetzt …«

Tess schaute auf die Küchenuhr an der Wand. Der Forensiker musste auf etwas gestoßen sein, was zumindest in seiner Welt als revolutionär gelten musste. Doch er hatte auch die lästige Angewohnheit, seine Berichte auszudehnen, wenn es um etwas ging, das ihm am Herzen lag.

»Ja …?«, versuchte sie es erneut.

»Jetzt ist er nach all den Jahren ganz unerwartet wiederaufgetaucht.«

Nach einer weiteren Kunstpause fuhr er fort:

»Am Karfreitag hat ein Fischer eine tote Frau im Wasser gefunden, direkt unterhalb des Leuchtturms von Stenshuvud. Da das bei Ihnen in der Gegend liegt, werden Sie sicher davon gehört haben, es handelt sich um Mischa Lindberg, eine ziemlich bekannte Künstlerin.«

»Ja, ich habe gehört, dass zunächst von einem Unfall oder Selbstmord ausgegangen wurde, inzwischen denkt man aber wohl eher an Mord.«

»Genau. Und auf dem Boden des gestohlenen Bootes am Fundort machte man eine seltsame Entdeckung. Man fand denselben verdammten Lehm, dem ich nun schon mein halbes Leben hinterherjage. Wobei natürlich nicht gleich klar war, dass es um meinen Lehm ging, das stellte sich erst heraus, nachdem Robin Falck von der Spurensicherung in Ystad mir eine Probe zugeschickt hatte. Er kennt meine Arbeit und weiß, wie sehr ich mich für Lehm interessiere.«

Tess überlegte, was diese Information für sie bedeuten könnte.

»Und Sie sind sich ganz sicher, dass es dieselbe Sorte Lehm ist?«

Brännström schien beinahe beleidigt: »Dass es derselbe Lehm ist und dass dies der einzige Ort ist, an dem er seit Max Lunds Ermordung gefunden wurde, darauf gebe ich Ihnen Brief und Siegel. Es besteht nicht der geringste Zweifel.«

»Seltsam.«

»Nicht wahr? Doch mein Problem ist immer noch dasselbe. Nach wie vor weiß ich nicht, woher er stammt oder wo ich suchen soll. Na ja, immerhin haben Sie jetzt etwas, wo Sie ansetzen können. Schreckliche Geschichte, dieser Mord an Max Lund. Der Stich ins Auge. Dann das Fahrrad, das man zuerst nicht gefunden hatte und das dann doch noch aufgetaucht war – überhaupt, so viele offene Fragen. Und nicht ein einziger mutmaßlicher Täter, kein Verdacht, geschweige denn eine Festnahme in all den Jahren. Wer richtet einen Jungen so zu? Ich erinnere mich nur, dass damals überlegt wurde, ob es mit seinem Klavierspiel zusammenhängen könnte. Ihr Kollege war ja damals an den Ermittlungen beteiligt, wie heißt er gleich? Alle nennen ihn immer nur beim Nachnamen.«

»Lundberg?«

»Ja, genau. Wir standen damals regelmäßig in Kontakt. Wie auch immer, ich dachte, es könnte Sie interessieren, es wäre vielleicht etwas für Ihr Cold-Case-Team.«

Nachdem sie aufgelegt hatten, ließ Tess sich auf das Sofa fallen, noch immer in Joggingklamotten. Der Mord in Österlen. Dieselbe Lehmspur, die vor fünfzehn Jahren auch an Max Lunds Leiche gefunden wurde.

Chilli bellte in der Küche und riss sie aus ihren Gedanken. Seine schwarzen Ohren standen steil nach oben, er legte den Kopf schief und wedelte erwartungsvoll mit dem Schwanz, schaute auf den Ball, der vor ihm auf dem Boden lag.

Sie bereute es nicht, dass sie den Hund behalten hatte, doch manchmal wünschte sie sich, der dreijährige Rüde würde langsam erwachsen und aufhören, sich wie ein Welpe zu benehmen. Ihre Exfreundin, Eleni, wollte den Hund nicht behalten und ihn über ein Kleinanzeigenforum verkaufen. Das konnte Tess nicht zulassen, und so hatte sie den Hund übernommen, nachdem sie sich getrennt hatten.

Er war ihr viel zu sehr ans Herz gewachsen. Aber nach den ersten Wochen war ihr plötzlich die Verantwortung bewusst geworden, und die Einschränkungen, die es mit sich brachte. Zumal, da Chilli es verabscheute, so lange allein zu Hause zu sein. Doch dann hatte sie Kajsa gefunden. Die Fünfundsechzigjährige hatte über einen Aushang im ICA Markt Maxi in Västerhamn ihre Dienste als Hundesitterin angeboten.

Tess stand auf und warf den Ball auf die Terrasse.

Nachdem sie geduscht und sich angezogen hatte, setzte sie sich draußen auf einen Stuhl. Es war weiterhin mild, und sowohl der Hopfen als auch die Weinranken hatten den Winter relativ gut überstanden.

Tess nahm ihr Handy und googelte nach einem Foto von Max Lund. Strahlend lächelte er in die Kamera. In der Bildunterschrift stand, es sei an seinem letzten Abend aufgenommen worden, an dem er mit Freunden in einem Pub in Ystad gewesen war.

Sie betrachtete seine Augen. Nichts in seinem Blick deutete auch nur auf eine Spur von Angst hin. Auch auf dem nächsten Foto, auf dem er auf den Händen durch den Raum lief, sah sie nichts davon. Es war eine Innenaufnahme, im Hintergrund war ein weiß geschlämmter, offener Kamin zu sehen. Sein grün geringelter Pullover war heruntergerutscht, sodass man ein Stück von seinem Bauch sah. Das Lächeln war dasselbe. Breit und strahlend, direkt in die Kamera.

Zweiundzwanzig Jahre alt und auf dem Sprung ins Leben. Ein vielversprechender Musiker. Sein Fall war zu den Akten gelegt worden und schlummerte im Archiv. Plötzlich tat ihr dieser junge Mann auf dem Foto unglaublich leid.

Was ist in dieser Nacht bloß passiert?

Niemand sollte in diesem Alter sterben müssen. Und kein Elternpaar sollte, als wäre es eine zusätzliche Strafe, anschließend Jahr für Jahr mit einer solchen Ungewissheit leben müssen. Es war eine Sache, wenn jemand sich selbst Gefahren aussetzte, Drogen nahm oder in eine Bande hineingeriet und kriminell wurde. In Max' Fall sprach jedoch nichts dafür, dass er sich in kriminellen Kreisen bewegt und illegale Dinge getan hatte. Das Portemonnaie hatte damals noch in seiner Jackentasche gesteckt, um einen Raubmord konnte es sich also auch nicht gehandelt haben. Und sein Handy lag auf der Ladestation in dem Haus der Wohngemeinschaft in Saltsjöbaden außerhalb von Ystad, in dem Max zusammen mit anderen Schülern lebte. Es gab keinerlei auffällige SMS oder irgendetwas anderes, das den Ermittlern weitergeholfen hätte.

Der Mord war einfach unerklärlich. Und vielleicht war genau das der Grund, warum man ihn irgendwann zu den Akten gelegt hatte. Die Ermittler waren vor die berühmt-berüchtigte Wand gelaufen. Und um einen alten Fall wieder neu aufzurollen, war es nötig, dass es neue Erkenntnisse gab, mit denen man weiterarbeiten konnte. Aufgrund der enormen technischen Entwicklung handelte es sich dabei meist um Beweismaterial, das man erneut analysieren ließ.

Jetzt war also eine winzige Verbindung zu einem fünfzehn Jahre alten Fall aufgetaucht. In Form derselben Sorte Lehm unbekannten Ursprungs am Boden eines Bootes in Österlen, wo die Leiche einer Frau um die sechzig, mutmaßlich ermordet, aufgefunden worden war.

Tess stand auf. Es gab immer einen Ausweg. So berechnend es sich auch anfühlen mochte, der schreckliche Mord an Max Lund konnte vielleicht die Rettung für das Cold-Case-Team sein. Doch im Kampf um ihre Arbeit und die Rettung ihres Teams musste sie zu Methoden greifen, derer sie sich sonst selten bediente.

Deshalb rief sie Lars Palmqvist von der *Kvällsposten* an.

Palmqvist wirkte überrascht. Tess erklärte ihm, es gebe

Neuigkeiten zu einem alten Fall, über die sie gern mit ihm reden wolle.

»Na, das ist ja mal eine Ehre«, sagte er skeptisch.

Palmqvist beschwerte sich sonst immer, dass die Polizei so wenig mitteilsam war.

»Um welchen Fall geht es denn?«

»Es ist besser, wenn wir uns irgendwo treffen.«

Lundberg und Marie wirkten betroffen. Dass das Cold-Case-Team seine Arbeit aufgeben sollte, war eine der bittersten Nachrichten, die Tess als Chefin je hatte überbringen müssen.

»Das ist so was von unfair«, sagte Marie. »Was hat denn der Rest des Hauses im Vergleich zu uns in den letzten Jahren zustande gebracht?«

Sie steckte sich ein Kaugummi in den Mund und legte die Füße auf den Tisch. Sie hatte noch die Kinder wegbringen müssen und war deshalb wieder einmal zu spät zur Besprechung erschienen.

»Verdammter Mist«, sagte Lundberg, der sonst nie fluchte. »Das klingt völlig absurd.«

Tess vermutete, dass ihm das große Gespenst des Vorruhestandes soeben wie eine Bratpfanne auf den Kopf gefallen war. Bingo spielen und Patiencen legen war wahrscheinlich wirklich nicht gerade das, wonach er sich gesehnt hatte.

»Aber es hat sich eine unerwartete Möglichkeit aufgetan«, sagte Tess.

Sie ging an die Tafel, an der sie einige Informationen über die kalten Fälle gesammelt hatten, mit denen sie in den letzten Monaten gearbeitet hatten. Vorsichtig zog sie ein Foto des zweiundzwanzigjährigen Max Lund aus der Gesäßtasche ihrer schwarzen Jeans und pinnte es an die Tafel. Direkt daneben befestigte sie ein Foto des Leuchtturms in Stenshuvud und eine Karte von Söderslätt und Österlen.

»Der Mord an Max Lund, in den Medien oft als Foltermord bezeichnet. Du warst an den Ermittlungen beteiligt, Lundberg, oder?«

Lundberg blickte überrascht auf.

»Ja, zumindest im ersten Jahr. Ein sehr brutaler Mord. Messerstiche in Bauch und Rücken und einer sogar ins Auge. Insgesamt waren es vierundzwanzig Stichwunden.«

Tess nickte.

»Es war eins der grausamsten Verbrechen, mit denen die Polizei in Schonen je zu tun hatte. Und nach wie vor sind viele Fragen offen. Allmählich kommen die Eltern des jungen Mannes in die Jahre, sie haben es verdient, endlich damit abschließen zu können.«

Tess berichtete von ihrem Gespräch mit Brännström vom NFC, dass er sie am frühen Morgen angerufen und von dem weißen Lehm berichtet hatte, der in einem Boot im Stenshuvud Nationalpark gefunden worden war, genau dort, wo man die Leiche der Künstlerin Mischa Lindberg entdeckt hatte.

»Wir haben also eine einzigartige Sorte Lehm, die jetzt bereits in einem zweiten Mordfall auftaucht. Ein seltsamer Zufall. Aber zu eindeutig, als dass man es ignorieren könnte. Ich habe später noch einmal mit Brännström telefoniert und ihn gebeten, den geringelten Pullover noch einmal zu untersuchen, den Max in der Mordnacht trug. Die letzte Analyse ist immerhin vierzehn Jahre alt.«

Tess schaute in ihre Aufzeichnungen.

»Wie ihr wisst, gibt es keine Garantien. Aber Brännström meint, bisher sei der Pullover fachgerecht gelagert worden. Die Frage ist, ob der Fleck so rechtzeitig getrocknet ist, dass die DNA nicht verunreinigt wurde. Das wissen wir noch nicht. Ebenso wenig, wie wir wissen, ob Regen und Feuchtigkeit ihn damals beeinträchtigt haben.

Wir hoffen aber, dass wir darauf schnellstmöglich eine Antwort bekommen.«

Lundberg setzte sich seine Lesebrille auf. Er schien über etwas nachzudenken.

»Wie du vielleicht weißt, hat mich damals ein Mann angerufen und behauptet, er hätte Max Lund ermordet. Zweimal hat er sich gemeldet, von der Telefonzelle vor dem Hauptbahnhof aus, die es bis vor wenigen Jahren noch gab. Er sagte, er sei sein Leben lang immer wieder verlassen und hängengelassen worden, vor allem von Frauen. Und er hätte nicht beabsichtigt, Max zu töten.«

»Nicht beabsichtigt?« Marie schnaubte. »Bei vierundzwanzig Messerstichen muss er doch irgendwann gemerkt haben, was er tat, und hätte einfach aufhören können.«

»Habt ihr ihm geglaubt?«, fragte Tess.

Lundberg legte den Kopf schief.

»Das war schwer einzuschätzen. Ein paar Dinge schienen uns sehr glaubwürdig, doch er hätte sie auch aus den Zeitungen haben können. Über den Fall wurde ja wahnsinnig viel berichtet. Ich erinnere mich aber, dass er behauptete, er fühle sich besonders schuldig, seit er gehört habe, dass Max ein begabter Pianist gewesen sei, eine Künstlerseele. Das sei er selbst nämlich auch.«

»Und was hat er als Grund für den Mord angegeben?«

»Er habe ihn in der Dunkelheit versehentlich angefahren. Anschließend sei es zum Streit gekommen, und er habe sich nicht mehr unter Kontrolle gehabt.«

»Hm«, machte Tess. »Und ihr konntet nie zurückverfolgen, wer er war?«

»Nein. Es gab nicht einmal Fingerabdrücke in der Telefonzelle.«

Marie ließ ein Gummiband um ihr Handgelenk kreisen.

»Warum hat er ausgerechnet dich angerufen?«

»Er meinte, er hätte mich im Radio gehört und den Eindruck gehabt, ich sei ein guter Mensch.«

Marie schoss das Gummiband quer durchs Zimmer.

»Und warum bist du später aus den Ermittlungen ausgestiegen?«

Lundberg schlug die Beine übereinander.

»Es fühlte sich sinnlos an weiterzumachen, wir traten auf der Stelle. Und dann tauchten neue Fälle auf, für die Ermittler benötigt wurden.«

Tess musterte Lundberg. Sie hatte ihn noch nie lügen hören, war sich jedoch sicher, dass dies nicht die ganze Wahrheit war. Niemals wäre Lundberg einfach so aus einer Ermittlung ausgestiegen, bloß weil sie sich als schwierig herausstellte.

Sie nahm einen Stift und deutete auf den lächelnden Max Lund an der Tafel.

»Dieser junge Mann hier könnte sich als unser rettender Engel erweisen. Er verdient es, dass wir den Fall endlich aufklären, und gleichzeitig eröffnet uns sein Schicksal durch den weißen Lehm, der damals bei ihm gefunden wurde, ein winziges Schlupfloch. Könnt ihr mir folgen?«

»Nein, eher nicht«, sagte Marie und machte eine Kaugummiblase. »Wir sollen doch abgewickelt werden oder stillgelegt, wie sie es nennen.«

»Auf dem Papier, ja. Aber Papier hat uns noch nie aufhalten können, oder?«

Lundberg schob sich die Brille in die Stirn.

»Du meinst, wir sollten uns den Fall Max noch mal vornehmen? Verstehe ich dich richtig?«

»Genau.«

»Aber wie soll das gehen? Man wird uns ständig wegen anderer Dinge in den Ohren liegen, wegen irgendwelcher Schießereien oder so.«

»Lasst mich nur machen. Wir drei werden weiterhin als Team zusammenarbeiten. Wie genau wir das hinkriegen, lasst meine Sorge sein.«

»Ich bin dabei«, sagte Marie. »Hauptsache, Merkel hört endlich auf, mich an Makkonen auszuleihen.«

Ihre Armbänder klapperten.

Lundbergs Blick blieb an Max Lunds Foto hängen.

»Ein komplizierter Fall«, sagte er. »Wir haben alles getan und sind doch vor die Wand gelaufen. Bist du sicher, dass du ihn wieder aufrollen willst?«

Der Zweifel in seiner Stimme war nicht zu überhören.

»Ganz sicher. Aber ich muss mich darauf verlassen können, dass ihr hundert Prozent dabei seid. Denn wir werden hart und unter enormem Zeitdruck arbeiten müssen.«

»Super, da sind die kinderfreien Wochenenden doch gerettet!«, rief Marie aus.

Tess warf einen raschen Blick auf Lundberg, erhielt jedoch keine Antwort.

»Es wäre gut, wenn du schon mal heraussuchen könntest, wen ihr damals in Verdacht hattet, wo die entsprechenden Personen sind und was sie heute machen.«

Lundberg nickte, und Tess deutete auf den Leuchtturm von Stenshuvud.

»Über die Frau, die hier am Leuchtturm gefunden wurde, wissen wir bisher noch sehr wenig.«

Sie nickte Marie zu.

»Wir beide fahren jetzt zum Leichenfundort. Ich rufe Kerstin Jacobsson von der Polizei Ystad an und versuche sie zu bewegen, ebenfalls dorthin zu kommen.«

Die Frühlingssonne schien auf die taubenetzten Wiesen, und die Birken schimmerten in hellem Grün. Auf dem Boden des Mischwalds unterhalb von Stenshuvud breiteten sich zwischen Büschen und Gestrüpp dichte Teppiche von blühenden Buschwindröschen aus.

»Hier«, sagte Tess und bog auf einen Weg ein, an dem ein Schild die letzten achthundert Meter bis zum Gipfel anzeigte.

Während der Autofahrt war ihr schlecht gewesen, und sie wollte vor dem Zusammentreffen mit Kerstin Jacobsson am Leuchtturm noch eine kleine Runde gehen. Marie keuchte und fluchte auf dem Anstieg, der über ein Geröllfeld aus runden, moosbedeckten Steinen führte, die überall im Nationalpark zu finden waren.

»Für Schonen war das jetzt aber ganz schön steil«, ächzte sie, als sie oben auf dem südlichen Aussichtspunkt angekommen waren.

»Du solltest mehr Sport machen.«

Marie deutete auf ihr Handy.

»Ich habe doch das hier. Laut Schrittzähler entspricht das dreiundzwanzig Stockwerken zu Fuß.«

Tess, eigentlich eine gewissenhafte Joggerin, hatte das Training in letzter Zeit selbst ein wenig schleifen lassen. Normalerweise ging sie mindestens viermal pro Woche laufen oder ins Fitnessstudio. Und sie konnte die Vernachlässigung des Sports nicht einmal auf eine mögliche Schwangerschaft schieben, sie wusste, dass es nicht schadete, eher im Gegenteil.

Schweigend bewunderten sie die herrliche Aussicht. Vor ihnen lag die Ostsee, dunkelblau, sehr bewegt und mächtig. Abgesehen von einzelnen Schleierwolken war der Himmel strahlend blau, und das Meer glitzerte in der Aprilsonne.

»Ich erinnere mich noch, wie sie uns auf der obligatorischen Schonenrundfahrt in der Mittelstufe hier raufjagen wollten«, sagte Marie. »Ich bin damals mit ein paar anderen unten auf dem Parkplatz geblieben und habe heimlich geraucht.«

Tess konnte sich Marie in diesem Alter ohne weiteres vorstellen. Sie trat an die Felskante und stellte fest, dass sie sich auf einer Anhöhe schräg oberhalb des Leuchtturms befanden, doch die Bäume behinderten die Sicht. Bisher waren sie auf keine weiteren Personen getroffen. Die einzigen Lebewesen, denen sie begegnet waren, waren ein paar Hasen und ein Reh gewesen, das wie erstarrt stehen geblieben war, als es sie erblickte.

Sie folgten dem Weg bis zum nördlichen und höchsten Aussichtspunkt. Als sie den kahlen Felsen erreichten, eröffnete sich ihnen ein Rundumblick auf Wälder, Meer, Wiesen und Apfelbaumpflanzungen unter ihnen. Wie eine dünne weiße Linie erstreckten sich die Küstenstrände bis hinauf zum Blekinge Schärengarten.

»Verdammt, ist das schön, dem Büro und den ständigen Besprechungen einmal zu entkommen«, sagte Marie und streckte beide Arme in die Luft.

Tess stimmte ihr zu und bewunderte den dichten Buchenwald unter ihnen.

»Ich frage mich ja, warum Lundberg dem Fall Max gegenüber so negativ eingestellt ist. Hast du auch gemerkt, wie er sich gewunden hat, sobald er zur Sprache kam?«

Marie nickte.

»Ja, das war nicht zu übersehen. Vielleicht hat er Angst vor einer Auseinandersetzung mit unserer neuen Merkel. Er gehört wohl eher einer loyaleren Generation an, was die Sache mit den Chefs betrifft.«

Tess runzelte die Stirn.

»Ich hatte eher das Gefühl, es ist etwas anderes. Eine Art Berührungsangst.«

Der Weg den Berg hinunter führte erneut über das Geröllfeld.

»Oh Mann, Scheiße«, fluchte Marie, als sie mit dem Turnschuh abrutschte. »Wie viele Steine kann es an einem Ort geben?«

Nach einer Weile stießen sie auf den schmalen Pfad, der am Meer entlangführte. Tess schob ein paar kahle Zweige beiseite und entdeckte die Spitze des weißen Leuchtturms.

Obwohl an Land kein Wind ging, schlugen die Wellen hoch, und es dröhnte, wenn sie sich an den Klippen brachen. Der Scheinwerfer des Leuchtturms war ausgeschaltet, genau wie er es in den letzten zehn Jahren immer gewesen war. Die Felsen rund um ihn herum waren ungleichmäßig abgeschliffen, und man musste gut aufpassen, wohin man seine Füße setzte.

Hinter dem Leuchtturm tauchte Kerstin Jacobsson auf, in einen gelben Regenmantel gehüllt.

»Ich habe euch nicht kommen hören, das Meer ist so laut.«

Hinter ihr schlugen meterhohe Wellen an Land. Der weiße Schaum der Brandung flog über die Steine. Tess bemerkte die Blumen, die am Fuß des Leuchtturms abgelegt worden waren.

»Kannten viele in der Gegend Mischa Lindberg?«

Kerstin Jacobsson steckte die Hände in die Jackentaschen.

»Hier sind alle sehr betroffen. Es ist lange her, seit bei uns etwas so Schreckliches passiert ist.«

»Ich habe gelesen, es gab ziemlich viel Aufregung um ihr Bild, das von Unbekannten zerstört wurde«, sagte Tess.

Kerstin lachte kurz.

»Ja, oder besser gesagt, es gab Leute, die fanden es abstoßend, dass sie mit ihrem Menstruationsblut gemalt hat. Ist ja auch ziemlich unkonventionell. Aber sowohl sie als auch ihr Exmann, Andy Sartz, sind bekannt dafür, mit ihren Werken zu provozieren. Ich erinnere mich, wie sie einmal in der Weihnachtszeit einen rot angesprühten Tannenbaum über der Fußgängerzone in Ystad aufhängten und behaupteten, das sei eine Installation. Es gab einen Riesenaufstand bei den Leuten, und am Ende mussten sie ihn wieder abnehmen.«

»Habt ihr schon irgendwelche Spuren, was die Sabotage in der Galerie angeht?«

»Nein, keine Fingerabdrücke, Schuhabdrücke oder Ähnliches. Die Alarmanlage war ausgeschaltet, was darauf hindeutet, dass es jemand gewesen ist, der sich dort auskannte. Oder zumindest den Code kannte.«

»Aber ihr geht davon aus, dass es einen Zusammenhang zwischen der Zerstörung des Bildes und ihrem Tod gibt?«

Kerstin Jacobsson nickte.

»Ja, das muss man wohl. Oder was meint ihr?«

Die Brandung war so laut, dass sie fast schreien mussten. Kerstin Jacobsson berichtete, dass an Mischa Lindbergs Hals unnatürliche rote Male gefunden worden seien, nachdem man sie an Land gebracht habe. Die erste gerichtsmedizinische Untersuchung hätte außerdem gezeigt, dass sie kein Wasser in der Lunge hatte, weshalb ein Tod durch Ertrinken ausgeschlossen werden könne.

Marie war bis zu den Felsen direkt am Wasser hinuntergegangen.

»Genau da unten lag sie.« Kerstin Jacobsson zeigte auf ein paar Felsbrocken, die vom Wasser überspült wurden.

»Ostern war das Meer allerdings sehr viel ruhiger.«

»Trotzdem anstrengend, eine Leiche bis hierher zu transportieren«, sagte Tess.

Kerstin schüttelte den Kopf.

»Ja, niemand kann so richtig begreifen, warum sie ausgerechnet hier gefunden wurde.«

»Hatte sie irgendwelche Verbindungen zu diesem Ort?«

»Soweit bekannt, nicht. Allerdings wohnte sie nur wenige Kilometer von hier, Richtung Svinaberga. Der Ex-Mann meinte, sie habe keinen besonderen Bezug zum Meer gehabt.«

»Wohnte sie allein? Keine Familie?«

»Nicht wirklich, sie hatte keine Kinder. Sie und ihr Ex-Mann sowie dessen neue Frau hatten aber wohl ein sehr enges Verhältnis, sie scheinen ihr am nächsten gestanden zu haben. Es gab noch ein paar Freunde aus Kindertagen, aber die wohnen in Malmö oder weiter im Norden.«

»Und ihr geht nach wie vor davon aus, dass sie in dem Boot hierhergebracht wurde, das man später gefunden hat?«

»Alles deutet darauf hin. An einem Tag wie heute mit viel Seegang ist es kaum möglich, hier anzulegen, aber wie gesagt: Ostern war es deutlich ruhiger.«

Kerstin schaute aufs Meer hinaus.

»Ob sie da allerdings noch lebte und erst hier draußen ermordet wurde, wissen wir noch nicht. Wir hoffen es durch eine weitere Obduktion herauszufinden. Abgesehen von dem gestohlenen Boot aus Kivik haben wir noch keine vernünftige Spur. Und natürlich diesen Lehm, dem ihr auf der Spur seid. Das Erste, was einem dabei in den Sinn kommt, sind ja Künstler, Tonkrüge, dass es vielleicht damit zu tun haben könnte.«

Tess schüttelte den Kopf.

»Allem Anschein nach handelt es sich bei dem Lehm, der Brännström vom NFC seit Jahren keine Ruhe lässt, tatsächlich um eine natürlich vorkommende Sorte, die aufgrund ihrer Konsistenz und der weißen Farbe sehr besonders ist.«

»Seltsam«, sagte Kerstin Jacobsson. »Ich erinnere mich noch sehr gut daran, wie Max Lund tot aufgefunden wurde. Obwohl ich damals in Malmö gearbeitet habe, hat mich der Fall sehr mitgenommen. Er war so jung und vielversprechend. Und es gab keinerlei Motiv, keinen Verdächtigen. Schrecklich.«

Tess blickte zum Leuchtturm hinauf.

»Und der wird also gar nicht mehr benutzt. Dennoch leuchtete er gleißend hell, als die Frau am Karfreitagmorgen gefunden wurde?«

»Ja, es ist unglaublich. Der Leuchtturm ist seit über zehn Jahren nicht mehr in Betrieb. Der Fischer Olle Hansson, der die Leiche fand, traute seinen Augen nicht, als er das Licht durch den Nebel sah. Es sei wie in einem Film gewesen.«

Die Metalltür hinter Kerstin Jacobsson war mit Graffiti überzogen. Tess ging in die Hocke und stellte fest, dass es sich um die üblichen Kritzeleien handelte.

»Wer hat eigentlich Zugang zum Leuchtturm und benutzt ihn?«

»Niemand nutzt ihn. Es gibt aber eine Frau in der Gemeinde, die den Schlüssel verwaltet. Das Schloss war aufgebrochen, ein einfaches Vorhängeschloss. Der Stromkasten liegt direkt neben dem Eingang, aber auch da haben die Techniker keine Fingerabdrücke gefunden.«

Marie sprang von Stein zu Stein, bis sie wieder bei ihnen war.

»Sind normalerweise viele Leute hier draußen?«

»Nein. Im Sommer vielleicht, aber es ist ja relativ unzugänglich.«

»Er steht übrigens nach wie vor zum Verkauf, also der Leuchtturm«, fuhr Kerstin Jacobsson fort.

»Zum Verkauf?«, fragte Marie erstaunt.

»Ja, schon seit mehreren Jahren, seit er nicht mehr genutzt wird. Es ist der Gemeinde aber bis heute nicht gelungen, einen Käufer zu finden. Schon verrückt. Auf Gotland standen die Leute Schlange, als vor einigen Jahren acht Leuchttürme zum Verkauf standen, sowohl Privatpersonen als auch Kulturvereine meldeten sich. Dieser dagegen scheint schwer vermittelbar zu sein. Dabei handelt es sich um einen echten Klassiker. Vielleicht ist es die Lage.«

Tess sah sich noch einmal um. Ein schwieriger Ort, um einen Mord zu begehen.

Sie verließen den Leuchtturm und gingen zum Parkplatz zurück. Außer ihren eigenen waren keine weiteren Autos zu sehen, doch eine Gruppe deutscher Wandertouristen hatte sich mit Rucksäcken und Stöcken vor den Infotafeln versammelt.

Marie und Tess folgten Kerstin Jacobsson zu ihrem Auto und fragten, wie der Ex-Mann, Andy Sartz, auf Mischa Lindbergs Tod reagiert habe.

»Er ist am Boden zerstört. Und voller Wut. Andy Sartz ist bekannt, oder besser, berüchtigt für sein Temperament. Ihr habt vielleicht von dem Turm gehört, um den es so einen Streit gab?«

»Einen Turm?«, fragte Tess.

»Eine Art Kunstprojekt, das völlig aus dem Ruder lief. Der Nachbar zeigte ihn deswegen an, und jetzt liegt der Vorgang beim Amtsgericht.«

»Habt ihr ihn gefragt, ob es Berührungspunkte zwischen

Max Lund und Mischa Lindberg gegeben haben könnte? Kannten sie sich?«

»Er bestreitet es vehement.«

»Wie sah es bei ihr zu Hause aus? Ist euch da irgendetwas aufgefallen?«

»Nein. Die Kollegen sind rausgefahren, sobald ihre Identität feststand, es war aber alles in Ordnung.«

Kerstin Jacobsson öffnete die Autotür.

»Diese Angelegenheit wird für noch mehr Unruhe in der Gegend sorgen. Seit einem Jahr etwa haben wir hier einen Typen, der nachts Frauen angreift, zuletzt erst vor ein paar Wochen. Und jetzt das hier.«

Sie schüttelte den Kopf.

»Wir werden wohl eure Hilfe brauchen, um das wieder in den Griff zu bekommen.«

Bevor Kerstin Jacobsson losfuhr, einigten sie sich darauf, sich gegenseitig auf dem Laufenden zu halten.

»Merkwürdig«, sagte Tess, als sie hinter Kerstin her den Hügel hinauffuhren, »wie jemand auf die Idee kommt, eine Leiche an so einem Ort zu deponieren. Man fragt sich doch wirklich, wozu.«

»Andererseits«, sagte Marie und schüttelte den Kopf, »ist es auch sehr merkwürdig, wenn jemand ein Bild mit seinem letzten Menstruationsblut malt.«

Lundberg saß in seinem Haus in Oxie auf dem Sofa und betrachtete das Foto von Max Lund, das er bei Google gefunden hatte. Seinen offenen Blick. In sich aber spürte er einen Widerstand, eine Wand. Die Fehler, die sie gemacht hatten, der unlösbare Fall Max Lund. Würde er es noch einmal schaffen, sich dem zu stellen? Was würde diesmal ans Tageslicht kommen? Und was, wenn dieser Mann wieder anrief?

Es war wirklich nicht einfach für ihn. In der einen Waagschale lag der Fall Max, in der anderen ein paar letzte Jahre vor der Pensionierung, die er entweder in Malmö oder in Helsingborg ableisten konnte. Nichts gegen die hübsche Hafenstadt und die Kollegen dort, dennoch war es natürlich etwas völlig anderes als seine Arbeit als Cold-Case-Ermittler hier, das war ihm durchaus bewusst.

Darüber hinaus stellte sich die Frage, was er selbst sich als Abschluss einer langen und recht erfolgreichen Karriere wünschte. Obwohl er nicht gerne daran dachte, näherte sie sich doch unausweichlich dem Ende. In drei Jahren wurde er fünfundsechzig. Dann würde er in der Cafeteria oder einem der Besprechungsräume des Polizeigebäudes stehen, einer der Vorgesetzten würde ihm die Hand schütteln, und anschließend ginge er mit einem Blumenstrauß im Arm nach Hause. Nur um anschließend dazusitzen und gewisse Fälle einfach nicht aus dem Kopf zu bekommen.

Und dann wäre es endgültig zu spät.

Lundberg schätzte Tess Hjalmarssons Leidenschaft und Hingabe an den Beruf. Noch nie hatte er mit jemandem zusammengearbeitet, der sich so voll und ganz für die alten Fälle engagierte und sich so bemühte, sie endlich zu lösen. Und Marie – nun, sie war, wie sie war. Dennoch hatte ihn oft überrascht, wie schnell sie denken konnte, ihn beeindruckte ihre Unerschrockenheit, die ihnen schon oft von Nutzen gewesen war. In einer Gruppe, in der unterschiedliche Persönlichkeiten miteinander auskommen mussten, entwickelte sich oft eine gute Dynamik, gerade dadurch, dass unterschiedliche Herangehensweisen und Denkansätze aufeinanderstießen. Zusammen hatten sie zahlreiche Erfolge gefeiert. Es wäre wirklich ein Skandal, wenn sie nicht weiter zusammenarbeiten dürften.

Lundberg nahm seine Brille ab und legte sie ins Etui auf dem Wohnzimmertisch. Rieb sich die Augen. Auf dem Regal an der Wand standen die Fotos seiner Enkelkinder aufgereiht. Seit sie auf der Welt waren, hatte sich etwas in ihm verändert. Er war vorsichtiger geworden, dachte mehr über die Risiken seines Berufs nach. Wenn er in irgendetwas hineingezogen würde, das sich auf sie auswirken könnte, würde er sich das nie verzeihen.

Er dachte an die Anrufe des Mannes, den sie damals den »großen Unbekannten« genannt hatten. Er hatte nicht gedroht. Dennoch waren es immer die leeren Fässer, die am meisten lärmten. Und wenn man nicht wusste, mit wem man es zu tun hatte, fühlte sich das nicht gut an. Natürlich konnte es sich um einen Wichtigtuer handeln, der ausgerechnet ihn auserwählt hatte. Was aber, wenn er wirklich der Mörder war? Dann war das Gewaltpotenzial, das er im Falle einer Bedrohung entwickeln konnte, beängstigend, das hatte man an Max Lund gesehen. Wer konnte garantieren, dass er in einer ähnlichen Situation nicht erneut die Kontrolle verlor?

Zwei Jahre hatte er im Mordfall Max Lund ermittelt, bevor er sich entschieden hatte, abzuspringen. Und bereits damals war den Kollegen klar gewesen, dass sie einen nahezu aussichtslosen Fall vor sich hatten. Ohne technische Beweise, mit vielen Beteiligten und keinerlei erkennbarem Motiv. Fünfzehn Jahre waren jetzt vergangen, ohne dass etwas Entscheidendes passiert war. Wie, um alles in der Welt, sollten sie plötzlich zu Ergebnissen kommen? Wenn gleichzeitig die Gefahr bestand, dass sie nebenher zur Arbeit an anderen, neuen Fällen herangezogen wurden? Nein, das war völlig absurd.

Durchs Fenster sah er seine Frau Marianne, die sich um die Beete kümmerte. Seit dem Jahreswechsel hatte sie reduziert, arbeitete nur noch die halbe Woche in der Bibliothek. Auch sie ging auf die Rente zu.

Er erhob sich und öffnete die Terrassentür. Die Sonne schickte sich gerade an unterzugehen, es war merklich kühler geworden, und er zog sich eine Strickjacke über das gestreifte Hemd.

Marianne war zum Kompost hinübergegangen und drehte sich lächelnd zu ihm um.

»Ich würde gerne deine Meinung hören«, sagte er.

»So«, sagte seine Frau und stellte die Harke auf dem Boden ab.

»Was ist deiner Meinung nach das Wichtigste in einem langen Berufsleben?«

Marianne stützte sich auf den Stiel des Gartenwerkzeugs.

»Ich glaube, dass man stolz darauf ist, was man erreicht und geleistet hat, dass es sich sinnvoll anfühlt. Und natürlich, dass man ein Gleichgewicht zwischen Beruf und Privatleben findet.«

Lundberg nickte und sah zu dem großen Krähennest in der Birke hinter ihr hinauf.

»Hm. Danke.«

In den starken Widerstand, den er immer noch spürte, der vielleicht sogar noch stärker geworden war, mischte sich jetzt ein anderer Gedanke, der ihn nicht loslassen wollte: Noch ist Zeit, die Dinge wieder zurechtzurücken.

Donnerstag, 25. April

Im Malmöer Polizeigebäude griff die Panik vor den Ratten immer mehr um sich. Überall hingen Zettel, die dazu aufriefen, keine Lebensmittel herumliegen zu lassen, »um die vierbeinigen Diebe« nicht anzulocken. Am Vormittag hatte es plötzlich auch in einem Schrank im Pausenraum der Abteilung Gewaltverbrechen geraschelt, sodass die Kammerjäger nun auch auf ihrer Etage anrückten, um die Schädlinge zu bekämpfen.

Auch außerhalb des Polizeigebäudes herrschte Unruhe. In der Nacht war im legendären Nachtclub *Etage* am Stortorget eine Bombe explodiert. Der gesamte Eingangsbereich sowie zahlreiche Fensterscheiben des Gebäudes waren zerstört. Es war die dreizehnte Explosion mitten in Malmö innerhalb weniger Monate.

Westford hatte eine größere Pressekonferenz gegeben, um die Einwohner zu beruhigen und das Gefühl zu vermitteln, alles wäre unter Kontrolle. Was natürlich nicht stimmte, wie man sehr wohl spürte, wenn man Makkonens Büro betrat.

Mit ihrem Kaffeebecher in der Hand blieb Tess vor seiner Tür stehen, zögerte, entschied sich dann aber doch, anzuklopfen. Makkonen blickte auf und winkte sie herein.

An einer Wand hing ein großer Stadtplan von Malmö, übersät mit roten, blauen und grünen Stecknadelköpfen, Fotos von Personen und einer Vielzahl von Pfeilen, die deren Verbindungen untereinander verdeutlichen sollten. Die Fotos sahen nicht unbedingt so aus, als stammten sie aus der Mitgliederzeitschrift des Pfadfinderbundes. Makkonen hielt sich die Stirn, während er etwas an dem Whiteboard neben der Karte notierte.

»Ein gotterbärmlicher Sumpf«, sagte er, nickte ihr zu und dann zu seiner Tafel. »Vielleicht hat der Polizeidirektor recht, wenn er sagt, dass es gut war, viele von denen einzulochen. Dadurch ist jetzt das Gleichgewicht gestört, es entstehen neue Machtkämpfe. Doch das ist im Alltag nur ein schwacher Trost.«

Gemeinsam betrachteten sie das Muster auf der Tafel. Tess fiel auf, dass es viele junge Gesichter waren. Manche sahen aus, als wären sie noch Kinder. Es war ein alter Trick, dass sie die Jüngeren ausnutzten, die leicht Verführbaren, die ihr Taschengeld aufbessern wollten und bei einer Festnahme keine oder deutlich kürzere Haftstrafen zu befürchten hatten.

In den letzten Monaten hatte Karim, einer der wichtigsten Köpfe im Bandenmilieu, sie mehrfach angerufen, um ihr Hinweise zu den Bandenkriegen zu geben. Obwohl sie ihm erklärt hatte, dass dies nicht ihr Arbeitsgebiet war, hatte er immer nur sie angerufen, wollte sich mit ihr treffen und ihr erzählen, was er wusste. Sie hatte diese Dinge immer gleich an Makkonen weitergeleitet, und jetzt war es schon eine ganze Weile her, seit Karim sich zuletzt bei ihr gemeldet hatte.

Makkonen ging zu dem Foto eines jungen Mannes um die zwanzig.

»Der hier, zum Beispiel. Früher waren kleine Ladendiebstähle das Schlimmste, was ihm so einfiel. Inzwischen ist er in zwei Mordfällen verdächtig. Das geht so wahnsinnig schnell, und es gibt so viele von ihnen, sie werden immer jünger. Und alles nur wegen dieser verdammten Kreuzung.«

Makkonen zeigte auf eine Straßenecke am Minisupermarkt am Ramels Väg. Eine der berüchtigtsten Straßenecken ganz Malmös, ja vielleicht sogar Schwedens.

»Dort hängen sie ab. Fünfzehnjährige. Man müsste die ganze verdammte Ecke einfach zumauern und abriegeln. Wenn man in dem Viertel versehentlich ins Gebüsch tritt, kann es passieren, dass einem mit einer Kalaschnikow, die dort versteckt liegt, ein Bein abgeschossen wird. Und jetzt, wo wir dort Überwachungskameras installiert haben, hat sich das Elend in die Keller verzogen, jetzt dealen, prügeln und erschießen sie sich dort.«

Makkonen ließ den Finger weiter zu einem Gassenstumpf in Seved wandern.

»Und hier, weißt du, die Jacken und Hosen der Typen dort kosten mein halbes Monatsgehalt. Sie sind gerade mal zwanzig und können kaum lesen. Man wird echt irre, wenn man das sieht.«

Er deutete auf das Foto eines blonden jungen Mannes über dem Foto der Straßenecke.

»Das ist Jalle, sein Vater hat ihm schon als Teenager beigebracht, Drogen aus Rotterdam hierher zu schmuggeln. Inzwischen ist er ein Vollblutdealer und betreibt von einer Waschküche in Kroksbäck aus einen Großteil des Drogenhandels.«

Die meisten Menschen auf Makkonens Tafel waren in Malmö aufgewachsen. In schwierigen Gegenden und unter schlechten Voraussetzungen. Es gab zahlreiche soziale Faktoren und Erklärungen für die Probleme und ihr Außenseitertum.

In vielen Fällen waren bereits ältere Verwandte kriminell unterwegs, die ganz einfach intern ihre Leute rekrutierten. Sie bezeichneten sich selbst nicht als Banden. Die Herkunftsländer spielten keine Rolle, es zählte nur die Wohngegend, und mit wem man aufgewachsen war. Der Freundeskreis.

Tess beneidete Makkonen nicht um seine Aufgabe, zumal nach der letzten Welle der Gewalt, die über Malmö hereingebrochen war. Sie hatte sich bewusst von diesem Teil der Polizeiarbeit ferngehalten, sah nichts anderes darin als ein unlösbares Knäuel brutaler krimineller Strukturen.

Makkonen richtete sich ein wenig auf.

»Immerhin gibt es ein paar Lichtblicke«, sagte er. »Unsere neue Chefin. Sie sieht, was getan werden muss, und versorgt uns mit zusätzlichen Kräften.«

Tess sagte nichts. Die zusätzlichen Kräfte für Makkonen gingen auf ihre Kosten. Doch obwohl Makkonen normalerweise immer alle Neuigkeiten im Haus sofort aufschnappte, wusste er anscheinend noch nicht, dass ihr Team aufgelöst werden sollte. Tess ging zur Tür.

»Übrigens«, rief Makkonen ihr hinterher.

Tess blieb an der Tür stehen und drehte sich um.

»Diese Erling ... Ich ertrage sie einfach nicht mehr. Sie kommt ständig zu spät, flucht am laufenden Band und antwortet nicht, wenn man sie etwas fragt.«

Tess nickte verständnisvoll.

»Ich verstehe dich. Sie ist nicht mehr sie selbst. Schick sie doch zu mir, dann kümmere ich mich um sie, und du bist das Problem los.«

Rafaela trat ein und wich Tess' Blick aus. Makkonen hob hinter ihrem Rücken den Daumen. Mit dieser ihm vorübergehend zugesprochenen Mitarbeiterin war er anscheinend deutlich zufriedener.

Tess parkte vor der Hansagalerie mitten in Malmö, wo sie ungestört reden konnten. In der Hand hielt sie einen Umschlag mit dem Foto von einem Paar Lederhandschuhe, wie Max Lund sie getragen hatte.

Normalerweise mied Tess Journalisten, so gut sie konnte, zu oft war sie auf sie hereingefallen, zu oft hatten sie ihr Vertrauen missbraucht. Doch bei Lasse Palmqvist von der *Kvällsposten* wollte sie diesmal eine Ausnahme machen, vor allem aus Eigeninteresse.

Sie sah ihn gleich, als sie das kleine Café hinter der Buchhandlung in der Einkaufspassage betrat. Er stand an der Theke und trug wie immer ein Basecap mit dem Logo einer Sportmarke, das in deutlichem Gegensatz zu seinem eleganten Anzugstil stand.

Lasse Palmqvist hatte seine Quellen bei der Polizei, zu denen Tess jedoch normalerweise nicht zählte. Aber sie war davon überzeugt, dass Makkonen eine davon war. Palmqvist galt als einer der erfahrensten Kriminalreporter. Er irrte sich selten und gehörte zu den wenigen in der Medienwelt, die sich in der Kriminalgeschichte auskannten und Fakten stets sorgfältig prüften. Er hatte zahlreiche Artikel über den Mord an Max Lund geschrieben und kannte den Fall in- und auswendig. Tess hatte nicht vor, ihm zu verraten, warum genau sie den Fall wieder aufrollen wollten. Die Verbindung zum Lehm und dem Fall in Österlen wollte sie noch eine Weile für sich behalten, der Täter sollte davon nicht zu früh erfahren.

Palmqvist zuckte zusammen, als sie plötzlich neben ihm auftauchte.

»Freut mich«, sagte er und streckte die Hand aus.

»Na, mal sehen«, sagte Tess und schenkte sich ein Glas Wasser ein.

Lasse Palmqvist nahm seine Kaffeetasse mit, und sie setzten sich in eine Ecke des Cafés. Tess stellte fest, dass sie keinen der ohnehin wenigen Gäste kannte. Außerdem war der Geräuschpegel so hoch, dass sie ungestört reden konnten. Sie spürte Palmqvists forschenden Blick, als sie sich setzten.

»Das ist das erste Mal, dass Sie mich um ein Treffen bitten«, sagte er lächelnd. »Sonst war eher ich es, der Ihnen hinterhergerannt ist.«

Tess lächelte ebenfalls.

»Gewöhnen Sie sich lieber nicht daran«, sagte sie und zog einen Umschlag mit der Aufschrift »Max Lund 2004« aus der Tasche.

»Ach, verdammt, diese Geschichte. Gibt es irgendetwas Neues?«

Tess schüttelte den Kopf.

»Nicht wirklich. Allerdings haben wir einen interessanten Hinweis bekommen, den wir prüfen wollen, und wir werden weitere DNA-Analysen vornehmen. Dafür brauchen wir Tipps aus der Bevölkerung.«

Lasse Palmqvist pfiff leise durch die Zähne und hob eine Augenbraue.

»Was ist das für ein neuer Hinweis?«

Tess trank einen Schluck.

»Das kann ich Ihnen zum jetzigen Zeitpunkt leider noch nicht sagen. Aber vielleicht bald.«

Palmqvist musterte sie nachdenklich.

»Warum haben Sie mich kontaktiert?«

»Warum nicht?«

»Nun ja, normalerweise wird ordentlich getrommelt und eine Pressekonferenz einberufen, wenn Sie einen alten Fall wieder aufnehmen.«

Tess verzog das Gesicht.

»Ich habe meine Gründe. Außerdem haben sowohl Sie als auch Ihre Kollegen immer wieder behauptet, die Sache würde richtig groß aufgemacht, wenn Sie die Information exklusiv bekommen. Das ist doch nach wie vor so, oder nicht?«

»Im Prinzip schon, aber seit alles im Netz stattfindet, haben solche Nachrichten mittlerweile eine deutlich kürzere Halbwertzeit. Ich nehme also an, Sie möchten gerne wissen, ob das hier groß rausgebracht wird?«

»Es wäre toll, wenn es ordentlich Aufmerksamkeit bekäme.«

»Der Fall Max hat viele bewegt. Es hat ihnen Angst gemacht, viele Leute trauten sich nach Einbruch der Dunkelheit nicht mehr, mit dem Rad nach Hause zu fahren, es ging das Gerücht, ein irrer Serienmörder treibe sein Unwesen. Dann die ungewöhnliche Brutalität. So etwas hatte man in Schonen bisher noch nicht erlebt. Viele dachten anfangs, der Doppelmörder Lövström könnte etwas damit zu tun haben. Und dann gab es da dieses Konzert gegen Gewalt, das unmittelbar danach stattfand, seine Eltern kamen auf die Bühne und zeigten ganz offen ihre Trauer, das war ungewohnt.«

Er nahm einen Schluck Kaffee.

»Dieser Lehm, den man an seinem Hosenbein gefunden hat. Gibt es dazu neue Erkenntnisse?«

Tess schüttelte den Kopf. Und es war ja auch nicht gelogen. Noch gab es nichts Neues dazu.

»Nein. Zum Lehm ebenso wie zu allem, was Max' Fahrrad

angeht, sind wir dringend auf Hinweise aus der Bevölkerung angewiesen.«

Palmqvist nickte.

Tess öffnete den Umschlag, zog das Foto von den Handschuhen heraus und reichte es Palmqvist.

»Max Lund trug immer solche Handschuhe, mehrere Zeugen sagen aus, dass sie ihn auch am Abend vor dem Mord damit gesehen haben. Als man ihn jedoch fand, waren die Handschuhe verschwunden. Und sie sind auch nie wieder aufgetaucht. Bisher sind wir mit dieser Information nicht an die Öffentlichkeit gegangen, Sie sind der Erste außerhalb der Polizei, der davon erfährt. Und jede Information, die wir über diese Handschuhe bekommen können, ist wichtig.«

Lasse Palmqvists Miene hellte sich auf.

»Neue Fotos, das ist gut. Man merkt, Sie wissen, was die Medien wollen. Aber natürlich ist mir auch klar, dass Sie uns, oder besser gesagt mich, dazu benutzen, die Information unter die Leute zu bringen.«

Tess' Blick blieb völlig unbewegt.

»Das ist der letzte Fall, den wir bearbeiten werden. Klar, dass wir mit gehisster Flagge untergehen wollen, oder?«

Palmqvist beugte sich zu ihr hinüber.

»Der letzte? Und dann?«

»Wird die Arbeit des Cold-Case-Teams auf Eis gelegt, es wird aufgelöst, wir müssen uns dann um all die Dinge kümmern, die aktuell geschehen.«

Lasse Palmqvist stellte seine Tasse so schwungvoll ab, dass der Kaffee überschwappte.

»Machen Sie Witze?«

»Leider nein.«

»Aber Sie waren doch super erfolgreich.«

»Sparmaßnahmen. Die Bandenrivalitäten brauchen all unsere Reserven auf. Fragen Sie den Polizeidirektor oder die neue Leiterin der Abteilung Gewaltverbrechen, Sandra Edding. Es war ihre Entscheidung.«

Palmqvist schüttelte den Kopf.

»Das ist doch absurd! Das wird richtig Ärger geben.«

»Mir soll's recht sein«, sagte Tess und gab zu verstehen, dass ihr Treffen beendet war.

Sie wollte gerade gehen, als Palmqvist sich erneut zu ihr herüberbeugte und auf sein Auge deutete.

»Das mit dem Stich ins Auge, bei Max …«

»Nein«, sagte Tess.

»Nein, wie: Das darf nicht an die Öffentlichkeit gelangen?«

»Ja, genau. Nein zu all solchen Dingen.«

Sie blickte ihn scharf an.

»Ich hoffe, Sie sind sich im Klaren darüber, warum das so wichtig ist.«

Palmqvist nickte mehrmals und hob die Hände.

»Absolut, absolut.«

Tess hatte vermutet, dass Palmqvist über das Auge Bescheid wusste, über die Art und Weise, wie Max getötet worden war. Wenn jemand außerhalb des kleinen Kreises ermittelnder Polizisten darüber Bescheid wusste, dann er. Sie waren nie damit an die Öffentlichkeit gegangen, um es sich für den Tag aufzubewahren, an dem sie einen begründeten Tatverdacht hatten und den Betreffenden damit konfrontieren konnten.

»Eine letzte Frage noch. Haben Sie aktuell weitere Vernehmungen durchgeführt?«

»Nein, wir befinden uns sozusagen noch in den Startlöchern.«

»Dieser Typ, Joe Svensson, stand ja damals recht massiv unter Verdacht. Auch sein Freundeskreis bestand aus eher lichtscheuen Gestalten. Ist er immer noch aktuell für Sie?«

»Das waren zwei Fragen«, sagte Tess und erhob sich. »Sie und ich, wir haben uns nie hier getroffen, okay? Wenn Sie mich kontaktieren, werde ich antworten: ›kein Kommentar‹.«

»Also wie immer«, sagte Palmqvist und lachte.

»Genau wie immer. Was ich offen sagen werde, ist, dass ich Ihnen die Fotos gegeben habe. Nur damit Sie Bescheid wissen. Und ich melde mich, wenn ich mehr für Sie habe.«

Palmqvist schüttelte den Kopf.

»Komisches Treffen. Was passiert da eigentlich gerade bei Ihnen in der Porslinsgatan?«

Tess wedelte abwehrend mit der Hand.

»Das würden Sie ohnehin nicht verstehen. Aber bald sitzen wir in Helsingborg, dann brauchen Sie uns gar nicht mehr zu ertragen.«

»Wie bitte? Helsingborg?«

Palmqvists Ausruf blieb in der Luft hängen. Tess drehte sich um und ging hinaus.

Draußen auf der Straße rief sie sofort Max' Eltern an, Gunnel und Rolf Lund, die nach Barcelona gezogen waren. Für Tess war es Ehrensache, sofort die Angehörigen zu informieren, sobald sie sich wieder mit seinem Fall beschäftigen würden. Sie sollten es nicht aus den Medien erfahren.

Da sie sie nicht erreichte, hinterließ sie ihnen eine Nachricht und versuchte es anschließend bei der Schwester, Annelie Halldén.

»Es ist lange her, seit sich jemand von der Polizei bei uns gemeldet hat«, sagte sie. »Und von den Listen ungelöster Fälle in den Zeitungen ist Max schon seit einer ganzen Weile verschwunden.«

»Das stimmt, es ist viel zu lange nichts mehr passiert«, sagte Tess und spürte wieder einmal ihr schlechtes Gewissen, wie immer bei solchen Telefonaten mit Angehörigen.

Sie erklärte, sie könne nicht versprechen, dass sie diesmal Erfolg haben würden, die technischen Entwicklungen der letzten Jahre würden ihr jedoch Hoffnung machen.

»Ja, das wäre schön. Er ist viel zu lang davongekommen.«

Tess schwieg.

»Er?«

»Ja, man macht sich natürlich sein eigenes Bild, was passiert sein könnte. Aber niemand wollte das jemals hören.«

Tess öffnete die Autotür.

»Ich höre Ihnen gerne zu. Können wir uns treffen? Je eher, desto besser.«

Max' ältere Schwester, Annelie Halldén, saß bereits auf der Treppe der Stadtbibliothek in Lund und wartete auf Tess. Die Nachmittagssonne spiegelte sich in den Glastüren, durch die die Studierenden ein und aus gingen. Annelies breites Lächeln und ihr offenes Gesicht glichen dem von Max.

In den sozialen Medien hatte Tess sich über ihr Leben informiert und dabei festgestellt, dass sie sich stark für Opfer von Gewaltverbrechen engagierte. Darüber hinaus hatte Annelie eine Trauerseite für ihren Bruder geschaltet und postete oft Fotos von ihm. Vor ein paar Jahren hatte sie gemeinsam mit einer Dänin, deren Schwester auf Bornholm ermordet worden war, einen Artikel in der Tageszeitung *Sydsvenskan* über die geringe Entschädigung geschrieben, die Opfern von Verbrechen zuteilwerden. Da der Mord an Max nie aufgeklärt worden war, hatten weder sie noch ihre Eltern eine einzige Krone bekommen. Doch auch die Summe, die sonst an die Angehörigen ausgezahlt wurde, sechzigtausend Kronen, sei »lächerlich gering, ein Hohn, darauf verzichtet man gern«.

Zu Fuß schlenderten sie Richtung Clemenstorget im Zentrum von Lund. Derzeit pendelte Annelie zwischen Malmö und Lund, weil sie neben ihrer Arbeit als Schwedischlehrerin an der Uni Psychologie studierte.

»Das Studium ist vielleicht eine Art Versuch, die Welt um

mich herum und das, was damals geschehen ist, besser zu verstehen«, sagte sie und lächelte schüchtern.

Sie und Max hätten sich sehr nahegestanden, erzählte sie weiter.

»Ich denke jeden Tag an ihn, manchmal ganz flüchtig, wenn ich etwas sehe, das mich an ihn erinnert, oder auch einfach, wenn irgendwo ein Klavier steht. Aber mich hinsetzen und intensiv darüber nachdenken … Nein, das will ich nicht mehr. Ich habe gelernt abzuschalten, das war, glaube ich, meine Rettung.«

Sie kamen an einem Meer von Fahrrädern und einer Baustelle auf dem Markt vorbei, auf der rege Betriebsamkeit herrschte. Annelie erzählte, wie sie den ersten Tag erlebt hatte, als man noch fieberhaft nach Max gefahndet hatte. An jenem Sonntag, dem 3. Oktober 2004, fuhr sie zu ihren Eltern und bewachte mit ihnen das Telefon, hörte sich bei Freunden um, ging hinaus, um nach ihm zu suchen. Einen Tag später tauchten zwei Polizisten bei ihnen auf. Doch da hatten sie bereits geahnt, dass es nicht gut ausgehen würde.

»Ich war mir sicher, dass ihm etwas zugestoßen sein musste«, sagte Annelie. »Und meine Mutter hatte bereits eine Kerze für ihn angezündet.«

Annelies damaliger Freund Robert war, wie alle anderen Männer in Max' Umfeld, ebenfalls befragt und genau überprüft worden.

»Es war wirklich erniedrigend. Manchmal hatten wir das Gefühl, die Polizei würde annehmen, wir hätten meinem Bruder etwas angetan. Völlig absurd. Ich wusste ja, dass sie nach allen Seiten ermitteln mussten, dennoch … es war eine verrückte Zeit. Alle verdächtigten sich gegenseitig und redeten hinter dem Rücken schlecht übereinander.«

Der Freund hatte ein glaubwürdiges Alibi gehabt, und nach und nach war der intensive Kontakt mit der Polizei abgeklungen, und Annelie hatte versucht, irgendwie weiterzumachen, mit dem Ganzen abzuschließen.

»Robert und ich trennten uns einvernehmlich. Ich hielt es nicht aus, weiter in Malmö zu bleiben, und zog für eine Weile nach Helsingborg und dann nach Norrköping, wo ich meinen Mann Gustav kennenlernte.«

Sie verschränkte die Arme vor der Brust.

»Am schlimmsten war es, als unser Sohn Simon zur Welt kam. Da brach alles noch einmal über mich herein. In Simon sah ich Max, wie er als Kind ausgesehen hatte, ich konnte nicht länger vor den Erinnerungen davonlaufen.«

Sie blieb stehen und schaute auf den Springbrunnen in der Mitte des Marktplatzes.

»Ich weiß nicht, ob ich an so etwas glaube, aber manchmal fühlt es sich an, als wäre Max durch unseren Sohn wiedergeboren. Ihre Ähnlichkeit ist schön und gleichzeitig unheimlich, verstehen Sie?«

Tess lächelte.

»Viele Jahre habe ich mir nicht zugestanden, glücklich zu sein. Es fühlte sich verkehrt an, wenn Max nicht leben durfte. Inzwischen hat sich das geändert.«

Eine Weile standen sie schweigend da, dann drehte Annelie sich abrupt zu Tess um.

»Haben Sie einen neuen Verdacht?«

Tess schüttelte den Kopf.

»Wir hoffen eher auf neue Methoden, darauf, dass eine neuerliche Untersuchung seines Pullovers uns weiterhilft.«

Annelie fragte nicht weiter. Sie holte tief Luft und ließ den Blick über den Marktplatz wandern.

»Ich würde denjenigen, der das getan hat, gerne treffen. Von ihm hören, wie es passiert ist, um mir nicht immer ausmalen zu müssen, wie der Augenblick des Todes war. Den Teufelskreis unterbrechen.«

»Und wir hoffen, dass wir Ihnen genau dabei helfen können.«

»Wissen Sie«, sagte Annelie. »Ich bin kein bisschen wütend auf den, der meinen Bruder umgebracht hat. Merkwürdig, oder? Die Leute denken, ich müsste mich rächen wollen, müsste mir die Todesstrafe für ihn wünschen und so weiter. Aber er tut mir einfach nur leid. Ich weiß, dass es ein Mann war. Stellen Sie sich mal vor, mit so einer Schuld leben zu müssen. Das muss einen doch innerlich zerfressen. Sie als Polizistin haben doch bestimmt schon einige Menschen getroffen, die definitiv schuldig sind, denen Sie aber dennoch nichts nachweisen können?«

Tess überlegte kurz. Mehrere Gesichter tauchten vor ihrem geistigen Auge auf. Selbstverständlich gab es einige solcher Fälle, die ermittlungstechnisch als abgeschlossen bezeichnet wurden. Es frustrierte sie besonders, wenn ganz offensichtlich war, wer die Tat begangen hatte, man ihm aber dennoch nichts nachweisen konnte, das vor Gericht Bestand gehabt hätte.

»Meiner Erfahrung nach gelingt es ihnen oft, die Tat von sich abzuspalten«, sagte sie. »Sie schreiben die Geschichte einfach um. Man muss dazu allerdings schon psychopathisch veranlagt sein.«

Menschen eilten über den Clemenstorg, auf dem Rückweg von der Arbeit oder von den Vorlesungen. Sie trugen Lebensmitteltüten, schoben Fahrräder oder Kinderwagen.

Annelie nickte zu ihnen hinüber.

»Gleichzeitig habe ich auch immer irgendwie Angst davor gehabt, die Wahrheit zu erfahren. Dass es jemand gewesen sein könnte, den ich kenne. Oder jemand, der in genau diesem Augenblick über den Markt geht. Ich bin sicher, es gibt jemanden oder mehrere, die die Wahrheit kennen.«

Annelie wandte sich wieder Tess zu.

»Vor ein paar Jahren beschloss ich, die Straße außerhalb von Ystad entlangzugehen, spätabends, die Strecke, die Max damals mit dem Fahrrad gefahren ist. Mir fiel auf, wie einsam es dort war und immer noch ist. Keine Häuser, nur Wald, und die Straßenlaternen stehen weit auseinander. Warum war er da draußen? Er war nicht leichtsinnig. Ich bin die ganze Strecke abgelaufen, bis zu dem Waldstück, wo man ihn gefunden hat, ich dachte, es würde mir helfen, mir ein Bild davon zu machen, was damals genau passiert ist.«

»Und, hat es geklappt?«

Annelie sah ihr in die Augen.

»In dem Augenblick, als ich an der Stelle stand, sah ich ihn im Graben liegen. Er kämpfte mit Händen und Füßen um sein Leben, musste am Ende aber aufgeben. Ich sah, wie der Mann dennoch weiter auf ihn einstach, ihn rasend vor Wut umdrehte, obwohl er nur dalag und keinen Widerstand mehr leistete.«

Annelies Blick war konzentriert und abwesend zugleich.

»Ich sah auch, wer auf ihm lag und immer wieder zustach.«

Tess hob die Augenbraue.

»Wen haben Sie gesehen?«

»Håkan Westholm, einen seiner Mitbewohner.«

Tess wusste nur ungefähr, mit wem Max damals in dem Haus zusammengelebt hatte, erkannte aber den Namen wieder.

»Warum ausgerechnet er?«

»Max hatte mir erzählt, dass es in der WG Streit gegeben hatte. Er erzählte es an dem Abend, als wir uns bei meinen Eltern in Malmö zum Essen trafen. Irgendetwas stimmte nicht mit Håkan, das merkte ich Max an, aber er wollte nicht mehr darüber sagen. Ich hatte den Eindruck, er fühlte sich von ihm bedroht.«

»Bedroht?«

»Ja, am Ende sprach er immer wieder davon, auszuziehen, es ging ihm nicht mehr gut in der WG.«

»Aber etwas Konkretes nannte er nicht?«

»Nein, nicht wirklich. Aber er fuhr immer öfter zu meinen Eltern, kam zum Essen und übernachtete auch häufig bei ihnen. Das hatte er vorher nicht getan.«

»Haben Sie das damals der Polizei erzählt?«

»Ja, natürlich. Aber in den letzten Jahren habe ich weiter darüber nachgedacht. Damals schien die Polizei sich eher auf diesen Joe eingeschossen zu haben.«

Annelie machte eine kurze Pause.

»Ich habe ihn getroffen, und das bestärkte mich zusätzlich. Er kam zu uns, das war etwa einen Monat nach dem Mord, klopfte an und benahm sich irgendwie merkwürdig. Ich mochte seinen Blick nicht. Kühl und irgendwie leblos.«

Tess wunderte sich. Dass Håkan die Familie aufgesucht hatte, war ihr neu. Eine interessante Information, die sie bisher weder in der Zusammenfassung der Ermittlung gelesen, noch von Lundberg gehört hatte.

»Was wollte er?«

»Er schien neugierig, es kam mir vor, als wollte er herausfinden, was die Polizei uns gefragt hatte und was unserer Meinung nach passiert war und so weiter. Aber so etwas macht man doch nicht. Zur Familie eines Ermordeten fahren und sie aushorchen?«

»Was haben Ihre Eltern ihm gesagt?«

Annelie lächelte nachsichtig.

»Meine Eltern … die wollen doch immer nur das Gute in den Menschen sehen. Sie fanden, ich übertreibe, er sei doch nur ein Freund, der Anteilnahme zeigen wollte. Aber dann haben wir auch noch einen Brief bekommen.«

»Einen Brief?«

Wieder eine neue Information. Tess musste Lundberg unbedingt noch mal zur Rede stellen.

»Ja. Ein paar Monate nach dem Mord erhielten wir einen anonymen Brief. Ziemlich kurz und auf der Schreibmaschine geschrieben. Der Absender bedauerte, was passiert war, er könne unsere Verzweiflung nachvollziehen. Es kam mir irgendwie kryptisch vor. Er oder sie schrieb weiter, es gehe ihm oder ihr deswegen auch nicht gut. Ich hatte das Gefühl, der Brief war vom Mörder geschrieben worden, und er drückte sich genauso aus wie Håkan.«

»Wie meinen Sie das?«

»Höflich, altbacken, ein wenig kühl. Håkan kannte ich ja, ich wusste, wie er redet.«

»Wo ist der Brief jetzt? Haben Sie ihn der Polizei gegeben?«

»Davon gehe ich aus, aber ich bin mir nicht sicher. Sonst müssten ihn meine Eltern noch haben.«

Sie überquerten die vielbefahrene Straße am sandfarbenen Bahnhofsgebäude, gingen durch die Unterführung, die zu den Gleisen führte. Annelie wollte mit dem Zug zurück nach Malmö, und Tess begleitete sie auf den Bahnsteig, wo sich die Pendler bereits drängten. Annelie erklärte, sie freue sich, dass Tess und ihr Team sich den Fall noch einmal vornehmen wollten, auch wenn ihr bewusst sei, dass sie sich wahrscheinlich lieber keine allzu großen Hoffnungen machen sollte.

»So viele haben gelogen, als sie gefragt wurden, was sie an dem Abend gemacht haben. Mir ist immer noch schleierhaft, wieso die Polizei sie einfach hat davonkommen lassen«, sagte sie und stieg in den Zug.

Tess lief die Treppe hinunter und weiter ins Parkhaus.

Sie fuhr die Kopfsteinpflasterstraßen Lunds entlang und dachte darüber nach, was Max' Schwester ihr über Håkan Westholm und seinen Besuch erzählt hatte sowie über den anonymen Brief, von dem sie anscheinend annahm, dass ihn der Mörder geschrieben hatte. Warum stand darüber nichts in den Ermittlungsakten?

Die Ehefrau

Sie erwachte und griff nach dem Handy, schaute auf die Uhr. Viertel vor vier. Instinktiv wusste sie, dass die Betthälfte neben ihr leer war. Sie streckte die Hand aus und fuhr über das Laken.

Draußen im Flur brannte Licht. Genau wie gestern, da war er aufgestanden und hatte sich ein Brot gemacht. Das jedenfalls hatte er beim Frühstück behauptet.

Sie drehte sich auf die Seite und schlief wieder ein. Kurz darauf spürte sie, wie sich das Bett bewegte. Sie zuckte zusammen.

»Wo warst du? Hast du geduscht?«

»Ich war nur laufen.«

»Jetzt? Mitten in der Nacht?«

Er legte sich hin und zog die Decke hoch.

»Ja, ich konnte nicht schlafen. Das hilft.«

Sie hatte das schon einmal mitgemacht, als Hedvig geboren wurde. Doch damals war er tagsüber gelaufen. Wer joggte schon nachts? Sie seufzte und drehte sich auf die andere Seite.

Sie schaute zum Ladenfenster hinaus.

Nach dem unterbrochenen Nachtschlaf war sie müde. Manchmal hatte sie das Gefühl, drei Kinder zu haben, nicht nur zwei. Sie war es so leid, ständig Rücksicht auf ihn und seine miserable Kindheit nehmen zu müssen. Wenn man erwachsen war und eigene Kinder hatte, wurde es Zeit, endlich damit abzuschließen, nicht immer wieder zurückzukehren zu allem, was schiefgelaufen war. Doch er wurde immer introvertierter, zog sich zurück, versank in finsteren Grübeleien. Sie konnte ihn nicht noch einmal da hindurchtragen, sich nicht noch einmal alles über seine psychisch kranke Mutter anhören, die ihre Kinder geschlagen hatte. Sein Vater dagegen schien nicht aggressiv gewesen zu sein, nur einfach nicht anwesend. Und so hatte ihr Mann noch über den Tod des Vaters hinaus und sein ganzes Erwachsenenleben lang um die Anerkennung seines Vaters gerungen.

Das Einzige, was er seinem Sohn hinterlassen hatte, war eine einsturzgefährdete Hütte auf einer Waldlichtung weiter im Inland. Und diese Hütte war ihm jetzt heilig, sein Zufluchtsort, wie er immer sagte. Sie und die Kinder waren kaum einmal da gewesen. Es gab dort nichts für sie zu tun.

Es war ausschließlich sein Bedürfnis, und immer standen seine Bedürfnisse an erster Stelle.

Sie hatte seine Eltern nie kennengelernt, und die Kinder ihre Großeltern ebenfalls nicht. Inzwischen waren beide tot. Die Mutter war vor ein paar Jahren gestorben. Er hatte einen Anruf aus dem Pflegeheim in Svedala erhalten, in dem sie ihre letzten Lebensjahre verbracht hatte. Sie habe nicht mehr lange zu leben, hieß es einfach nur. Ein kurzes, informatives, emotionsloses Telefonat. Er hatte sich die Nachricht völlig ungerührt angehört. Als sie ihn gefragt hatte, ob er sie nicht noch einmal sehen wolle, hatte er nur gefragt, wozu das gut sein solle.

Doch sie hatte gesehen, was es mit ihm machte. Wochenlang war es weder ihr noch den Kindern gelungen, wirklich an ihn heranzukommen. Entweder fuhr er in seine Hütte oder er sperrte sich in seinem Arbeitszimmer im Keller ein.

Das Klingeln der Ladenglocke riss sie aus ihren Gedanken.

Sie hatte bisher nur fünf Kunden gehabt. Nach Ostern war es in den Kopfsteinpflastergassen wieder ruhig geworden.

Die Frau, die den Laden betrat, war jünger als sie selbst. Sie nickte und lächelte, befühlte ein paar Geschirrtücher mit Apfelmotiv.

Es war der zweite Sommer, in dem sie zusätzlich hier im Laden arbeitete und »vor Ort gefertigte« Kaffeebecher für zweihundertneunundvierzig Kronen sowie »typische« blaue und grüne Malerkittel verkaufte, die dreimal so teuer waren wie in Malmö.

Die Nebenkosten in den Läden entlang der Hauptstraße waren so gestiegen, dass das Geschäft jetzt nur noch im Sommerhalbjahr geöffnet hatte. Sie waren voll und ganz von den Touristen abhängig, die hereinkamen und Dinge kauften, für die sie woanders niemals solche horrenden Preise bezahlt hätten. Doch sobald sie zwischen den Apfelbaumpflanzungen Österlens hindurchgefahren waren, schien alle Vernunft sie zu verlassen, und sie öffneten bereitwillig ihre Portemonnaies für Dinge, die sie nicht brauchten.

»Sagen Sie Bescheid, wenn ich Ihnen helfen kann.«

Die Frau drehte sich zu ihr um, bedankte sich und verließ den Laden wenige Augenblicke später.

Die Kasse hatte sie bereits gemacht, es sah nicht aus, als würden heute noch mehr Kunden kommen. Sie öffnete die Tür, holte die Flagge an der Fassade ein, drehte das Türschild um und schloss den Laden ab.

Tess schaute sich sorgfältig um, ob keine anderen Rüden herumliefen, bevor sie Chilli auf der Hundewiese in Ribersborg von der Leine ließ. Sie ließ ihn hinter dem Ball herjagen, als ihr Handy in der Tasche ihres Pullovers klingelte. Es war Sandra Edding. Tess beschloss, den Anruf zu ignorieren. Als es aufgehört hatte zu klingeln, stellte sie fest, dass sie eine Push-Nachricht von der *Kvällsposten* bekommen hatte.

»Polizei nimmt Ermittlung im Mordfall Max Lund wieder auf. Neue Erkenntnisse.« Max' breites Lächeln strahlte ihr entgegen. Und darunter: »Ausgerechnet jetzt soll das erfolgreiche Cold-Case-Team abgewickelt werden.«

Tess war ganz aufgeregt. Sie ging zu einer Parkbank hinüber, um Palmqvists Artikel zu lesen. Ganz oben auf der Website und aufgemacht als »Extra«, genau wie versprochen.

Der Artikel enthielt, was sie gehofft hatte. Kurze und knappe Stellungnahmen von ihr sowie immer wieder Hinweise auf seine eigenen Quellen. Nichts deutete darauf hin, dass Tess dazugehörte. Palmqvist hatte sogar bereits empörte Stimmen zur geplanten Auflösung ihres Teams gesammelt.

Das hier, so hoffte sie, würde es ihren Vorgesetzten zumindest nicht leicht machen. Dass sie das Cold-Case-Team ausgerechnet in einer Situation auflösen wollten, in der endlich neue Spuren in einem der am heißesten diskutierten und brutalsten Morde aufgetaucht waren, würde ihr Ansehen in der Öffentlichkeit nicht gerade stärken.

Tess legte ihr Handy beiseite und ließ den Blick über die riesige Wiese wandern. Die Dämmerung brach über den Öresund herein, und vom Meer her kam ein kalter Wind auf.

Sie überlegte, was der Artikel wohl bei den Personen auslösen würde, die im Zuge der Ermittlungen zu Max Lund vernommen worden waren. Neue Erkenntnisse. Vermutlich wurden da jetzt einige nervös. Und genau das hatte sie erreichen wollen. Wenn es juristisch möglich gewesen wäre, hätte sie längst alle Wohnungen verwanzt, in denen diejenigen lebten, die damals verdächtigt worden waren. Doch für eine Abhöraktion brauchte sie die Zustimmung des Amtsgerichts, und davon konnte sie derzeit nur träumen.

Sie schaute noch einmal auf ihr Handy. Acht entgangene Anrufe von ihrer neuen Chefin. Es war durchaus möglich, dass sie ihren Job los war. Vielleicht versuchte Sandra Edding sie deswegen so dringend zu erreichen, um ihr zu kündigen.

Sie pfiff, und Chilli kam sofort angerannt, das zumindest funktionierte. Auf dem Rückweg ging sie am Meer und an den Bootsstegen von Västra Hamn entlang. Ganz still lag das Wasser da, das einzige Geräusch war das Brummen eines Flugzeugs, das den Flughafen Kastrup ansteuerte. Sie dachte daran, was die Hebamme in der Kinderwunschklinik in Kopenhagen ihr zum Thema Stress gesagt hatte: dass sie versuchen solle, es in nächster Zeit ein wenig ruhiger angehen zu lassen. Doch gerade tat sie genau das Gegenteil. Es war aber auch schwierig, sich auf ein Leben vorzubereiten, von dem sie einerseits gar nicht wusste, ob sie es wirklich führen wollte, und andererseits nicht sicher war, ob es überhaupt Realität werden würde. Jeden Morgen horchte sie intensiv in sich hinein, doch nichts fühlte sich neu oder anders an.

Als sie in der Kompassgatan vor ihrer Haustür stand, klingelte schon wieder das Handy. Es war Max' Vater, Rolf Lund, weshalb sie den Anruf sofort annahm.

»Wir sind sehr froh, dass Sie es noch einmal versuchen wollen«, sagte er, »auch wenn wir jetzt wahrscheinlich wieder nächtelang nicht schlafen können.«

Seine Frau habe seit Max' Tod allerdings ohnehin keine einzige Nacht durchgeschlafen.

»Jeden Morgen wacht sie um fünf auf und sieht sein Gesicht vor sich. Aber solange es keine anderen Bilder sind, die sich dazwischendrängen, wie es durchaus eine Weile der Fall war, ist es okay.«

Nach zehn Jahren bei der Mordkommission hatte Tess eine gewisse Routine bei Gesprächen mit Angehörigen. Die meisten wunderten sich, wenn sie sie nach Jahren anrief und erklärte, die Ermittlungen würden wieder aufgenommen, oft hatten sie bereits jede Hoffnung aufgegeben. Sie hatten gekämpft, es irgendwie geschafft weiterzumachen. Noch nie hatte sie erlebt, dass Angehörige sich keinen Schlussstrich wünschten, keine Antwort auf die Frage, was passiert war. Die Jahre schliffen lediglich die Erwartungen ab. Das Leben ging weiter, und nicht immer war es angenehm, wieder an den Schmerz erinnert zu werden, an die unendliche Trauer, die vielleicht gerade ein klein wenig nachzulassen begann.

Tess fragte Rolf Lund nach dem Brief und nach Håkan Westholms Besuch bei der Familie, von denen Annelie ihr erzählt hatte.

Er überlegte kurz, dann hörte Tess, wie er seine Frau fragte, ob sie sich an den Brief erinnerte.

»Ja, es kam ein Brief, ich weiß aber nicht, wo der abgeblieben ist. Haben wir ihn nicht der Polizei gegeben? Sonst schaue ich noch mal bei uns nach.«

Tess erklärte, dass sie ihn in den Ermittlungsunterlagen nicht gefunden habe und dass es deshalb schön wäre, wenn sie noch einmal nachsehen könnten. Und falls sie ihn fänden, hätte sie gerne eine digitale Kopie davon aufs Handy.

An Håkan Westholms Besuch erinnerte sich Rolf Lund indessen noch gut.

»Ein sympathischer Typ.«

»Es kam Ihnen nicht merkwürdig vor, dass er Sie besuchte?«

»Nein, ich erinnere mich, dass ich es sehr nett fand. Viele gingen ja eher auf Distanz, fürchteten sich vor unserer Trauer. Es kam sogar vor, dass die Leute die Straßenseite wechselten, wenn sie uns von Weitem sahen. Wenn jemand sich traute, seine Anteilnahme zu zeigen und uns anzusprechen, fand ich das eher angenehm.«

Rolf Lund erklärte, dass sie nicht nach Barcelona gezogen seien, um ihren Sohn und das Trauma zu vergessen, das ihnen widerfahren war, wie viele zu glauben schienen.

»Wir haben uns einfach nur für das Leben entschieden. So vieles starb für uns, als es passierte, und ein Umzug hierher war einfach das Lebendigste, was wir uns vorstellen konnten.«

Sowohl er als auch seine Frau Gunnel hegten längst keine Rachegefühle mehr und konzentrierten sich lieber auf die Erinnerung an ihren Sohn.

»Wer auch immer das getan hat, er hat seine Strafe bereits bekommen, mit so etwas im Gepäck ist man nie wieder frei. Es holt einen jeden Tag aufs Neue ein.«

Sie legten auf. Im Treppenhaus dachte Tess, wie oft sich doch herausstellte, dass Menschen im Umfeld des Täters tatsächlich etwas geahnt oder das Gefühl gehabt hatten, dass etwas nicht stimmte, jedoch nicht gewagt hatten, darüber zu sprechen. Sie konnte nachvollziehen, dass es schwierig war, dass viele Leute zweifelten, und wünschte sich dennoch, sie hätten den Mut, zur Polizei zu gehen und ihnen davon zu erzählen.

Es konnte vielen das Leben leichter machen.

2004

Max schloss die Tür zum Konzertsaal der Schule ab, in dem er an diesem Abend hatte üben dürfen. Es war ein völlig anderes Gefühl, an dem Ort zu spielen, an dem sie in der kommenden Woche vorspielen würden. Die Akustik war hier eine ganz andere. Er zog an seinen Fingern, die vom vielen Spielen leicht schmerzten. Doch er mochte das Gefühl. Und alles war unter Kontrolle. Am Mittwoch würde er sein großes Vorbild interpretieren, Glenn Gould, den kanadischen Pianisten. Wenn er es schaffte, sich nur ein Zehntel von dessen Können zu erarbeiten, wäre das schon großartig. Die Energie und die Leidenschaft hatte er bereits, doch das Spielerische und die Leichtigkeit, mit der Goulds Finger über die Tasten flogen, hatte er noch lange nicht erreicht. Max war immer noch jedes Mal sprachlos, wenn er sich Aufzeichnungen von seinen Konzerten ansah.

Eines immerhin hatte er gemeinsam mit seinem Idol, und das waren die Handschuhe. Auch Max ging ohne sie nirgendwohin. Sein Albtraum war, sich die Finger zu verkühlen, und wie immer steckte er die Hände in die Manteltaschen, um sich zu vergewissern, dass er sie dabeihatte.

Das Vorspiel des Musikzweigs war kein Wettbewerb, die Musiker konnten dort zeigen, wo sie standen, wer sie waren, und wo sie sich in Zukunft sahen. Und das also war er, das war sein Platz: Eine halbe Stunde allein auf einer Bühne, an einem schwarzen Yamaha-Flügel. Jetzt war er an der Reihe, es allen zu zeigen, mit seiner Version der Goldbergvariationen von Johann Sebastian Bach.

Die meisten aus seinem Kurs hatten lieber Jazzstücke entwickelt, die sie in kleineren Ensembles vorführen wollten. Max bewegte sich gern zwischen verschiedenen Musikstilen und spielte auch mal Jazz oder Rock, seine Herzensangelegenheit jedoch war die klassische Musik. Schon als ganz kleines Kind hatte er sich in das Klavier verliebt, und seine Eltern hatten ihn stets unterstützt.

Max hob seine Tasche vom Boden auf. Sollte er den Lehrern von seinem Konflikt mit Björn erzählen oder es lieber auf sich beruhen lassen? Er konnte ja nichts dafür, dass Björn sich ebenfalls die Goldbergvariationen ausgesucht hatte. Jeder traf seine eigene Wahl. Björns Blick aber hatte sich verfinstert, als er von Max' Auswahl erfuhr.

Manchmal tat Björn ihm beinahe leid. Er sah so einsam aus, wie er allein über das Schulgelände trottete. Und man merkte richtig, wie er litt, wenn er doch einmal mit anderen in einem Ensemble spielen musste. Er sollte einfach aufhören, dachte Max. Jemand müsste es ihm sagen. Er passte einfach nicht hierher.

Er selbst genoss jeden Tag der Musikerausbildung. Die Möglichkeit, so viel zu üben und so viele andere fähige Musiker zu treffen, bot sich nirgendwo sonst im Land.

Max warf sich die Tasche über die Schulter und ging zum Ausgang. Aus dem Übungsraum nebenan war ein Saxofon zu hören, jemand übte Tonleitern. Manchmal wünschte er sich, er hätte sich für einen Wohnheimplatz auf dem Schulgelände entschieden, um auch abends noch üben zu können.

Max trat auf den Hof und schloss sein Fahrrad auf, das an dem hellgelben Backsteingebäude lehnte. Die Kette schien richtig zu sitzen. Also stieg er auf sein altes, rotes Damenrad der Marke Monark und fuhr über den Schulhof.

Am Schultor stieg er ab, um es zu öffnen. Gleichzeitig kam von draußen jemand herein.

Björn Almström starrte ihn an.

»Lass mich mal durch«, sagte Max und versuchte sich an ihm vorbeizudrängen.

Björn rührte sich nicht vom Fleck, er blockierte die ganze Einfahrt.

»Wir können am Mittwoch nicht beide dasselbe Stück spielen«, sagte er. »Ich will nicht wie ein Affe dastehen, der dir alles nachmacht.«

Max schaute ihm in die Augen, sein Blick war so finster wie beim letzten Mal.

»Dann lass es doch«, sagte er und versuchte noch einmal, an ihm vorbei durch das Tor zu kommen.

»Es wäre nur fair, wenn du dir ebenfalls ein anderes Stück für das Vorspiel aussuchst.«

Max lachte auf und schüttelte den Kopf.

»Machst du Witze?«

Doch Björn schien es ernst zu meinen. Er trat einen Schritt nach rechts, sodass Max vorbeikam.

Völlig bekloppt, der Typ, dachte Max, stieg auf sein Fahrrad und fuhr über die Kyrkogatan zum Bahnhof.

Noch nie hatte er einen so dickköpfigen und sperrigen Menschen getroffen wie Björn. Kein Wunder, dass er auf der ganzen Schule keinen einzigen Freund hatte. Als ob er extra für ihn wenige Tage vor dem Vorspiel ein anderes Stück aussuchen würde, nachdem er so viel geübt hatte. Vielleicht sollte er doch noch mal mit den Lehrern reden.

Es war noch mild draußen, aber man spürte bereits die Kühle des nahenden Herbstes, das Laub der Bäume färbte sich gerade gelb. Der Regionalzug nach Ystad würde erst in zehn Minuten kommen. Max trug sein Fahrrad auf den Bahnsteig, setzte sich auf eine Bank und wartete.

Nach einer Weile hörte er das Geräusch des sich nähernden Zuges. Er fuhr ein, und Max stand auf.

Nachdem sich die Türen geschlossen hatten, sah er zum Fenster hinaus. Auf dem Bahnsteig stand Björn und starrte ihm hinterher.

Freitag, 26. April

Tess stellte ihre Super-Cop-Tasse unter die Kaffeemaschine der Kaffeeküche, ein Geschenk, oder besser eine kleine Stichelei von den Kollegen, nachdem sie in den Medien mal wieder über den grünen Klee gelobt worden war.

»Schicke Tasse. Ich habe versucht, Sie anzurufen.«

Tess zuckte zusammen. Sandra Edding stand hinter ihr. Sie drehte sich zu ihr um, wich ihrem Blick jedoch aus.

»Ich habe es gesehen. Sorry. Hatte das Handy auf lautlos gestellt.«

Tess trank einen Schluck Kaffee und verzog das Gesicht. Er war bitter. Dass es aber auch nicht möglich war, eine anständige Kaffeemaschine für das Polizeirevier zu kaufen.

»Wir haben uns ja erst neulich unterhalten, ich dachte, es wäre alles gesagt«, fuhr sie fort und blickte sich in dem leeren Raum um.

»Hm, wie ich schon sagte, es ist nicht meine Entscheidung, das Cold-Case-Team aufzulösen, auch wenn ich diejenige war, die Ihnen die Nachricht überbringen musste.«

»Für mich spielt es keine Rolle, wer das entschieden hat, und für die Angehörigen, denen ich das erklären muss, sowieso nicht.«

Sandra Edding ging Richtung Tür.

»Wir müssen noch mal reden. Kommen Sie«, sagte sie und schnipste mit den Fingern.

Tess kam sich vor wie ein Hund, sie konnte sich nicht

erinnern, dass jemals jemand mit den Fingern nach ihr geschnipst hatte.

Schweigend gingen sie zu Sandra Eddings Büro.

Nachdem sie die Tür geschlossen hatte, stellte Sandra Edding sich neben ihren Schreibtisch und verschränkte die Arme vor der Brust.

»Warum erfahre ich diese Neuigkeiten aus der Zeitung und nicht von Ihnen?«

Sie ließ Tess keine Zeit für eine Antwort.

»Der Artikel in der *Kvällsposten* zum Mord an Max Lund. Die neuen Erkenntnisse, die angeblich aufgetaucht sind. Worum geht es da?«

»Um Lehm. Denselben Lehm, nach dem vor fünfzehn Jahren alle Ermittler und Techniker wie verrückt gesucht haben. Jetzt ist er wiederaufgetaucht.«

»Wo?«

»Im Zusammenhang mit der toten Frau in Stenshuvud, der Künstlerin Mischa Lindberg. Sie wissen schon, der Mord in Österlen.«

»Sie meinen, es könnte Berührungspunkte zwischen dieser Frau und Max Lund geben?«

»Das weiß man nie. Um das herauszufinden, müsste man an beiden Fällen gleichzeitig arbeiten.«

Sandra Edding wandte sich ab und stellte ihre Teetasse auf den Tisch.

»Und woher wusste dieser Reporter von der *Kvällsposten* von den Plänen hinsichtlich der Zukunft des Cold-Case-Teams?«

Tess brauchte sich nicht einmal anzustrengen, um ungerührt auszusehen.

»Lasse Palmqvist ist einer der besten schwedischen Reporter, er hat verdammt gute Quellen.«

»Sind Sie eine davon?«

Tess blickte sie überrascht an.

»Es verstößt gegen das Grundgesetz, nach journalistischen Quellen zu fragen.«

Sandra Edding seufzte.

»Sie sind es gewohnt zu bekommen, was Sie wollen, oder?«

»Nein, leider nicht. Finden Sie, es wirkt so? Immerhin soll mein Team aufgelöst werden.«

»Zumindest folgen Sie ihren Chefs nicht blind.«

»Nicht, wenn ich finde, dass es falsch ist. Und ich finde es falsch, ausgerechnet mein Team aufzulösen, vor allem jetzt, da sich in einem besonders schweren Fall endlich etwas tut.«

Sandra Edding musterte sie schweigend. Tess überlegte, wie sie reagieren würde. Würde sie sie rausschmeißen? Gekündigt wegen Befehlsverweigerung, weil sie ihren eigenen Weg gegangen war. Sie war bereit, die Konsequenzen zu tragen, selbst wenn sie dann von Arbeitslosengeld leben musste und vielleicht ja auch vom Kindergeld.

Sandra Edding ging zum Bücherregal und fuhr mit den Fingern eine Reihe entlang.

»Normalerweise würde ich solch ein Verhalten dahingehend deuten, dass Sie versucht haben, mich zu hintergehen, sich meinen Anordnungen zu widersetzen. So etwas mögen Vorgesetzte nicht.«

Tess antwortete nicht. Sie hatte nicht die Absicht gehabt, jemanden zu hintergehen, sondern nur getan, was sie für notwendig hielt, um ihr Team zu retten.

Sandra Edding warf ihr einen Blick zu und kehrte zum Schreibtisch zurück.

»Aber Sie haben recht, ich kann keinen Fall liegenlassen, bei dem sich nach fünfzehn Jahren endlich etwas tut.«

Sie schaute auf ihr Handy.

»In wenigen Wochen wird der Polizeidirektor darüber entscheiden, wie die Neuorganisation aussehen soll.«

»Und?«, fragte Tess.

Sandra Edding schrieb etwas auf einen Zettel, beugte sich über den Tisch und hielt ihn ihr hin. Auf dem Zettel stand ein Datum: 15. Mai.

»Sie haben knapp drei Wochen.«

Tess betrachtete den Zettel. Knapp drei Wochen. Das war, als würde man einen Bauern bitten, innerhalb eines Monats die Ernte eines Jahrzehnts einzubringen.

»Und ich will darüber informiert werden, wenn es irgendetwas Neues gibt«, sagte Sandra Edding.

»Und Marie?«, fragte Tess.

»Ja, wie geht es ihr eigentlich?«

Tess machte ein verständnisloses Gesicht.

»Denken Sie an irgendetwas Bestimmtes?«

»Makkonen will sie nicht mehr in seinem Team.«

»Nein, und wahrscheinlich wäre es das Beste, sie, Lundberg und ich würden weiter als Team zusammenarbeiten. Marie ist eine von denen, die nur in den richtigen Zusammenhängen funktionieren, sie ist bei Makkonen einfach fehl am Platz. Sie ist nicht wie andere, sie braucht … Wie soll ich sagen …?«

Sandra Edding blickte sie fragend an.

»Ein wenig Sonderbehandlung?«

»Ja, so könnte man es ausdrücken.«

»Ich habe gehört, sie hat sich getrennt und jetzt fällt es ihr schwer, pünktlich zu sein und so zu funktionieren, wie sie soll.«

Tess schüttelte den Kopf. Sie hatte nicht vor, preiszugeben, wie oft sie in den letzten Monaten zu Marie gefahren war, um sie zur Arbeit abzuholen, obwohl sie Makkonen unterstellt worden war.

»Ja, aber das ist nichts, was sich auf ihre Arbeit auswirken würde.«

»Okay. Aber ich möchte nicht enttäuscht werden.«

Tess hob eine Augenbraue.

»Ich auch nicht.«

Als Tess und Lundberg das Cold-Case-Büro betraten, saß Marie an Rafaelas Schreibtisch, sie hatte die Füße hochgelegt.

»I'm back for good«, sagte sie. »Ein kleiner Schritt für die Menschheit, ein großer für Makkonen. Was glaubt ihr, wie er ohne mich zurechtkommen wird?«

»Es wird bestimmt anstrengend, aber willkommen zurück«, sagte Tess und lächelte.

Sie stellte ihre Sporttasche ab, ging zum Whiteboard und schrieb die Zahl neunzehn an die Tafel.

»Das ist die Anzahl der Tage, die wir zur Verfügung haben.«

Marie lachte höhnisch, und Tess hob die Hand, wie um sich gegen Protest zu schützen.

»Ich weiß, es klingt wahnsinnig. Aber das ist alles, was wir bekommen haben.«

Sie drehte sich zu Lundberg um.

»Wollen wir anfangen?«

Lundberg nickte und trat ans Whiteboard, auf dem er in groben Zügen die bisherigen Ermittlungen im Fall Max Lund skizziert hatte.

»Erzähl uns chronologisch, wie Max' letzte Stunden aussahen. Ganz grob.«

Lundberg schnäuzte sich und zeigte auf den Stadtplan von Ystad.

»Nachdem sie den Pub The Goat verlassen hatten,

trennten sich Max und seine Freunde hier auf dem Markt in Ystad, und Max beschloss, mit dem Rad nach Hause zu fahren. Die anderen drei aus seiner WG – Joe Svensson, Håkan Westholm und Anna Woytic – hatten vor, noch zu einer privaten Party weiterzuziehen beziehungsweise den Nachtbus nach Malmö zu nehmen. Hier gehen die Geschichten ein bisschen auseinander. Max ging sein Fahrrad holen, während die anderen auf dem Markt blieben. Laut ihren Aussagen haben sie ihn dort zum letzten Mal gesehen. Es gab eine Theorie, die aber nie bestätigt wurde, dass Max trotz des Regens an einem Imbiss an der Hamngatan hielt und sich einen Hamburger kaufte, was laut Obduktion das Letzte war, was er gegessen hatte. Der Mann, der an dem Abend in dem Imbiss arbeitete, hatte ihn auf Fotos nicht wiedererkannt, es seien ›zu viele nachtaktive Jugendliche um die Zeit unterwegs gewesen‹, und er habe keine Überwachungskameras.«

Lundberg räusperte sich und fuhr fort.

»Der Tod trat relativ kurz nach dem Abschied von seinen Freunden auf dem Marktplatz ein. Außer einer gewissen Carina Eskilsson, die in einem Haus an der Landstraße Väg 9 wohnt und am Fenster stand, als er vorbeiradelte, hat ihn an jenem Abend niemand mehr gesehen.«

»Und Carina, warum war sie wach?«, fragte Tess.

»Sie konnte nicht einschlafen und stand gegen halb zwei auf, um sich in der Küche ein Glas Wasser zu holen. Als sie auf die Straße hinausblickte, sah sie jemanden, von dem sie später glaubte, es sei Max gewesen, er wurde von hinten von einem Paar Scheinwerfer angeleuchtet. Als das Auto vorbeifuhr, meinte sie einen grauen Van zu erkennen, ganz sicher war sie sich aber nicht. Sie meinte, Max habe gehetzt ausgesehen, habe sich mehrfach umgedreht und sei sehr schnell gefahren. Aber sie sei müde gewesen, und erst, als sie von dem Mord erfahren habe, habe sie eine Verbindung zu ihren nächtlichen Beobachtungen hergestellt.«

Tess nickte.

»Aufgrund dieser Aussage ist man zu dem Schluss gekommen, dass er tatsächlich so weit draußen auf der Landstraße unterwegs war. Das Haus der Wohngemeinschaft liegt nämlich ein ganzes Stück hinter dem Abzweig, den er eigentlich hätte nehmen müssen, um zu seiner WG zu kommen.«

Tess stellte sich vor, wie panisch Max gewesen sein musste. Durch den Regen gejagt zu werden. Die Frage war, was anschließend passiert war. Und wer ihm so Böses gewollt hatte.

Ganz links hingen die Fotos der potenziellen Täter. Rechts eine Reihe Fragezeichen, die sie ausräumen mussten. Ganz oben ein Foto von Max.

Lundberg zeigte mit dem Finger darauf.

»Max Lund. Aufgewachsen in behüteten Verhältnissen in Malmö bei seinen Eltern und mit einer großen Schwester. Die Mutter war damals Krankengymnastin, der Vater Lehrer. Im Gymnasium Borgarskolan hatte Max so gute Noten, dass sein Vater hoffte, er würde vielleicht doch eine akademische Laufbahn einschlagen, statt auf die Musik zu setzen. Vor allem aber war Max ein vielversprechender Pianist, ›alles schien ihm zuzufallen, seine Finger flogen unbekümmert über die Tasten‹, wie einer seiner Lehrer nach seinem Tod laut einem Zeitungsartikel berichtete. Neben der Musik schien er keine größeren Hobbys zu haben.«

Lundberg berichtete außerdem, dass Max nie mit dem Gesetz in Konflikt geraten sei, dass man ihn überall als fröhlichen, sympathischen Typ mit einem großen Gerechtigkeitssinn gesehen habe. Es habe nur einen einzigen Charakterzug gegeben, den einige als etwas anstrengend empfunden hätten. Er konnte sich schrecklich über Dinge aufregen, die für ihn moralisch nicht in Ordnung waren.

Tess wandte sich an Lundberg und Marie.

»Wer tötet so einen Jungen? Und welches Motiv sollte es da geben? Was bringt jemanden dazu, zu morden? Welche Gefühle sind so stark, dass man bereit ist, diese Grenze zu überschreiten?«

»Liebe«, sagte Marie. »Vielleicht wollte er eine Beziehung öffentlich machen.«

»Es gab keine Freundin, oder meinetwegen auch keinen Freund«, sagte Lundberg. »Da waren wir uns ziemlich sicher.«

»Geld, Schulden oder andere Betrügereien?«, fragte Marie.

»Tja«, sagte Lundberg. »Natürlich kann es sein, dass wir in dieser Richtung etwas übersehen haben. Aber ich möchte beinahe meine Hand dafür ins Feuer legen, dass er keinen Dreck am Stecken hatte.«

»Macht. Hat er die Position irgendeines Menschen gefährdet? Fühlte jemand sich durch ihn bedroht?«

Lundberg setzte seine Brille auf und zeigte auf die Tafel.

»Wenn, dann vielleicht Björn Almström. Falls ein Klavierstück als Mordmotiv genügt, aber das ist wohl eher unwahrscheinlich. Aber ich komme gleich noch mal auf Björn zu sprechen, er war ein bisschen speziell.«

»Weitere Motive? Rache? Könnte er jemandem geschadet haben, der jemand anderem nahestand?«

»Nein, das hätten wir herausgefunden, da bin ich mir ganz sicher.«

»Okay«, sagte Tess. »Also scheinen weder Sex, Geld noch Macht eine Rolle gespielt zu haben, die drei Beweggründe, die einem Mord normalerweise zugrunde liegen. Erklär uns doch mal, welche Gedanken ihr euch damals zu den Verdächtigen gemacht habt.«

Lundberg schnäuzte sich, vielleicht wegen der Extraschicht Pollen, die sich in den letzten Tagen wie ein Deckel über Schonen gelegt hatte. Tess vermutete jedoch, dass sein Mangel an Energie und sein niedergeschlagener Blick noch andere Gründe hatten.

Lundberg hängte ein Foto des Hauses der Wohngemeinschaft in Saltsjöbaden außerhalb von Ystad auf, in dem Max gewohnt hatte. Ganz oben hatte er den Namen Joe hingeschrieben, gegen den sich in früheren Ermittlungen der Hauptverdacht gerichtet hatte. Laut las er vor.

»Joe Svensson, heute achtunddreißig Jahre alt. Gemeldet in Gladsax, unmittelbar außerhalb von Simrishamn. Joe wohnte im ersten Stock, besuchte ebenfalls den Musikzweig in Skurup, aber mit dem Schwerpunkt Gitarre. Hatte kein Alibi, dafür Erinnerungslücken, konsumierte regelmäßig Cannabis und geriet deswegen auch in einen Konflikt mit Max, der strikter Drogengegner war. War allem Anschein nach in einen Streit verwickelt, der kurz vor Feierabend im Pub The Goat ausbrach. Dieser Streit wurde in mehreren Vernehmungen erwähnt. Joe wollte sein Gitarrenstudium abbrechen und für ein Semester in die USA gehen. Inzwischen hat er sein Leben im Griff, ist verheirateter Familienvater mit zwei Kindern. Er hat verschiedene Jobs und scheint mit der Musik ganz aufgehört zu haben, zumindest beruflich.«

Tess betrachtete das Foto. Joe Svensson war ein hagerer Typ mit dunklen, eng zusammenstehenden Augen und dunklem, lockigem Haar.

»Könnte ein aus dem Ruder gelaufener Trip zu einem Gewaltausbruch führen, wie Max ihm ausgesetzt war? Was wäre sonst ein mögliches Motiv? Streit um Drogen?«

Lundberg wirkte nicht sehr überzeugt.

»Er wurde nie ganz vom Verdacht freigesprochen, vor allem, weil er kein glaubwürdiges Alibi für die Mordnacht liefern konnte.«

Tess schrieb Joes Namen in ihr grünes Buch.

Lundberg ging weiter zu dem Foto gleich daneben, einem blonden Typ, der insgesamt eher nichtssagend wirkte.

»Håkan Westholm, heute neununddreißig. Gemeldet in Hammenhög, ebenfalls eine Frau und zwei Kinder. Arbeitet stundenweise als Musiklehrer in der örtlichen Mittelschule und hilft nebenbei im Dorfladen aus. Lebte im Erdgeschoss der WG und besuchte ebenfalls den Musikzweig, Schwerpunkt Gitarre und Bass. Hatte eine Beziehung mit Anna, ebenfalls WG-Mitbewohnerin. Keine offenen Auseinandersetzungen mit Max, hatte jedoch ebenfalls kein Alibi, behauptete nur, direkt nach dem Pub nach Hause gefahren zu sein, was niemand bestätigen konnte. Seine Rolle im Pub ist ebenfalls unklar.«

»Für Max' Schwester, Annelie, ist er der Hauptverdächtige«, mischte Tess sich ein. »Ich habe mich gestern mit ihr unterhalten.«

Lundberg drehte sich zu ihr um.

»Wie begründet sie das?«

»Håkan Westholm soll nach dem Mord Max' Familie aufgesucht und sich ›merkwürdig benommen‹ haben. Außerdem soll er ihnen einen Brief geschrieben haben. Das hat mir allerdings nur die Schwester gesagt, vermutlich hat die Polizei damals gar nichts davon erfahren. Oder weißt du etwas darüber?«

Lundberg schüttelte den Kopf.

»Nein, daran hätte ich mich erinnert. Der Brief könnte aber natürlich auch erst hereingekommen sein, nachdem ich nicht mehr an den Ermittlungen beteiligt war.«

»Sie behauptet auch, Max habe sich in der letzten Zeit vor seinem Tod bedroht gefühlt, zumindest hat er das wohl so bei ihr anklingen lassen, und sie folgerte daraus, dass Håkan Westholm etwas damit zu tun hatte.«

»Merkwürdig«, sagte Lundberg. »Ich fand nicht, dass er auffälliger gewesen wäre als die anderen.«

Er deutete auf das Foto einer Frau mit dunklen, langen Haaren, das neben den Fotos von Joe und Håkan hing. Anna Woytic. Sie war inzwischen einundvierzig und eine verheiratete Gärde.

»Nur weil sie eine Frau ist, können wir sie nicht gänzlich ausschließen«, sagte Tess. »Max' Verletzungen deuten allerdings eher auf einen männlichen Täter hin, angesichts der Kraft, mit der ihm die Stiche zugefügt wurden. Einem Rechtshänder übrigens, Anna war Linkshänderin. Wie sieht ihr Leben heute aus?«

Lundberg schaute in seine Unterlagen.

»Anna ist in Malmö gemeldet, mit ihrem Mann und einer gemeinsamen Tochter. Sie ist die Einzige der vier, die später tatsächlich eine Musikerkarriere eingeschlagen hat, und ist heute Solistin an der Oper in Malmö.«

Tess unterstrich den Namen in ihrem Buch.

»Anna hatte ebenfalls kein Alibi«, fuhr Lundberg fort. »Sie war die Erste, die in der Nacht wieder im Haus der WG eintraf. Das Seltsamste in ihrem Fall ist, dass sie Håkan und Joe zunächst ein Alibi gab. Später stellte sich dann heraus, dass sie sie gar nicht nach Hause hatte kommen hören.«

Tess notierte in ihrem Buch: »Warum bei Alibi gelogen?«

Sie lehnte sich zurück und musterte die Namen an der Tafel. Die Beziehungen in der WG hatten sich in deren letztem Jahr offenbar verändert. Max' Schwester hatte erzählt, dass ihr Bruder sich nicht mehr wohlgefühlt und sich darüber hinaus von jemandem dort bedroht gefühlt hätte. Und Annelie selbst schien zu glauben, dass es sich bei diesem Jemand um Håkan handelte.

»Björn Almström«, sagte Tess und sah Lundberg auffordernd an.

»Ja, das war ein merkwürdiger Typ, eckte überall an. Er schien Schwierigkeiten zu haben, Anschluss zu finden. Was ihn für uns interessant machte, war sein Temperament, das er nicht recht unter Kontrolle zu haben schien. In der Woche vor dem Mord warf er vor Wut eine Pflanze aus dem oberen Stockwerk eines der Schulgebäude, direkt auf den Schulhof. Darüber wurde tagelang heftig diskutiert.«

Lundberg berichtete weiter, dass Björn bei den Befragungen mit Worten wie »Eigenbrötler, Psycho, fieser Typ, Egozentriker oder reif für die Klappe« beschrieben worden sei. Einige hätten auch von einer Rivalität zwischen ihm und Max berichtet, immerhin waren beide Pianisten. Anna hatte jedoch auch darauf hingewiesen, dass Björn Max bewunderte und gerne sein Freund geworden wäre.

Björn sei an dem Abend ebenfalls in dem Pub gewesen, aber erst relativ spät dort aufgetaucht, und es habe alle überrascht, dass er überhaupt gekommen sei. Normalerweise habe er nie an Partys teilgenommen. Und laut einem Zeugen habe er an der Bar gestanden, als der Streit ausgebrochen sei.

»Was macht Björn Almström heute?«, fragte Tess.

»Ich habe ihn noch nicht ausfindig gemacht und lediglich einen Hinweis, dass er seit einigen Jahren in England lebt.«

Unter Björn Almström stand der Name Sven Bertilsson. Berüchtigter Streithahn, Dealer und in Ystad wegen Vergewaltigung verurteilt, sein Spitzname war Schweine-Svenne. Die Ermittlungen zu ihm waren knapp gefasst, es fehle ein schlüssiges Motiv, erklärte Lundberg. Doch auf jeden Fall sei er jähzornig gewesen.

Lundberg schob sich die Brille in die Stirn.

»In die Enge getrieben, wäre er wohl durchaus zu einer solchen Tat fähig gewesen. Unter anderem ist er bei einem Wutanfall mit einem Bajonett auf ehemalige Saufkumpane losgegangen. Allerdings ist schwer zu konstruieren, warum er sich in einer verregneten Nacht auf der Landstraße herumgetrieben haben und Max mit vierundzwanzig Messerstichen getötet haben sollte. Es wurde spekuliert, sie könnten sich wegen Max' rotem Monark-Fahrrad gestritten haben, dass das Fahrrad deshalb auf der gegenüberliegenden Straßenseite lag. Aber ... nun ja. Ich habe nie wirklich daran geglaubt.«

Tess sah ihr Handy auf dem Tisch blinken. »Isabel« stand auf dem Display. In der letzten halben Stunde hatte sie anscheinend viermal versucht, sie zu erreichen.

Sie unterbrachen die Sitzung für eine kurze Pause, und sie ging hinaus, um ihre Schwester anzurufen.

Tess wollte gerade Isabels Nummer wählen, als diese sie erneut anrief.

»Jetzt hat er auch noch eine Bürgschaft für ihren Kredit übernommen«, rief sie aufgeregt.

»Wer?«, fragte Tess, die keine Ahnung hatte, wovon ihre Schwester redete.

»Papa. Eva hat eine neue größere Wohnung für sich und ihre drei Kinder gekauft, und er bürgt für sie. Vorhin hat er angerufen und es mir erzählt.«

Oh nein, dachte Tess. Vor ein paar Monaten hatte ihr Vater auf einer Party bei einem Arbeitskollegen eine neue Frau kennengelernt. Weil Tess nach der Trennung von ihrer Mutter die Aufgabe übernommen hatte, ihren Vater moralisch über Wasser zu halten, war sie zunächst erleichtert über diese Nachricht. In den letzten Wochen war ihr und ihrer Schwester jedoch angst und bange geworden. Je mehr Einzelheiten ans Licht kamen, desto mehr verschärfte sich ihr Eindruck, dass ihr Vater ausgenutzt wurde. Eva war zwanzig Jahre jünger als er, also beinahe in ihrem eigenen Alter, und hatte drei Kinder.

»Okay«, sagte Tess. »Wir haben natürlich kein Recht, uns darin einzumischen, was er mit seinem Geld macht.«

»Nein, aber du musst zugeben, dass es ein bisschen beängstigend ist. Er hat mir zig Nachrichten geschickt, dass wir sie unbedingt kennenlernen müssten.«

Tess musste an all die unbeantworteten Nachrichten auf ihrem eigenen Handy denken.

»Ich halte es nicht aus, mit ihr an einem Tisch zu sitzen«, sagte Isabel und legte auf.

Tess ging in ihr Büro zurück. Vielleicht machten sie und ihre Schwester sich ja unnötig Sorgen, vielleicht war gar nichts verkehrt an der neuen Freundin ihres Vaters. Jedenfalls mussten sie sich wohl endlich einen Ruck geben und sie mal kennenlernen.

»Okay, wo waren wir stehen geblieben?«, fragte Tess und setzte sich an ihren Platz.

Lundberg stand bereits vor der Karte von Schonen und fuhr mit dem Finger die Küste entlang, folgte der Landstraße Väg 9.

»Das relativ vage Täterprofil, von dem wir ausgingen, lief darauf hinaus, dass der Mörder gute Ortskenntnisse gehabt haben musste und eventuell schon einmal straffällig geworden war. Deshalb überprüften wir alle vorbestraften Männer innerhalb eines Umkreises von mehreren Kilometern um den Tatort. Es waren erschreckend viele. Zwei waren wegen Pädophilie verurteilt worden, einer wegen Vergewaltigung, und einer hatte seinen besten Freund erstochen.«

»Manchmal ist es gar nicht so schlecht, wenn man nicht weiß, wer so um einen herum lebt«, sagte Marie.

Tess legte ihren Stift weg und sah Lundberg an.

»Und dann haben wir da noch deinen ungebetenen Freund.«

Lundberg schüttelte sich unbehaglich.

»Einen sehr ungebetenen Freund.«

Auf das Whiteboard hatte er »der große Unbekannte« geschrieben. Ein Mann hatte zweimal bei ihm angerufen und den Mord an Max gestanden. Man nahm an, dass er vom

Hauptbahnhof Malmö aus angerufen hatte, weil im Hintergrund Lautsprecherdurchsagen zu Abfahrten nach Göteborg und Kalmar zu hören gewesen waren. Als die Polizei jedoch hinfuhr, fand sie in der Telefonzelle keinerlei Spuren.

»Was wissen wir über ihn?«

»Nicht viel.«

Lundberg wedelte mit drei zusammengehefteten A4-Seiten.

»Man versuchte, auch von ihm ein Profil zu erstellen. Demzufolge stammte er höchstwahrscheinlich aus Nordschonen. Zwischen fünfunddreißig und fünfzig, eher gut gebaut. Geringe Ausbildung, aber handwerklich geschickt. Alleinlebend, wenig soziale Kontakte, vor allem mit dem anderen Geschlecht war es eher kompliziert. Fuhr mit dem Auto ziellos durch die Gegend und wechselte häufig die Adresse. Möglicherweise heftige Stimmungswechsel. Schnell beleidigt, aber auch reumütig. Tja, das war es in groben Zügen.«

»Dann laden wir ihn doch am besten mal vor«, sagte Marie.

Tess lächelte. Sie sah den dänischen Profiler Carsten Morris vor sich. Den könnten sie gut gebrauchen, um ein wirklich brauchbares Täterprofil zu erstellen.

Sie musterte das Foto von Max' grün-weiß geringeltem Pullover. Er war nach wie vor gut in Schuss, war trocken aufbewahrt worden und deshalb gut erhalten. Welche äußerlichen Spuren konnte man an dem blutigen Kleidungsstück finden? Die letzten Untersuchungen waren vor vierzehn Jahren vorgenommen worden. Der technische Fortschritt ermöglichte zumindest in der Theorie unendlich viele weitere Untersuchungen. Derzeit hatte Brännström ihn auf seinem Tisch, und das Einzige, was sie tun konnten, war, auf seine Antwort zu warten.

Neben dem Foto des Pullovers hing eins von Stenshuvud.

Das führte Lundberg weiter zu der Überschrift »Dringend auszuräumende Fragen«. Die erste war die nach dem weißen Lehm, der an Max' Hose gefunden worden war.

»Fünfzehn Jahre später taucht genau derselbe Lehm auf dem Boden eines kleinen Motorboots in Österlen auf. Eines Bootes, in dem allem Anschein nach die ermordete Künstlerin Mischa Lindberg transportiert wurde. Welche Rolle spielt der Lehm bei dem Ganzen?«

Weder Tess noch Marie sagten etwas. In Anbetracht der Besessenheit Brännströms, was diesen Lehm anging, war es schier unglaublich, dass er in all den Jahren nirgendwo mehr aufgetaucht war.

Die nächste Frage lautete »Väg 9«. Eine Landstraße, die von Trelleborg an der schonischen Südküste an ganz Österlen entlangführte.

»Hier stießen wir auf mehrere seltsame Umstände und auch Einzelheiten, die nie richtig geklärt werden konnten«, sagte Lundberg. »Erstens: Warum fuhr Max ausgerechnet diese Straße entlang? Es war ein riesiger Umweg zu seiner WG, mehrere Kilometer länger als die übliche Strecke. Zweitens: Warum lag sein Fahrrad ein ganzes Stück entfernt vom Fundort der Leiche auf der anderen Straßenseite? Wollte der Mörder das Fahrrad mitnehmen und wurde irgendwie überrascht? Am Lenker fanden sich keine brauchbaren Spuren. Auffällig war die abgesprungene Kette. Das kam laut Max' Mitbewohnern häufiger vor, es war ein altes Fahrrad, das schon bessere Tage gesehen hatte. Aber hat das irgendeine Bedeutung für unseren Fall?«

Darüber hinaus, berichtete Lundberg, sei Max' langer schwarzer Schal mehrere Meter entfernt von der Leiche im Straßengraben gefunden worden.

Tess trank einen Schluck Wasser.

»Wenn man sich das so ansieht, spricht viel dafür, dass

Max' Leiche vom Tatort entfernt und dann wieder zurückgebracht wurde. Aber wer würde ein solches Risiko eingehen?«

Lundberg drehte sich wieder zur Tafel um. »Handschuhe«, hatte er notiert. Max' schwarze Lederhandschuhe waren verschwunden, dabei hatten sowohl die Familie als auch die Freunde betont, dass er als Pianist große Sorge um seine Finger gehabt und deshalb die Handschuhe ständig getragen hatte.

Blieben zwei weitere Fragezeichen.

Der Streit im The Goat. Worum war es da gegangen? In mehreren Befragungen war von Heimlichtuereien die Rede gewesen.

In den früheren Ermittlungen war es nicht gelungen, dem wirklich auf den Grund zu gehen. Wie aber jeder Ermittler wusste, fand sich die Antwort oft in den letzten Tagen und Stunden des Opfers. Lag das entscheidende Detail vielleicht genau hier?

»Kann man den genauen Ablauf der Ereignisse im Pub rekonstruieren?«, fragte Marie.

Tess hatte selbst schon darüber nachgedacht, es aber wegen der langen Zeit, die vergangen war, wieder verworfen.

»Vielleicht«, sagte Lundberg. »Wenn wir einen oder mehrere der Personen, die dabei waren, noch einmal dazu befragen könnten. Leider hat sich herausgestellt, dass sie nicht leicht aufzufinden sind. Und besonders gesprächsbereit wirkten sie schon früher nicht.«

Tess schrieb sich »Rekonstruktion Pub« in ihr grünes Buch. Vielleicht wäre es doch nicht verkehrt, es noch einmal zu versuchen.

Den letzten und entscheidenden Punkt fasste Lundberg so zusammen: die Anzahl der Stiche. Max war mit einem Messer unbekannten Typs erstochen worden, vielleicht mit einem Butterfly. Ganze vierundzwanzig Stiche waren es gewesen. Achtzehn in den Rücken, fünf in Brust und Bauch und einer ins Auge.

»Warum diese übertriebene Gewalt? Was sagt uns das über den Täter? Und über sein Motiv?«

»Und warum nicht beide Augen?«, fragte Marie.

»Ja, gute Frage«, erwiderte Lundberg. »Vielleicht wurde er überrascht? Oder es hat eine symbolische Bedeutung, die wir nicht kennen.«

Wieder musste Tess an Carsten Morris denken. Sie war sich sicher, dass der neurotische Däne eine ziemlich genaue Theorie dazu hätte.

»Ich glaube, wir müssen unseren Freund Morris einschalten«, sagte sie.

Marie erstarrte. Vor einem guten Jahr, als sie an dem Fall der vermissten Annika Johansson gearbeitet hatten, hatten Marie und der berühmte Profiler Carsten Morris eine Art Affäre gehabt. Davon war Tess überzeugt, obwohl Marie sich ausnahmsweise weigerte, darüber zu reden.

»Wäre das nicht riskant? Ich meine …«

Marie tippte sich an die Stirn.

Tess zuckte die Achseln.

»Er war beim letzten Mal nicht ganz fit, dennoch hat er uns im Fall des Valby-Mannes sehr weitergeholfen. Wie auch immer … zunächst möchte ich jedenfalls die Stelle sehen, an der Max gefunden wurde.«

Lundbergs Blick schien wie am Whiteboard festgeklebt.

»Heute Nachmittag fahren wir nach Ystad«, sagte Tess und nickte ihm zu.

Der Nachmittagsverkehr auf der Landstraße Väg 9 bei Ystad rauschte hinter ihrem Rücken vorbei. Tess starrte auf den nadelbedeckten Waldboden und fragte sich, wie es möglich gewesen war, dass die Polizei die Leiche zunächst gar nicht gesehen hatte, obwohl sie doch offen in dem hier recht lichten Kiefernwald gelegen hatte, vor allem da sie mit einem Hubschrauber die Küstenlinie abgeflogen waren. Und wer tötete einen Mann mit mehr Messerstichen als nötig neben einer relativ vielbefahrenen Straße?

Tags zuvor hatte sie den Ordner durchgearbeitet, in dem alle mit dem Fall zusammenhängenden Ereignisse aufgelistet waren. Dabei war ihr plötzlich eingefallen, dass Max ja auch woanders getötet und dann an dieser Stelle abgelegt worden sein könnte. Doch wo war das gewesen, und wozu war er hierhergebracht worden? Warum hätte der Täter ein solches Risiko eingehen sollen? Da Max sein Handy in jener Nacht zu Hause gelassen hatte, gab es leider auch keine Mobilfunkdaten, die sie hätten auswerten können.

Tess ließ den Blick die Straße entlangwandern. Mit dem Handy fotografierte sie das lichte Waldstück. An dem Tag nachdem die Eltern Max vermisst gemeldet hatten, war einer Frau, die mit dem Fahrrad von der Arbeit kam, etwas orange Leuchtendes unter den Bäumen zwischen Straße und Meer aufgefallen. Sie hielt an, entdeckte die Leiche und alarmierte umgehend die Polizei.

Der Wind fuhr Tess durch die Haare und rauschte in den Kiefern. Sie holte ihr grünes Notizbuch heraus. Lundberg stand mit dem Rücken zu ihr und schaute zur Straße.

»Wo genau lag das Fahrrad?«, fragte sie.

Lundberg deutete mit dem Finger in die Richtung.

»Ein paar Hundert Meter weiter, dort im Graben, also auf der anderen Straßenseite.«

»Und der Schal?«

»Ungefähr auf derselben Höhe wie das Fahrrad, aber auf dieser Straßenseite.«

Tess malte zwei Kreuzchen in ihr Buch und betrachtete die Straßenskizze, die sie gezeichnet hatte.

»Seltsam. Könnte es sein, dass er Richtung Ystad zurückgejagt wurde?«

Lundberg antwortete nicht. Er stellte sich neben sie. Zog die Nase hoch und wischte sie mit dem Handrücken ab.

Schweigend blickten sie auf die Landstraße, die parallel zum Meer verlief, bevor sie einen Bogen nach Norden beschrieb. Väg 9. Von Trelleborg bis Brösarp schlängelte sie sich durch die Dörfer entlang der Küste, bevor sie in Väg 19 mündete und weiter in nördlicher Richtung bis Småland führte. Es war wirklich merkwürdig, dass Max an jenem Abend nicht in die Richtung abgebogen war, in der das Haus mit der Wohngemeinschaft lag. Stattdessen war er mehrere Kilometer weiter geradeaus auf der Landstraße gefahren.

»Was glaubst du, warum er hier langfuhr? Es war ein riesiger Umweg.«

»Er wurde verfolgt«, sagte Lundberg und nahm seine Brille ab. »Zumindest sah es laut Carina Eskilsson so aus. Vielleicht wollte er keinen Hinweis darauf geben, wo er wohnte. Also, wenn wir von der Annahme ausgehen, dass er von einem Unbekannten verfolgt wurde, jemandem, den er noch nie gesehen hatte. Außerdem gibt es an der Straße, die direkt zur WG führt, keine Beleuchtung, hier dagegen schon, zumindest auf den ersten hundert Metern. Vielleicht ist er deshalb weitergefahren.«

»Aber es muss furchtbar geregnet haben, da nimmt man doch nach Möglichkeit den kürzesten Weg.«

Lundberg hob fragend die Schultern.

»Hilfe? Vielleicht hat er auf ein entgegenkommendes Fahrzeug gehofft, das anhalten würde. Um die Uhrzeit war hier ja nichts los. Oder er hatte noch irgendetwas zu erledigen, von dem niemand sonst etwas wusste.«

Ein paar Hundert Meter weiter in der Richtung, aus der sie gekommen waren, wohnte Carina Eskilsson. Sie war die einzige echte Zeugin von Max' Fahrt auf der Landstraße Väg 9 vor fünfzehn Jahren. In der Vernehmung hatte sie berichtet, wie sie am Küchenfenster stand und eine Person auf einem Damenfahrrad aus östlicher Richtung, von Ystad her, näher kommen sah. Dicht hinter dem Fahrrad fuhr ein graues, Van-ähnliches Fahrzeug. Tess hatte Marie beauftragt, sie zu einer neuerlichen Vernehmung vorzuladen. Vielleicht war ihr im Nachhinein noch etwas eingefallen, das ihnen jetzt weiterhelfen konnte.

Ein paar Regentropfen landeten auf Tess' Wangen, als sie zum Himmel aufblickte. Sie musste daran denken, was Max' Mutter in einem Interview gesagt hatte. »Der Himmel weint, wenn solch junge Menschen so früh gehen müssen.«

Sie senkte den Kopf und schloss die Augen und versuchte sich hier, am Ort des Geschehens, in Max' letzte Nacht hineinzudenken, ein Gefühl dafür zu bekommen, was passiert war, was er in den letzten Minuten seines Lebens empfunden hatte. Sie öffnete die Augen und schaute auf die Stelle, wo er gelegen hatte.

»Was glaubst du, Lundberg? Warum so viele Messerstiche, und warum einer ins Auge?«

Lundberg blickte auf, dann drehte er sich wieder zu den Autos um, die an ihnen vorbeifuhren.

»Ich habe immer gedacht, es muss jemand gewesen sein, der ihm etwas Böses wollte. Man geht nicht ohne Grund so brutal auf einen anderen los. Es muss etwas Persönliches gewesen sein.«

»Es sei denn, man ist ein Psychopath oder ein Lustmörder.«

Lundberg schnaubte.

»Genau, und die trifft man ja nicht gerade täglich.«

»Ich frage mich auch, warum er erst anderthalb Tage später gefunden wurde und nicht schon beim ersten Sucheinsatz.«

»Ja, das ist wirklich seltsam. Auch wenn die Polizei ihn nicht gefunden hatte, weil sie davon ausging, dass er einen anderen Weg genommen hatte, so hätte ihn doch jemand anders hier entdecken müssen.«

»Und wer saß deiner Meinung nach in dem grauen Van?«

Lundberg drehte sich zu ihr um.

»Ich habe keine Ahnung.«

Tess gab ihm ein Zeichen fortzufahren.

»Und selbst wenn wir annehmen, dass die Leiche nach dem Mord in dem Van wegtransportiert wurde. Warum hätte der Mörder sich die Mühe machen sollen, wieder zurückzukommen und sie hier abzulegen? Mit dem Risiko, dabei entdeckt zu werden?«

Lundberg fixierte den Horizont.

»Vielleicht wollte der Täter um jeden Preis vermeiden, dass die Leiche in einer Gegend gefunden wird, in der er selbst sich bewegt. Und dann hat er es sich doch anders überlegt.« Er schüttelte den Kopf. »Ich weiß es wirklich nicht.«

»Ich finde ja, es wirkt inszeniert«, sagte Tess. »Der Täter hatte jedenfalls anscheinend nichts dagegen, dass der Körper hier so gefunden wurde, in dieser Pose des Ausgeliefertseins, die Arme zu beiden Seiten ausgestreckt. Er muss ihn so platziert haben. Wie um der Welt zu sagen: Seht euch an, wozu ihr mich getrieben habt.«

Tess hielt kurz inne, dann fuhr sie fort:

»Wäre er nackt gewesen, hätte ich auf ein sexuelles Motiv getippt. Er ähnelt anderen Leichen, die ebenfalls mit engelsgleich ausgestreckten Armen gefunden wurden. Doch die waren meistens nackt.«

Eine Weile standen sie schweigend da.

Der Ort, an dem die Leiche gefunden worden war, hatte auf Tess jedes Mal einen besonderen Effekt. Nirgendwo anders war sie dem, was passiert war, näher als dort. Sie spürte die Angst, den Schmerz, die Grausamkeit und bekam manchmal auch eine Ahnung davon, was möglicherweise geschehen war. Auch spürte sie dann immer eine besondere Nähe zu den Opfern, eine Art Zusammengehörigkeitsgefühl. Und an diesem Ort hier versprach sie, alles in ihrer Macht Stehende zu tun, um herauszufinden, was passiert war.

Tess und Lundberg stiegen ins Auto und fuhren Richtung Ystad zurück. Nach ein paar Hundert Metern kamen sie an der Abfahrt Richtung Meer vorbei, wo das Haus lag, in dem sich Max' Wohngemeinschaft befunden hatte.

Tess erkannte das große gelbweiße Haus, das sie auf den Fotos gesehen hatte, sofort wieder. Ein klassischer Altbau mit Sprossenfenstern und protzigen weißen Säulen neben dem Eingang, der sich gegen die übrige Bebauung in der ehemaligen Ferienhaussiedlung abhob. Heute schien dort eine Familie zu wohnen, zumindest stand ein Sandkasten im Garten, und an der Fassade lehnten Kinderfahrräder.

»Eine gute Lage für die jungen Leute, die an der Folkhögskola Skurup waren«, meinte Lundberg. »Mit dem Fahrrad ist man in weniger als zwanzig Minuten am Bahnhof von Ystad, und von dort sind es mit dem Regionalzug nur noch siebzehn Minuten nach Skurup. Ein Stück weiter die Straße hinunter liegt ein langer Sandstrand – was kann man sich als Zwanzigjähriger mehr wünschen.«

Lundberg schnäuzte sich, dann fuhr er fort:

»Es gibt verschiedene Strecken, auf denen Max hierher hätte fahren können. Die ehemaligen Mitbewohner erzählten von einer Abkürzung dort unten, die sie meistens nahmen, wenn sie aus der Stadt zurückkamen. Er hätte überhaupt nicht über die Landstraße zu fahren brauchen, aber irgendetwas veranlasste ihn, das zu tun.«

»Vielleicht war er doch noch mit jemandem verabredet?«
Lundberg schüttelte den Kopf.

»Er scheint nicht der Typ gewesen zu sein, solche Dinge zu verheimlichen. Irgendwer von den anderen hätte es gewusst.«

»Jeder hat seine Geheimnisse, er, du, ich«, sagte Tess und betrachtete das Haus. Im Stillen dachte sie: Und im Moment, glaube ich, vor allem du. Worüber grübelte Lundberg nur die ganze Zeit?

»Komm, wir gucken mal, ob jemand zu Hause ist.«

Tess öffnete das Gartentor und klopfte an die braune Haustür. Als niemand öffnete, gingen sie um das Haus herum. Eine riesige Fichte stand mitten auf dem Grundstück. Tess trat auf die neu gebaute Holzterrasse und spähte ins Wohnzimmer. Es war aufgeräumt und typisch dezent nordisch eingerichtet. Das abgenutzte, dunkle Parkett schien noch dasselbe zu sein wie auf dem Foto, auf dem Max auf den Händen gelaufen war. Unter dem großen Fenster stand ein langer Esstisch aus Holz, gegenüber befand sich ein offener Kamin.

»Was ist hier drinnen passiert, am letzten Abend seines Lebens? Schilder mir die Szene doch bitte noch mal.«

Lundberg schirmte sein Gesicht mit den Händen ab, um besser sehen zu können.

»Die vier verbrachten den Abend anscheinend oft an einem Tisch, der an genau derselben Stelle stand wie dieser hier. Einmal im Monat veranstalteten sie einen Spieleabend und aßen Pizza, so auch an diesem Abend. Sie hatten jeder ein eigenes Zimmer, und alle bis auf Håkans lagen im oberen Stock. Håkan und Anna hatten vorübergehend eine Beziehung, die war damals aber schon beendet. Alle vier waren also Single.«

Tess schaute durchs Fenster, erinnerte sich, dass die Versionen der Mitbewohner zu dem Abend nicht vollkommen übereingestimmt hatten.

»Und Joe und Max stritten sich oben, bevor sie an dem Abend das Haus verließen, um sich in der Kneipe mit Freunden zu treffen«, sagte Lundberg.

»Ging es um Drogen?«

»Ja. Joe wollte sich Marihuana besorgen, Max war strikter Drogengegner. Es hieß, er sei an die Decke gegangen, nachdem er Drogen im Haus gefunden hatte. Deshalb war die Stimmung gedrückt, als sie zusammen mit dem Rad nach Ystad fuhren. Es scheint aber noch um mehr gegangen zu sein, sonst wäre es nicht zu der massiven Auseinandersetzung im The Goat gekommen.«

»Wie ernst war der Streit zwischen Max und Joe?«

»Schwer zu sagen, niemand erinnerte sich so genau. Joe meinte, es habe sich nur um eine kleine Rangelei gehandelt. Ich erinnere mich aber, dass mehrere Personen aussagten, es habe irgendwelche ›Heimlichtuereien‹ gegeben, vor allem später im Pub. Wir fanden aber nie heraus, worum es genau ging.«

»Könnte Max darin verwickelt gewesen sein?«

»Nein, ich glaube nicht, eher Joe und noch jemand anderes von der Schule.«

Sie gingen zum Auto zurück. Tess warf ihre regennasse Jacke auf die Rückbank und setzte sich ans Steuer.

Noch einmal schaute sie zum Haus hinüber. Die Leute, die heute dort wohnten, wussten wahrscheinlich gar nicht, dass hier jemand gelebt hatte, der ermordet worden war.

Jetzt lag er irgendwo unter der Erde.

»Weißt du eigentlich, wo er begraben worden ist?«

»Nein, jetzt, wo du es sagst … Ich habe nie etwas von einer Beerdigung gehört. Vielleicht fand sie nur im engsten Familienkreis statt.«

Regentropfen zerplatzten auf der Windschutzscheibe. Tess sah Max vor sich, wie er auf Händen über das Parkett lief. Irgendetwas an dieser Geschichte stimmte nicht, es fehlte ein großes Puzzleteil. Irgendwo gab es einen Denkfehler.

Sie sah Lundberg von der Seite an.

»Und dann geriet alles ins Stocken. Keiner wollte mehr mit dem Fall zu tun haben, es war zu kompliziert, man kam nicht mehr weiter – war es so?«

»Du kennst das, ohne technische Beweise ist es schwierig weiterzukommen.«

Tess startete den Motor.

»Und du selbst hättest am liebsten nie wieder etwas mit dem Fall zu tun gehabt, oder?« Sie erwartete keine Antwort, sondern blickte nur schweigend geradeaus. »Also, was ist? Hast du dich entschieden?«, fragte sie schließlich.

Lundberg schaute grimmig durch die nasse Windschutzscheibe hinaus.

»Ich glaube, ich schaffe das nicht«, sagte er. »Zumal mit den vielen Überstunden, die das bedeutet. Es tut mir leid.«

Tess nickte. Es überraschte sie nicht besonders, auch wenn sie enttäuscht war.

Allerdings fragte sie sich, was wirklich hinter Lundbergs Entscheidung steckte. Die Frage, ob etwas zu schaffen war oder nicht, hatte ihn bisher nie beschäftigt.

Die Ehefrau

Hedvig und Jacob waren im Bett, ihr Mann noch bei der Arbeit. Eigentlich waren sie an diesem Abend wieder mit Daniel und Karin Cervins aus ihrer Straße verabredet. Sie hatte jedoch abgesagt, es mit Fieber und Überstunden entschuldigt. Sie wollte wohl nicht riskieren, dass sich die peinliche Situation vom letzten Mal wiederholte.

Ein Gedanke, der sie in den letzten Jahren immer wieder verfolgt hatte, war im Moment wieder sehr präsent. Wollte sie wirklich mit ihm zusammenbleiben? Wie so viele andere, hatte sie sich der Kinder wegen bisher immer wieder dafür entschieden.

Sie legte die Füße hoch, scrollte auf ihrem Handy durch die Online-Ausgabe von *Ystads Allehanda*. Es waren die üblichen Nachrichten über Einbrüche, Brände und Autounfälle. Aber dann hielt sie bei dem Foto eines jungen Mannes inne, der sie strahlend anlächelte.

Sie hatte in Malmö gelebt, als Max Lund in der Nähe von Ystad tot aufgefunden worden war. Wie den meisten Menschen in Schonen war ihr der Fall noch gut in Erinnerung. Als sie ihren Ehemann kennengelernt hatte, hatte sie herausgefunden, dass er Max gekannt hatte. Sie hatte ihn danach gefragt, weil sie wusste, dass sie zur selben Zeit Schüler der Folkhögskola Skurup gewesen waren, bis zu Max' Ermordung.

Ihr Mann hatte nicht länger darüber reden wollen, was sie angesichts der damaligen Stimmung gut verstehen konnte.

Man hatte sich damals gegenseitig verdächtigt und schlecht übereinander geredet.

Jetzt las sie sich den Artikel sorgfältig durch, anscheinend sollten die Ermittlungen wieder aufgenommen werden. Die Polizei bat um Tipps, und es sollten auch wieder Zeugenbefragungen durchgeführt werden.

Sie stand auf und ging zu dem offenen Kamin hinüber, blies die Kerze aus, die auf dem Sims stand.

War das mit ein Grund, weshalb sich ihr Mann in letzter Zeit so merkwürdig verhielt? Sah er sich deswegen erneut mit dunklen Erinnerungen konfrontiert? Hatte die Polizei etwa auch ihn wieder vernommen? Sie war sich nicht sicher, ob er es ihr erzählt hätte.

Sie ging auf Flashback und las alles, was sie zu dem Fall fand. Namen, Verdächtigungen und Theorien gingen in dem Thread wild durcheinander. Alle Männer, die damals die Schule in Skurup besucht hatten, inklusive ihres Mannes, waren demnach mehr oder weniger verdächtig. Sowie viele andere aus der Gegend. Niemand schien sich bewusst zu sein, dass es sich um ein offenes Forum handelte, oder es war ihnen einfach egal, dass ihre Verdächtigungen vielleicht völlig Unschuldige betrafen, und dass sie das Leben der Betroffenen zerstören konnten.

Sie löschte das Licht und ging nach oben, schaute noch einmal kurz bei Hedvig und Jacob ins Zimmer. Anschließend legte sie sich ins Bett und schlief ein.

Ein schwacher Streifen Mondlicht fiel auf die weißen Dielen.

Es war die dritte Nacht in Folge, in der sie aufwachte und er nicht neben ihr im Bett lag. Sie hatte gehört, wie die Haustür geöffnet worden war. War er schon wieder rausgegangen, um zu joggen? Wie schrecklich mussten seine Angstzustände sein, dass er sich nur so beruhigen konnte?

Sie schüttelte ihr Kissen auf, zog sich die Decke bis zum Kinn hoch und lauschte auf Geräusche aus dem Erdgeschoss. Schritte, eine Schranktür, die geöffnet wurde. Was tat er bloß? Sie trank einen Schluck Wasser aus dem Glas auf ihrem Nachttisch, schob die Decke beiseite und stand auf. An einem Haken neben dem Fenster hing ihr hellblauer Morgenmantel. Sie zog ihn sich über. Die Dielen knarrten unter ihren Füßen, als sie zur Tür ging. Sie blieb stehen und lauschte erneut. Vielleicht war es gar nicht er? Woher sollte sie wissen, dass es sich nicht um Einbrecher handelte? Leise ging sie die Treppe hinunter. Auf halber Strecke sah sie durchs Geländer seinen Rücken. Die Trainingsjacke. Sie sah, wie sich sein Gesicht in dem großen Fenster spiegelte, er saß mit dem Rücken zu ihr und schien auf das Grundstück hinauszustarren.

Als sie weiterging, drehte er sich zu ihr um. Obwohl die Beleuchtung schlecht war, sah sie, dass seine Schläfen grauer geworden waren.

»Was machst du da?«, fragte sie. »Du hast mich erschreckt, ich dachte, es wären Einbrecher.«

Er stand auf und ging auf sie zu.

»Ach, was. Ich will nur noch mal raus und eine Runde joggen.«

»Schon wieder?«

»Ja, ich mag es, im Dunkeln zu laufen.«

»Ist irgendetwas passiert? So etwas machst du doch sonst nicht.«

»Nein, was sollte sein?«

»Du wirkst so ... so rastlos?«

Er atmete tief durch.

»Es war einfach sehr viel auf der Arbeit, du weißt doch, wie das ist. Das Laufen hilft mir, runterzukommen.«

Sie nickte.

»Willst du es nicht lieber mit den Schlaftabletten versuchen, die sie dir verschrieben haben?«

Er schüttelte den Kopf.

»Nein, ich habe sie weggeworfen. Ich möchte nicht von so etwas abhängig werden.«

Wie sie so dastanden, mitten in der Nacht, nur sie beide, war da plötzlich wieder eine Nähe zwischen ihnen, und sie fühlte sich schuldig. Vielleicht gab es noch viel mehr in seiner Vergangenheit, von dem sie nichts wusste. Musste sie da nicht für ihn da sein und ihn unterstützen?

Sie strich ihm flüchtig über den Arm. Die Anspannung in seinen eingesunkenen Augen löste sich ein wenig. Sie wünschte sich, dass er sie fest in die Arme schlösse, ihr sagte, dass alles normal, alles gut wäre.

»Du sagst mir doch, wenn etwas ist?«

»Ja, es ist nichts, versprochen.«

Er fasste sie an den Schultern und küsste sie auf die Stirn.

Hinter ihm auf dem Tisch entdeckte sie den Laptop. Über den Bildschirm liefen die rhythmischen bunten Wellen des Bildschirmschoners und leuchteten in die Dunkelheit.

Er folgte ihrem Blick.

Sie wollte ihn fragen. Jetzt, ganz direkt. Jetzt, da er ihr endlich einmal wieder nahe war. Er musste ihr sagen, dass alles wieder gut werden würde, dass sie es schaffen würden, gemeinsam weiterzumachen. Sich vorwärtszukämpfen. Sie brauchte seine Hilfe, um daran glauben zu können.

»Geh hoch und leg dich schlafen, es ist spät«, sagte er.

Sie schaute auf ihre ineinander verschränkten Hände hinunter. Seine rechte Hand um ihre linke, die Narbe unterhalb seines kleinen Fingers schaute ein Stück aus dem Ärmel seines Pullovers hervor.

Ihre Blicke trafen sich. Sie lächelte, ließ seine Hände los und ging wieder nach oben.

Sonntag, 28. April

Es war eng und laut im Zug zwischen Malmö und Kopenhagen. Tess versuchte, sich darüber klarzuwerden, welche Verbindung es zwischen Max und der Künstlerin in Österlen geben könnte. War es vielleicht doch nur Zufall, dass bei beiden dieselbe Sorte Lehm gefunden worden war?

Der dänische Profiler Carsten Morris hatte gerade eine Vorlesung in Amsterdam gehalten, als Tess ihn erreichte. Jetzt war er auf dem Heimweg, und sie hatten sich am Flughafen Kastrup verabredet.

»Ich arbeite nicht mehr für die Polizei, das wissen Sie«, hatte er gesagt, als sie damit herausrückte, worum es ging.

Bevor sie losgefahren war, hatte sie sich aus dem Archiv die Tonspur vom Anruf des Mannes besorgt, den sie »der große Unbekannte« nannten.

Sie nahm die Kopfhörer vom Schoß, steckte sie in ihre Ohren und drückte auf Play.

»Warum?«

Lundbergs Frage blieb für einen Moment in der Luft hängen. Im Hintergrund Bahnhofslärm.

»Ich weiß nicht, wie ich es erklären soll ... dieses Gefühl, ständig im Stich gelassen zu werden ...«

Schweigen. Nur noch Lautsprecherstimmen im Hintergrund. Dann fuhr er fort:

»Aber es war keine Absicht. Richten Sie das seinen Eltern bitte aus.«

Tess schaltete aus und blickte aus dem Zugfenster auf Pepparholm.

Ein merkwürdiges Gespräch. Bei der damaligen Täteranalyse war man zu dem Ergebnis gekommen, dass es sich um einen Mann zwischen fünfunddreißig und fünfzig handelte, gebürtig aus Schonen, wahrscheinlich eher aus dem Norden oder Osten. Vermutlich ein Einzelgänger mit geringer Bildung. Tingelte durch die Gegend, konnte gefährlich werden, wenn man ihn kränkte.

Über die Lautsprecher in ihrem Zug wurde der nächste Halt angekündigt, Kastrup Flughafen. Welche Version von Carsten Morris sie wohl diesmal erwartete? Im ganzen Norden hatte niemand die Psyche so vieler Schwerverbrecher analysiert wie er. Er hatte sich an vielen Ermittlungen beteiligt, hatte Bücher und Artikel geschrieben und sich dabei so tief in das dunkle Innere der Menschen hineinbegeben wie nur möglich, war in Ecken vorgedrungen, die die meisten anderen Menschen lieber mieden. Und das hatte seinen Preis gehabt.

Carsten Morris, eigentlich Psychiater, hatte selbst mit einer komplizierten Psyche zu kämpfen und hatte sich wegen seiner Tablettensucht mehrfach in stationäre Behandlung begeben müssen. Auch hieß es, er habe vor einigen Jahren versucht, sich in seinem Wohnzimmer zu erhängen. Tess wusste nicht, was dabei Ursache und Wirkung gewesen war, was für ein Mensch Morris ohne seine Tätigkeit gewesen wäre. Vielleicht war er einfach hypersensibel.

Carsten Morris' Theorien und die Täterprofile, die er erstellte, basierten vor allem auf Studien über amerikanische Verbrecher. Tess schaltete regelmäßig ab, wenn er sich allzu sehr über Serienmörder in den USA ausließ. Sie fand es gesünder, da skeptisch zu bleiben – Serienmörder waren doch vor allem ein amerikanisches Phänomen, auch wenn sie natürlich selbst mit schwedischen Verbrechern zu tun gehabt hatte, die das Potenzial zu Serientätern gehabt hätten, wenn man ihrer nicht rechtzeitig habhaft geworden wäre.

Noch nie hatte Tess jedoch bisher erlebt, dass Carsten Morris sich in seinen Täteranalysen geirrt hatte. Für die dänische Polizei, die in den letzten zehn Jahren mit einer ganzen Reihe schwerer Verbrechen zu tun gehabt hatte, war er unverzichtbar geworden.

Vor gut einem Jahr hatte er Tess und die Polizei Malmö bei den Ermittlungen rund um den Valby-Mann unterstützt. Er hatte sich intensiv mit der Psyche dieses Vergewaltigers und Mörders auseinandergesetzt, was schließlich zu dessen Festnahme geführt hatte. Darüber hinaus waren er und Tess bei den ersten Gerichtsverhandlungen gegen ihn in Kopenhagen dabei gewesen. Als der Valby-Mann, der mit bürgerlichem Namen Leon Eriksen hieß, schließlich zu einer lebenslangen Gefängnisstrafe verurteilt wurde, hatte er sich in seiner Häftlingskleidung aufgerichtet, Carsten Morris angestarrt und leise, aber drohend gemurmelt: »Vi ses.« Wir sehen uns.

Die Vertreter der Medien vor Ort, schwedische wie dänische, hatten davon nichts mitbekommen. Stattdessen hatten sie sein arrogantes Verhalten gegenüber den Angehörigen der Opfer im Gerichtssaal thematisiert.

Der Zug hielt, und Tess erhob sich, um auszusteigen. Eine Gruppe amerikanischer Touristen mit riesigen bunten Koffern blockierte die Rolltreppe zum Flughafen. Tess' Handy piepte. Eine neue Nachricht.

»Bin oben an der Rolltreppe, Terminal drei.«

Geduldig wartete sie, bis sie auf die Rolltreppe konnte. Oben in der Halle angekommen, entdeckte sie Carsten Morris. Zu ihrer Verwunderung stand er im Raucherbereich und hielt eine Zigarette in der Hand.

Als er sich zu ihr umdrehte, war sein ernstes Gesicht in eine Rauchwolke gehüllt. Er nahm noch einen tiefen Zug, so wie es nur echte Raucher tun, und warf den Stummel in den Aschenbecher, ohne ihn auszudrücken.

Sie konnte ein Lächeln auf seinem Gesicht erahnen, doch seine Körperhaltung signalisierte, dass er weder Hand schütteln noch umarmt werden wollte, deshalb trat sie einfach nur vor ihn hin.

»Hallo, schön, Sie zu sehen. Ein neues Laster?« Tess nickte zum Raucherbereich.

»Man tut, was man nicht lassen kann …«

Morris hatte sich das Haar zu einem Pferdeschwanz zusammengebunden und sich einen Bart zugelegt, oder sich einfach nicht mehr rasiert. Tess meinte relativ sicher zu erkennen, dass er nicht Kunde eines der vielen Hipster-Barbiere geworden war. Sein Aussehen zeugte eher von einer gewissen Nachlässigkeit. Auch wenn der Bart sein jungenhaftes Gesicht älter erscheinen ließ, schien er hier irgendwie fehl am Platz. Morris trug sein übliches Cordjackett und dazu einen gelben Palästinenserschal mit Goldfäden darin, Jeans und rote Sneakers.

Sie überlegte, was Marie wohl zu seinem neuen Look sagen würde.

»Wie geht es Ihnen sonst?«, fragte Tess, als sie auf das Café weiter drinnen zusteuerten.

»Ich spiele jetzt Tennis. Eine ausgezeichnete Methode, seinen Gegner besser kennenzulernen. Man muss entspannt sein. Wenn man nervös ist, verschlägt man den Ball. Ein bisschen wie in meinem Beruf. Man muss seine Methoden so gut beherrschen, dass das Gehirn sich entspannen, die Gedanken frei schweben und man klar denken kann.«

Tess konnte den Vergleich nicht ganz nachvollziehen, aber er hatte wahrscheinlich recht.

»Wir können ja mal gegeneinander spielen, wir beide«, schlug er vor.

Tess lächelte.

»Aber wir spielen doch in derselben Mannschaft.«

Morris lächelte ebenfalls.

»Das stimmt, aber man kann ja auch zum Spaß mal gegeneinander sein.«

In Anbetracht dessen, wie stark er rauchte, vermutete sie, dass sie dabei leichtes Spiel haben würde. Sie bestellten beide Kaffee und setzten sich an einen Tisch des Cafés Hygge. Tess gab ihm einen kurzen Überblick über die Ermittlungen im Fall Max Lund und erklärte, weshalb er mit dem Auftauchen der Ermordeten in Österlen wieder aufgenommen worden war.

»Was ist das für ein Täter, der sein Opfer auf so brutale Weise ermordet – mit vierundzwanzig Stichen? Und was sagt Ihnen der Stich ins Auge? In was für Kreisen bewegt sich Max’ Mörder? Und wie ist der Mann zu beurteilen, der die Polizei angerufen hat?«

Morris lugte unter seiner jungenhaften Haartolle hervor.

»Übertriebene Gewaltanwendung – ich würde sagen, da muss jemand eine Wahnsinnswut auf den Jungen gehabt haben.«

»Aber wie man es auch dreht und wendet, es wurde damals kein derart heftiger Konflikt gefunden.«

»Dann könnte es ein Lustmord gewesen sein.«

»Sie meinen, jemand, der es genießt, anderen wehzutun?«

»Ja, von einem inneren Antrieb gesteuert.«

»Sie wissen, dass ich mir nur schwer vorstellen kann, dass solche Typen in unserem kleinen Land herumlaufen.«

»Glauben Sie mir«, sagte Carsten Morris und blickte sie eindringlich an. »Es gibt sie. Meist werden sie jedoch verhaftet, bevor sie ihre Leidenschaft voll ausleben können.

Hier im Norden ist es natürlich deutlich schwieriger, sich zu verstecken, als irgendwo in Amerika auf dem Land. Und um sie aufzuhalten, gibt es solche wie mich.«

Carsten Morris fixierte etwas hinter Tess und fuhr fort.

»Vor drei Jahren gelang es mir und der dänischen Polizei, einen jungen Mann um die zwanzig zu identifizieren. Er hatte in einem Waldstück außerhalb von Kopenhagen eine Frau vergewaltigt und schwer misshandelt. Wir schnappten ihn aufgrund einer DNA-Probe, ein geografisches Profil hatte uns in die Gegend geführt, wo er bei seinen Eltern lebte. Nach zahlreichen, intensiven Zeugenbefragungen hatten wir ihn eingekreist. Er war kurz davor, eine Reihe schwerer Gewaltverbrechen durchzuführen, die er bis ins Detail geplant hatte. Beginnen wollte er mit dem Hund der Familie, denn er liebte es, Tiere zu quälen. Und ich kann Ihnen garantieren, dass er eine Liste von mindestens zehn Personen hatte, die er aus purer Lust ermorden wollte, wenn er die Gelegenheit dazu bekommen hätte. Ich habe selten so eine Bosheit gesehen. Er hatte ein unstillbares Verlangen danach, zu quälen. Die ganze Sache mit der Liste und seiner extremen Neigung ist nie an die Öffentlichkeit gelangt. Also, es gibt sie, diese Lustmörder, auch wenn man die Öffentlichkeit gerne mit diesem Wissen verschont. Im Guten wie im Schlechten, denn es kann auch zu einer gewissen Naivität bei den Leuten führen.«

Morris trank einen Schluck Kaffee.

Oder es verunsichert sie unnötig und vermittelt ein falsches Bild darüber, mit welcher Art von Verbrechern wir es in unserer Gesellschaft tatsächlich zu tun haben, dachte Tess, sagte jedoch nichts, sie hatten dieses Thema schon öfter diskutiert.

Morris trommelte mit den Fingern auf seinem Knie, wahrscheinlich lechzte er bereits nach der nächsten Zigarette.

Sie überlegte, ob er wohl seine chinesischen Anti-Stress-Kugeln noch hatte, mit denen er während ihres letzten Falls ständig hantiert hatte.

Dann sah sie auf die Uhr.

»Können Sie uns helfen? Wenn ich Ihnen Material zuschicke, das Sie sich zunächst einmal ansehen?«

Carsten Morris klopfte eine Zigarette aus seiner Schachtel, und Tess sah erstaunt zu, wie er sie sich hinters Ohr klemmte.

»Wie gesagt, ich arbeite nicht mehr mit der dänischen Polizei zusammen, das bringt mich einfach um.«

»Ich glaube, das da«, sagte Tess und deutete auf die Zigarette hinter seinem Ohr, »ist in dem Fall die bessere Methode.«

Morris lachte, schüttelte den Kopf und erhob sich.

»Mein Körper ist viel zu abgehärtet. Schicken Sie mir die Unterlagen. Bis bald«, sagte er und ging zum Ausgang.

Tess folgte ihm mit dem Blick und war sich nicht sicher, ob sie ihn je wiedersehen würde.

Als Tess am Hauptbahnhof in Malmö zu den Bussen ging, schaute sie zu der Stelle hinüber, wo bis vor vier Jahren eine der letzten Telefonzellen Malmös gestanden hatte. Von hier, so wusste man, hatte der große Unbekannte Lundberg angerufen.

Sie dachte an Carsten Morris. Jetzt, da Lundberg aus dem Spiel war, könnte sie den Profiler wirklich gut an ihrer Seite gebrauchen. Sie dachten ähnlich. Man musste ihn nur immer mal ein wenig bremsen, damit er nicht zu sehr auf die Schiene mit den amerikanischen Serienmördern geriet.

Ihr Handy klingelte. Kerstin Jacobsson von der Polizei Ystad.

»Wir haben das Gutachten der Gerichtsmedizin zum Tod von Mischa Lindberg. Sie wurde erwürgt, was wir aber vorläufig für uns behalten. Der Tod ist in der Nacht zu Karfreitag zwischen zwei und vier Uhr eingetreten. Wenn man den schwer zugänglichen Fundort betrachtet und was ihre Angehörigen über ihr Verhältnis zu Booten und dem Meer gesagt haben, liegt die Vermutung nahe, dass sie an einem anderen Ort getötet wurde. Außerdem haben wir heute Vormittag noch einen ganz interessanten Hinweis bekommen ...«

Tess ging zu Fuß Richtung Polizeigebäude, über die Petribrücke und bog links in die Norra Vallgatan ein, während Kerstin Jacobsson fortfuhr: »Eine neue Zeugin, die Mischa

Lindberg flüchtig kannte, hat sie zwei Wochen vor Ostern in einem Café in Malmö gesehen, in Gesellschaft eines Mannes. Das ist an sich ja nicht weiter merkwürdig. Aber die Frau meinte, sie hätten sehr erregt gewirkt, als würden sie streiten.«

»Konnte sie den Mann näher beschreiben?«

»Leider nur sehr oberflächlich, sie sah die beiden nur von hinten. Eine braune Lederjacke ist das Einzige, woran sie sich sicher erinnert. Ansonsten schätzte sie ihn auf vierzig bis fünfzig, normale Haarfarbe.«

»Das ist tatsächlich nicht viel. In welchem Café war das?«

»Im Hyllan, das liegt auf der Östergatan und ist eine Art Suppenbar.«

Tess bog in eine Seitenstraße ein. Das Café lag nur ein paar Hundert Meter entfernt.

»Gibt es dort Überwachungskameras?«

»Im Café selber nicht, aber wir schauen gerade, wo es in der Straße welche gibt. Heute hat das Café geschlossen, wir haben aber Kontakt zu den Besitzern aufgenommen, denen wir ein Foto zeigen wollen. Mal sehen, ob es uns weiterbringt.«

Tess fand das Café, es lag an einer Straßenecke, nicht weit vom Stortorget entfernt. Sie spähte in das menschenleere Lokal. Dann drehte sie sich um und musterte die Fassade gegenüber, konnte jedoch keine sichtbaren Kameras entdecken.

Kerstin Jacobsson erklärte ihr gerade, dass die Kollegen in Ystad sich vor Anrufen der Presse gar nicht retten konnten.

»Wir kommen da echt an unsere Grenzen. Dieses Jahr gab es einige Überfälle, die Öffentlichkeit ist verunsichert. Und das Medieninteresse an dem Mord ist enorm.«

Tess fragte, ob sie ihnen irgendwie helfen könnten.

»Wir ermitteln ja sozusagen in derselben Richtung.«

»Ja«, sagte Kerstin Jacobsson. »Es wäre schön, wenn Sie den Ex-Mann, Andy Sartz, aufsuchen könnten, um zu schauen, ob Sie etwas aus ihm herausbekommen. Er war ziemlich aggressiv, als wir das letzte Mal bei ihm waren. Vielleicht ganz gut, wenn er ein paar neuen Gesichtern begegnet.«

Dienstag, 30. April

Die Ehefrau

Sie fröstelte, wollte in die Umkleide und sich umziehen. Das Kindergeschrei von den Schwimmbecken gellte ihr unangenehm in den Ohren, obwohl es fröhlich war, aufgeregt. Sie mochte Hallenbäder nicht, hatte sie noch nie gemocht. Der starke Chlorgeruch, die Lautstärke, und ständig fror man. Aber sie hatten Hedwig versprochen, hinzugehen, ein verspätetes Geburtstagsgeschenk. Mit der ganzen Familie.

Sie hatte die aufrichtige Freude in Hedvigs Gesicht gesehen, als sie ihnen zeigen wollte, was sie konnte und am Ausgang der Wasserrutsche platschend im Becken landete. Und sie war froh, dass sie es geschafft hatten, der Tochter einen Tag zu ermöglichen, an dem die ganze Familie zusammen war. In letzter Zeit passierte das nur noch selten.

Ihr Mann stand mit dem Rücken zu ihr am Beckenrand und redete mit Jacob, der im Wasser plantschte. War er noch dünner geworden? Er war schon immer sehr schmal gewesen, vor allem um die Hüften. Jetzt aber wirkte er regelrecht abgemagert. Vielleicht bildete sie es sich aber auch nur ein. Allerdings hatte sie tatsächlich den Eindruck, dass er in letzter Zeit noch weniger aß.

Sie sah, wie Hedwig sich von hinten an ihn heranschlich, Anlauf nahm und ihn ins Wasser zu schubsen versuchte.

Er schrie auf und drehte sich um. Sein Gesichtsausdruck war verzerrt, die Augen weit aufgerissen.

Klatschend landete seine Hand auf Hedvigs Arm, sodass

es im ganzen Schwimmbad widerhallte. Einmal, und dann noch einmal. Erst beim dritten Schlag, der ihre Tochter im Gesicht traf, begriff sie, was da passierte.

»Das macht man nicht, kapiert?«, brüllte er völlig außer sich.

Sie konnte sich nicht bewegen, es war, als steckten ihre Füße im Betonboden fest.

Sie sah, wie fest er Hedvigs Arme gepackt hielt. Hörte, wie Hedvig laut weinte und sich zu ihr umdrehte.

»Er hat mich geschlagen, Mama, er hat mich geschlagen.«

Irgendwie gab der Beton sie frei, und sie rannte über den rutschigen Boden.

Sie zerrte an seinen Armen und schrie gleichzeitig: »Lass sie los! Du fasst sie nie wieder an.«

Hedvig warf sich um ihren Hals, sie zitterte und schluchzte.

Sie hielt sie fest und warf ihm wütende Blicke zu.

Er stand mit ausgebreiteten Armen da, seine tief liegenden Augen drückten Erschöpfung aus, wie so oft in letzter Zeit, und er wiederholte immer wieder denselben Satz, wie ein Mantra: »Das macht man nicht, kapiert, ich hätte ...«

Sie sah ihn fest an.

»Ja, was, was hätte passieren können? Du hast deine eigene Tochter geschlagen, das tut man einfach nicht!«

Noch während sie das sagte, merkte sie, dass es um sie herum mucksmäuschenstill geworden war. Das Kindergeschrei war verstummt. Sowohl Erwachsene als auch Kinder standen um sie herum und starrten sie an. Der Vorhang für die Familientragödie war weit geöffnet. Sie kämpfte gegen die Tränen an, musste jetzt stark sein, wünschte sich, die Zeit um zehn Minuten zurückdrehen zu können.

»Komm«, sagte sie zu Hedvig, legte den Arm um ihre Schultern und führte sie zur Umkleide.

Alle Blicke folgten ihnen. Sie selbst schaute zu Boden, obwohl nicht sie diejenige war, die ihre Tochter geschlagen hatte. Es fühlte sich an, als verurteilten die Menschen sie für ihre Wahl. Für die Wahl ihres Ehemannes. Sie wollte sie anschreien, sie zur Hölle schicken, sie sollten sich um ihre eigenen Angelegenheiten kümmern. Doch das hätte alles nur noch schlimmer gemacht.

Es gelang ihr, die Tür zur Umkleide zu öffnen und Hedvig hineinzuschieben, herunter von der Bühne.

»Warum, Mama, warum hat Papa das gemacht?«

Was sollte sie ihr sagen? Was gab es für einen vernünftigen Grund?

»Ich weiß es nicht«, sagte sie nur und schüttelte den Kopf. Ihre Hände zitterten, als sie versuchte, den orangefarbenen Spind aufzuschließen. Ihr wurde schwindlig, und sie setzte sich auf die Holzbank, legte den Kopf auf die Knie. Aus der Dusche hörte sie Hedvigs Schluchzen. Wie hatte es nur so weit kommen können? Dass sie seine Spinnereien und seinen Egoismus ertragen hatte, war eine Sache. Aber die Kinder sollten nicht darunter leiden müssen. Niemals. Sie beeilten sich mit dem Umziehen. Hedvig schluchzte ununterbrochen, es klang, als müsste sie sich übergeben.

Jedes Mal, wenn sich die Tür zur Schwimmhalle öffnete, wurde sie nervös. War es jemand, der mit angesehen hatte, was am Beckenrand passiert war?

Hedvig war fast fertig. Sie trocknete sich die Füße ab und warf die Handtücher in den Rucksack. Nahm den Föhn von der Wand und föhnte ihrer Tochter die Haare.

»Komm, wir gehen«, sagte sie dann und legte ihr erneut den Arm um die Schulter.

Als sie an der Tür standen, schaute eine Frau in ihrem Alter hinter einem Schrank hervor.

»Ist alles okay bei Ihnen?«

»Ja, oder nun ja. Es ist okay.«

»Sie wissen, dass man in solchen Fällen Hilfe bekommen kann?«

Sie blieb stehen und sah ihr in die Augen. Die Frau dachte anscheinend, sie selbst würde ebenfalls misshandelt. Dann nickte sie und lächelte schwach, bedankte sich.

»Mama, was wollte die Frau? Wobei kann man Hilfe bekommen?«, fragte Hedvig ängstlich.

»Nichts, schon gut. Alles ist gut.«

Sie gingen zum Parkplatz, setzten sich ins Auto und warteten.

»Warum ist Papa so wütend geworden? Ich wollte doch nur Spaß machen, ihn ins Wasser schubsen.«

Hedvig schob den Ärmel hoch und zeigte ihr eine rote Druckstelle am Oberarm. Auch ihre Wange war nach wie vor gerötet.

»Es tut immer noch weh.«

»Es wird nie wieder vorkommen, ich rede mit ihm. Du weißt, dass du mir vertrauen kannst, oder?«

Hedvig schluchzte, sagte ja, dann schwiegen sie.

Endlich hörten sie, wie der Kofferraum geöffnet und eine Tasche hineingeworfen wurde.

Sie öffnete die Tür und stieg aus, sagte Jacob, er solle sich schon mal reinsetzen und schloss die Tür.

Dann trat sie einen Schritt auf ihren Mann zu und sagte:

»Wenn du eins der Kinder noch einmal anfasst, verlasse ich dich. Verstanden? Und beim nächsten Mal zeig ich dich an.«

Er zuckte zurück und starrte sie an.

»Du willst mich anzeigen?«

Er hob die Hände, wirkte plötzlich erschrocken.

»Ich wollte das nicht. Bitte entschuldige, es kommt nie wieder vor. Versprochen.«

Sie stieg ein, ohne etwas zu sagen.

Schweigend fuhren sie nach Hause. Sie wollte und konnte nicht reden, wollte ihn nicht im Auto haben. Und sie fragte sich, ob er überhaupt irgendeine Grenze kannte.

»Zieh dich an, dann komme ich und hol dich ab«, hatte Tess zu Marie gesagt, als sie anrief.

Die Tage, an denen die Kinder morgens aus dem Haus gingen und Marie sie anschließend eine ganze Woche lang nicht sehen würde, waren immer die schlimmsten. Und heute schien es besonders hart zu sein. Marie hatte ihr erzählt, dass sie sich wie tiefgefroren auf ihrem Bett zusammengerollt habe und unfähig sei, irgendwohin zu gehen.

»Es ist, als würde mir ein Messer ins Herz gestoßen, sobald diese elenden Feiertage näher kommen«, hatte sie gesagt. »Tomas und die Kinder fahren morgen nach Kopenhagen ins Tivoli. Er hat Geld und kann es sich leisten, sie zu verwöhnen, bald werden sie nur noch bei ihm wohnen wollen.«

»Es wird aber nicht besser, wenn du dir die Decke über den Kopf ziehst«, hatte Tess geantwortet.

Jetzt war sie unterwegs zu Marie Erlings Haus in Kirseberg. Im Radio hieß es, man erwarte einen Frühling mit Rekordwärme, und auch die Pollen würden stärker fliegen als je zuvor.

Sie hielt an einem Café, um Marie etwas mitzubringen. Denn wenn es etwas gab, das Marie aufmuntern konnte, dann war es ein Kaffee.

Wenig später stand Tess vor Maries rotem Ziegelhaus, das sie inzwischen nur noch das Scheidungshaus nannte. Es war wirklich ein trauriger Anblick.

An den oberen Fenstern waren die Jalousien kaputt, sie hatten Lücken und hingen schief. In einem der unteren Fenster welkten ein paar letzte Blätter an den Zweigen einer Zimmerpflanze vor sich hin. Auf dem Flachdach der Garage lag ein umgestürzter Korbstuhl neben ein paar leeren, durchfeuchteten Pappkartons. Tess fragte sich, wie sie dort gelandet waren.

Marie öffnete die Tür und trat auf die Treppe. Als sie blass und mit zerzaustem Haar ins Auto stieg, tätschelte Tess ihr das Knie und reichte ihr einen Latte Macchiato und einen Kardamomwecken.

»Bald wird es besser.«

Marie freute sich sichtlich über das unerwartete Frühstück, gleich darauf aber verdüsterte sich ihre Miene wieder.

»Das glaube ich nicht. Aber ich werde wohl durchhalten müssen.«

Sie fuhren in östlicher Richtung nach Simrishamn, wo sie Mischa Lindbergs Ex-Mann Andy Sartz treffen wollten. Tess ertappte sich dabei, wie sie den Takt der Musik aufs Lenkrad trommelte. Sie warf ihrer Kollegin auf dem Beifahrersitz, die ganz in ihr Handy versunken war, einen Blick zu. Tess hatte es vermisst, Marie neben sich im Auto sitzen zu haben, trotz ihrer derzeitigen Niedergeschlagenheit. An einem Frühlingstag wie diesem ertrug sie dafür sogar die Hardrockballaden von ihrer Spotify-Liste. Hinter dem Gitarrengeschrammel aus den Lautsprechern vermutete sie die Scorpions, sicher war sie sich aber nicht, und sie wollte auch nicht fragen.

Andy Sartz wohnte ein paar Kilometer von Stenshuvud entfernt, auf einem Hügel direkt vor Rörum. Auf dem Feld neben der Abfahrt zu seinem Hof lag ein großer Reisighaufen und wartete darauf, in zwei Tagen am Walpurgisnachtabend angesteckt zu werden.

Der hohe Holzturm, von dem Kerstin Jacobsson berichtet hatte und um den es einen langen und öffentlich ausgetragenen Streit gegeben hatte, war von der Straße aus gut zu sehen. Tess und Marie waren kaum in die Einfahrt des weißen, langgestreckten Fachwerkhauses eingebogen, als ihnen auch schon ein Mann mit graublondem, welligem Haar entgegenkam.

Tess stieg aus und gab ihm die Hand.

»Es tut mir sehr leid ...«

Der Mann schnitt ihr das Wort ab.

»Ja, mir auch. Wer sind Sie und was wollen Sie hier?«

Tess erklärte, dass sie die Polizei Ystad unterstützten und dass es neue Hinweise gebe.

»Können wir kurz reingehen und da weiterreden?«

Noch ehe sie das Haus erreicht hatten, tauchte eine blonde Frau mit Sonnenbrille in der Tür auf, offenbar war sie auf dem Weg nach draußen. Sie trug ein hübsches hellblaues Leinenkleid und passte nicht recht in die eher bohemienhafte Umgebung. Andy beeilte sich, sie vorzustellen.

»Elizabeth, meine Frau.«

Tess und Marie gaben ihr die Hand.

»Ich muss nach Malmö, unser Sohn Adam ist dort, es geht ihm nicht gut, nach dem, was passiert ist. Ich hoffe, Sie haben dafür Verständnis. Außerdem wurde ich bereits von Ihren Kollegen aus Ystad befragt.«

Tess nickte.

Andy legte einen Arm um seine Frau.

»Wir kennen Mischa seit dreißig Jahren, wir hatten einen sehr engen Kontakt zu ihr und ein gutes Verhältnis. Sie war die Patentante unseres Sohns ...«

Elizabeth schüttelte den Kopf, ihre Augen wurden feucht.

»Ich begreife es einfach nicht. Als sie gesagt haben, es sei Selbstmord, dachte ich, nein, das kann nicht sein. Aber das jetzt, dass sie ermordet worden sein soll, das ist wirklich furchtbar. Ausgerechnet Mischa ... Niemand hätte Mischa etwas Böses antun können.«

Tess wusste nicht, wie oft sie das schon gehört hatte, nachdem jemand ermordet worden war. Nie konnte man sich vorstellen, dass jemand dem oder der Toten etwas Böses hätte antun können. Dennoch passierte es immer wieder.

Elizabeth ging die kleine Außentreppe hinunter zu dem schwarzen SUV, der in der Einfahrt stand. Kurz drehte sie sich noch einmal zu ihnen um.

»Das Kunstfestival um Ostern ist für uns Künstler immer eine sehr intensive Zeit. Das galt für Mischa dieses Jahr besonders. Auf dieses Ostern hatte sie seit Jahren hingearbeitet. Und dann schuf sie ein Werk mit dem Titel »The End«. Ist das nicht alles unfassbar?«

Nachdem Elizabeth gefahren war, folgten Tess und Marie Andy in die Küche. Er bat sie mit einer Geste, am Tisch Platz zu nehmen.

»Leider ist der Kaffee gerade aus.«

Er öffnete einen blauen Schrank in der altmodischen Küche und nahm eine Karaffe heraus.

Tess blickte sich um. An den Wänden standen halbfertige Gemälde. Die Decke im Wohnzimmer war bis zum Dachstuhl hin offen, und vor dem großen steinernen Kamin standen zwei beigefarbene Cord-Sofas voller Decken und Zeitungen. Andy stellte Gläser und die Karaffe mit Wasser auf den Tisch und setzte sich. »›The End‹ ist das einzige Bild, das Mischa je vom Meer gemalt hat. Ist das nicht auch furchtbar ironisch?«

Er wurde lauter.

»Sie hat das Meer so gehasst. Und dann findet man sie ausgerechnet dort. Wie kann das sein? Wer hat ihr das angetan?«

Er schüttelte den Kopf.

»Wissen Sie, warum sie das Meer nicht mochte?«, fragte Tess.

»Sie hatte Klaustrophobie, Agoraphobie und weitere Phobien, bekam oft plötzlich das Gefühl, keine Luft mehr zu kriegen. Offene Plätze und enge Räume lösten bei ihr Panik aus. Sie flog zum Beispiel auch nie. Und deshalb weiß ich auch, dass sie niemals freiwillig mit irgendjemandem in ein Boot gestiegen wäre, noch dazu mitten in der Nacht.«

»Wie ging es ihr in letzter Zeit?«

Andy Sartz schien die Frage zu verärgern.

»Also, das habe ich jetzt wirklich schon hundertmal beantwortet. Mischa war fröhlich und voller Tatendrang. Sie hatte das wichtigste Kunstwerk ihres Lebens abgeschlossen, Ostern wollte sie es der Öffentlichkeit präsentieren. Und jetzt gibt es keine Künstlerin und kein Kunstwerk mehr.«

Tess nickte.

»Glauben Sie, es besteht ein Zusammenhang zwischen dem zerstörten Kunstwerk und dem Mord an Mischa?«

Andy hob erneut die Stimme.

»Ist das nicht eindeutig? Das müsste doch sogar die Polizei sofort verstehen, oder?«

»Wann haben Sie festgestellt, dass in der Galerie eingebrochen wurde?«

»Am Gründonnerstag bin ich vormittags zur Factory runter, um zu schauen, ob für das Kunstfestival alles fertig war. Als ich auf den Parkplatz kam, sah ich Mischas Auto, und ich sah, dass die Tür der Ausstellungshalle offen stand. Ich dachte, Mischa wollte vielleicht ihr Bild noch einmal alleine betrachten, bevor sie es der Öffentlichkeit übergab. Doch als ich reinkam, war Mischa nicht da, sondern nur ihr zerstörtes Bild.«

»Ist in Ihrer Galerie schon mal etwas zerstört worden?«

»Nein, drinnen nie.«

»Gab es Ihnen gegenüber Drohungen?«

Andy Sartz schnaubte.

»Es gibt viele Idioten, die uns für unsere Kunst bespuckt haben. Eine Zeitlang hatte ich eine Galerie in Ystad, da passierte alles Mögliche.«

»Zum Beispiel?«

Andy zuckte die Achseln, als langweile es ihn, darüber zu reden.

»Sie besprühten die Fassade, schrieben, unsere Kunst sei abartig und so weiter. Einmal wurden uns auch Exkremente zugeschickt – die Klassiker.«

»Wann war das?«

»Das muss etwa fünfzehn Jahre her sein. Irgendwann hatten wir keine Lust mehr, verkauften und machten nur noch hier auf dem Hof unser Ding.«

Andy Sartz schlug sich die Hände vors Gesicht und raufte sich das Haar.

»Mein Gott, wir waren zwanzig Jahre verheiratet! Bitte entschuldigen Sie, aber im Moment geht wirklich alles drunter und drüber.«

Er schenkte sich ein Glas Wasser ein.

»Ich habe Mischa an einer Kunstschule in Malmö kennengelernt, die gibt es aber heute nicht mehr. Später begegneten wir uns wieder, da war sie fünfunddreißig. Wir waren beinahe achtzehn Jahre verheiratet, bis ich Elizabeth kennenlernte.«

»Und Sie blieben gute Freunde, auch nachdem Elizabeth in Ihr Leben trat?«

»Ja, das klingt vielleicht komisch, aber genauso war es. Es hat sehr gut funktioniert. Beziehungen müssen nicht immer schwarz-weiß sein.«

»Wie meinen Sie das?«, fragte Marie.

»Bloß weil man mal in einer Beziehung gelebt hat, heißt das nicht, dass man hinterher nicht befreundet sein kann.«

»Nein«, sagte Marie, »aber häufig ist es dann der neue Partner, der ein Problem damit hat.«

Andy blickte sie empört an.

»Was wollen Sie denn damit sagen? Hätte Elizabeth ein Problem damit gehabt, hätten wir wohl kaum so gelebt, oder?«

»Schon gut«, mischte Tess sich ein. »Wir bilden uns kein Urteil darüber, wie die Leute leben, solange es für alle funktioniert. Das heißt, Sie sind ihr nächster Angehöriger, es gibt keine gemeinsamen Kinder, sehe ich das richtig?«

»Ja, daraus wurde leider nichts. Für Mischa war das sehr traurig, sie kam eigentlich nie richtig darüber hinweg. Ich finde, das hat sie mit ›The End‹ ziemlich deutlich gemacht. Das Ende einer Ära, aus der nie etwas hervorgegangen ist. Trauer, aber auch Akzeptanz.«

»Haben Sie versucht, Kinder zu bekommen?«

»Oh ja«, sagte Andy. »Wir hatten nur wenige Jahre Zeit. Am Ende aber muss man sich der Natur beugen. Mischa kümmerte sich dann verstärkt um ihre Kunst, vielleicht war es eine Art Kompensation für sie. Und dann hatten wir ja einander und einen großen Freundeskreis durch die anderen Künstler hier in Österlen.«

»Und Sie und Elizabeth konnten Kinder bekommen?«

»Ja«, seufzte er. »Das war heftig. Elizabeth und ich bekamen Adam relativ bald, nachdem wir uns kennengelernt hatten, er ist unser einziges Kind.«

»Haben Sie irgendeine Vorstellung, wer Ihrer Ex-Frau nach dem Leben getrachtet haben könnte?«

Andy Sartz schüttelte heftig den Kopf.

»Wie Elizabeth schon gesagt hat: Es gab niemanden, der ihr etwas Böses wollte. Allerdings scheute Mischa sich nicht davor, heikle Dinge zu thematisieren, Feminismus, die Probleme in den Wechseljahren, Gleichberechtigungsfragen.«

»Könnte sich jemand so sehr daran gestört haben, dass er so weit gegangen wäre, Mischa zu töten?«

Andy warf Marie einen missbilligenden Blick zu.

»Wer geht bitte einfach hin und tötet einen anderen Menschen? Wären Sie dazu in der Lage?«

»Tja, es gäbe schon den einen oder anderen, der so heftige Gefühle in mir hervorrufen würde.«

Er lachte alles andere als herzlich, es klang eher wie ein Schnauben.

»Okay, da kommen mir nur die alten Hexen aus dem Kunstverein in den Sinn.«

Tess sah, wie Marie die Augen zusammenkniff und ihr Blick sich verdunkelte.

»Diese Damen haben zu allem eine Meinung und haben uns immer wieder angedroht, uns aus dem Verein auszuschließen.«

»Auszuschließen?«

»Ja, wir haben unterschiedliche Ansichten darüber, was Kunst ist. Aber auch darüber, wie man damit umgeht. Deshalb beschlossen wir irgendwann selbst, aus dem Verein auszutreten.«

Andy Sartz erhob sich und stellte sein Glas ins Spülbecken.

»Und jetzt entschuldigen Sie mich bitte, ich habe noch einiges zu tun. In den letzten Tagen waren ständig Polizisten da, die mich von meiner Arbeit abgehalten haben.«

Er begleitete sie zur Tür.

»Ach, übrigens«, sagte Tess, als sie bereits auf der Treppe standen. »Wir haben erfahren, dass Mischa in Gesellschaft eines Mannes in der Innenstadt von Malmö gesehen wurde. Zwei Wochen vor Ostern ungefähr. Laut dem Zeugen wirkte es, als hätten sie sich gestritten. Können Sie sich vorstellen, wer das war?«

Andy Sartz sah sie fragend an.

»Nein. Vielleicht wollte jemand sie vor der Ausstellung interviewen? Mischa war selten in Malmö, deshalb kommt es mir merkwürdig vor. Ist es ganz sicher, dass es Mischa war?«

»Ja«, sagte Tess, »es scheint so.«

Vielleicht hatte Mischa ihrem Ex-Mann doch nicht immer alles erzählt.

»Zögern Sie nicht, sich bei uns zu melden, wenn Ihnen noch etwas einfällt. Manchmal scheinen einem als Laie Dinge nebensächlich, die für uns als Ermittler von großer Bedeutung sind.«

Tess zeigte auf den eckigen Turm neben der Bruchsteinmauer.

»Der dort gefällt auch nicht jedem, habe ich gehört?«

Andy nickte zum Nachbarhaus hinüber.

»Nein, überhaupt nicht. Der da hat mich verklagt, der Vorgang liegt immer noch beim Amtsgericht. Völlig überzogen. Aber was auch immer ich von ihm halte, ich glaube nicht, dass er wegen eines Holzturms meine Ex-Frau umbringen würde.«

Marie lächelte.

»Gauben Sie mir, ich habe schon Leute für weniger als einen Holzturm töten sehen.«

Andy murmelte irgendetwas Unverständliches. Schweigend betrachteten sie die Installation.

»Beeindruckend«, sagte Tess. »Und ziemlich hoch.«

Auch Andy Sartz legte den Kopf in den Nacken und schaute zum Turm hinauf.

»Ja, und er wäre noch höher geworden, wenn mir nicht das Geld ausgegangen wäre. Aber eins ist merkwürdig. Mischa und ich hatten neue Pläne damit, es wäre unser nächstes

Projekt gewesen, wir wollten es wiederbeleben, es beenden. Und wissen Sie, was wir ganz oben drauf setzen wollten?«

»Nein?«

»Einen Scheinwerfer.«

Tess drehte den Kopf. Dann sah sie erst Marie an und dann Andy.

»Es sollte ein Leuchtturm werden?«

Andy nickte.

»Ja, seltsam, oder? Wenn man bedenkt, wo Mischa gefunden wurde.«

»Wer wusste von Ihren Plänen?«

Andy zuckte die Achseln.

»Mit wem Mischa darüber gesprochen hat, weiß ich nicht. Ich habe ein paarmal vor der lokalen Presse darüber berichtet. Die haben ja immer schon großen Anteil an diesem tragischen Konflikt genommen.«

Tess und Marie verließen Rörum und kamen an Weidenalleen vorbei, deren frisch beschnittene Bäume wie erhobene Fäuste aus dem Boden ragten. An mehreren Kreuzungen wurden auf Werbetafeln Immobilien angepriesen, der Frühling war die beste Jahreszeit, um den Traum von einem sonnigen, idyllischen Leben zwischen Mohnwiesen am Meer zu vermarkten, in der schwedischen Provence, wie die Makler die Gegend gerne nannten. Tess träumte selbst immer noch davon, sich eines Tages ein kleines Wochenendhaus in der Gegend zu kaufen, sie wusste nur nicht, wie sie es bezahlen sollte.

»Das mit dem Leuchtturm war das Seltsamste, was ich seit Langem gehört habe«, sagte Tess.

»Ja, krass«, sagte Marie. »Und diese Künstler sind schon ein seltsames Völkchen.«

Sie schaute aus dem Fenster.

»Guck dir mal den roten Traktor da auf dem Feld an. Woher weißt du, dass das keine Installation ist? Wenn ich entscheide, dass es eine ist, dann ist es auch eine, oder?«

»Würde nur ein bisschen schwierig werden, sie auszustellen.«

»Ja, schon, aber das ist bei so einem Turm ja dasselbe. Mischa und ihren Ex hat das nicht davon abgehalten. Ihr Menstruationsblut hätte ich übrigens auch nicht gern an der Wand hängen.«

»Du hättest dir das Bild wahrscheinlich ohnehin nicht leisten können.«

Ausnahmsweise stellte Marie selbst die Musik leiser, die noch immer aus den Lautsprechern drang.

»Ich kann mir nur ganz schwer vorstellen, dass man tatsächlich so ein völlig entspanntes Verhältnis zu seiner Ex haben kann, wie er durchblicken ließ.«

»Die Leute sind eben verschieden«, sagte Tess.

»Ja, und ich habe gerade eine völlig zerrüttete Beziehung zu meinem Ex. Aber in Wirklichkeit war das doch etwas ganz anderes zwischen den dreien, oder?«

Tess sah sie fragend an.

»Wie meinst du das?«

»Na ja, es ist doch ziemlich offensichtlich, dass sie eine Art Dreiecksbeziehung hatten.«

»Glaubst du?«

»Also, Hjalmarsson, dafür, dass du lesbisch oder queer bist oder wie auch immer du dich bezeichnest, bist du manchmal ganz schön heteronormativ und schwer von Begriff.«

»Ich habe ja wohl nie behauptet, dass ich queer bin, oder?«

»Whatever, du weißt, was ich meine. Ich jedenfalls glaube, dass sie mehr waren als nur Freunde.«

Tess runzelte die Stirn.

»Du meinst, sie hatten eine Liebesbeziehung?«

»Ja, also wie genau sie das jetzt gemacht haben, wer mit wem geschlafen hat und so weiter, das weiß ich natürlich nicht, und ich bin mir auch nicht sicher, ob ich darüber überhaupt nachdenken möchte. Aber irgendetwas war mit ihrer Beziehung, da bin ich mir vollkommen sicher.«

Tess ging vom Gas. Vor ihnen fuhr ein gelber Traktor mit breitem Anhänger. Marie redete weiter:

»Ich fand, ehrlich gesagt, Andy Sartz' Trauer oder Wut wirkte ein bisschen aufgesetzt.«

»Inwiefern?«

»Irgendwie nicht natürlich.«

»Das kann ich schwer einschätzen. Die Leute reagieren ja ganz unterschiedlich, wenn sie trauern. Für ihn war es natürlich auch ein Schock. Und du glaubst, er könnte etwas mit Mischa Lindbergs Tod zu tun haben?«

Marie steckte sich ein Kaugummi in den Mund und blickte erneut aus dem Fenster.

»Irgendetwas stimmte da nicht.«

»Warum hast du ihn dann nicht direkt gefragt? Auch was ihre Beziehung anbelangt?«

»Hattest du den Eindruck, ich war ihm besonders sympathisch? Mir kam es unnötig vor, seine Abneigung noch zu verstärken.«

»Na gut, aber wer sind wir, anderer Leute Beziehungen und Lebensweisen zu verurteilen?«

»Es war nicht unsere Schuld, wir hatten beide das Pech, auf egoistische Idioten hereinzufallen.«

Irgendwie passte es ganz gut, dass ihre Kollegin und Freundin ebenfalls eine Trennung durchgemacht hatte beziehungsweise noch mittendrin steckte. Nicht, weil sie Marie die Hölle wünschte, die sie selbst nach der Trennung von Angela durchgemacht hatte, sondern weil es Dinge gab, über die man nur mit Menschen reden konnte, die dasselbe erlebt hatten. Trauer und Trennung waren solche Dinge.

Sie schwieg eine Weile.

»Es geht wohl immer auch darum, wie man eine Beziehung führt. Je mehr Zeit vergeht, desto klarer sehe ich, wie blind ich war, als ich mit Angela zusammen war. Ich habe um etwas gekämpft, was sie für sich ganz klar ausgeschlossen hatte. Man muss einigermaßen ähnliche Lebensträume haben, damit es funktionieren kann.«

»Tja, Hjalmarsson, genau das habe ich dir immer wieder

gesagt. Du solltest einfach mal anfangen, zuzuhören. Und vor allem musst du raus und jemand Neues kennenlernen. Wann hattest du zum letzten Mal Sex?«

Tess antwortete nicht. Ihr Sexleben ging Marie nichts an, egal wie gut sie befreundet waren.

Sie dachte an Mischas Kinderwunsch, der sich nie erfüllt hatte. Sie selbst hatte an diesem Morgen beim Aufwachen zum ersten Mal gespürt, dass sie tatsächlich hoffte, schwanger zu sein, ein neues Leben in sich zu tragen. Obwohl sie sich noch immer nicht vorstellen konnte, wie ein Leben mit Kind aussehen sollte. Mit einer eigenen Familie. Klein, aber immerhin. Als alleinerziehende Mutter. Eine Rolle, mit der sie sich nie hatte identifizieren können, an die sie sich aber vielleicht gewöhnen konnte.

Lundberg saß allein im Cold-Case-Büro und packte seine Sachen. Hatte er die richtige Entscheidung getroffen? Zweifel und schlechtes Gewissen gegenüber den Kolleginnen machten ihm zu schaffen. Er sah Max vor sich, die Eltern, die ältere Schwester, Annelie. Sie war damals noch so jung gewesen und am Boden zerstört, man hatte sie kaum vernehmen können.

Obwohl es so viele Jahre her war, hatte der Fall Max ihn in regelmäßigen Abständen heimgesucht. Die Zeit, in der er alles getan hatte, um den Fall und diesen schrecklichen Fehler zu verdrängen, war vorbei. Es war, als zwinge ihn etwas dorthin zurück. Als er vor ein paar Tagen mit seiner Frau in den Wäldern von Bergslagen, ihrer Heimat, spazieren gegangen war, hatte er neben dem Kiesweg ein Fahrrad im Straßengraben entdeckt und sofort an Max denken müssen.

»Was für eine Vergeudung«, murmelte er und legte den Stift auf den Tisch.

Neben dem Whiteboard hing eine rot-gelbe Wanduhr, die sowohl die schwedische als auch die dänische Zeit angab. Irgendein Spaßvogel im Haus hatte sie dem Cold-Case-Team geschenkt, weil sie in den letzten Jahren immer wieder sowohl mit dänischen Tätern als auch mit der dänischen Polizei zu tun gehabt hatten. Die dänischen Zeiger sprangen immer hin und her, hipp-hopp, ein Symbol für die Zusammenarbeit mit den unzuverlässigen Dänen.

Der Sekundenzeiger dagegen erinnerte Lundberg eher daran, dass er sich dem Ende seiner Polizeilaufbahn näherte. Zwar hatte er keine konkrete Vorstellung davon gehabt, wie er die letzten Dienstjahre verbringen wollte, aber es war ganz bestimmt nie sein Traum gewesen, fünfzehnjährige Bandenangehörige zu verfolgen, die einander wegen irgendwelcher Drogenkonflikte erschossen oder wegen Streitigkeiten, von denen sie selbst nicht mehr wussten, worum es einmal gegangen war. Und nun sollte er bereits am folgenden Morgen zu einer Besprechung mit Makkonens Team erscheinen und in genau diese Art von Arbeit eingewiesen werden.

Er stand auf. Das Display seines Telefons blinkte. Eine unterdrückte Rufnummer. Lundberg nahm ab.

»Ich bin es. Wir haben schon mal telefoniert.«

Er zuckte zusammen. Es war der große Unbekannte. Es war dieselbe helle Stimme, dieselbe abwartende, einsilbige Art, sich auszudrücken. Rasch drückte er auf den Aufnahmeknopf des Telefons.

»Oder haben Sie mich vergessen?«

»Nein«, sagte Lundberg. »Aber es ist eine Weile her.«

Er setzte sich wieder. Bemühte sich, ruhig zu klingen, obwohl ihm das Herz bis zum Halse schlug. Er hoffte, dass die Aufnahme auch wirklich funktionierte. Warum rief der Mann wieder an? Er musste um jeden Preis versuchen, das Gespräch in Gang zu halten.

»Sie suchen jetzt wieder nach dem Mörder?«

»Wie bitte?«

»Der Junge außerhalb von Ystad. Das war doch ich. Ich habe ihn in der Dunkelheit überfahren, das wissen Sie doch.«

Lundberg holte tief Luft, lauschte auf Hintergrundgeräusche.

»Versuchen Sie herauszufinden, wo ich bin? Dann lege ich nämlich auf.«

Er redete genauso wie vor fünfzehn Jahren.

»Es sind diese verdammten Enttäuschungen, die man erlebt hat. Deshalb ist es passiert, anders kann ich es nicht erklären.«

»Versuchen Sie es«, sagte Lundberg ruhig.

»Es frisst mich auf. Ich war überall unerwünscht. Sie haben mich verachtet. Ich bin eigentlich kein schlechter Mensch. Aber wenn ich wütend werde, sehe ich rot, und dann passiert es. Es war wie ein Kurzschluss, als ich diesen Blick sah, ich konnte es einfach nicht ertragen.«

Das war neu, was er über Max' Blick sagte. Noch nie zuvor hatte er die Augen erwähnt.

»Und was haben Sie da gemacht?«

»Gemacht? Das wissen Sie doch. Ich habe das Messer in ihn hineingerammt.«

Lundberg schwieg einen Moment. Doch auch der Unbekannte am anderen Ende war verstummt. Lundberg überlegte fieberhaft, wie er weiterkommen konnte, ohne den anderen zu verschrecken.

»Wäre es nicht besser, wenn Sie vorbeikämen, damit wir uns richtig unterhalten können?«

»Das geht nicht. Ich stehe die zwanzig, fünfundzwanzig Jahre Haftstrafe nicht durch. So viel würde ich doch bekommen. Ich habe einen Menschen getötet. Das würde mich kaputtmachen.«

»Warum erzählen Sie es mir dann?«

Der Mann schien zu überlegen.

»Weil ich es nicht ertrage, es für mich zu behalten. Mir geht ständig durch den Kopf, was ich getan habe, ich kann nicht still sitzen. Sie brauchen nach keinem anderen zu suchen. Und dann ist da noch etwas …«

»Ja?«

»Ich könnte noch was getan haben.«

»Was meinen Sie damit? Wieder so etwas? Haben Sie erneut getötet?«

»Ja.«

»Tatsächlich? Wann?«

»Darüber kann ich noch nicht reden.«

»Aber wenn Sie jemanden getötet haben, wäre es doch gut, wenn Sie es mir sagen. Dann brauchen wir nicht weiterzusuchen.«

»Nein.«

»Warum nicht?«

»Ich bin noch nicht bereit. Und ich kann nicht versprechen, dass es nicht noch einmal passiert. Und wenn Sie weiterfragen, lege ich auf und Sie hören nie wieder etwas von mir.«

Lundberg änderte seine Strategie.

»Max' Eltern werden langsam alt, sie müssen endlich Gewissheit bekommen.«

»Richten Sie seinen Eltern aus, dass es keine Absicht war. Es war ein Unfall, und dann bin ich durchgedreht. Ich habe seine Handschuhe noch, manchmal schaue ich sie mir an. Es tut mir leid, dass ich es getan habe. Ich lege jetzt auf.«

»Hallo?«

Lundberg fragte noch ein paarmal nach, doch das Gespräch war offensichtlich beendet. Er schaltete die Aufnahmefunktion aus, spulte zurück und hörte sich alles noch einmal an. Dann legte er die Hände hinter den Kopf und lehnte sich zurück. Schweiß rann ihm in den Nacken. Es fühlte sich an, als wäre die Zeit um fünfzehn Jahre zurückgedreht worden. Dieselben Anspielungen auf all die Enttäuschungen in seinem Leben.

Und er meinte, er habe es wieder getan. In genau diese Dinge hatte er nie wieder hineingezogen werden wollen.

Er stellte fest, dass seine Frau ihm eine Nachricht geschrieben hatte. Marianne bat ihn darum, auf dem Heimweg fürs Abendessen einzukaufen. Er erinnerte sich wieder, wie beunruhigt sie gewesen war, als der große Unbekannte ihn das letzte Mal kontaktiert hatte. Ihre Adresse in Oxie herauszufinden war nicht schwierig, und sie hatten nie das Gefühl gehabt, eine geheime Rufnummer zu brauchen.

Nie hatte er sich bei der Arbeit von der Angst leiten lassen. Doch was würde geschehen, wenn der Mann beschloss, ihn zu Hause aufzusuchen? Wenn dann gerade die Enkelkinder zu Besuch waren? Und was, wenn dieser irre Typ dann erneut ausrasten würde?

Tess blinzelte in die grelle Frühlingssonne vor dem Fenster. Anlässlich der bevorstehenden Walpurgisnacht und des ersten Mai breitete sich Feiertagsstimmung in Malmö aus, auf den Straßen war kaum noch etwas los. In den Fluren draußen lärmte es, nach einem weiteren Einsatz gegen die Ratten wurden wieder Möbel gerückt. Das Polizeigebäude schien einfach nicht zur Ruhe zu kommen. Während der letzten Jahre hatten bereits umfängliche Renovierungen stattgefunden, mit denen das Haus zur Gerichtszentrale umgebaut worden war, um Staatsanwaltschaft, Amtsgericht und Polizei an einem Ort unterbringen zu können. Und jetzt waren die Ratten eingefallen.

Tess zog ihr Handy heraus. Mette hatte ihr geschrieben.

Sie wollten sich am Wochenende treffen, doch obwohl Tess sie wirklich mochte, zweifelte sie schon jetzt, ob sie sie tatsächlich wiedersehen wollte. Sie wünschte sich, fünf Schritte weiter zu sein, um sich diese erste Phase der Unsicherheit zu ersparen.

Tess hörte sich noch einmal die Aufnahme des Telefongesprächs mit dem großen Unbekannten an, die Lundberg ihr gegeben hatte. Er war überzeugt davon, dass es derselbe Mann war, der ihn vor fünfzehn Jahren schon einmal angerufen hatte. Seine Stimmlage und wie er sich über seine »Enttäuschungen« geäußert hatte, seien dieselben gewesen. Nun wollte Tess sie Carsten Morris zur Untersuchung weiterleiten.

Tess schaute zum Whiteboard hinüber, auf das Fragezeichen, das für den großen Unbekannten stand.

Wie Lundberg bereits festgestellt hatte, enthielt das Gespräch zwei interessante Punkte. Zum einen die Handschuhe, die er bisher nie erwähnt hatte. Aber natürlich konnte er das auch aus Palmqvists Artikel erfahren haben. Zum anderen hatte er Max' Augen erwähnt.

Tess drückte noch einmal auf Wiedergabe.

»Es war wie ein Kurzschluss, als ich diesen Blick sah, ich konnte es einfach nicht ertragen.«

Tess hätte gern noch mehr aus dem großen Unbekannten herausgekitzelt, ihn dazu gebracht, sich erneut zu melden und dabei seine Identität zu verraten. Jetzt, da Lundberg das Team verlassen hatte, war es schwierig, etwas zu inszenieren.

Die Kartons und Ordner auf ihrem Schreibtisch erinnerten sie daran, wie viel Arbeit vor ihnen lag. Auf der Tafel hatte sie die vorherige Zahl ausradiert und die neue hingeschrieben: Ihnen blieben noch fünfzehn Tage. Die Zeit lief. Lundberg klopfte an, sah die Kartons und schien sofort zu wissen, was sie dachte.

Er trat ein paar Schritte ins Büro.

»Ich habe das Gefühl, euch im Stich zu lassen.«

»Es ist, wie es ist«, sagte Tess und scrollte auf ihrem Handy.

Sie hatte weder Zeit noch Lust, mit ihm darüber zu reden. Und sie hatte nicht vor zu versuchen, ihn zum Bleiben zu überreden. Lieber einer weniger als ein unwilliger Lundberg.

Er legte einen Zettel auf ihren Tisch, auf den er etwas geschrieben hatte.

»Über diese beiden Männer haben wir bisher noch gar nicht geredet. Beide besuchten den allgemeinbildenden Zweig der Schule und waren an Max' letztem Abend im Pub. Natürlich wurden sie vernommen, aber es wäre sicherlich einen Versuch wert, sie noch einmal herzubestellen.«

Tess nahm den Zettel mit den Namen Erik Dahlén und Frank Ögren entgegen. Lundberg ging zur Tür, die Tasche über der Schulter.

»Ich wünschte ... ich ...«

Er stand da und zögerte, den Blick zu Boden gerichtet.

»Ich bin nur ein paar Meter weit weg, falls etwas ist.«

Nachdem er verschwunden war, lehnte Tess sich auf ihrem Stuhl zurück und blickte sich um. Fünfzehn Jahre hatten die Akten zu Max Lund im Kellerarchiv des Polizeigebäudes gelegen. Sie war dankbar, dass immerhin alles an einem Fleck gewesen war. Manchmal ging ein Großteil der Arbeitszeit ihres Teams allein dafür drauf, das entsprechende Material in unterschiedlichen Häusern zusammenzusuchen. Die einundzwanzig Polizeibehörden, die vor ein paar Jahren zu einer zusammengefasst worden waren, hatten ganz unterschiedliche Herangehensweisen bei der Beschlagnahme und Archivierung von Beweismaterial gehabt. Es konnte der reinste Dschungel sein, und Max Lund gehörte zu den Fällen, die sie noch nicht digitalisiert hatten. Sie waren einfach nicht davon ausgegangen, dass der Fall in absehbarer Zeit wieder aufgenommen werden würde. Das Material zu den Ermittlungen im Fall Max bestand aus Originaldokumenten, CDs, Ordnern, Fotobögen und Unmengen von Papier.

Sie nahm ein Foto von Max zur Hand und sah es sich zerstreut an. Er hatte eindeutig einen eigenen Stil, ein wenig bohemienhaft mit Jackett, langem Schal und oranger Hose.

Sie betrachtete den grün-weiß geringelten Pullover, den Brännström noch einmal untersuchen wollte, sobald er es schaffte. Im Prinzip war das gerade ihre größte Hoffnung. Der Pullover und natürlich die Möglichkeit, dass jemand aus seinem näheren Umfeld, wie etwa ehemalige Mitschüler, bereit war, etwas zu erzählen, das er bisher nicht preisgegeben hatte.

Tess streckte sich. In ihrem grünen Buch hatte sie sich notiert, in welcher Reihenfolge sie die Personen, die für den Fall von Interesse waren, treffen wollte: Joe, Håkan, Björn, Anna. Mit diesen vier wollte sie beginnen. Sie hatte Marie gebeten, Kontakt aufzunehmen. Auch hatte sie versucht, die Zeugin Carina zu erreichen, die jedoch verreist war und erst in einer Woche nach Hause zurückkehren würde.

Die ehemaligen Schülerinnen und Schüler der Folkhögskola Skurup wollte sie am liebsten unvorbereitet treffen. Doch in dieser personell angespannten Situation auf gut Glück zu ihnen zu fahren wäre viel zu aufwendig.

Tess rief Brännström vom NFC an.

»Es geht nicht schneller, wenn Sie mich drängen«, sagte er zerstreut. Es war bereits das zweite Mal in dieser Woche, dass sie ihn anrief.

»Wir haben eine Deadline«, sagte sie und warf einen Blick zur Tafel. »Noch fünfzehn Tage.«

Brännström seufzte.

»Dann stimmt also das Gerücht, dass Ihre Arbeit eingestellt werden soll?«

»So könnte es kommen. Deshalb müssen wir ihnen schnellstmöglich beweisen, was für ein Fehler es wäre, das zu tun.«

»Das kann ich sofort unterschreiben. Trotzdem kann ich leider nicht schneller arbeiten.«

Brännström versprach, nach Möglichkeit in der kommenden Woche mit der DNA-Analyse von Max' Pullover zu beginnen.

Nachdem sie aufgelegt hatte, trat Marie ins Zimmer.

»Hat er uns tatsächlich verlassen?«, fragte sie mit Blick auf Lundbergs leeren Schreibtisch.

Tess hob die Schultern. Noch immer kam ihr Lundbergs Verhalten höchst merkwürdig vor.

»Hoffen wir einfach, dass sich der große Unbekannte noch mal bei ihm meldet, dann ist er ganz von allein wieder mit von der Partie«, sagte Marie. »Glück im Unglück, dass er ausgerechnet Lundberg zu seinem Vertrauten erkoren hat.«

Tess' Handy piepte. Sie zog eine Grimasse, als sie das Memo sah. Morgen sollte das unausweichliche Essen mit ihrer Schwester, ihrem Vater Bengt und dessen neuer Freundin stattfinden.

Marie klopfte mit dem Finger auf Håkan Westholms Foto am Whiteboard.

»Und morgen haben wir die Ehre, diesen Typen hier kennenzulernen. Er bestand darauf, hierherzukommen, das sei die einzige Möglichkeit, denn er arbeite und wohne in Hammarhög, behauptet er.«

»Okay«, sagte Tess. »Was ist mit Joe? Immerhin war er damals der Hauptverdächtige.«

Marie spuckte ihr Kaugummi in den Papierkorb.

»Wenn es dir nicht passt, versuch doch selbst, ihn zu erreichen. Ich habe ihm wie eine Blöde hinterhertelefoniert, aber es gibt einfach keine aktuelle Nummer. Und in den sozialen Medien kann ich auch nichts dazu finden, was er macht. Das Gleiche gilt für Björn Almström, niemand scheint ihn gekannt zu haben. Wir müssen also zunächst mit diesem hier vorliebnehmen.«

Tess schüttelte den Kopf. Wahrscheinlich fühlte auch Marie sich ohnmächtig angesichts der Unmengen an Arbeit für nurmehr zwei Personen in ihrem Team. Und eins der Probleme bei der Arbeit mit alten Fällen war nun einmal, dass man versuchen musste, alle Personen, die auch nur irgendeinen Bezug dazu hatten, wieder ausfindig zu machen.

In fünfzehn Jahren konnte viel passieren. Menschen zogen fort, wechselten den Nachnamen, starben.

Sie gab Marie den Zettel, den Lundberg ihr dagelassen hatte.

»Frank Ögren und Erik Dahlén. Sie waren ebenfalls Schüler der Folkhögskola Skurup, besuchten aber den allgemeinbildenden Zweig. Sie wurden vernommen, denn sie waren an dem Abend ebenfalls im Pub. Versuch doch bitte mal, sie zu erreichen und möglichst bald ein Treffen mit ihnen zu vereinbaren.«

»Du bist ein schlimmerer Sklaventreiber als Makkonen«, schimpfte Marie, setzte sich jedoch an ihren Rechner und begann nach ihnen zu suchen. »Und Walpurgisnacht feiert niemand hier im Büro, richtig?«

2004

Max nahm die Bierdosen und packte sie in seinen Rucksack, trat auf die Fußgängerzone und wartete auf Anna.

Dem geplanten Spiel- und Pizzaabend sah er mit gemischten Gefühlen entgegen. All die Gerüchte um Joe sorgten für Unruhe, sowohl in der Schule als auch in der WG. Leute wie Joe schienen so etwas einfach anzuziehen, dachte er.

Anna kam als Letzte aus dem Spirituosenladen, ein Angestellter schloss hinter ihr ab. Die Fußgängerzone in Ystad war samstäglich leer, auch die anderen Geschäfte schlossen übers Wochenende. Max und Anna holten ihre Fahrräder und machten sich auf den Weg zur WG.

»Hast du noch was gehört? Ich meine, wegen Joe?«

Anna schüttelte den Kopf.

»Nein, es gibt nur haufenweise Gerüchte. Aber wenn es stimmt, ist es ernst, und dann müsste er selbst zur Polizei gehen.«

»Zur Polizei? Worum geht es eigentlich?«

»Ich will nicht noch mehr Gerüchte verbreiten, frag ihn selbst.«

Anna wusste also mehr, als sie erzählen wollte, alle vertrauten sich ihr an.

»Mir ist klar, dass es irgendetwas mit Drogen zu tun hat«, sagte er. »Aber es ist so traurig mitanzusehen, wie er sich selbst alles kaputtmacht. Frank und die anderen aus dem allgemeinen Zweig haben einfach einen schlechten Einfluss auf ihn.«

Anna sprang aufs Fahrrad und rollte langsam neben ihm die Fußgängerzone hinunter, während er weiterging.

»Ja, aber jeder ist auch für sich selbst verantwortlich, niemand zwingt Joe, zu rauchen und sich nicht mehr um seine Musik zu kümmern.«

Max klemmte seinen Rucksack auf den Gepäckträger und setzte sich ebenfalls aufs Fahrrad. Als sie aus dem Stadtzentrum heraus waren, kam starker Wind auf. Max hatte gehört, dass es gegen Abend regnen sollte.

Auf der Straße vor ihnen wirbelte das erste Herbstlaub auf.

Er hatte ein ungutes Gefühl, was Joe anging. Er würde handeln müssen, und zwar bald. Er wusste nicht, warum, aber das Gefühl, dass etwas aus dem Ruder lief, wurde immer stärker.

Nachdem sie vor etwas über einem Jahr mit dem Unterricht an der Schule begonnen hatten, waren sie schnell Freunde geworden. Sie hatten denselben Humor, denselben Stil und dieselbe Lebenseinstellung. Hatte Max zumindest gedacht. Jetzt war er sich da nicht mehr so sicher. Vielleicht war Joe eigentlich jemand ganz anderes. Es war zwar albern, aber Max war ein bisschen eifersüchtig geworden, als er mitbekommen hatte, dass er sich einer anderen Clique an der Schule angeschlossen hatte.

Wenn es Joe in diese Richtung zog, konnte er wenig dagegen tun. Dennoch wollte er dem Ganzen noch eine Chance geben, schauen, ob er ihn irgendwie noch beeinflussen konnte, auf dem richtigen Weg zu bleiben.

Aber nicht nur wegen Joe hatte sich die Stimmung in der WG zuletzt verändert. Es war, als wären sie alle vier ständig irgendwie sauer aufeinander. Håkan und Anna kamen nur noch schlecht miteinander zurecht, nachdem sie eine kurzfristige Beziehung gehabt hatten.

Joe fand, es gäbe zu viele Regeln, und Håkan ärgerte sich über die angebliche Lebensmittelverschwendung.

Wenn Max Klavier spielte, schien das den anderen auf die Nerven zu gehen. Und Anna versuchte immer, die Mama zu spielen und alles zusammenzuhalten.

In den letzten Wochen hatte Max immer wieder überlegt, auszuziehen und sich für ein Internatszimmer auf dem Schulgelände zu bewerben.

Er hatte gehört, dass dort ein Zimmer frei geworden war, und er wollte schauen, ob er es bekommen konnte. Dass er sich dann die Dusche mit anderen teilen musste, nahm er gerne in Kauf.

Sie fuhren die Straße zum Meer und zu ihrer WG hinunter. Kurz vor dem Haus stieg Anna vom Rad und schob es das letzte Stück. Max tat es ihr nach.

»Kannst du etwas für dich behalten?«

Max drehte sich fragend zu ihr um.

»Klar.«

Anna blickte zum Haus hinauf, als fürchte sie, jemand könnte sie hören.

»Joe will in die USA.«

»In die USA?«

»Ja, er hat es mir gestern erzählt. In ein paar Wochen. Er meint, er bräuchte noch mal einen Neuanfang, deshalb will er an der Schule aufhören.«

Max blickte ebenfalls zum Haus hinauf.

»Komisch, davon habe ich gar nichts mitbekommen.«

»Nein, ihr habt ja auch nicht mehr viel miteinander zu tun. Er weiß, dass du sauer auf ihn bist.«

Max war dennoch ein bisschen gekränkt, dass Joe es ihm nicht erzählt hatte.

Sie gingen das letzte Stück und stellten die Räder auf dem Grundstück ab. Die große Fichte vor dem Haus bog sich im Wind.

Max sah, wie sich die Haustür öffnete und Frank und Joe herauskamen.

Er bückte sich und tat, als müsste er das Fahrrad abschließen, um ihren Blicken nicht begegnen zu müssen.

Mittwoch, 1. Mai

»Ist das Jesus persönlich?«, flüsterte Marie, als Håkan Westholm seinen Ausweis vorzeigte und sich an der Rezeption des Polizeigebäudes anmeldete.

Auch Tess war überrascht von seinem Äußeren.

Håkan Westholm hatte halblange Dreadlocks, die er mit einem schwarzen Tuch umwickelt hatte, und trug zwei Silberketten über seinem hellgrauen Longshirt. An das Foto an ihrem Whiteboard erinnerte fast gar nichts mehr.

Sie gingen durch die Drehtür, um ihn zu begrüßen.

Håkan Westholm hatte wache blaue Augen und lächelte, als er ihnen die Hand gab. Er sei inzwischen nicht mehr oft in Malmö, erklärte er, während sie zu den Fahrstühlen gingen. Heute aber wolle er am Umzug zum ersten Mai vom Gustav Adolfs Torg zur Grünanlage Folkets Park teilnehmen.

»Schön, dass Sie den Fall noch einmal aufrollen, ich dachte schon, er wäre für immer zu den Akten gelegt worden. Und dann habe ich gelesen, Ihre Abteilung soll geschlossen werden?«

»Die Berichte über unseren Tod sind stark übertrieben. Wir geben niemals auf, das ist das Wesen eines Cold-Case-Teams«, sagte Marie und drückte auf den Fahrstuhlknopf.

Tess lächelte Håkan an.

»Die technischen Entwicklungen eröffnen uns immer neue Möglichkeiten.«

»Ja«, sagte Håkan, »DNA und Überwachungskameras, es ist ein ständiger Balanceakt zwischen den Interessen der Gemeinschaft und dem Recht auf persönliche Integrität.«

Marie verdrehte hinter seinem Rücken die Augen, als sich die Fahrstuhltür öffnete.

Tess ging voraus und hielt den anderen die Tür zu dem Raum auf, in dem die Vernehmung stattfinden sollte und der jetzt den Namen der Fußballerin Caroline Seger trug. Nach internen Protesten wegen der ungleichen Geschlechterverteilung waren die Räume noch einmal umbenannt worden. Der größte Konferenzraum trug jedoch immer noch den Namen Zlatan, obwohl der ursprünglich aus Helsingborg stammte.

»Entschuldigen Sie das Durcheinander, wir hatten hier eine Rattenplage, sodass einige unserer Kollegen diesen Raum in den letzten Tagen auch als Büro nutzen mussten.«

»Ratten? Wie süß. Als ich jünger war, hatte ich Mongolische Rennratten. Und Skorpione.«

»Aber die saßen wahrscheinlich im Käfig«, sagte Marie. »Hier laufen sie den ganzen Tag frei herum.«

Håkan blickte sich skeptisch um.

Tess stellte eine Thermoskanne mit Kaffee und Milch auf den Tisch und reichte Håkan eine Tasse.

»Danke, aber ich trinke nur Fairtrade Kaffee. Wenn Sie ein bisschen heißes Wasser für mich haben — ich habe eigenes Pulver dabei.«

Tess bat ihn, von seiner Zeit an der Folkhögskola Skurup und der WG in Ystad zu erzählen, wo er mit Max Lund zusammengelebt hatte.

»Das war eine schöne Zeit«, sagte er und rührte in seiner Tasse. »Bis auf den Mord natürlich, der lag wie ein Schatten über dem gesamten letzten Jahr dort. Aber davor war es das

Paradies: in einer WG zu wohnen und zur Schule zu gehen, den ganzen Tag tun zu können, was einem wirklich wichtig war – Luxus.«

»Wie war Ihre Beziehung zu Max?«

»Völlig okay, wie es eben ist, wenn man zusammen Kurse besucht und im selben Haus wohnt. Aber es war vor allem die Musik, die wir gemeinsam hatten.«

»Wie würden Sie ihn beschreiben?«

»Ein netter Typ, vielleicht ein bisschen sensibel. Er konnte sehr empfindlich reagieren und dann in Streit geraten.«

»Inwiefern?«

»Er hatte hohe moralische Ansprüche und wusste immer, wie andere zu leben hatten. Manchmal mischte er sich ein bisschen zu sehr ein.«

»Sie meinen den Konflikt, den er und Joe wegen der Drogen hatten?«

»Ja, zum Beispiel. Es war doch Joes Problem, wenn er sich kaputtmachen wollte. Sie hatten eine kleine Auseinandersetzung, bevor wir an jenem Abend ins The Goat fuhren, aber es war jetzt auch kein wirklich großes Ding.«

Marie lachte.

»So kann man das natürlich auch sehen. Sind Sie und Max mal aneinandergeraten?«

Håkan streckte sich und zog an seinen Fingern, Marie verzog das Gesicht, als es in den Gelenken knackte.

»Nein, nie. Wir waren so grundverschieden, dass es nichts zu streiten gab. Er spielte auch lieber allein als in irgendwelchen Ensembles.«

»Welches Instrument haben Sie gespielt?«

»Gitarre und Bass. Es gab einen Jazzzweig an der Schule.«

»Welche Beziehung hatte Max zu Frauen?«

Håkan schüttelte den Kopf und lächelte nachsichtig.

»Ich kann mich nicht erinnern, dass er jemanden gehabt hätte. Das Interesse war von seiner Seite wohl nicht groß.«

»So gering, dass man das Gefühl bekommen konnte, er hätte andere Vorlieben?«, fragte Marie.

»Ob er homosexuell war? Tja, weiß man's ... Ich habe nie darüber nachgedacht, und wenn, wäre es für mich keine große Sache gewesen.«

Tess nickte. Für Håkan schien nichts eine große Sache zu sein.

»Gehen wir doch mal zurück zu diesem regnerischen Samstagabend, den zweiten Oktober vor fünfzehn Jahren. Wie verlief dieser Tag genau?«

Håkan schob mit einer Hand seine Dreadlocks zurück und setzte sich auf dem Stuhl zurecht. Tess sah, dass er an jeder Hand zwei Silberringe trug, einer davon vermutlich ein Ehering.

»Ganz gut. Es war eine nette Runde im Pub. Alle hatten gute Laune. Keine besonderen Vorkommnisse.«

»Und wie endete der Tag?«

»Nachdem wir den Pub verlassen hatten, überlegten wir, was wir noch machen könnten, der Abend war irgendwie noch nicht richtig zu Ende. Einige beschlossen, noch nach Malmö zu fahren, also Joe und noch ein paar andere. Der Rest fuhr dann doch nach Hause.«

»Sonst nichts?«

»Nein. Max ging sein Fahrrad holen, dann verschwand er über den Marktplatz, nach Hause, wie wir alle glaubten. Das war das Letzte, was ich von ihm gesehen habe.«

Zum ersten Mal wirkte Håkan mitgenommen.

Tess nickte. Es war immer dasselbe, wenn man Zeugen und Verdächtige nach so langer Zeit erneut vernahm: Alles, was sie sagten, wirkte wie auswendig gelernt. Die Erinnerungen passten sich an, nachdem so viel Zeit vergangen war.

Hatte man einmal entschieden, wie die Dinge sich verhielten, war es schwierig, davon abzuweichen, egal ob man etwas zu verbergen hatte oder nicht.

»Einige haben behauptet, es habe einen Streit in dem Pub gegeben. Heftige Auseinandersetzungen an der Bar.«

»Einen Streit? Daran kann ich mich nicht erinnern. Es war allerdings auch ziemlich laut da drinnen, vielleicht habe ich es einfach nicht mitbekommen.«

»Merkwürdig«, sagte Marie. »Alle anderen haben ausgesagt, es wäre etwas vorgefallen, es habe heftige Gerüchte gegeben.«

»Tja, also ich kann nur sagen, wie ich es erlebt habe. Ich habe davon nichts mitbekommen.«

»Und wie endete der Abend für Sie persönlich?«

»Ich hatte keine Lust, noch nach Malmö zu fahren, das Wetter war miserabel. Also holte ich mein Fahrrad, aber es hatte einen Platten, sodass ich es nach Hause schieben musste.«

»Ganz schön viele kaputte Fahrräder an dem Abend«, sagte Marie.

Håkan sah sie verständnislos an, dann fiel der Groschen.

»Ach, Sie meinen wegen Max, weil bei seinem Fahrrad die Kette abgesprungen war.«

Marie nickte.

»Ja, das waren damals keine schicken Mountainbikes, auf denen wir herumfuhren, sondern ziemlich einfache Dinger. Seins war ein Damenrad, und ich erinnere mich, dass er oft wegen der Kette geflucht hat.«

»Und Anna? Sind Sie ein Stück gemeinsam gegangen?«

»Ich hielt nach ihr Ausschau, nachdem Max weg war, aber sie war schon gegangen. Da dachte ich, sie wäre vielleicht mit den anderen nach Malmö gefahren.«

»Und dann?«

»Ja, also ich ging dann alleine im Regen nach Hause. Erst geradeaus den Österleden entlang und dann über die Abkürzung durch den Wald zu unserem Haus. Es dauerte über eine Stunde, es war nass, richtig beschissenes Wetter.«

»Und als Sie zu Hause ankamen? Was passierte da?«

»Ich ging davon aus, dass alle außer Joe zu Hause waren. Man kontrolliert ja bei so einem Wetter nicht erst, welche Fahrräder vor dem Haus stehen oder welche Schuhe im Flur. Wir hatten auch einiges getrunken und so, deshalb war mein Bett das Einzige, woran ich denken konnte. Ich ging sofort rauf in mein Zimmer, legte mich ins Bett und schlief wie ein Stein, bis Anna reinkam und fragte, wo Max wäre, das war am nächsten Tag gegen Mittag.«

»Was haben Sie da gedacht?«

»Natürlich macht man sich da Sorgen. Er war ja nicht gerade jemand, der mit Mädchen nach Hause ging. Und da das Fahrrad nicht da war und er sich nicht meldete, fragten wir uns natürlich irgendwann, was los war. Gegen Abend tauchte dann die Polizei bei uns auf, nachdem er vermisst gemeldet worden war.«

Tess klopfte mit ihrem Stift auf den Tisch.

»Dass Sie kein Alibi haben, macht die Sache etwas kompliziert.«

Håkan seufzte laut.

»Das verstehe ich, aber da kann ich leider nichts machen. Könnte ich die Zeit zurückdrehen, würde ich es so einrichten, dass jemand mich gesehen hätte und bezeugen könnte, dass ich um diese Zeit zu Hause war. Aber das geht leider nicht.«

»Nein«, sagte Tess. »Als Sie erfuhren, dass Max tot war. Haben Sie darüber geredet? Hat Anna angeboten, für Sie alle auszusagen und zu behaupten, Sie wären in der Nacht zu Hause gewesen?«

Håkan wirkte beinahe empört.

»Auf keinen Fall. Das wäre ja völlig unmoralisch gewesen.«

»Ja, aber wenn es eng wird, kann man sich ja schon mal zu so etwas gezwungen sehen. Da denkt man vielleicht nicht immer rational.«

Håkan schüttelte den Kopf.

»Ich weiß ehrlich gesagt nicht, warum sie damals gelogen hat. Ich hatte sie jedenfalls nicht darum gebeten.«

»Haben Sie noch Kontakt, Sie, Anna und Joe?«

»Nein, überhaupt nicht. Über Facebook und Instagram bekomme ich mit, was Anna so macht, aber das ist auch schon alles. Mit Joe habe ich schon seit Jahren nicht mehr gesprochen, ich glaube, es geht ihm nicht besonders gut. Aber vielleicht wissen Sie da ja mehr?«

Tess warf Marie einen Blick zu.

»Wir vernehmen sie alle. Was glauben Sie, was genau Max in jener Nacht zugestoßen ist? Das muss Sie doch irgendwie beschäftigt haben.«

Håkan runzelte die Stirn und kaute an einem Fingernagel.

»Ja, natürlich. Ich glaube, dass er unterwegs mit jemandem aneinandergeraten ist. Vielleicht wollte ihn jemand ausrauben, oder so etwas.«

»Er hatte sein Portemonnaie noch bei sich, als er gefunden wurde«, sagte Marie.

»Ja, ich weiß, aber vielleicht passierte etwas, das plötzlich alles änderte? Vielleicht leistete er Widerstand und reizte dadurch den Angreifer. Das muss ja ein Psychopath gewesen sein.« Er schüttelte den Kopf. »Dreißig Stiche, habe ich gehört. Stimmt das?«

»Ja, ungefähr. Es waren sehr viele.«

»Krank.«

»Können Sie sich vorstellen, wer so eine Wut auf Max gehabt haben könnte, dass er zu so etwas in der Lage war?«

Die Antwort kam schnell.

»Nein, ich kenne niemanden, der einem anderen Menschen so etwas antun würde. Es gab aber einen ziemlich unangenehmen Typen in Ystad, in dieser Zeit, ich weiß nur, dass er allerhand Drogen vertickte.«

Håkan schnipste mit dem Finger, während er überlegte.

»Er konnte schnell ausrasten, total unangenehmer Blick. Ich weiß nicht, wie genau die Polizei ihn unter die Lupe genommen hat. Sven hieß er, wurde aber Schweine-Svenne genannt, weil er sich Frauen gegenüber schweinisch verhielt.«

Tess notierte sich den Namen Sven Bertilsson. Was der verurteilte Vergewaltiger heute wohl machte?

»Haben Sie ihn jemals an der Schule oder in Max' Nähe gesehen?«

»Nicht, dass ich wüsste.«

»Haben Sie noch Kontakt zu Max' Familie?«

Er schüttelte den Kopf.

»So nahe standen wir uns auch wieder nicht.«

Tess schwieg. Dann sagte sie:

»Ich habe gehört, Sie haben seine Eltern zu Hause besucht, in Malmö, ein paar Wochen nach dem Mord. Stimmt das?«

Håkan zuckte zusammen.

»Ja, stimmt, das hatte ich ganz vergessen. Die Zeit unmittelbar danach war so chaotisch ... Man ging irgendwie wie durch einen Nebel.«

»Erinnern Sie sich, warum Sie hingefahren sind?«

Håkan hob die Hände.

»Wieso ... Macht mich das jetzt verdächtig, oder was?«

»Nein, nein, es fiel uns nur auf. Wir müssen derzeit allem nachgehen.«

»Okay. Also, wenn ich mich richtig erinnere, überlegten mehrere an der Schule, ob wir nicht hinfahren sollten, um unsere Anteilnahme zu zeigen. Aber einige wollten dann doch nicht, und andere hatten Angst, sich aufzudrängen. Am Ende bin ich allein gefahren.«

Håkan schaute auf seine Hand hinab.

»Vielleicht ticke ich ein bisschen anders, was Dinge wie Mitmenschlichkeit angeht und so. Ich scheue mich nicht vor heiklen Themen.«

»Die Eltern erhielten außerdem einen anonymen Brief nach dem Mord, in dem der Absender zum Ausdruck brachte, dass es ihm leidtäte. Wissen Sie darüber etwas?«

»Einen Brief?« Er schüttelte den Kopf. »Nein, ich bin selbst nie ein großer Briefschreiber gewesen. Seltsam. War es ein Drohbrief?«

»Nein, wir glauben nicht«, sagte Marie. »Es kam uns nur seltsam vor, dass man einen anonymen Brief schreibt, wenn man sein Beileid ausdrücken will.«

Håkan zuckte die Achseln.

»Ich war's jedenfalls nicht.«

Tess schwieg kurz, dann fuhr sie fort.

»Was ganz anderes: Was haben Sie Ostern gemacht?«

»Ostern? Wieso?«

»Beantworten Sie einfach meine Frage.«

»Ja, da war ja das Kunstfestival und viel los in Österlen. Ich habe einem Freund geholfen, seine Bilder in der Schule aufzuhängen, und dann waren wir zum Osteressen bei meinen Schwiegereltern.«

Tess nickte Marie zu.

»Wie schon gesagt, nehmen wir neue Speichelproben und hoffen, dadurch so viele Personen wie möglich als Verdächtige ausschließen zu können.«

Håkan grinste zynisch und hob abwehrend die Hand.

»Ich weiß ganz genau, dass Sie mich nicht dazu zwingen können, da ich nicht als dringend tatverdächtig gelte. Rein politisch betrachtet ist das ein Angriff auf meine persönlichen Freiheitsrechte.«

Marie zog das kleine Röhrchen mit dem Wattestäbchen heraus und legte es vor ihm auf den Tisch.

»Sie irren sich. Wenn wir Sie testen wollen, endet es damit, dass wir es tun. Schlimmstenfalls laden wir Sie noch einmal als dringend tatverdächtig vor, denn Ihr Verhalten gerade macht Sie äußerst verdächtig. Kommen Sie, machen Sie den Mund auf.«

Håkan presste die Lippen aufeinander, wie um zu verhindern, dass Marie ihn zwingen könnte.

»Für mich symbolisiert das den gewaltsamen Übergriff durch eine staatliche Instanz.«

»Jetzt kommen Sie mal runter«, sagte Marie und verschränkte die Arme vor der Brust. »Sie kapieren doch, wonach es aussieht, wenn Sie sich weigern? Haben Sie etwas zu verbergen?«

»Nichts. Und wonach es aussieht, kümmert mich einen Dreck. Für mich ist das etwas Prinzipielles.«

Tess seufzte. Es war sinnlos, das Gespräch fortzuführen. Sie stand auf und streckte die Hand aus.

»Dann machen wir hier Schluss für heute. Sollten Sie Ihre Meinung ändern, wissen Sie, wo Sie uns finden. Sonst kommen wir selbst noch mal auf Sie zurück.«

Tess begleitete ihn zum Aufzug und sorgte dafür, dass er zur Rezeption zurückfand.

Marie trat zu ihr in den Flur.

»Was für ein arrogantes Arschloch. Hipster-Håkan aus Hammarhög, der Veganer, der keiner Fliege etwas zuleide tun kann. Tut, als wäre er wer weiß wie ökologisch und mitmenschlich, dabei ist er ein einziger Bluff. Hast du gesehen, wie seine polierte Fassade sofort Risse bekam, als wir ihn hinterfragt haben?«

Tess nickte. Sie hatte damit gerechnet, dass Marie sich über ihn aufregen würde. Sie selbst wurde nicht richtig klug aus ihm. Was das Bild störte, war dieser Besuch bei der Familie. Wäre er ein enger Freund von Max gewesen, wäre sein Verhalten verständlich gewesen, so aber wirkte es einfach nur unsensibel.

Als Tess wieder ins Cold-Case-Büro trat, hatte Marie Kaffee und Zimtschnecken auf den Tisch gestellt. Das war bisher noch nie vorgekommen.

»Gibt es was zu feiern?«

Sie schaute auf ihr Handy, denn sie hatte versprochen, um eins im Gasthaus in Östarps aufzutauchen, zu dem gefürchteten Mittagessen mit ihrer Schwester, ihrem Vater und dessen neuer Freundin.

Marie zuckte die Achseln.

»Nein, ich versuche nur, die Energieversorgung zu gewährleisten, jetzt, wo wir einer weniger sind. Außerdem ist natürlich der erste Mai, und wir haben es hier nett und arbeiten, während alle anderen frei haben.«

Sie drehte ihren Rechner zu Tess und zeigte ihr ein Logo auf dem Bildschirm.

»Und dann können wir noch feiern, dass wir morgen wieder mal einen Ausflug nach Österlen machen können, um alte Kommilitonen von Max zu treffen.«

Marie nahm sich eine Zimtschnecke.

»FrankEriks, was für ein Name für eine Firma! Klingt wie eine Volksmusikband. Aber die beiden haben anscheinend zusammen eine Firma aufgebaut und fällen Bäume und sind wichtig. Diese Woche sind sie in einem Wald außerhalb von Brösarp. Ich habe mit Erik Dahlén telefoniert, und wir sind herzlich eingeladen, sie da draußen im Busch zu besuchen.«

Tess nickte zufrieden.

»Gute Arbeit.«

»Danke. Ich habe gehört, der Feiertagszuschlag ist gekürzt worden, da kann man auch einfach ganz normal weiterarbeiten.«

In dem traditionsreichen Restaurant Östarps Gästgivaregård waren alle Tische besetzt, und der Geräuschpegel war hoch.

Vater Bengt strahlte vor Stolz, wenn er seine neue Freundin Eva ansah. Tess musste daran denken, was ihre Schwester ihr von dem Kredit erzählt hatte, für den er die Bürgschaft übernommen hatte.

Sie warf Isabel, die ihr gegenübersaß, einen raschen Blick zu.

»Im Juni wollen wir einen Kurztrip nach Warschau machen«, erzählte ihr Vater gerade. »Die moderne Kunstszene dort soll fantastisch sein.«

Eva sah ihn missbilligend an.

»Na ja, ich würde ja lieber in die Sonne. Malaga könnte ich mir vorstellen.«

Tess' Vater Bengt war überaus kunstinteressiert und malte selbst in gewissen Zeitabständen. Ihre Mutter und er waren jedes Jahr in Europa oder den USA auf Kunstreisen gewesen. In seiner neuen Beziehung schien dieses Interesse nicht auf Gegenliebe zu stoßen.

Während des Mittagessens hatten Eva und ihr Vater mehrere exklusive Wochenendtrips erwähnt, die sie bereits unternommen hatten: nach Nizza und Sizilien. Zwei von Evas Kindern hatten sie dabei begleitet, und es war eindeutig, wer die Reisen bezahlt hatte.

Tess war noch nie in diesem Restaurant gewesen und

schaute zu den Holzbalken an der Decke hinauf. Im offenen Kamin ihnen gegenüber prasselte ein Feuer, und normalerweise hätte sie es als sehr gemütlich empfunden. Aber im Augenblick fühlte sie sich vor allem angespannt und hoffte, das Essen wäre bald vorbei.

Sie musterte ihren Vater und Eva von der Seite, die Augen seiner neuen Freundin hatten etwas Kaltes. Oder bildete sie sich das nur ein? Ansonsten schien sie viel Wert auf ihr Äußeres zu legen, genau wie ihre Mutter Marianne. Sie hatte sich das Haar braun gefärbt und an den Augenlidern vielleicht sogar mal etwas machen lassen.

Tess musste an ihre Mutter denken, sie vermisste sie hier. Vermisste, wie es früher gewesen war.

Sie entschuldigte sich und ging zur Toilette.

Die Tür neben der Garderobe war zum Hof geöffnet, und sie trat auf die Schwelle und atmete ein paarmal tief durch. Nicht nur wegen der Übelkeit, die sie in den letzten Tagen immer wieder verspürt hatte. Sie brauchte auch eine Pause von der Tischgesellschaft.

Was genau eigentlich störte sie an Eva? Welches Recht hatte sie, in ihr eine Glücksucherin zu sehen? Und gab es so etwas heute überhaupt noch? Wer sagte denn, dass ihr Vater die Beziehung nicht genauso ausnutzte? Eine jüngere Frau, durch die er sich lebendig und gebraucht fühlen konnte. Ihr Vater hatte immer ein gutes Einkommen gehabt, und nach ein paar gelungenen Investitionen und Immobiliengeschäften hatte sich das Geld auf seinem Konto fröhlich vermehrt. Oder hatte sie einfach nur Angst, ihr Vater könnte sie durch die neue Familie zu ersetzen versuchen? Männern fiel es ja meistens leicht, in einer neuen Familie aufzugehen. Oder war es tatsächlich die Sorge, er könnte ausgenutzt und am Ende enttäuscht werden? Tess gelang es nicht, ihre Gedanken zu ordnen.

Als sie zu ihrem Tisch zurückwollte, entdeckte sie eine große Gesellschaft an einem langen Tisch unter dem Fenster. Ein dunkelhaariger Mann mit halblangem Haar, Dreitagebart und weißem Hemd beobachtete sie, während er sich einen großen Bissen in den Mund schob. Es dauerte einen Moment, ehe Tess begriff, dass es sich um Karim handelte, den Bandenchef, der sie immer anrief.

Ihre Blicke trafen sich, Tess grüßte jedoch nicht. Nach einem Autounfall vor ein paar Jahren war Karim eine Weile untergetaucht, jetzt aber vermutete die Polizei, dass er zurück war und den Drogenhandel in seinem Viertel kontrollierte.

Tess musterte rasch die Gesellschaft an Karims Tisch, es sah sehr vertraulich aus. Sie erkannte einen der anderen Männer, der bestimmt kein Freund der Familie war, sondern eher einer von Karims früheren Lakaien. Ein Zeichen dafür, dass Karim wieder im Geschäft zwar, und zwar ganz oben.

Sie ging zu den anderen und setzte sich.

»Wie ist es denn so bei der Polizei?«, fragte Eva und wandte sich ihr zu. »Ihr müsst ja alle Hände voll zu tun haben, bei den ganzen Schießereien und Gangsterkriegen. Einige meiner Freunde überlegen tatsächlich, aus Malmö wegzuziehen.«

Tess hatte wirklich keine Lust, jetzt über ihre Arbeit zu sprechen. Vor allem nicht, seit sie wusste, dass einer der Mafiabosse aus Malmö nur ein paar Tische von ihrem entfernt saß.

»Ja, es ist heftig. Aber ich selber bin nicht mit dieser Art Fälle befasst. Meine Arbeit spielt sich eher im Hintergrund ab.«

Aus dem Augenwinkel sah sie den Blick ihres Vaters, der sie bat, sich doch wenigstens ein bisschen Mühe zu geben.

»Stimmt, du arbeitest mit alten Fällen, richtig?«

»Ja, ich bin Leiterin des Cold-Case-Teams.«

»Man nennt sie auch Super-Cop«, mischte Isabel sich ein.

Tess verzog das Gesicht und war froh, dass es so laut im Lokal war.

»Oh, das verpflichtet natürlich«, sagte Eva.

Tess zog unterm Tisch ihr Handy heraus und schaute auf die Uhr. Eineinviertel Stunden saßen sie schon hier.

»Möchte jemand Kaffee? Ansonsten beenden wir das Essen vielleicht, und ich lasse die Rechnung bringen.«

Niemand schien etwas dagegen zu haben.

Als sie aufstanden und sich zum Gehen wandten, vermied Tess es, in Karims Richtung zu blicken.

Während sie noch die Lederjacke an der Garderobe entgegennahm, roch sie ein starkes Aftershave hinter sich und spürte einen Atemzug dicht an ihrem Nacken.

»Schönen Feiertag noch.«

Tess wischte sich angeekelt den Nacken. Aus dem Augenwinkel sah sie Karim lächelnd zu seiner Gesellschaft zurückkehren.

Noch immer wehte ein lauer Frühlingswind, die Fahne mitten auf dem Hof des roten Fachwerkhauses flatterte an ihrer Stange.

»Alte Bekannte?«, fragte ihr Vater und deutete vielsagend zum Gasthaus.

»Nicht wirklich«, sagte Tess.

Sie umarmten sich ein wenig steif, dann stiegen sie in die Autos. Tess wollte Isabel noch nach Virentofta bringen, wo sie wohnte.

Sie zog die Tür zu. Nachdem das eng umschlungene Paar verschwunden war, brach Isabel das Schweigen.

»Ich glaube, ich ertrage das nicht.«

Tess startete den Motor.

»Über den Altersunterschied kann man ja vielleicht noch hinwegsehen …«

Tess schüttelte den Kopf.

»Nein, dazu kann man wirklich nichts sagen. Einundzwanzig Jahre sind in ihrem Alter erlaubt.«

»Ja, aber sie ist so vollkommen anders als Mama, unterschiedlicher geht es nicht.«

Tess seufzte und fuhr los Richtung Malmö.

»Vielleicht ist genau das der Sinn des Ganzen.«

Sie musste daran denken, was sie selbst gesucht hatte, nachdem mit Angela Schluss gewesen war. Sowohl Ähnlichkeiten als auch den absoluten Gegensatz.

»Und unser Erbe können wir vergessen«, sagte Isabel.

Tess sah sie von der Seite an.

»Entschuldige, ich weiß, wie das klingt, aber ich bin nur ehrlich. Sie zieht ihm jede Krone aus der Tasche. Man sieht doch sofort, was sie anmacht. Und er ist blind in sie verliebt …«

»… und fürchtet sich davor, allein zu sein.«

»Eine lebensgefährliche Kombination«, stöhnte Isabel und schüttelte den Kopf. »Es ist bestimmt nur eine Frage der Zeit, bis sein und Mamas Peter-Dahl-Gemälde in Evas Flur hängt.«

»Oder noch schlimmer: in ihrem gemeinsamen Flur.«

»Oh nein.«

Tess und Isabel sahen sich an und lachten laut los.

»Oh Gott, ich fühle mich so mies«, sagte Tess und fuhr sich mit der Hand über das Gesicht. »Wir sollten uns für ihn freuen.«

»Immerhin brauchen wir jetzt kein schlechtes Gewissen mehr zu haben, weil er vielleicht einsam und allein in seinem Reihenhaus sitzt«, stimmte Isabel ihr zu.

Ich brauche kein schlechtes Gewissen mehr zu haben,

dachte Tess. Sie bezweifelte, dass Isabel besonders viel an ihren Vater gedacht hatte. Sie war es gewesen, die sonntags zu ihm gefahren oder ihn freitagabends angerufen hatte, weil sie wusste, dass es dann am schwersten für ihn war.

»Aber warum empfinden wir es dann nicht so? Warum freuen wir uns nicht?«

Tess antwortete nicht. Es gab dazu nichts zu sagen. Als Isabel sich anschickte, vor ihrem Haus aus dem Auto zu steigen, überlegte Tess kurz, ob dies wohl der Moment wäre, ihr von dem Besuch in der Kinderwunschklinik zu erzählen.

Doch dann war der Zeitpunkt auch schon wieder vorbei. Vielleicht gut so, dachte Tess, als Isabel die Autotür zuschlug. Es ersparte ihr eine Menge Fragen und Ermahnungen, es noch einmal zu versuchen, wenn es beim ersten Mal nicht klappen sollte.

Obwohl es ein Feiertag war, fuhr Tess noch mal ins Büro. Sie musste sich die alten Vernehmungen mit Erik und Frank durchlesen, bevor sie sie morgen im Wald aufsuchten. Als sie aus dem Fahrstuhl trat, begegnete sie einem total gestressten Makkonen, der aus Sandra Eddings Büro kam.

»Bist du nicht auf der Demo?«

Er wartete ihre Antwort nicht ab, sondern ging gleich weiter in sein Büro.

»Komm doch nächstes Jahr mal mit«, rief sie ihm hinterher.

Tess hatte noch nie an der Demo teilgenommen, vor allem wegen ihrer Berufswahl. Doch wahrscheinlich war es genau das Bild, das Makkonen von ihr und Marie hatte: dass sie im Zug mitliefen und mit geballter Faust für »die Rechte der Lesben und einen Kitaplatz für alle« eintraten.

Tess klopfte an Sandra Eddings Tür. Sie hatte versprochen, sie auf dem Laufenden zu halten, und dachte, es wäre nebenbei eine gute Gelegenheit, um ihr zu erzählen, dass sie Karim und seine Gesellschaft im Restaurant getroffen hatte.

Die Leiterin der Abteilung Gewaltverbrechen saß in den Bildschirm vertieft an ihrem Schreibtisch.

»Störe ich?«, fragte Tess.

»Nein, gar nicht. Kommen Sie rein.«

Sandra Edding drehte den Bildschirm zu ihr.

»Was halten Sie davon?«

Tess sah Fotos von einer Wohnung, daneben einen Stadtplan von Malmö.

»Sie liegt am Kalkbrott in Limhamn, bezugsfertig in einem Jahr. Ist das gut, soll ich zuschlagen? Ich kenne mich hier noch nicht aus.«

Tess zuckte die Achseln. Mit ihrer Chefin über Wohnungen zu reden, war nicht das, was sie erwartet hatte.

»Zumindest wird dort nicht geschossen. Ein Weißen-Ghetto, wie manche es wohl nennen würden.«

Sandra Edding verzog das Gesicht.

»Wir wollen die Leute einsperren und dort aufräumen, aber auf keinen Fall da wohnen, wo das passiert. So ist es doch, oder?«

Sie stand auf, legte die Arme an die Wand und dehnte ihre Waden.

»Habe ich einen Muskelkater! Gestern war ich klettern. Machen Sie irgendeinen Sport?«

Erst Wohnungen, jetzt Hobbys, was sollte das werden?

»Ich laufe und gehe ins Fitnessstudio. Als ich jünger war, habe ich Handball gespielt«, antwortete Tess brav.

Sandra Edding nickte.

»Mein Sport ist Klettern, was Besseres gibt es nicht. Ich bin ziemlich viel in Europa geklettert, demnächst will ich aber auch nach Asien. Es ist wirklich faszinierend, man muss

Athlet und Stratege zugleich sein. Ein bisschen wie die Arbeit hier im Gerichtszentrum Malmö.«

Klar, dachte Tess und grinste in sich hinein. Die neue Leiterin der Abteilung Gewaltverbrechen kann natürlich nicht irgendeiner traditionellen Sportart nachgehen.

Sandra Edding nahm wieder am Schreibtisch Platz.

»Wie läuft es bei Ihnen?«

Tess berichtete vom großen Unbekannten und dass sie in Kontakt mit Kerstin Jacobsson aus Ystad standen.

»Und was denken Sie? Bezüglich der Zusammenhänge? Sollten wir damit schon an die Presse gehen?«

»Wie meinen Sie das?«

»Sie scheinen da ja Kontakte zu haben. Wir könnten behaupten, dass wir etwas Neues haben, und dann schauen, was passiert.«

Tess verspürte einen instinktiven Widerwillen. Natürlich hatte sie Palmqvist ausgenutzt, als sie von der drohenden Schließung ihrer Abteilung berichtet hatte, aber je weiter man sich von der Presse fernhalten konnte, desto besser. Außerdem würden sie vielleicht bald einen eindeutigeren Zusammenhang aufdecken, und dann war es besser, wenn sie sich das große Trommelschlagen dafür aufsparten.

»Vielleicht sollten wir noch ein wenig warten. Brännström vom NFC hat versprochen, dass die Analyse von Max' Pullover jeden Moment abgeschlossen sein kann. Dann haben wir tatsächlich etwas Konkretes.«

Sandra Edding klopfte auf ihr Handy.

»Die Zeit läuft.«

Tess nickte. Als ob ihr das nicht bewusst wäre. Und sie konnte auch gut verstehen, dass Sandra Edding daran gelegen war, dem Polizeidirektor zu zeigen, dass es einen Zusammenhang zwischen den Fällen gab. So konnte sie sich dafür rechtfertigen, dass sie ihre Ressourcen für den Fall Max einsetzte.

Tess nickte.

»Vierzehn Tage, ich weiß.«

Als sie gerade hinausgehen wollte, fiel ihr wieder ein, warum sie eigentlich gekommen war.

»Übrigens war ich heute privat zum Essen im Restaurant Östarps Gästgivaregård. Dort bin ich Karim begegnet. Er hauchte mir in den Nacken und wünschte mir ein schönes Wochenende. Und er war mit diesem Patrick da. Man kann also wohl davon ausgehen, dass da etwas im Gange ist.«

»Ach, sind Sie so gut befreundet?«

Zum ersten Mal, seit Tess eingetreten war, lächelte Sandra Edding.

»Karim hat mich gestern angerufen«, sagte sie. »Er wollte mich treffen, er hätte etwas, das uns interessieren könnte.«

Tess drehte sich überrascht zu ihr um. Das erklärte natürlich, weshalb er aufgehört hatte, sie anzurufen. Er hatte jemand anders gefunden, ihre Vorgesetzte.

»So etwas behaupten sie ständig«, sagte sie und ging hinaus.

Ihr Handy klingelte, die Rezeption.

»Sie haben Besuch aus Dänemark. Ein Herr, der sich weigert, seinen Namen zu nennen.«

Sie empfing niemals anonymen Besuch. Doch die Beschreibung der Rezeptionistin genügte ihr, um zu wissen, dass es sich lohnte hinunterzufahren.

Sie stieg aus dem Fahrstuhl, konnte Carsten Morris jedoch nirgends entdecken. Die Rezeptionistin blickte auf und deutete zum Eingang.

»Er hat gefragt, ob er hier drinnen rauchen dürfe, aber das ist ja schon lange nicht mehr erlaubt.«

»Typisch Dänen«, sagte Tess und lächelte, »die haben ihre eigenen Regeln.«

Morris trug jetzt einen Dreitagebart, und sein Pferdeschwanz wirkte gepflegter als beim letzten Mal. Ein gutes Zeichen, dachte sie. Er nahm noch einen tiefen Zug, nickte ihr zu und schaute zu Boden, als ein paar Polizisten das Gebäude verließen.

»Ich wusste, dass ich Sie hier finden würde, obwohl heute Feiertag ist«, sagte er und trat seine Zigarette aus.

Tess musste lächeln. Sie dachte daran, dass die Dänen es immer irgendwie verstanden, kurz freizumachen.

»Ich nehme an, Sie sind nicht in Malmö, um den ersten Mai zu feiern. Haben Sie die Berichte gelesen, werden Sie uns helfen?«

Morris nickte.

»Es gibt Fälle. Und dann gibt es Fälle wie diesen. Der weckt etwas in mir, schlägt eine Saite an, wenn Sie so wollen ...«

Sein Blick blieb kurz über ihrem Kopf hängen.

»Das ist inzwischen meine einzige Regel. Dieser Klang. Wenn der nicht da ist, scheiß ich drauf.«

»Na, da bin ich aber froh«, sagte Tess und bat ihn einzutreten.

»Kommen Sie mit hoch?«

»Nein, danke. Und es gibt noch eine Bedingung«, sagte er.

»Okay?«

»Niemand darf erfahren, dass ich hier bin und dass ich mit Ihnen arbeite. Sie wissen, was ich von der Öffentlichkeit halte.«

Tess nickte. Sie erinnerte sich sehr gut, wie er sich aufgeregt hatte, als bei ihrem letzten gemeinsamen Fall zur Presse durchgedrungen war, dass er der schwedischen Polizei behilflich war. Die Erstellung des Täterprofils sollte ungestört und im Geheimen stattfinden, dafür hatte er seine Gründe, wie er ihr erklärte. Einer davon war, dass es häufig und oft aus narzisstischen Gründen vorkam, dass der Täter sich auf ihn als Person fixierte.

»Ich habe keine Lust auf Anrufe von der dänischen Polizei. Dieser Stress würde mich per Expresszug wieder in die Geschlossene bringen. Verstehen Sie das?«

»Absolut.«

»Ich lese und sage Ihnen meine Meinung, anschließend fahre ich wieder.«

»Okay. Aber wie wollen Sie vermeiden, dass die Leute Sie hier im Haus sehen?«

»Ich werde nicht hierherkommen.«

»Ach so«, sagte Tess erstaunt. »Und wie stellen Sie sich dann die Zusammenarbeit vor?«

»Sie erreichen mich im Hotel, wir werden uns dort treffen. Ich schicke Ihnen gleich eine Nachricht mit der Adresse.«

Tess sah ihm hinterher, wie er über den Parkplatz davonging.

Donnerstag, 2. Mai

Maries aggressiver Fahrstil war im ganzen Haus berüchtigt. Waren sie dienstlich unterwegs, versuchte Tess so oft wie möglich, das Steuer zu übernehmen. Ausgerechnet heute aber war Marie schneller gewesen und hatte auf der Fahrerseite Platz genommen.

Sie waren zu einem Waldstück bei Brösarp unterwegs, wo Frank Ögren und Erik Dahlén mit ihrer Waldarbeitsfirma tätig waren.

Tess wollte mit ihnen vor allem über die angebliche Auseinandersetzung am Mordabend im The Goat sprechen. Während einer früheren Vernehmung hatte Erik erklärt, er sei nur kurz in dem Pub gewesen und gleich wieder umgekehrt, und dass es im Anschluss eine private Party in seiner Zweizimmerwohnung in Ystad gegeben habe.

Marie schnitt die Kurven in der Hügellandschaft um Brösarp, und auf jeder Kuppe schlug Tess das Herz bis zum Halse.

»Ich glaube, Sandra Edding wird bei uns bleiben«, sagte Marie und sah sie von der Seite an.

»Ja?«

Tess wünschte sich, sie würde auf die Straße schauen, statt ein Gespräch anzufangen.

»Das ist doch gut? Sie kann den ganzen alten Sesselfurzern bei uns etwas entgegensetzen. Ich mag sie und habe das Gefühl, dass ich sie völlig falsch eingeschätzt habe.«

Tess war überrascht. Noch nie hatte sie Marie etwas Positives über ihre Vorgesetzten sagen hören.

»Tatsächlich?«

»Ja. Einmal abgesehen davon, dass sie mich gerade von Makkonen befreit hat – weißt du, was ich gestern gehört habe? Sie hat damals mitgeholfen, den Serienvergewaltiger und ehemaligen Polizeichef Göran Lindberg, Kapten Klänning, zu überführen. Wahnsinn, oder? Was für eine Frau!«

Sandra Eddings Heiligenschein wird wahrscheinlich ins Unermessliche wachsen, dachte Tess. Außerdem war es nicht Sandras, sondern ihr Verdienst, dass Marie ins Cold-Case-Team hatte zurückkehren dürfen. Doch sie sagte nichts.

»Ich will noch kurz tanken«, meinte Marie, als sie sich einer Tankstelle näherten, die auf der anderen Straßenseite lag.

Tess deutete hektisch auf einen Tanklaster, der ihnen entgegenkam.

»Willst du gar nicht wissen, woher ich das mit Kapten Klänning weiß?«, fragte Marie und schaute dabei schon wieder zu ihr und nicht auf die Straße.

»Doch, aber noch mehr interessiert mich, dass wir lebend ankommen.«

Kurz vor dem Laster bog Marie jäh in die Tankstelleneinfahrt ein, um zu tanken. Tess stieg aus und griff nach dem Zapfhahn.

Vor dem Kiosk hing die *Kvällsposten* aus, doch heute schien noch nichts von ihren Ermittlungen im Mordfall Mischa Lindberg zu Lasse Palmqvist und seinen Kollegen durchgedrungen zu sein. Je länger sie die Verbindungen zwischen der Künstlerin und dem Fall Max Lund für sich behalten konnten, desto besser, denn so hatten die Beteiligten keine Möglichkeit, sich vorzubereiten.

Marie beugte sich über den Sitz und rief laut, um die Benzinpumpe zu übertönen:

»Sandra Edding und ich haben eine gemeinsame Freundin bei der Polizei in Stockholm. Sie heißt Nadja und ist auch Kriminalkommissarin. Deshalb weiß ich davon. Und jetzt halt dich fest!«

»Ja?«

»Ich glaube, unsere liebe Chefin steht ebenfalls auf Frauen.« Tess bückte sich und schaute zu Marie ins Auto.

»Wieso glaubst du das?«

Normalerweise entging Tess so etwas nie, diesmal aber konnte sie nicht behaupten, etwas gemerkt zu haben. Aber es war ja auch nicht ihre allererste Priorität gewesen, hinter Sandra Eddings sexuelle Orientierung zu kommen.

Sie schraubte den Tankdeckel zu und stieg wieder ein.

»Nadja war sich sicher, dass sie schon mal ein Verhältnis mit einer Frau hatte. Hast du nichts gemerkt?«

»Nein, aber ich habe ehrlich gesagt auch nicht darüber nachgedacht. Außerdem ist sie verheiratet, und zwar mit einem Mann.«

»Ja, ja, aber so etwas hat doch noch nie eine Rolle gespielt. Vielleicht ist sie bisexuell. Außerdem weiß ich nicht, ob es mit dieser Ehe noch weit her ist, sie scheint tatsächlich nach Malmö ziehen zu wollen und ist bereits auf Wohnungssuche.«

Tess musste daran denken, wie Sandra Edding ihr die Bilder von der Wohnung gezeigt hatte. Gleichzeitig sah sie Per Jöns vor sich, den Sandra Edding schließlich nur vertrat. Niemals hätte er von ihnen verlangt, einen Fall innerhalb von lediglich drei Wochen zu lösen.

Sie überquerten die Hauptverkehrsstraße nach Kristianstad und fuhren weiter bis zu dem kleinen Ort Bertilstorp. Auf dem Navi war zu sehen, dass genau hier die Landstraße Väg 9 aufhörte und in Väg 19 Richtung Norden überging.

Tess gestikulierte zur Windschutzscheibe.

»Hier ist siebzig erlaubt, und da ist ein Blitzer.«

»Ja, aber der funktioniert bestimmt nicht«, sagte Marie und gab unmittelbar vor einem steilen Anstieg noch einmal extra Gas.

Oben angekommen, zeigte das Navi an, dass sie links in einen Waldweg einbiegen mussten.

Wenig später erblickten sie einen Traktor auf einer Lichtung, und Marie bremste abrupt.

Draußen zwischen den ausschlagenden Laubbäumen empfing sie der Lärm von Motorsägen. Tess atmete die frische Waldluft ein. Es war lange her, seit sie zuletzt diesen speziellen Erd- und Moosgeruch wahrgenommen hatte, und sie nahm sich vor, endlich ernst zu machen und sich ein Haus auf dem Land zu suchen.

Die Sägen verstummten, und ein kräftiger Mann mit einem orangen Helm, Visier und schwarzem Arbeitsanzug trat auf sie zu.

»Erik«, sagte er, zog sich den dicken Handschuh aus und begrüßte sie.

»Haben Sie kurz Zeit, mit uns zu reden?«, fragte Tess.

»Ja, natürlich. Vielleicht können wir einfach anfangen, dann kann Frank noch eine Weile weitermachen. Wir müssen hier heute noch fertig werden.«

Sie gingen zu einem Baumstumpf, neben dem ein paar Rucksäcke standen.

Erik war ein rotwangiger Mann mit einem breiten Lächeln. Als er Helm und Gehörschutz abnahm, sah man sein blondes, flaumiges Haar. Er zog eine Thermoskanne aus dem Rucksack und blickte sie fragend an. Sie nickten, und Erik legte eine Plastikplane über den Baumstumpf, sodass sie sich setzen konnten.

Marie nickte zu dem blauen Traktor mit dem Schriftzug FrankEriks hinüber.

»Was genau macht Ihre Firma eigentlich?«

Der große Schwenkarm des Traktors wurde ausgefahren, hob Äste auf und ließ sie auf den Anhänger fallen.

»Im Moment lichten wir den Wald aus, ganz normale Räumarbeiten«, sagte Erik. »Ansonsten bieten wir alles Mögliche an. Glauben Sie mir, hier auf dem Land gibt es für uns immer etwas zu tun, das ist unser Glück.«

Er trank einen Schluck Kaffee.

»Sie waren auch in Skurup, besuchten dort aber nicht den Musikzweig?«, fragte Tess.

Erik lachte.

»Nein, richtig, das war nicht so unser Ding.«

Er nickte zu Frank hinüber, der in der Fahrerkabine saß und ihnen den Rücken zuwandte.

»Frank und ich haben wahrscheinlich in der Schule nicht gut aufgepasst, deshalb nahmen wir am Unterricht des allgemeinbildenden Zweigs teil, um eine Zulassung zum Studium zu bekommen.«

Er schenkte ihnen Kaffee in kleine bunte Plastikbecher ein.

»Und dann sind wir doch bloß im Wald gelandet. Aber ich will nicht klagen, hier draußen fühle ich mich am wohlsten. Keine Ahnung, was mir die zwei Jahre Skurup wirklich gebracht haben. Aber es ist natürlich praktisch zu wissen, wer Gustav Wasa war, wenn man den Kindern bei den Hausaufgaben helfen muss.«

Erik lächelte schief. Das Traktorengeräusch verstummte. Frank, die andere Hälfte des Unternehmens FrankEriks, kam mit einem großen grünen Gehörschutz auf den Ohren zu ihnen herüber.

Tess stand auf und gab ihm die Hand.

Sie wirkten ein bisschen wie Laurel und Hardy, Frank war deutlich kleiner und weniger kräftig gebaut. Sein Dialekt verriet, dass er aus der Gegend um Malmö stammte.

Frank nahm einen Becher Kaffee entgegen, setzte sich aber nicht zu ihnen.

»Wie gut kannten Sie Max?«

Frank blies auf seinen heißen Kaffee.

»Eigentlich kaum. Man wusste auf der Schule ungefähr, wer wer war, das war es aber auch schon. Die Partys waren meist fächerübergreifend, ansonsten blieb man eher unter sich. Ihre Unterrichtsräume lagen auch in einem anderen Gebäude, ein bisschen abseits.«

Erik nickte.

»Nicht, dass ich es voll durchschaut hätte, aber es gab eine Art Konkurrenz zwischen den Fachbereichen. Wir von den Allgemeinen standen nicht ganz so weit oben in der Hierarchie. Die Musiker waren speziell, die Spitze der Pyramide. Viele waren bereits richtig gut und waren vor allem da, um zu spielen. Richtig Schule war das für sie nicht, wenn man das so sagen kann. Dass Max richtig gut war, wusste irgendwie jeder, und es kam einem auch immer vor, als wüsste er selbst, dass mal etwas Großes aus ihm werden würde.«

»Aber dann wurde er leider aus ganz anderen Gründen berühmt«, sagte Marie.

Erik nickte erneut.

»Tragisch. Was für eine Verschwendung von Talent.«

Tess wandte sich Frank zu.

»Welche Erinnerungen haben Sie an den besagten Oktoberabend?«

Er überlegte kurz.

»Es regnete. Den ganzen Tag hatte es geregnet, hörte gar nicht auf zu gießen. Man wurde pudelnass und hat gefroren.«

»Waren Sie ebenfalls in dem Pub, im The Goat?«

»Ja, die meisten waren dort«, sagte Frank.

Erik schaute zu ihm hoch.

»Ich selbst war nur ganz kurz drin. Anschließend kamen einige noch zu einer privaten Party zu mir. Ich hatte eine Wohnung in Ystad, war, glaube ich, der Einzige, der alleine wohnte.«

»Einige haben behauptet, im Pub wäre an diesem Abend schlechte Stimmung gewesen, ein paar Leute wären aneinandergeraten und hätten sich an der Bar gestritten.«

»Nein, das würde ich so nicht sagen«, sagte Frank. »Es war ziemlich voll, es war Freitag und kurz vor Thekenschluss. Aber nichts Außergewöhnliches, zumindest habe ich nichts bemerkt.«

Tess nickte Erik zu.

»Und Sie? Haben Sie etwas mitbekommen?«

»Nein, es war voll und recht lebhaft, aber es gab keine Schlägerei.«

»Und wie war die Party anschließend, bei Ihnen zu Hause?«

Erik lachte.

»Ziemlich chaotisch. Ja, damals konnte man feiern.«

Er hob die Kaffeetasse hoch.

»Heute ist das anders. Aber die meisten waren da, und damit meine ich wirklich, die meisten.«

Erik blickte sie vielsagend an.

»Aber Max nicht«, sagte Tess.

»Nein, Max natürlich nicht, leider. Vielleicht wäre er sonst noch am Leben. Aber sein Kumpel, mit dem er zusammenwohnte, war da, auch wenn er es später abgestritten hat.«

Tess und Marie wechselten einen Blick.

»Joe Svensson war auf Ihrer Party?«

»Hundert Prozent«, sagte Erik und lehnte sich ein wenig zurück. »Und da war etwas, das ich seltsam fand, und was mir nie so recht aus dem Kopf gehen wollte.«

»Ach, und was?«

Tess war erstaunt über diese neuen Informationen, die sie da von Erik bekamen.

»Es war eine richtig chaotische Party, super viele Leute, alle waren betrunken, und es war schon spät. Deshalb erinnern sich wohl auch alle so schlecht. Aber als ich auf Toilette gehen wollte, stieß ich im Flur auf Joe. Er war gerade zur Tür reingekommen und völlig verdreckt und durchnässt, wirkte irgendwie verwirrt und sah aus, als hätte er sich im Schlamm gewälzt. Er ging direkt ins Bad, um zu duschen.«

»Sind Sie sich sicher, dass er das war?«

»Bombensicher. So etwas vergisst man nicht.«

Tess drehte sich zu Frank um.

»Sie waren auch dort, haben Sie Joe ebenfalls gesehen?«

»Nicht, dass er duschen ging, aber auf jeden Fall, dass er da war. Ich dachte, das wussten Sie längst?«

Er sah Erik fragend an, der seinen Kaffeebecher abgestellt hatte, und seufzte.

»Also, das mit der Party hatte ich der Polizei tatsächlich schon erzählt«, sagte Erik.

»Ach, und wann?«

Tess hatte einen Großteil der Ermittlungsunterlagen gelesen, diese Information hatte sie dort aber nicht gefunden, da war sie sich ganz sicher.

»Bereits eine Woche später, als mir aufging, dass dieses Ereignis etwas mit dem Mord zu tun haben könnte. Ich kann mich nicht an den Namen des Polizisten erinnern, aber er rief mich anschließend mehrfach an, um meine Aussage noch mal zu überprüfen.«

Tess wandte sich wieder Frank zu.

»Haben Sie und Joe noch Kontakt?«

»Nein, überhaupt nicht. Es ist Jahre her, seit wir uns gesehen haben, man lebt einfach verschiedene Leben.«

Tess stand auf. Ihre Hände fühlten sich kalt und steif an.

»Aber ich habe ihn vor ein paar Tagen gesehen«, meinte Erik.

»Und wo?«

»In einer Salatbar in Simrishamn, der neu eröffneten in der Fußgängerzone. Er arbeitete da an der Theke.«

Tess und Marie blickten sich an. Erik erhob sich und setzte den Helm wieder auf.

»Glauben Sie, Sie können den Fall diesmal lösen?«

»Das hoffen wir«, sagte Tess. »Aber es ist natürlich immer schwierig, wenn so viel Zeit vergangen ist.«

Marie zog das Röhrchen mit dem Wattestäbchen aus der Tasche und sah Tess an.

»Ach, genau«, sagte Tess. »Wir sind gerade bemüht, so viele Personen wie möglich auszuschließen und machen Massentests bei allen Männern, die sich in jener Nacht in Max' Nähe befunden haben. Hoffe, das ist okay für Sie.«

Erik zuckte die Achseln.

»Solange man deswegen nicht für irgendwas längst Vergangenes drangekriegt wird?«

Marie winkte ihn näher zu sich. Er musste sich bücken, damit sie eine Speichelprobe nehmen konnte.

»Haben Sie denn viel auf dem Kerbholz?«, fragte sie, während sie ihm mit dem Wattestäbchen durch die Mundhöhle fuhr.

»Nein, war nur Spaß«, antwortete er, als sie fertig war, »eine unerlaubte Autofahrt mit sechzehn, aber das ist ja wahrscheinlich verjährt?«

»Ja. Und Sie brauchen sich da keine Sorgen zu machen«, sagte Tess, »das Gesetz verbietet uns, die Probe für etwas anderes zu benutzen als für diesen Fall.«

Marie ging zu Frank und nahm ebenfalls eine Probe. Tess hatte das Gefühl, die Probenentnahme bereite Marie Freude, als gäbe es ihr eine Art Überlegenheitsgefühl gegenüber diesen großen Männern.

»Vielen Dank, wir melden uns wieder bei Ihnen«, sagte sie und ging zum Auto zurück.

Als sie vom Waldweg auf die Straße einbogen, brach Marie das Schweigen.

»Dann wissen wir jetzt, wo Joe sich aufhält.«

»Wir können ihn ebenso gut gleich in dieser Salatbar aufsuchen.«

Marie steckte sich ein Kaugummi in den Mund und zog den Knoten ihres schwarz karierten Schals fester.

»Wie kann man so blöd sein? Am Ende kommt es doch immer heraus.«

»Aber wenn es stimmt, was Erik sagt, dass er der Polizei bereits von der Party und von Joe berichtet hatte, wie kann dann ein so wichtiger Hinweis aus den Akten verschwinden? Darüber hätte Lundberg doch bestimmt etwas gewusst.«

»Was für eine verdammt schlechte Ermittlung das gewesen sein muss«, sagte Marie.

Auf dem Weg nach Simrishamn versuchte Tess, Lundberg zu erreichen, um ihn zu fragen, ob er gewusst hatte, dass Joe auf der Party gewesen war und dass Erik ihnen damals einen Hinweis darauf gegeben hatte. Nachdem es zehnmal geklingelt hatte, gab sie auf.

Wenn das stimmte, warum hatte Joe dann gelogen? Er hätte auf diese Weise immerhin ein Alibi gehabt.

Die Sonne beleuchtete den Pier, als sie am Hafen von Simrishamn parkten.

Nachdem es so schwierig gewesen war, Joe ausfindig zu machen, hoffte Tess nun, dass sie nicht vergeblich gekommen waren.

Sie stiegen aus, Tess streckte sich und blickte aufs Meer hinaus. Erinnerte sich an den schweren Sturm, den sie hier erlebt hatten, wie sie und Marie gezwungen gewesen waren, im Hotel Svea zu übernachten. Der Strom war ausgefallen, und anschließend waren sie vor lauter umgestürzten Bäumen auf den Straßen kaum nach Hause gekommen. Tess sah Carsten Morris vor sich, der ihnen auch damals bei den Ermittlungen geholfen hatte. Sie freute sich auf die erneute Zusammenarbeit und darauf, sich seine Analyse anzuhören. Dabei fiel ihr ein, dass sie ganz vergessen hatte, Marie davon zu erzählen.

»Wir treffen uns nachher übrigens noch mit Carsten Morris. Er hat uns seine Unterstützung zugesagt.«

Marie runzelte die Stirn und blickte zu den Möwen im Hafen hinüber.

»Ein dänischer Tablettensüchtiger, der in der Geschlossenen ein und aus geht – glaubst du, das ist es, was wir gerade am nötigsten brauchen?«

Tess lachte und schloss die Tür.

»Es scheint ihm inzwischen besser zu gehen, und wir brauchen ihn.«

Sie gingen die leere Kopfsteinpflastergasse zur Salatbar hinauf.

Wie Joe Svensson wohl auf ihr Erscheinen reagieren würde? Wahrscheinlich hatte er längst aus den Nachrichten erfahren, dass sie den Fall neu aufgenommen hatten. Er konnte also kaum wirklich überrascht sein.

Falls er tatsächlich etwas mit Max' Tod zu tun hatte, war er jetzt bestimmt ordentlich nervös. Ein Täter konnte sich niemals sicher fühlen, er musste ständig auf der Hut sein, musste ständig den Tag fürchten, an dem es wieder an seine Tür klopfte.

Doch auch jemand, der unschuldig, aber nicht von der Liste der Verdächtigen gestrichen worden war, konnte starken Druck empfinden, das hatte Tess oft erlebt. Sie kannte unschuldig Verdächtigte, die gestorben waren, ohne dass ihnen Genugtuung widerfahren war. Ein weiterer entscheidender Grund dafür, weshalb es so wichtig war, diese alten Fälle aufzuklären.

Vor der Salatbar blieben sie stehen und schauten in den leeren Verkaufsraum hinein. Dann öffneten sie die Tür. Ein Mann mit schwarzer Schirmmütze blickte von der Theke auf und lächelte. Tess spürte, wie sich Erleichterung in ihr breitmachte. Joe sah genauso aus wie auf den Fotos, die sie von ihm hatten, ein bisschen hagerer vielleicht. Der Pagenschnitt, den er und Max früher beide getragen hatten, war jetzt einem Pferdeschwanz gewichen, der unter seiner Mütze hervorschaute.

Tess ging sofort zu ihm hinüber und stellte sich vor. Er erstarrte und fragte, ob sie nicht nach der Arbeit reden könnten, als eine Frau aus der Küche kam.

»Setz dich ruhig zu ihnen, es ist okay, im Moment ist ohnehin nichts los«, sagte sie und nickte ihnen zu.

Joe sah wenig begeistert aus, als er sich mit ihnen an einen Tisch setzte.

»Wahrscheinlich haben Sie lange nichts mit der Polizei zu tun gehabt, aber es sind neue Hinweise im Fall Max Lund aufgetaucht. Deshalb führen wir einen neuen Gentest durch und reden noch mal mit allen.«

Joe setzte sich und warf einen Blick zur Theke hinüber.

»Es ist mir sehr unangenehm, hier darüber zu reden, ich habe den Job gerade erst bekommen. Es ist erst mal nur eine Art Praktikum, und ich möchte mir das auf keinen Fall versauen. Ich habe nichts mit alldem zu tun. Stehe ich wieder unter Verdacht?«

Die Frau hinter der Theke kam zu ihnen herüber.

»Wir haben auch noch ein Hinterzimmer, wenn es Ihnen angenehmer ist, dort zu reden.«

Sie legte eine Hand auf Joes Schulter.

»Vielleicht gehen wir lieber auf einen Sprung nach draußen«, sagte Tess.

»Geh ruhig, ich schaffe das hier gut alleine«, sagte die Frau und strich Joe über den Arm.

Sie standen auf, und Joe holte sich seinen Mantel aus dem Raum hinter der Theke.

Tess und Marie gingen schon mal vor auf die Straße.

»Die haben ein Verhältnis, oder?«, sagte Marie und zwinkerte.

»So scheint es zumindest.«

»Ist er nicht verheiratet?«

»Das muss ja kein Hindernis sein, wie du immer zu sagen pflegst.«

Joe trat aus der Salatbar, die Hände tief in den Taschen seines langen schwarzen Wollmantels vergraben. Sie gingen die Fußgängerzone hinauf Richtung Markt.

»Können Sie uns ein bisschen über die Nacht erzählen, in der Max starb?«, fragte Tess.

Vor dem Rathaus waren Stände aufgebaut, Bücher, Blumen

und Kleidung wurden angeboten. Eine Handvoll Menschen saß in der Frühlingssonne auf der Terrasse eines Restaurants.

Joe seufzte laut.

»Ich bin die Ereignisse dieser Nacht so oft durchgegangen. Aber ich erinnere mich einfach nicht mehr richtig, wir haben ziemlich intensiv gefeiert. Ein Typ, der ebenfalls auf der Schule war, nahm mich im Auto mit nach Malmö. Ich war dort noch auf einer privaten Party, kann mich aber nicht erinnern, wer noch dort war.«

»Wie hieß der Typ, der Sie mitgenommen hat?«

»Genau das ist das Problem, ich erinnere mich nicht. Er war in einem anderen Ausbildungszweig, ich glaube Kreatives Schreiben oder so.«

»Warum sind Sie nicht mit dem Nachtbus gefahren, wie die anderen aus dem Pub?«

»Den hatte ich verpasst. Ich habe immer wieder versucht, jemanden zu finden, der bezeugen kann, dass ich in Malmö gewesen bin, aber es war alles so chaotisch, und ich …«

»Wissen Sie was«, sagte Marie und blieb mitten auf dem Marktplatz stehen.

Tess wusste, was jetzt kommen würde, es gab weniges, das Marie so provozierte wie angebliche Erinnerungslücken.

»Was ich so merkwürdig finde bei dem Ganzen, und worauf wir immer wieder stoßen, wenn wir uns mit den sogenannten Cold Cases befassen, das sind diese Erinnerungslücken. Denn ich denke, es müsste eigentlich genau umgekehrt sein. Wenn etwas Traumatisches passiert, schärfen sich die Sinne, man erinnert sich gewissermaßen umso besser. Das zeigen zumindest alle Studien. Ich kann mich zum Beispiel verdammt genau daran erinnern, wie mein Mann aufstand und sagte, er wolle sich scheiden lassen. Ich erinnere mich ganz besonders daran, wie intensiv es in der Küche roch. Und wissen Sie, wonach es roch?«

»Was?« Joe blickte verwirrt von Marie zu Tess. »Nein?«

»Es roch nach Pfefferkuchenhaus. Denn es war wenige Wochen vor Weihnachten, und am Tag davor hatten wir Pfefferkuchen gebacken, Herzen, Sterne, Häuser, das ganze verdammte Programm, mit Zuckerguss und bunten Smarties. Also stank das ganze Haus nach Pfefferkuchen. Und wissen Sie was?«

Sie blickte Joe fest in die Augen.

»Danach habe ich beschlossen, nie wieder Pfefferkuchen zu essen.«

Joe stand ganz still und sah sie an. Dann nickte er.

»Das tut mir sehr leid.«

»Es ist einfach nur seltsam«, sagte Tess, »allen, die in dieser WG gewohnt haben, fällt es so verdammt schwer, zu erzählen, was sie damals gemacht haben und Zeugen für ihre Geschichten zu benennen. Das macht es für uns sehr schwierig. Und dann ist da noch etwas.«

Sie gingen Richtung Kirche, an einer Baustelle vorbei und weiter durch die Gassen. Joe nickte einem Mann zu, der auf dem Fahrrad an ihnen vorbeifuhr.

»Es gibt eine Aussage in unseren Unterlagen, einen Zeugen, der behauptet, Sie an jenem Abend auf einer ganz anderen Party in Ystad gesehen zu haben.«

Joe blieb stehen.

»Das ist gelogen. Wer behauptet das?«

»Die entsprechende Person war sich ihrer Sache sehr sicher.«

»Es stimmt aber nicht.«

»Könnte es bei all den Gedächtnislücken nicht sein, dass Sie sich in der Party geirrt haben?«, fragte Marie.

»So sehr kann man sich doch gar nicht irren, und ich erinnere mich auf jeden Fall, dass ich damals in Malmö gewesen bin.«

»Okay«, sagte Tess. »Dann wissen wir das jetzt zumindest.«

Sie bogen in eine schmale Kopfsteinpflastergasse mit bunten Häusern zu beiden Seiten ein und gingen von da aus Richtung Fußgängerzone zurück.

»Sie haben damals diverse Drogen konsumiert. Wenn ich das richtig verstanden habe, war Max ein vehementer Drogengegner, oder?«

Joe nickte.

»Heute habe ich nichts mehr damit zu tun. Ich bin ein durch und durch vernünftiger Familienvater.«

Er blieb stehen und zupfte an seinem Mantelkragen.

»Max neigte dazu überzureagieren. Man soll nicht schlecht über die Toten reden, aber er konnte ab und zu geradezu hypermoralisch auftreten. Klar, ein paar von uns haben hier und da mal was geraucht. In meiner Welt und in großen Teilen der Welt da draußen …« Joe malte mit dem Finger einen Kringel in die Luft, »… ist das nicht verwerflicher, als Alkohol zu trinken, vielleicht ist es sogar weniger gefährlich. Aber das ist eine andere Diskussion.«

In Maries Augen blitzte es. Als Schwester eines Junkies reagierte sie auf solcherlei Aussagen immer heftig.

»Allerdings, und dafür haben wir jetzt keine Zeit. Aber als Polizistin bekommt man da sehr häufig ganz anderes zu sehen.«

Joe trat mit der Schuhspitze gegen einen Stein. Ein Stück weiter die Straße hinunter war das Hotel Svea zu sehen.

»In den anderen Zeugenaussagen ist immer die Rede von einem Streit im Pub an diesem Abend. Worum ging es da eigentlich?«

Joe zuckte die Achseln.

»Nichts Besonderes. Ihre Kollegen haben mich damals auch schon danach gefragt. Es war einfach nur ein sehr lauter und chaotischer Abend. Und wenn es einen Streit gab, hatte ich damit jedenfalls nichts zu tun.«

Tess merkte sofort, dass das nicht die ganze Wahrheit war.

»Noch etwas, was haben Sie eigentlich an Ostern gemacht?«

»Ostern? Am Gründonnerstag habe ich halbtags in der Salatbar gearbeitet, anschließend waren wir die meiste Zeit zu Hause. Wieso?«

»Nur so«, sagte Tess.

Marie zog das Abstrich-Set aus der Tasche.

»Und dann würden wir gerne noch einen kleinen DNA-Test bei Ihnen machen.«

Joe wich zurück.

»Ist das überhaupt legal, jemanden dazu zu zwingen?«

»Wir zwingen Sie nicht, allerdings macht es einen schlechten Eindruck, wenn man sich weigert. Und wenn Sie nichts zu verbergen haben, wäre es eine gute Gelegenheit, sich reinzuwaschen?«

Joe blickte sich auf der verlassenen Straße um.

»Fühlt sich nur ein bisschen spooky an, so mitten auf der Straße.«

»Ach, das geht ganz schnell. Machen Sie einfach nur den Mund weit auf.«

Joe öffnete den Mund, und Marie machte den Abstrich.

Sie deutete auf eine Galerie in einem der Häuser hinter ihm.

»Hier in Österlen gibt es ja viele Kunstliebhaber. Sind Sie auch einer davon?«

Joe sah sie verständnislos an.

»Wie, Kunst?«

»So wie das da. Während des Festivals findet man hier

ja alles Mögliche, was als Kunst verkauft wird. Ich hatte das Gefühl, dass Sie sich vielleicht für Kunst interessieren könnten.«

Er schüttelte den Kopf und sah sie an, als wäre sie verrückt geworden.

»Nein, das kann ich so nicht behaupten.«

Langsam gingen sie zur Salatbar zurück.

»Haben Sie noch Kontakt zu irgendjemandem aus der Zeit? Zum Beispiel zu Håkan?«

»Nein, ich habe vor Jahren das letzte Mal von ihm gehört.«

»Ich meine nur, weil Sie jetzt ja beide in Österlen leben.«

Joe grinste Marie an.

»Es wohnen viele hier draußen, mit denen man nichts weiter zu tun hat.«

»Björn Almström aus Ihrer damaligen Klasse – wissen Sie, was der heute macht?«

»Nein. Ich meine, in irgendeiner Lokalzeitung gelesen zu haben, dass er an einer Musikhochschule in England studiert hat, das ist aber auch das Einzige. Er war ja schon ein bisschen speziell.«

Als sie wieder vor der Salatbar standen, fragte Tess:

»Denken Sie manchmal noch an Max?«

Joes Blick wurde ernst.

»Ja, natürlich. Wenn man so wie heute daran erinnert wird. Aber das Leben geht weiter, alles ist ganz anders geworden, man hat Kinder und so weiter, Musik und Freunde sind nicht mehr das Wichtigste im Leben.«

»Er wurde äußerst brutal ermordet. Was glauben Sie persönlich, was in jener Nacht passiert ist?«

Er zuckte die Achseln.

»Pech. Ich glaube, er hatte einfach Pech.«

»Pech?«

»Ja. Er ist jemandem begegnet, der aus irgendeinem Grund mordswütend auf ihn wurde.«

Tess nickte und Joe öffnete die Tür zur Salatbar.

Marie blickte ihm hinterher.

»Und ich fresse einen Besen, wenn er nicht mehr weiß, als er sagen will.«

Als Carsten Morris die Tür zu seinem Hotelzimmer am Lilla Torg öffnete, trat Marie hinter Tess, als wollte sie sich verstecken.

Überrascht sahen sie sich in der Suite um. Alle Lampen waren an, die schweren hellgrauen Hotelvorhänge sperrten das Tageslicht aus. Die wenigen bunten Möbel, die es gab, waren an die Wand gerückt worden, und an einer der Wände hingen die Fotos der Verdächtigen sowie Karten der Orte, die für die Ermittlungen relevant waren.

»Ich habe schon mal angefangen«, sagte Carsten Morris und nickte zur Wand hinüber.

Tess ertappte Marie dabei, wie sie ihm mimisch zu verstehen gab: »No shit.«

Das Zimmer wirkte wie eine Art Kommandozentrale.

Tess trat vor die große Karte von Schonen, auf der Carsten Morris die gesamte Landstraße Väg 9 mit einem gelben Textmarker nachgezeichnet hatte.

Marie setzte sich ans Fenster und spähte durch einen Vorhangspalt auf die Straße. Sie und Morris strengten sich sichtlich an, einander nicht ansehen zu müssen.

»Entschuldigung«, sagte Morris, als es klopfte, und ging zur Tür.

Zwei Hotelangestellte kamen mit einem runden Stahltisch herein, den sie mitten im Zimmer auf den Holzfußboden stellten.

»Und dann brauchen wir noch Stühle«, sagte Morris und hielt drei Finger in die Luft.

Nachdem auch die organisiert waren, bat er Tess und Marie, sich zu setzen.

»Wollen wir loslegen? Ich habe mir die Aufnahmen von den Telefongesprächen zwischen Lundberg und diesem Mann angehört, den Sie den großen Unbekannten nennen.«

Morris schwieg und ließ den Blick durchs Zimmer schweifen.

»Wo ist Lundberg eigentlich?«

Tess und Marie sahen sich an.

»Er … er arbeitet nicht mehr an dem Fall«, sagte Tess. »Man hat ihn für eine andere Ermittlung abgezogen.«

»Das ist aber schlecht«, sagte Carsten Morris mit Nachdruck. »Er ist für uns unverzichtbar, denn er hatte direkten Kontakt mit einem der Verdächtigen.«

Tess hob hilflos die Hände.

»Nicht meine Entscheidung.«

Aus den Jackentaschen von Morris' Cordjackett war ein wohlbekanntes Klimpern zu hören. Tess sah zu, wie er eine seiner chinesischen Anti-Stress-Kugeln herausnahm und sie in der Hand kreisen ließ.

Marie verzog das Gesicht. Während der Ermittlungen zum Valby-Mann hatte das Klimpern dieser Kugeln alle wahnsinnig gemacht.

»Na gut, so ist es eben. Es gibt ein paar Dinge, die mir in diesen Gesprächen aufgefallen sind. Falls es sich um einen psychopathischen Täter mit Serienmördercharakter handelt, wären die Handschuhe eine typische Trophäe. Sie nehmen sich etwas vom Opfer mit, um sich später daran zu erinnern, die Tat noch einmal durchleben zu können. Sie wollen die Möglichkeit haben, den extremen Genuss, den ihnen die Tat verschafft hat, wieder zu erleben. Für diese

Typen geht es vor allem um Kontrolle. Sie wollen absolute Macht und Kontrolle über einen anderen Menschen erlangen, um all die Hindernisse und Einschränkungen zu kompensieren, denen sie sich in ihrer Kindheit ausgesetzt fühlten.«

Tess unterbrach ihn.

»Und wenn wir es nicht mit einem psychopathischen Serienmörder zu tun haben?«

»Ja, dann hat Max die Handschuhe wohl irgendwo vergessen oder verloren, und ein Hund hat sie aufgefressen?«

Morris lächelte.

»Solche Täter lieben es, mit ihren grausamen Taten zu prahlen. Manchmal – bitte entschuldigen Sie meine Ausdrucksweise«, er warf Marie einen Seitenblick zu, »manchmal sitzen sie vielleicht da und holen sich einen runter, während sie anrufen und ihre Tat gestehen. Psychisch schwerkranke Menschen.«

Er schnitt eine Grimasse.

»Doch Sie gehen ein Risiko ein, das Sie teuer zu stehen kommen kann, wenn Sie ihn gar nicht in Betracht ziehen. Denn stellen Sie sich vor, nur mal als Gedankenspiel, es ist der echte Täter, der Sie anruft.«

»Und dann meldet er sich fünfzehn Jahre später wieder, einfach so? Warum?«

Morris ließ die Anti-Stress-Kugel in der Hand kreisen und sah Tess an.

»Redebedarf, den haben viele von ihnen. Sowohl die Schuldigen als auch die Unschuldigen. Denken Sie nur an Ihren Thomas Quick. Was hätten ihre Taten auch für einen Sinn, wenn sie der Welt nicht zeigen könnten, was sie geschafft haben? Und dann müssen sie sich selbst daran erinnern. Viele von ihnen haben tatsächlich früher schon versucht es anzusprechen, vor Psychologen oder auch vor anderen. Sie wollten ihre Angst zum Ausdruck bringen, vor dem, was sie zu tun beabsichtigten. Aber die Leute finden es furchtbar, sich so etwas anhören zu müssen, nehmen sie nicht ernst und bitten sie, es zu unterlassen.«

Morris zog vier Fotos des Gerichtsmediziners von Max Lunds schweren Verletzungen aus dem »geheim« gestempelten Voruntersuchungsprotokoll.

»Ich bin mir ziemlich sicher, dass Ihnen diese Verletzungen darüber Auskunft geben werden, was passiert ist. Und hoffentlich auch darüber, wer es getan hat und warum. Die Antwort findet sich hier«, sagte er und klopfte auf die Fotos.

Dann stand er rasch auf und ging ins Bad, es hörte sich an, als wasche er sich die Hände. Sie schauten auf das Foto von Max, wie er da lag, abgeschlachtet im Straßengraben.

»Das ist ziemlich intim«, sagte Morris, nachdem er sich wieder zu ihnen gesetzt hatte, »was darauf hindeuten könnte, dass die Person ihn kannte. Richtig interessant aber ist, dass die Messerstiche sowohl in den Rücken als auch in den Bauch erfolgten. Warum?«

Einen Moment saßen sie schweigend da, dann meinte Tess:

»Er wurde gejagt, fiel vornüber, die Messerstiche gingen in seinen Rücken. Im anschließenden Handgemenge gelang es ihm, sich umzudrehen, und dann erfolgten die Stiche von dieser Seite.«

»Mhm, kann sein. Weitere Vorschläge? Etwas sagt mir, dass die Bilder noch etwas anderes erzählen. Ich kenne die Antwort aber auch noch nicht. Und was ist mit dem Auge? Warum sticht man jemandem ins Auge?«

»Im Augenblick des Todes starrt Max ihn direkt an«, schlug Marie vor. »Vielleicht kapiert der Täter da plötzlich, was er getan hat und …«

Morris lächelte und wandte sich zum ersten Mal direkt an Marie, die ihrerseits seinem Blick weiter auswich.

»Sehr gute Analyse! Wissen Sie, was der häufigste Grund dafür ist, dass Leuten die Augen ausgestochen werden? Wollen Sie die harte oder die weiche Version?«

»Die, die Ihnen für diesen Fall die relevantere zu sein scheint«, sagte Tess.

»Das weiß ich noch nicht. Ich kann nur aus meinen Erfahrungen sprechen. Die weiche Version ist, dass Täter, so brutal sie auch sein mögen, ihren Opfern oft nicht in die Augen zu schauen vermögen.«

Er zeigte auf das Foto auf dem Tisch.

»Vor vielen Jahren, als ich noch in den USA war und mich beim FBI fortbildete, habe ich einen ähnlichen Fall erlebt. Eine Frau war fast auf dieselbe Weise ermordet worden wie Max. Mit Messerstichen von vorne und von hinten und mit heftiger Gewalteinwirkung gegen die Augen. Als der Mörder endlich eingekreist und verhaftet worden war, nannte er den Grund, weshalb er ihr die Augen ausgestochen hatte: Er wollte nicht, dass sich ihr im Augenblick des Todes sein Bild in die Netzhaut einbrannte.«

Carsten Morris hielt kurz inne, dann fuhr er fort.

»Ein ziemlich narzisstisches Motiv also. Und wie sie hören, kann hier von Empathie überhaupt keine Rede sein.«

Er schien den Faden zu verlieren. Tess hatte vergessen, dass es meistens so war: Er redete, und plötzlich starrte er nur noch in die Luft.

»Und die harte Version?«, fragte sie.

Er sah sie an, als käme er von weither zurück.

»Das Auge ist weich. Eine Abkürzung zum Gehirn. Da geht es hier rein und dann …«

Tess verzog das Gesicht, versuchte die Bilder abzuwehren.

»Es ist einfach praktisch.«

»Und darum auch nur ein Auge?«

Carsten Morris zuckte die Achseln.

»Vielleicht. Vielleicht wurde er auch gestört. Oder es hat eine ganz andere Bedeutung.«

Tess wunderte sich über die Energie, die Morris an den Tag legte. Der Unterschied zu dem Mann, den sie vor ein paar Tagen am Flughafen Kastrup und vor dem Polizeigebäude getroffen hatte, war gewaltig.

Erneut ging Morris ins Bad. Tess hörte, wie er das Wasser aufdrehte, kurz darauf war er wieder zurück. Tess blickte Marie an, die mit den Lippen »Waschzwang« mimte. Vor ihm auf dem Tisch stand eine Flasche Desinfektionsmittel.

Nachdem Morris sich wieder gesetzt hatte, deutete Tess auf das Foto von Max.

»Ihrer Meinung nach ist es also interessant, dass der unbekannte Anrufer das Auge erwähnt hat?«

»Ja, denn es ist ein besonderes Kennzeichen dieses Mords.«

Tess deutete auf ein anderes Foto auf dem Tisch.

»Hier«, sagte sie, »dieser kleine weiße Fleck auf Max' Hose. Das ist eine Sorte Lehm, die nirgends im Land zu finden zu sein scheint. Für uns ist das ein kleines Glück, denn es ist der Grund, weshalb wir überhaupt noch einmal im Mordfall Max Lund ermitteln können. Genau dieser Lehm wurde auch im Zusammenhang mit einem Leichenfund in Österlen gefunden.«

Carsten Morris stand auf und ging zur Wand und zu dem Foto von Mischa Lindberg.

»Was ich interessant finde, wenn man diese beiden Fälle betrachtet, ist der Exhibitionismus, der beide kennzeichnet. Auch er ist typisch für eine ganz bestimmte Art von Tätern.«

»Und das heißt genau?«, fragte Tess.

Auch ihr war das aufgefallen, als sie an der Landstraße gestanden und den Fundort von Max' Leiche betrachtet hatte.

Dieser Mord war nicht von jemandem verübt worden, der zu verbergen versuchte, was er getan hatte, eher im Gegenteil.

»Da ist zum einen die Lage«, sagte Morris. »Max wurde auf dem Rücken liegend gefunden, die Arme ausgebreitet, fast wie ein Engel. Und die Frau wurde unter einem Leuchtturm gefunden, der zum ersten Mal seit zehn Jahren wieder leuchtete.«

Tess nickte.

»Ja. Außerdem hatten sie und ihr Ex-Mann ein Kunstprojekt in Arbeit, eine Installation, in der ein Turm zu einem Leuchtturm umgebaut werden sollte.«

»Es ist in beiden Fällen eine spektakuläre Bühne, die der Täter da schafft. Und das hat natürlich seinen Grund. Er will damit etwas ausdrücken.«

Morris strich sich über seinen Dreitagebart.

»Es gibt aber noch eine weitere Parallele im Täterverhalten.«

Tess schöpfte Hoffnung.

»Die enorme Risikobereitschaft. Das Kunstwerk der Frau wird zerstört. Eine aufsehenerregende, deutliche Botschaft, die gegen sie als Person gerichtet ist. Es war ein großes Risiko für den Täter, in die Galerie zu gehen und das Bild zu zerstören. Wenn ich es richtig verstanden habe, hat er auch dort keine Spuren hinterlassen. Anschließend tötete er sie, vermutlich, indem er sie erwürgte. Doch es ist ihm wichtig, dass sie an diesem ganz bestimmten Ort gefunden wird. Und der Leuchtturm soll brennen. Denn irgendetwas sagt mir, dass derjenige, der sie getötet hat, auch den Leuchtturm eingeschaltet hat. Oder?«

Morris blickte Tess fragend an.

»Ja«, sagte sie zögernd, »Fingerabdrücke oder andere Spuren wurden nicht gefunden, doch die Polizei geht davon aus.«

Morris hob die Hände.

»Er schafft sich also eine Bühne. Er kommuniziert, er stellt etwas dar, fast als wäre es ein Kunstwerk.«

Marie schnitt eine Grimasse.

»Was soll das heißen … Mord als Kunstwerk! Ich glaube, das läuft hier gerade ein bisschen aus dem Ruder.«

Sie zeigte auf ein Foto, auf dem Max mit dem Gesicht auf dem Boden lag.

»Ich glaube, seine Eltern würden der These, dass das Kunst ist, nicht zustimmen.«

»Versteh mich nicht falsch: Nicht ich sage das. Diese kranken Typen glauben das, sie sehen es als ihr Werk. Streben nach Perfektion. Und bei Max finden sich bereits erste Anzeichen dafür: die Brutalität, die Engelspose, das hohe Risiko. Eine Straße, auf der an einem normalen Tag Hunderte von Autos vorbeifahren. Jemanden an einem solchen Ort so heftig zuzurichten … falls es dort geschehen ist.«

»Die Leiche könnte weggeschafft und dann erneut dort platziert worden sein«, sagte Tess.

»Immer noch ein großes Risiko. Es ist dem Täter jedoch wichtig, dass es genauso aussieht, aus einem Grund, den wir nicht kennen. Noch nicht.«

Tess ging zu dem Fernseher, neben dem eine Wasserkaraffe stand, nahm diese sowie ein paar Gläser und kehrte zum Tisch zurück.

»Weitere Gemeinsamkeiten?«

»Wenn wir von ein und demselben Täter ausgehen, hatte er ein persönliches Verhältnis zu beiden. Entweder, weil er ernsthaft krank ist und sich einbildet, eine Beziehung zu ihnen zu haben. Dann könnte es der Mann gewesen sein, der Lundberg angerufen hat. Oder …«

Morris setzte sich wieder, machte eine Pause und starrte

in die Luft, während er seine Anti-Stress-Kugel in der Hand drehte.

»Oder, was statistisch gesehen natürlich logischer wäre, es war jemand, der Max tatsächlich kannte. Sehr gut sogar, würde ich denken.«

»Wie gut?«

»Wissen Sie, ob Max Frauen oder eher Männer bevorzugte?«

»Sie meinen, ein Mord unter Homosexuellen?«

»Wie Sie wissen, ist eine solch außergewöhnliche Brutalität vor allem bei Hassverbrechen typisch. Homosexualität kann viele schlummernde Gefühle tief in der Seele eines Menschen wecken und zu einer enormen Identitätskrise führen.«

Tess schüttelte den Kopf.

»In den bisherigen Ermittlungen deutete nichts darauf hin.«

Carsten Morris verschränkte die Hände hinter dem Kopf und kippte mit dem Stuhl nach hinten, wie ein Mittelstufenschüler.

»Na, dann. Wir brauchen ja auch kein Motiv zu finden. Nur denjenigen, der es getan hat.«

Tess grinste.

»Ja, dieses winzige Detail, das würde uns sehr weiterhelfen. Aber wie gehen wir jetzt vor? Wie sollen wir mit ihm kommunizieren?«

»Im Gegensatz zum Valby-Mann sollten Sie hier mit so vielen Einzelheiten wie möglich an die Öffentlichkeit gehen. Um Verdacht bei seinen Angehörigen zu wecken, wenn es denn welche gibt. Tun Sie so, als wüssten Sie eigentlich, wer er ist. Vieles deutet darauf hin, dass er im Alltag ein ganz normales Leben führt. Ein Doppelleben, denn die meiste Zeit über gelingt es ihm, seine Aggressionen in Schach zu halten.

Doch so etwas macht ihn nervös. Wenn der Täter identisch mit dem großen Unbekannten ist, der Sie anruft, ist das genau das, was er will, und früher oder später wird er sich verraten.«

Die Anti-Stress-Kugel in seiner Jacketttasche klingelte leise.

»Ich bin mir relativ sicher, dass Sie es in beiden Fällen mit ein und demselben Täter zu tun haben.«

Tess stand auf und ging zum Fenster mit den vorgezogenen Gardinen.

»Wir bestellen den Rest der Bande auch noch zum DNA-Test ein, und dann machen wir Abstriche, was das Zeug hält«, sagte Marie und steckte sich ein frisches Kaugummi in den Mund.

Tess schob die Gardine ein Stück beiseite, und helles Licht fiel von draußen herein.

Carsten Morris verzog das Gesicht, und Tess schloss sie wieder. Morris nahm ein Blatt Papier vom Tisch.

»Dieses sogenannte Profil, das damals erstellt wurde …«

Er zerknüllte es in der Hand und warf es auf den Boden.

»Das sind die Vermutungen eines Amateurs. Wenn wir uns das nächste Mal sehen, kann ich Ihnen hoffentlich ein neues präsentieren.«

Tess sah auf die Uhr, sie mussten los. Carsten Morris rückte sein rotes Halstuch zurecht.

»Wissen Sie, was die größte Falle für einen Profiler ist?«

Tess schüttelte den Kopf.

»Voreingenommenheit. Zu Beginn meiner Karriere in den USA bekam ich einen Auftrag. Man war sich absolut sicher, dass der Täter auf eine bestimmte Art und Weise tickte. Unter anderem hieß es, er möge Plastikdosen. Ich wurde streng dazu angehalten, sein Profil davon ausgehend zu entwickeln. Doch es funktionierte nicht, sie waren völlig auf dem Holzweg. Und raten Sie mal, wer vom Fall abgezogen wurde?« Morris breitete die Arme aus. »Und raten Sie jetzt, wer immer noch frei ist?«

»Ich, würde ich sagen«, sagte Marie und stand auf.

Tess machte sich ebenfalls zum Gehen bereit. Als sie gerade zur Tür hinauswollten, hielt Morris sie auf.

Er rückte seinen Zopf zurecht, und zum ersten Mal bemerkte Tess Verunsicherung in seinem Blick, als er Marie zunickte.

»Können wir noch kurz reden?«

Marie antwortete nicht, aber Tess stieß sie sanft in den Rücken und ging zu den Aufzügen.

Als sie wieder im Polizeigebäude war, beschloss Tess, in den Fitnessraum zu gehen, um zu trainieren. Als sie gerade nach ihrer Sporttasche griff, klingelte ihr Handy. Es war Brännström vom NFC. Kurz flackerte in ihr die Hoffnung auf, er könnte mit der Analyse von Max' Pullover fertig sein.

Doch diese Hoffnung verpuffte sofort.

»Leider nein, und es sieht so aus, als würde es noch dauern.«

»Wieso?«

»Deshalb rufe ich ja an. Sie sollten mal besser kommunizieren bei sich im Haus, wenn Sie es noch nicht wissen.«

»Wie bitte?«

»Ich habe strenge Anweisungen, die Analysen mit Bezug zur aktuellen Bandenkriminalität zu priorisieren. Und das sind jede Menge Tests, sodass ich derzeit zu nichts anderem mehr komme.«

Tess stellte mit einem Knall ihre Sporttasche ab.

»Wer hat das veranlasst?«

»Mein Chef, Befehl vom Polizeidirektor.«

Tess' Gedanken drehten sich wie wild in ihrem Kopf. So etwas hatte sie tatsächlich noch nie erlebt. Außerdem waren es ja wohl kaum DNA-Analysen, die dabei helfen würden, die Schießereien in Malmö in den Griff zu bekommen. Wusste Sandra Edding darüber Bescheid?

»Hallo, sind Sie noch dran?«, rief Brännström in den Hörer.

»Ja, ich bin noch dran, ich bin nur etwas schockiert. Es hängt so viel an diesen Analysen.«

»Diesmal muss ich den Anweisungen Folge leisten«, sagte Brännström. »Die gesamte schwedische Polizei mit dem Reichspolizeichef an der Spitze hat den NFC jetzt im Auge. Und bitten Sie mich nicht, es in meiner Freizeit zu tun, die habe ich nämlich nicht.«

»Dasselbe gilt dann wahrscheinlich auch für die Analyse des Lehms? Dazu kommen Sie dann wahrscheinlich auch nicht?«

Brännström lachte kurz.

»Sie hätten mich am Wochenende mal sehen sollen. Ich war an drei verschiedenen Orten in Schonen und lag auf den Knien im Dreck. Die Leute müssen gedacht haben, ich habe einen an der Waffel. Aber leider gab es auch diesmal keinen Treffer. Jetzt muss das erst mal warten, bis hier das Schlimmste vorbei ist.«

»Okay«, sagte Tess und überlegte fieberhaft, was sie nun tun sollte.

Sie wollte schon auflegen, als er weitersprach.

»Ich will es ebenfalls wissen. Die Kleidung der Opfer und andere Spuren zu analysieren, darüber zu begreifen, wie der Tatort ausgesehen hat, bringt sie mir auch auf eine Weise nahe. Und ich glaube, Sie und ich empfinden dasselbe: Wir wollen ihnen zeigen, dass sie nicht vergessen worden sind.«

»Ja, man will eine Antwort«, sagte Tess. »Das ist es, worum es geht. Gewissheit zu bekommen, um damit abschließen zu können.«

»Es scheint ja auch nicht völlig aussichtslos zu sein. Immerhin konnte ich bereits anfangen mit dem Pullover.«

»Und?«

»Es könnte mehr darauf sein als nur diese Speichelspur. Allerdings ist es gemischte DNA, also teils von Max, teils von einer anderen Person. Wie Sie wissen, ist so etwas schwer zu analysieren. Da ist Blut, sowohl von Max als auch von einem anderen. Aber noch einmal, die Feuchtigkeit ist ein Unsicherheitsfaktor, es hat die ganze Nacht geregnet, und selbst wenn Max den Mantel geschlossen hatte, kann Nässe eingedrungen sein.«

Tess bedankte sich. Blutspuren, dachte sie. Das war eine gute Nachricht.

Nachdem sie das Gespräch beendet hatten, ging sie sofort zu Sandra Eddings Büro. Sie wollte wissen, ob sie an dieser Entscheidung beteiligt gewesen war, die sie so sehr in ihren Ermittlungen behinderte.

Aber die Tür zu Sandra Eddings Büro war geschlossen, und niemand öffnete auf ihr Klopfen.

Tess ächzte und legte die Hanteln ab. Schon lange war sie beim Training nicht mehr so an ihre Grenzen gegangen. Aber die Nachricht von den eingestellten DNA-Analysen hatte in ihr das dringende Bedürfnis erzeugt, sich abzureagieren.

Im Spiegel ahnte sie Rafaela, die auf dem Crosstrainer hinter ihr schwitzte. Tess vermied es, mit Kollegen zu sprechen, die sie im Fitnessraum der Polizei traf. Es war eine Art geschützter Raum, eine Oase im stressigen Alltag. Darüber hinaus war es ziemlich offensichtlich, dass Rafaela sie mied, seit sie in Makkonens Team abberufen worden war. Tess waren jedoch die Hände gebunden, und mit der Zeit würde Rafaela schon noch die Gelegenheit bekommen, zu zeigen, was in ihr steckte.

Nachdem sie geduscht und sich umgezogen hatte, blieb sie noch einen Moment in der Umkleide sitzen. Sie fühlte sich erschöpft, außerdem war ihr übel. Sie zählte die Wochen. Tess erinnerte sich, wie furchtbar schlecht ihrer Schwester Isabel zu Beginn ihrer ersten Schwangerschaft gewesen war, auch wenn es eher unwahrscheinlich schien, dass es bei ihr tatsächlich so weit war.

Sie stand auf, die Wasserflasche in der Hand, gleichzeitig öffnete sich die Tür, und Rafaela Cruz kam herein. Erleichtert stellte Tess fest, dass sie ihren Schrank am anderen Ende der Umkleide hatte.

Tess nahm ihre Sporttasche und ging zur Tür.

»Ich habe das blaue Auto gefunden«, sagte Rafaela plötzlich.

Tess drehte sich überrascht um.

»Der Liedberg-Mord?«

»Ja«, sagte Rafaela. »Ich konnte den Vorbesitzer ausfindig machen, und der hat es an einen Litauer verkauft. Den Namen wollte er mir noch heraussuchen.«

Rafaela setzte sich in Sportklamotten auf die Bank und suchte etwas in ihrer Tasche, war aber anscheinend immer noch nicht bereit, Tess in die Augen zu sehen.

»Du hast also weiter an dem Fall gearbeitet?«

Rafaela zuckte die Achseln, ihr Blick flackerte.

»Du sagst doch selbst immer, dass eine richtige Cold-Case-Ermittlerin niemals aufgibt.«

Tess lachte.

»Ja, aber deshalb braucht man sich auch nicht tot zu arbeiten. Weiß Makkonen, dass du nebenher damit weitermachst?«

Rafaela wirkte überrascht.

»Sollte er?«

»Nein, es würde wahrscheinlich nicht gut ankommen, behalt es lieber für dich.«

Amüsiert dachte Tess daran, wie begeistert Makkonen von Rafaelas Arbeit gewesen war. Sie schloss den Reißverschluss ihrer Tasche.

»Im Augenblick können wir uns nicht um den Liedberg-

Fall kümmern, wir kommen ja kaum mit dem hinterher, was aktuell anliegt. Aber ich versuche dich zum Herbst wieder zurück in mein Team zu holen, wenn es irgendwie geht.«

Und wenn es uns dann noch gibt, fügte sie in Gedanken hinzu.

Als Tess ins Cold-Case-Büro kam, stand Marie gerade an der Tafel und zeichnete ein Kreuz hinter den Namen Sven Bertilsson, den brutalen Vergewaltiger und Drogendealer aus Ystad, der nach Max' Ermordung so oft erwähnt worden war.

Kurz berichtete sie Marie, dass ihre Aufträge an das NFC erst mal nicht bearbeitet würden.

»Das kann man nicht anders als persönlich nehmen, der Polizeidirektor legt es wirklich darauf an, uns zu sabotieren«, sagte Marie und klopfte an die Tafel neben Sven Bertilssons Namen.

»Schweine-Svenne ist jedenfalls tot und wird von niemandem vermisst.«

Tess trat zu ihr.

»Nicht gänzlich überraschend, wenn man bedenkt, was er für ein Leben geführt hat. Wie ist er gestorben?«

»Er fiel von einem Balkon, in Malmö. Aber keiner, der ihn kennt, glaubt, dass er wirklich gefallen ist.«

»Wurde er gestoßen?«

»Wahrscheinlich. Es standen wohl einige Schlange, die das gerne übernommen hätten. Und nicht ein einziger Mensch scheint es bedauert zu haben. Ich habe ein paar seiner sogenannten Freunde gesprochen, stadtbekannte Alkis in Ystad, aber keiner von ihnen hat je gehört, dass er etwas über Max oder den Mord erzählt hätte. Solche Typen verplappern sich aber doch leicht und brüsten sich mit ihren Taten, oder?«

Tess hatte Bertilsson nie als heiße Spur betrachtet, und wenn jetzt nichts Neues hereinkam, das auf ihn hindeutete, konnten sie ihn ebenso gut vernachlässigen.

»Was ist mit Björn Almström?«

Marie setzte sich auf einen Stuhl.

»Ich habe den Artikel gefunden, von dem Joe erzählt hat. Darin stand, er habe in England einen Hörsturz erlitten und die Musik reduzieren müssen. Zu dem Zeitpunkt hat er anscheinend an der Uni in Kent gearbeitet, über die versuche ich nachher mal, ihn zu erreichen. Er hat keine Geschwister, die Mutter ist gestorben, und der Vater ist vor vielen Jahren nach Thailand gezogen.«

Tess nickte und lehnte sich auf ihrem Stuhl zurück. Es war ein langer Tag gewesen, und sie wollte nach Hause.

Marie hob ihr Handy und zeigte ihr ihre Dating-App.

»Du erinnerst dich doch noch an Janne, von dem ich dir erzählt habe? Er hat mich verfolgt wie ein Irrer, wir hatten grandiosen Sex, aber dann bin ich ein bisschen auf Abstand gegangen, es wurde mir zu eng. Morgen Abend treffen wir uns noch mal. Dann habe ich endgültig genug von ihm.«

Tess warf einen Blick auf das Foto und erkannte den Mann in dem schwarzen Pullover und den zerschlissenen Jeans sofort wieder. Braune Haare, und allem Anschein nach etwas jünger als Marie. Ein Lächeln, das die Augen nicht erreichte. Tess kam er instinktiv verdächtig vor, genau wie beim ersten Mal. Sie erinnerte sich auch, dass er sich das letzte Treffen mit Marie geradezu erzwungen hatte. Etwas Unehrliches lag in seinem Blick, doch sie sagte nichts. Was konnte ein Foto schon aussagen?

»Ist er denn okay, ich meine, so als Mensch?«

»Er ist auf jeden Fall sehr aufmerksam. Im Unterschied zu anderen, die ich in der letzten Zeit kennengelernt habe, und die eher nach einer Art Mutterersatz zu suchen schienen, damit ihre Jeans mal gewaschen werden. Allerdings ist er vielleicht wirklich nicht gerade der Hellste.«

»Im Gegensatz zu dir.«

»Ganz genau.«

»Wo trefft ihr euch?«

Marie zuckte die Achseln.

»Wahrscheinlich erst mal auswärts zum Essen, und dann gehen wir zu mir.«

»Sei vorsichtig, schick mir eine Null, wie wir es letztes Mal verabredet haben, wenn irgendetwas sein sollte.«

Seit Marie vor ein paar Monaten mit dem Daten begonnen hatte, bedienten sie sich eines Sicherheitssystems. Fand das Treffen bei dem Mann statt, gab Marie Tess die Adresse. Und wenn es sich irgendwie gefährlich anfühlte oder Marie Tess' Hilfe brauchte, sollte sie ihr per SMS eine Null schicken, damit Tess ihr zu Hilfe eilen konnte. Bisher war das nicht nötig gewesen, obwohl Marie inzwischen mehr als zwanzig Dates gehabt hatte.

»Weiß er, dass du Polizistin bist?«

»Nein, um Gottes willen! Ich bin Kaltmamsell im ICA Maxi.«

»Warum hast du es ihm nicht gesagt?«

Marie packte ihren Laptop ein, um die Kinder vom Kindergarten abzuholen.

»Du weißt anscheinend nicht, wie das läuft. Polizistin ist nicht gerade ein sexy Beruf für eine Frau. Es sei denn, du bist Lesbe, könnte ich mir vorstellen. Du solltest es wirklich auch mal probieren, ich kann dir gerne ein Profil erstellen.«

»Danke, nicht nötig. So was ist nichts für mich«, sagte Tess und hob abwehrend die Hand.

Zumindest war es nichts, wobei sie Maries Hilfe wollte.

Nachdem Marie gegangen war, schaute Lundberg zur Tür herein. Er sah erschöpft und niedergeschlagen aus und war anscheinend auch auf dem Heimweg.

»Mir ist heute früh noch etwas eingefallen, das für euch interessant sein könnte. Der Gerichtsmediziner, der Max untersucht hat, meinte, die Stiche ließen vermuten, dass das Messer ziemlich stumpf war. Und er meinte, es sei nicht ungewöhnlich, dass man bei einem so brutalen Angriff selbst Verletzungen davonträgt. Der Täter könnte also eventuell eine Narbe von dem Angriff davongetragen haben.«

»Interessant«, sagte Tess. »Derjenige, der Max das angetan hat, könnte also mit mehr als nur der Erinnerung daran herumlaufen. Könnte er sogar körperliche Schäden davongetragen haben?«

»Es ist jedenfalls nicht unmöglich.«

Tess überlegte, wie die Person reagieren könnte, die vermutete zu wissen, wer den Mord begangen hatte, wenn sie eine solche Information in den Medien sähe. Vielleicht sollten sie tatsächlich damit an die Öffentlichkeit gehen.

Sie löschte das Licht im Büro und ging auf den Flur. Die Tür zur Toilette wurde aufgestoßen, und beinahe wäre sie mit Sandra Edding zusammengestoßen. Tess blickte in ihre rot geweinten Augen.

»Was ist passiert?«

Sandra Edding wirkte ertappt.

»Nichts, es geht schon«, sagte sie, wandte sich ab und ging neben Tess zu den Aufzügen. Gemeinsam fuhren sie nach unten. Draußen vor der Tür blieben sie stehen.

»Ich nehme an, Sie haben gehört, dass Ihre DNA-Analysen gerade nicht durchgeführt werden?«, fragte Sandra Edding.

Tess wollte antworten, doch ihre Chefin kam ihr zuvor.

»Ich habe nichts mit dieser Entscheidung zu tun. Unter uns gesagt, ist der Polizeidirektor gerade ziemlich verzweifelt. Viele unter uns Vorgesetzten reagieren auf seine Entscheidungen, weil sie nicht wirklich ... durchdacht erscheinen.«

Tess nickte.

»Ja, scheint so.«

»Wie läuft es sonst?«

»Also … einer ist tot, andere lügen, und wir sind einer weniger.«

»Und was die Verbindung zu dem Mord in Österlen angeht – gibt es da etwas Neues?«

»Nein, dort treten sie ebenfalls auf der Stelle, es gibt keine verwertbaren Spuren, die Vernehmungen haben nicht weitergeführt.«

»Ich habe gehört, der dänische Profiler Carsten Morris soll hier im Haus gewesen sein und Sie unterstützt haben?«

»Nein, das stimmt nicht. Aber wir haben miteinander gesprochen.«

Sandra Edding musterte sie skeptisch.

»Arbeitet er unentgeltlich, oder wer bezahlt ihn?«

Darüber hatte Tess noch gar nicht nachgedacht.

»Er macht das aus alter Freundschaft.«

Sandra Edding lachte.

»Man hat ja einiges von ihm gehört. Ist er wirklich so speziell, wie die Leute behaupten?«

»Das kommt ein bisschen darauf an«, sagte Tess. »Er ist einer der klügsten Menschen, die ich kenne, aber er hat eben auch mit seinen eigenen Dämonen zu kämpfen.«

Sandra Edding schaute auf ihr Handy.

»Ich versuche mal, den Polizeidirektor dazu zu bringen, seine Meinung in Sachen DNA-Analysen zu ändern. Aber ich kann Ihnen nichts versprechen«, sagte sie.

Dann verabschiedete sie sich und ging davon.

Der Sonnenuntergang über Kopenhagen, den man von der Malmöer Skybar aus sehen konnte, schimmerte rosa zwischen den Weingläsern, die auf den Tischen vor den Panoramafenstern standen. Tess berührte versehentlich Mettes Hand, und es überraschte sie, als sie merkte, dass sie sie gerne dort liegengelassen hätte.

Es war ihr viertes Date, seit sie mit Eleni Schluss gemacht hatte. Eine Beziehung, die Tess am liebsten vergessen würde. Sie hatte ihr ein blaues Auge eingebracht, als Eleni sie in einem Eifersuchtsanfall geschlagen hatte.

Im Zuge ihrer noch jungen Dating-Karriere hatte sie gelernt, dass man bei den ersten Treffen nicht gleich essen ging, das Risiko, dass es sich verkehrt anfühlte, war zu groß, und man musste dann gleich mehrere Stunden miteinander verbringen. Doch mit Mette war es richtig angenehm gelaufen. Tess war sich nur noch nicht sicher, ob sie schon wieder für eine richtige Beziehung bereit war. Und Mette war jemand, mit dem man etwas Ernstes hatte oder gar nichts. Es war wahrscheinlich das erste Mal seit ihrer Trennung von Angela, dass Tess so empfand, aber sie musste auch zugeben, dass sie im letzten Jahr angefangen hatte, ihr freies Leben als Single zu genießen.

Sich in der Skybar des Malmö Live zu treffen war ihr Vorschlag gewesen. Ein Angela-freier Ort. Obwohl sie sie zu Ostern Hand in Hand mit einer anderen Frau gesehen hatte, war es nicht ihre Absicht, es ihr gewissermaßen mit gleicher Münze heimzuzahlen. Sie hielt Angela von diesem Teil ihres Lebens gerne so fern wie möglich.

Tess und Mette saßen nebeneinander auf einer Bank an der Bar. Durch die hohen schmalen Fenster waren die Öresundbrücke zu sehen, der Windpark und ein paar Hochhäuser Kopenhagens. In der anderen Richtung sah man die Westküste Schonens mit dem abgeschalteten Kernkraftwerk Barsebäck und der Öresundwerft. In den letzten Jahren war Kopenhagen vor allem in die Höhe gewachsen. Wolkenkratzer wie The Point türmten sich in Hyllie, und viele Bars und Restaurants lagen hoch über der Stadt.

Allmählich füllte sich das Lokal. Tess fand es schön, ihr Gegenüber nicht die ganze Zeit anstarren zu müssen, so war es viel leichter zu reden.

Tess spürte Mettes Arm an ihrem. Sie war witzig, machte gerne Späße. Sie hatten sich über Hunde und Lebensträume unterhalten, über ihre Kindheit und das Leben als Homosexuelle in Malmö und Kopenhagen. Mette war gebürtige Dänin, arbeitete und lebte aber seit vielen Jahren in Schweden.

Tess fühlte sich einfach entspannt in ihrer Nähe, wenn auch auf eine aufregende, angenehme Weise. Mette war völlig anders als Angela, sowohl dem Aussehen als auch ihrem Wesen nach.

Mette erzählte von ihrem dreijährigen Sohn, den sie mit einer anderen Frau hatte. Vor zwei Jahren hatten sie sich getrennt. Sie war die biologische Mutter, doch damit die andere Frau ebenfalls als Elternteil anerkannt wurde, hatten sie geheiratet.

»Es ging wahrscheinlich einfach alles viel zu schnell«, sagte sie. »Schon nach wenigen Monaten zogen wir zusammen, und nach nur einem Jahr beschlossen wir, ein Kind zu bekommen. Jetzt fühlt es sich alles an wie ein unnötiger Umweg, denn es hat ja doch nicht gehalten. Trotzdem ist es wahrscheinlich gut, dass unser Sohn zwei Elternteile hat, solange wir uns einigen können.«

Sie verzog das Gesicht und fuhr fort:

»Wahrscheinlich gehen in unserer Welt Beziehungen deshalb auch so schnell auseinander, oder? Ich habe gehört, man nennt lesbische Beziehungen auch Umzugsunternehmen. Du weißt schon: Was nimmt eine Lesbe beim zweiten Date mit? Alles, was sie hat – in einem Umzugswagen.«

Tess lachte. Den Witz kannte sie noch nicht, es war aber eine treffende Beschreibung für so manche Beziehung in ihrem Freundeskreis. In ihrer Beziehung zu Angela hatte Tess ganz vergessen, was ihr selbst im Leben eigentlich wichtig war. Es war einer der Gründe dafür, dass sie jetzt hier saß und sowohl hoffte als auch nicht hoffte, dass sie schwanger war, nachdem ihre Regelblutung schon mehrere Tage überfällig war.

Doch davon erzählte sie Mette nichts. Solange sie nicht wusste, wohin es mit ihrer Beziehung ging, schien ihr das nicht nötig.

Tess schaute unterm Tisch auf ihr Handy, wollte sichergehen, dass sie keine Nachricht von Marie verpasste.

»Vielleicht sollten wir dann mal«, sagte Mette und nickte zu ihrem Handy hinunter.

Tess hatte sofort ein schlechtes Gewissen und hoffte, Mette würde nicht annehmen, dass sie sich in ihrer Gesellschaft langweilte.

»Nein, so war das nicht gemeint. Ich warte nur dringend auf eine Nachricht von der Arbeit.«

»Frau Super-Cop ist wohl immer im Einsatz?«

»Nicht immer, aber im Moment ist es etwas speziell«, sagte Tess.

Mette schien es sexy zu finden, dass sie bei der Polizei arbeitete. Bei Angela war das zu Beginn ihrer Beziehung auch so gewesen, sie wollte sie immer in Uniform sehen, obwohl sie die inzwischen kaum noch trug. Ein guter Frauenmagnet, wie Marie immer sagte. Tess fiel es schwer, diese doch sehr oberflächliche Faszination für ihren Beruf zu verstehen. Und meist verschwand sie nach ein paar Jahren Beziehung, im selben Maße, wie sich die Überstunden häuften.

Als sie schließlich beschlossen zu gehen, holten sie ihre Jacken und warteten dann schweigend vor den Fahrstühlen. Tess fand es angenehm, so dicht neben Mette zu stehen. Ein gutes Zeichen, dachte sie. Nachdem Mette den Fahrstuhlknopf gedrückt hatte, presste Tess sie leicht gegen die Wand und küsste sie. Erst als eine metallische Stimme verkündete, dass sie das Erdgeschoss erreicht hatten, ließen sie voneinander ab.

»Ein Fünfundzwanzig-Stockwerke-Kuss«, sagte Mette und lachte.

Die Tür öffnete sich, und plötzlich stand Angela einen halben Meter vor ihnen.

»Äh, hallo«, sagte Tess und stellte fest, dass Angela mit derselben blonden Frau unterwegs war, mit der sie sie Ostern gesehen hatte.

Ihr Herz klopfte, und sie spürte, wie sie rot wurde.

Angela warf einen raschen Blick auf Mette, hatte offenbar aber nicht die Absicht, sich vorzustellen.

»Schönen Abend noch«, sagte sie nur und stieg rasch in den Fahrstuhl.

»Gleichfalls«, hörte Tess sich sagen, dann schloss die Tür sich wieder.

Sie holte tief Luft.

»Deine Ex?«, fragte Mette und lächelte.

»Hat man das gemerkt?«

»Ja, war ziemlich eindeutig.«

»Also, Malmö ist wirklich zu klein«, sagte Tess und merkte, wie verwirrt sie war.

Draußen im Hotelfoyer drängten sich Leute mit Koffern, die ein- oder auschecken wollten. Es wurde langsam dunkel. Mette hatte ihr Fahrrad dabei, sie musste in die andere Richtung, in die Innenstadt.

Fast ebenso schlimm wie während eines Dates die Ex zu treffen, war der Moment, in dem man sich entscheiden musste, ob man sich wiedersehen wollte oder nicht.

Doch sie brauchte nicht lange zu warten.

»Ich würde dich gerne wiedersehen, wenn du magst«, sagte Mette ein wenig unsicher.

»Gerne«, erwiderte Tess und spürte, dass sie es tatsächlich so meinte, obwohl die Begegnung mit Angela sie ein bisschen aus der Bahn geworfen hatte.

Sie umarmte Mette, drehte sich um und machte sich auf den Heimweg. Wie immer blies ein Wind zwischen den Häusern um den kleinen Platz vor dem Hotel. Sie blickte zum Wolkenkratzer des *Live* hinauf. Was für ein unwirkliches Gefühl, dass dort oben jetzt Angela mit ihrer neuen Freundin saß, während sie selbst gerade im Aufzug eine andere geküsst hatte.

In ihrem Kopf drehte sich alles, und sie hätte gar nicht sagen können, ob sie sich eher wünschte, den Platz dieser anderen Frau fünfundachtzig Meter über sich einzunehmen oder mit Mette nach Hause zu gehen. Doch es war müßig, sich darüber Gedanken zu machen, und so kämpfte sie sich gegen den lauen, aber kräftigen Frühlingswind nach Hause.

2004

Das Wachs tropfte vom Kerzenleuchter auf den Tisch.

Max legte die Würfel und Karten des Trivial-Pursuit-Spiels in die Schublade zurück. Er hatte wie immer gewonnen, Joe hatte aufgegeben und war während des Spiels aufgestanden und hochgegangen. Ein paar Stücke Calzone lagen noch auf einem Teller, doch für heute war der Spieleabend definitiv vorbei.

»Aber es ist doch klar, dass er Olof Palme nicht ermordet haben kann.«

Max sah Anna an. Sie war leicht angetrunken, sonst wäre es ihr nicht so wichtig gewesen, Håkan bei so einem Thema zu überzeugen. Max hatte das Gefühl, dass Palme und ihr Geplänkel ein vorgeschobener Grund waren, dass es eigentlich um ganz andere, unausgesprochene und ungeklärte Dinge zwischen ihnen ging.

»Es passte nur einfach extrem gut, dass er sich an dem Abend in der Gegend um den Sveavägen aufgehalten hat. Ein Mann, der sich nicht verteidigen konnte«, sagte Håkan und lachte verächtlich.

Max hasste es, wenn er so war. Wenn er Anna gegenüber so verdammt herablassend und überheblich war.

»Diese Verschwörungstheorien … Schweden wollte einfach nicht wahrhaben, dass jemand so Armseliges wie ein gescheiterter Junkie so eine Tat begehen und anschließend damit davonkommen konnte. Wir hätten gerne, dass es um

Größeres ging. Ist doch aber eindeutig, dass er es war, Palmes Frau hat ihn erkannt, warum hätte sie etwas Falsches behaupten sollen?«

»Ja, eine Zeugenaussage, die als nicht verwertbar galt, weil …«

Max stand demonstrativ auf, er hatte keine Lust mehr auf ihre sinnlose Diskussion. Christer Petterssons plötzlicher und jämmerlicher Tod in der Einfahrt zum St.-Görans-Krankenhaus vor ein paar Tagen hatte die Debatte um den Palme-Mord wieder angefacht. Max hockte sich vor den offenen Kamin und stocherte mit dem Schürhaken darin herum.

»*Ont, det gör ont men det går. Det gör ont en stund på natten. Men inget på dan.*«

Von oben schallte Lena Philipssons Beitrag zum Eurovision Song Contest herunter, mit dem sie Fünfte geworden war.

Håkan stand auf und brüllte zu Joe hinauf:

»Mach diese Scheißmusik endlich aus.«

Joe liebte es, Håkan mit seiner Musikauswahl zu provozieren.

Fragend sah Max Anna und Håkan an.

»Wollen wir noch los, oder nicht?«

Anna nickte und trug mit grimmiger Miene die Weingläser in die Küche.

Noch vor wenigen Stunden war es richtig lustig gewesen und sie hatten sich gegenseitig herausgefordert, wer auf die verrückteste Weise Bier trinken konnte. Max hatte sie alle geschlagen, indem er auf Händen durchs Wohnzimmer gelaufen war und dann im Handstand mit dem Strohhalm eine Bierflasche geleert hatte. Jetzt war die gute Stimmung dahin, keiner hatte Lust, noch länger zusammenzusitzen.

Max ging in sein Zimmer hinauf, zog die schwarze Hose aus und stattdessen seine orange Lieblingsjeans an. Er schaute aus dem Fenster. Blätter wirbelten durch den Garten, Regentropfen schlugen auf das Fensterbrett. Eigentlich hatten sie noch zusammen ins The Goat gehen wollen, um dort eine größere Gruppe anderer Schüler aus den verschiedenen Fachrichtungen zu treffen.

Max' Blick fiel auf das Glenn-Gould-Poster, auf dem der Künstler am schwarzen Flügel auf seiner Terrasse saß. Genau um diese Zeit, im Oktober vor zweiundzwanzig Jahren, war er im Alter von nur fünfzig Jahren gestorben. Am Mittwoch würde er spielen, dass sein Idol im Himmel lächelte, wenn er ihn hörte.

Max zog an seinen langen Fingern, nahm die Handcreme aus der Schublade und cremte sie ein.

Ungebeten tauchte Björn Almströms Gesicht vor seinem inneren Auge auf. Für Max hatte es keine große Rolle gespielt, dass sie am Mittwoch dasselbe Stück spielen wollten. Es war Björns blödsinniger Stolz, der dazu geführt hatte, dass er als Erster auftreten wollte.

Max schloss die Tür zu seinem Zimmer und blieb im Flur stehen. Von nebenan hörte er Joes Stimme, leise, aber deutlich genug, um zu verstehen, was er sagte.

Die Tür öffnete sich, und Joe starrte ihn an. Er packte ihn am Pullover und drückte ihn gegen die Wand, dabei kam er seinem Gesicht ganz nahe.

»Verdammt, was machst du hier? Spionierst du mir jetzt nach, oder was?«

Freitag, 3. Mai

Chilli lag auf dem Sofa, die Pfoten in der Luft, und schlief. Früher hatte Tess nie darüber nachgedacht, sich einen Hund anzuschaffen, doch er hatte ihr Leben auf eine Weise bereichert, mit der sie nicht gerechnet hatte. Er leistete ihr auf den Joggingrunden sowie auf dem Sofa Gesellschaft, und inzwischen fiel es ihr schwer, sich ein Leben ohne seine tapsenden Pfoten auf dem Parkett vorzustellen.

Lange Arbeitstage mit Abendschichten passten jedoch nicht gut zu einem Leben als Hundebesitzerin, das wurde ihr mit jedem Tag klarer.

Tess stellte ihre Kaffeetasse ins Spülbecken. Ihr Handy piepte. Eine Nachricht von Angela.

Seltsames Zusammentreffen gestern ;-) Du scheinst ja keinen Kontakt mit mir zu wollen. Ich bin jetzt mit der Frau, die Du gesehen hast, zusammen und möchte, dass Du das weißt. Hoffe Dir geht's gut – es wirkte so.

Tess las die Nachricht noch ein zweites Mal, dann löschte sie sie. Es war beinahe drei Jahre her, seit sie sich getrennt hatten, und sie hatten einander weiß Gott nicht versprochen, keine neue Beziehung einzugehen. Vielleicht war es so also das Beste: ein klarer Schnitt, ein für alle Mal die Türe schließen.

Sie nahm die Leine und pfiff nach Chilli. Eine kritische innere Stimme meldete sich. Wie sollte das alles erst werden, wenn sie nicht nur Hundebesitzerin, sondern auch alleinerziehende Mutter war, wo sie doch gleichzeitig weiter in ihrem Job arbeiten wollte.

Chilli sprang eilig vom Sofa und lief zur Tür. Sie musste Kajsa, ihre Hundesitterin, fragen, ob sie sich vorstellen konnte, ihn für längere Zeit zu sich zu nehmen, bis sich alles ein wenig beruhigt hatte. Es funktionierte so einfach nicht: die vielen Vernehmungen und Auswärtstermine ließen es einfach nicht zu, dass sie sich ausreichend um Chilli kümmerte. Es machte ihr ständig ein schlechtes Gewissen.

Tess fühlte sich wie ein Schulkind, das seine Hausaufgaben nicht gemacht hat, als sie im Treppenhaus vor Kajsas Tür stand.

»Wie lange hatten Sie denn gedacht«, fragte sie und sah Tess streng an.

»Tja, ich weiß auch nicht … ein paar Wochen vielleicht?«

»Ein paar Wochen?«

Kajsa schüttelte den Kopf.

»Man sollte keinen Hund haben, wenn man sich nicht um ihn kümmern kann«, sagte sie und streichelte Chilli, der ihr um die Beine sprang. »Außerdem hat er gestern im Park einen Chihuahua angegriffen. Es täte ihm ganz gut, ein bisschen konsequenter erzogen zu werden, auch wenn der andere Hund eine Nervensäge war.«

Tess scharrte mit dem Fuß auf dem Treppenabsatz und versprach es zu versuchen, auch wenn sie wusste, dass es dazu viel zu spät war.

Kajsa lächelte widerstrebend und schaute zu Chilli hinunter.

»Ja, wenn es keine andere Lösung gibt, kann er natürlich so lange bei mir bleiben.«

Das schlechte Gewissen folgte Tess bis auf den Mastgränd in Västra Hamnen. Sie war wirklich ein erbärmliches Frauchen, doch derzeit sah sie einfach keine andere Möglichkeit, als ihn wegzugeben.

Ihr Handy klingelte, und sie stellte beunruhigt fest, dass es Marie war. Es war acht Uhr am Morgen, und in letzter Zeit war sie nie so früh dran. Wenn sie sie jetzt auch noch hängenließ, stand Tess ganz allein mit diesem gigantischen Fall da. Und irgendwann kam selbst ein Super-Cop an seine Grenzen.

»Wir fahren heute raus«, sagte Marie gut gelaunt.

Tess atmete erleichtert auf und sprang ins Auto.

»Carina Eskilsson ist aus dem Urlaub zurück und erwartet uns am frühen Nachmittag. Björn Almström dagegen scheint wie vom Erdboden verschluckt. Ich habe mit der Uni in Kent gesprochen, aber da ist er schon seit einem Jahr nicht mehr, und sie wissen auch nicht, wohin er gegangen ist. Anscheinend gibt es einen Cousin auf Gotland, von dem er immer mal gesprochen hat, ich schau mal, ob ich dort weiterkomme.«

»Und in den sozialen Medien hast du auch nichts weiter gefunden?«, fragte Tess.

»Nein, wahrscheinlich hatte er nicht so viele, mit denen er sich sozialisieren konnte. Es verstärkt jedenfalls den Eindruck, dass er ein ziemlicher Eigenbrötler ist.«

Als Tess das Polizeigebäude betrat, rief die Rezeptionistin ihr zu, dass jemand nach ihr gefragt habe. Sie drehte sich um und entdeckte eine unbekannte Frau in ihrem eigenen Alter, die auf einer Bank wartete. Die Frau stellte sich als Charlotte Koponen vor, sprach mit finnischem Akzent und lebte in Malmö.

»Ich habe immer wieder gedacht, dass ich Sie kontaktieren müsste, aber … es geht um Max Lund. Ich habe gehört, dass Sie den Fall neu aufrollen.«

Tess setzte sich auf die Bank neben sie.

»Kannten Sie ihn?«

»Nein. Es geht um sein Fahrrad. Ich habe das viel zu lange für mich behalten.«

Sie schlug die Hände vors Gesicht.

»Es ist schrecklich, und ich schäme mich so unglaublich!«

Tess sah sich im Eingangsbereich um. Um diese Zeit gingen viele ein und aus, es war wirklich nicht der beste Ort für dieses Gespräch, doch sie beschloss, sich zu Ende anzuhören, was Charlotte Koponen zu sagen hatte.

»An diesem Wochenende, dem zweiten Oktober ... Mein damaliger Freund und ich waren auf einer Party in Österlen gewesen und auf dem Weg nach Hause. Wir fuhren über den Österleden, so heißt der, glaube ich, über Ystad nach Malmö, das war am Sonntagvormittag. Bei einem Bäcker wollten wir Brötchen kaufen, und tanken mussten wir auch noch.«

»Um wie viel Uhr war das ungefähr?«

»Ich denke, gegen zehn. Das war eine ziemlich lange Strecke, an der keine Häuser lagen. Mein Freund musste dringend pinkeln. Dabei entdeckte er auf der anderen Straßenseite ein Fahrrad im Graben. Irgendwer hatte es da reingeworfen. Ein rotes Monark. Jedenfalls ...«

Charlotte schlug erneut die Hände vors Gesicht.

»Oh, Mann, ist das schwer, das zu erzählen.«

Sie seufzte tief, dann blickte sie wieder auf.

»Wir beschlossen, das Fahrrad mitzunehmen.«

Tess nickte ruhig.

»Erzählen Sie weiter.«

»Wir nahmen es mit nach Hause und stellten es zu Hause in den Hof. Ich sah, dass die Kette abgesprungen war. Mein Freund versuchte sie wieder zu richten, doch es klappte nicht. Am Montagmorgen hörten wir dann, dass ein junger Mann vermisst wurde, der am Abend von Ystad mit dem Rad nach

Hause gefahren war, und dass auch sein rotes Monark verschwunden war. Da bekamen wir Angst.«

»Was haben Sie gemacht?«

Charlotte versuchte die Tränen wegzublinzeln.

»Wir brachten das Fahrrad wieder zurück.«

»Dorthin, wo sie es gefunden hatten, also ein Stück außerhalb von Ystad?«

»Ja, am Montagmorgen. Wir wussten aber nicht mehr genau, wo es gewesen war. Wir waren panisch und wollten es einfach nur loswerden. Und so landete es auf der falschen Straßenseite, und dann … dann fand die Polizei ja auch beide, den Jungen und das Fahrrad.«

Tess unterbrach sie.

»Wäre es nicht logischer gewesen, wenn Sie es auf der richtigen Straßenseite abgelegt hätten, da Sie doch aus dieser Richtung kamen?«

»Schon, aber da waren einige Autos hinter uns, deshalb fuhren wir ein Stück vor und wendeten dann, wir wollten sicher sein, dass uns niemand sah. Oh Gott, bitte entschuldigen Sie! Ich schäme mich so unglaublich dafür, denn mir ist klar geworden, dass wir dadurch viel kaputt gemacht haben, Beweismaterial, Fingerabdrücke, die man auf dem Fahrrad hätte sicherstellen können. Wir haben nie mit irgendjemandem darüber geredet.«

Tess zog eine Karte aus ihrem grünen Notizbuch und bat sie, die genaue Stelle zu markieren.

Mit dem Handrücken wischte sich Charlotte die Tränen ab.

»Es ist schon so lange her, aber soweit ich mich erinnere, gab es dort keine Häuser, es muss hier irgendwo gewesen sein«, sagte sie und machte ein Kreuzchen.

Tess schaute es sich an, so etwas war ihr bei einer Mordermittlung noch nie passiert.

»Wir schafften es damals einfach nicht, etwas zu sagen. Dann trennten wir uns, und wir haben nie wieder darüber geredet.«

Sie schlang die Arme um ihren Oberkörper, wirkte verzweifelt.

»Und als Sie dort waren, haben Sie nichts anderes bemerkt?«

Charlotte schüttelte den Kopf und zog die Nase hoch.

»Leider nicht. Ich wünschte, wir hätten wenigstens in dieser Hinsicht behilflich sein können. Wir waren jung, Studenten, hatten wenig Geld. Normalerweise klauten wir nicht einfach Dinge, die herumlagen. Ich kann wirklich nicht erklären, warum wir ausgerechnet dieses Fahrrad mitnahmen, damals schien es uns einfach eine gute Idee.«

Tess musterte sie.

»Etwas zu stehlen ist ja nie eine gute Idee, das hier aber war wahrscheinlich die schlechteste, auf die Sie je gekommen sind. Warum erzählen Sie uns jetzt davon?«

»Ich habe gelesen, dass Sie wieder an dem Fall arbeiten und um Hinweise bitten. Das Fahrrad wurde erwähnt. Ich hielt es einfach nicht mehr aus, das alles für mich zu behalten. Es hat mich kaputt gemacht.«

Tess musste weiter, also gab sie der völlig verzweifelten Charlotte erst einmal ihre Visitenkarte.

Wie oft würde ihr das in diesen Ermittlungen wohl noch begegnen? Spontane Einfälle, die keinem logischen Muster folgten und so viele Jahre später kaum noch zu rekonstruieren waren.

Die Ehefrau

Die Scham hüllte sie ein wie eine muffige Wolldecke. Jedes Mal, wenn sie die Straße hinunterging oder ein Geschäft betrat, hatte sie Angst, jemandem zu begegnen, der die Szene im Schwimmbad mit angesehen oder davon gehört hatte.

Sie dachte an die Frau in der Umkleide, die ihr geraten hatte, Hilfe zu suchen, offenbar überzeugt davon, dass sie selbst von ihrem Mann geschlagen wurde.

Ein einziges Mal hatte er sie zu hart angefasst. Im Schlafzimmer, aber nicht aus Leidenschaft. Sie hatten sich wegen irgendetwas gestritten, und plötzlich war er nicht mehr er selbst. Sie hatte gesehen, wie er erschrak, als er begriff, was er beinahe getan hätte.

Ihr Blick fiel auf die Küchenuhr. Zwei Stunden lang hatte sie frenetisch geputzt, als könnte sie dadurch wegscheuern, was mit ihnen geschah.

Seitdem er Hedvig geschlagen hatte, schlief sie bei ihrer Tochter im Bett. Nicht nur ihrer Tochter zuliebe, sondern auch um ihrer selbst willen. Sie weigerte sich, weiterhin das Bett mit ihm zu teilen. Und heute Morgen war sie mit dem Gefühl aufgewacht, dass ihre Ehe vorbei war.

Das Unbehagen und die Einsamkeit, die sie in den Monaten nach Hedvigs Geburt empfunden hatte, waren wieder zurück. Damals, vor zwölf Jahren, war er unter der Verantwortung zusammengebrochen. Er glaubte, nicht in der Lage zu sein, sich um ein Kind zu kümmern, hatte er behauptet.

Am schlimmsten war für ihn die Angst, wie seine Eltern zu werden, nicht präsent, oder schlimmer noch: unberechenbar und psychotisch.

Irgendwann war es besser geworden, und sie hatte beschlossen, ihrer Beziehung noch eine Chance zu geben, erleichtert darüber, nicht als alleinerziehende Mutter einer neugeborenen Tochter dazustehen. Vielleicht, dachte sie jetzt, war das die schlechteste Entscheidung gewesen, die sie je getroffen hatte. Jacobs Geburt zwei Jahre später hatte er allerdings wesentlich besser und ohne psychischen Zusammenbruch überstanden.

Sie stellte den Wischmopp beiseite und wusch sich die Hände.

Sie musste ihre Gedanken ordnen.

Und das ging morgens am besten, zumal an einem freien Tag wie diesem, wenn sie gleichzeitig praktische Dinge erledigen konnte. Sie griff nach dem Scheuereimer, füllte ihn mit Wasser und begann den Boden zu wischen. Nach einer Weile war es, als sähe sie sich selbst von oben, wie sie manisch den Küchenboden wischte. Noch immer mahlten die Gedanken.

Was würde sie für ein Leben führen? Und wo sollten sie wohnen? Wenn er darauf bestand, hier in Österlen zu bleiben, musste sie das wohl auch.

Sie würde diejenige sein, die den Kindern sagen musste, dass sie alles aufgeben und umziehen mussten.

All die schwierigen Entscheidungen und Fragen machten sie ganz schwindlig, und sie setzte sich auf die weiße Küchenbank. Beugte den Kopf nach vorn und spürte, wie die Tränen kamen. Sie durfte jetzt nicht zusammenbrechen. Musste handlungsfähig bleiben.

Vielleicht sollte sie es Karin erzählen. Aber erst musste sie einen Plan haben, sich überlegen, wie sie praktisch vorgehen sollte. Das Haus zu verkaufen konnte dauern, Österlen war schließlich nicht Malmö. Sie musste es durchrechnen und auch Kontakt mit der Bank aufnehmen, um sich über ihre Kreditsituation zu informieren. Ohne festen Job konnte es schwierig werden.

Sie ging zum Esstisch, setzte sich und klappte den Laptop auf. Überflog die Nachrichtenseiten, um sich ein bisschen abzulenken, vermochte sich aber nicht wirklich zu konzentrieren. Schließlich öffnete sie den Ordner mit seinen Fotos. Es widerstrebte ihr, sich in seine Angelegenheiten zu mischen, doch sie musste es tun, wenn sie es verstehen wollte.

Zum zweiten Mal sah sie sich die Bilder an. Einige der Kinderfotos waren in Österlen aufgenommen worden, auf Radtouren und Wanderungen durch den Buchenwald.

Auf einem Foto saß er auf einer gemusterten Decke im Gras. Unmöglich zu erkennen, wo das gewesen war. Eine Wiese am Meer, vermutete sie.

Er wirkte fröhlich. Wie alt mochte er da gewesen sein? Elf? Ähnlich wie ihre Tochter Hedvig heute. Die Frau war nur von hinten zu sehen, dunkles, kräftiges Haar in einem langen Zopf. Es war wahrscheinlich das einzige Foto aus der Kindheit ihres Mannes, auf dem er glücklich aussah. In seiner Ursprungsfamilie war nicht fotografiert worden, wahrscheinlich gab es nicht so viele glückliche Momente, die man hätte verewigen können. Er hatte ihr erzählt, dass es eine kurze glückliche Phase in seiner Kindheit gegeben hatte, als er ungefähr zehn gewesen war. Sie nahm an, dass es in einer der Pflegefamilien gewesen war, in die man ihn gesteckt hatte, bevor er, wie er es ausdrückte, »gezwungen wurde, wieder zu seiner Mutter zurückzugehen«.

Wenn er von seiner Kindheit erzählte, ging es selten um Details, doch diesen bestimmten Moment hatte er genau geschildert, wie wütend er auf die Ämter gewesen war, die nur die biologische Verwandtschaft gesehen hätten. Er hatte nie zurückgewollt, zurück zu ihr.

Im Ordner befand sich noch ein weiteres Dokument. Sie lehnte sich zurück und starrte auf den Bildschirm. Spürte, wie das verschwitzte T-Shirt an ihrem Rücken klebte. Sie sollte duschen, bevor sie Hedvig zum Training fuhr, sie und Jacob konnten jeden Moment nach Hause kommen.

Doch zunächst öffnete sie das Dokument. Anscheinend hatte er mehrere Mails kopiert und gespeichert, die von seinem fünf Jahre älteren Bruder stammten. Einem Bruder, der früh von zu Hause ausgezogen und so dem Schlimmsten entgangen war, wie ihr Mann immer behauptet hatte.

Sie waren kurz und förmlich, es ging um Alltägliches wie die Kinder und die Arbeit. Rasch überflog sie den Text und blieb dann an ein paar Zeilen hängen.

Nein, das stimmt so nicht. Mama war krank, sie konnte sich nicht um uns und um den Haushalt kümmern, am Ende eigentlich um gar nichts mehr. Aber sie hat uns nicht geschlagen, daran kann ich mich nicht erinnern. Wenn sie jemandem wehgetan hat, dann am ehesten sich selbst. Du bringst da irgendetwas durcheinander.

Sie las die Mail noch einmal.

Die Haustür öffnete sich, Jacob oder Hedvig mussten gekommen sein. Sie schloss den Ordner und klappte den Rechner zu, bevor sie in den Flur ging.

Jacob wollte nur seine Fußballschuhe holen und lief gleich wieder nach draußen.

Sie konnte an nichts anderes als an diese Mail denken, während sie zurück ins Wohnzimmer ging.

Es war nicht ungewöhnlich, dass Geschwister unterschiedliche Erinnerungen daran hatten, was in ihrer Kindheit passiert war. Sie und ihre Schwester zum Beispiel konnten sich endlos darüber streiten, wer wem immer die Sachen wegge-

nommen hatte. Doch konnte man sich in einem so grundle-
genden Punkt uneinig sein, ob die Mutter einen geschlagen
hatte oder nicht? Oder war der große Bruder verschont geblieben, weil er aufgrund des Altersunterschieds früher ausgezogen war? Instinktiv wusste sie, dass es besser war, ihren
Mann nicht darauf anzusprechen. Sie musste andere Wege
suchen, um die Wahrheit herauszufinden.

Ihr fiel eine Schulfreundin ein, Caroline, die inzwischen
Sozialsachbearbeiterin in Malmö war. Wenn es jemanden
gab, der ihr in dieser Angelegenheit helfen konnte, dann war
es Caroline.

Tess fuhr auf die Autobahn E65 Richtung Ystad, sie und Marie wollten die Zeugin Carina Eskilsson treffen.

»Dass Max' Fahrrad wegen zwei Fahrraddieben auf der falschen Straßenseite gelandet ist, darauf wären die damaligen Ermittler sicher im Traum nicht gekommen.«

»Nein«, sagte Marie. »Studenten. Gott, was die möglicherweise angerichtet haben! Vielleicht gab es wichtige Spuren, ausgerechnet an diesem Fahrrad.«

Tess nickte.

Kurz vor Ystad breiteten sich die frisch erblühten Rapsfelder wie neongelbe Teppiche zu beiden Seiten der Straße aus. Tess fuhr Richtung Meer, und bald befanden sie sich auf derselben Strecke, die Max damals mit dem Rad gefahren war. Das helle Frühlingslicht stand im scharfen Kontrast zu der verregneten Oktobernacht damals. Sie passierten den Bahnübergang und gelangten auf den verlasseneren Teil der Strecke.

An einer Kurve hinter dem Naturreservat tauchte ein zweistöckiges grünes Haus auf.

Tess parkte, und sobald sie ausgestiegen waren, hörten sie aufgeregtes Hundegebell.

»Ich gehe vor«, sagte Tess, die wusste, dass Marie Angst vor Hunden hatte.

Die Tür öffnete sich, und ein großer Hund sprang an Tess hoch. Marie wich zurück.

»Aus, Mini, runter mit dir«, rief Carina und griff nach dem Halsband. »Er tut nichts«, fuhr sie fort, »er freut sich nur.«

Tess tätschelte der beige-schwarzen Deutschen Dogge den Kopf, die anschließend von Carina im Nachbarzimmer eingeschlossen wurde.

»Bitte entschuldigen Sie, Mini ist immer ganz aufgeregt, wenn jemand kommt, wir haben nicht so oft Besuch. Aber kommen Sie doch rein, ich habe gerade einen Kaffee aufgesetzt.«

Tess war ein wenig übel, deshalb lehnte sie ab, während Marie das Angebot gerne annahm.

Anschließend sah sie sich im Flur um, an dessen Wänden Sprüche wie »*Carpe diem*« und »*Home is where your heart is*« prangten.

Carina folgte ihrem Blick.

»Kleine Sinnsprüche – die brauchen wir doch alle.«

Carina Eskilsson, inzwischen etwas über fünfzig, hatte hennagefärbtes Haar und arbeitete als persönliche Assistentin. Im Wohnzimmer sah man sofort, was ihre zweite große Leidenschaft war. An den Wänden hingen mehrere akustische Gitarren.

»Ich arbeite auch noch als Sängerin, schon seit Jahren, meistens läuft es auf Country hinaus. An Ihrer Tätowierung sehe ich allerdings, dass Sie auf ganz andere Musik stehen.«

Sie nickte Marie zu, die ihren Ärmel hochschob.

»Ach, ich bin da ziemlich breit aufgestellt, die ein oder andere Countryband mag ich auch.«

Breit, dachte Tess. Noch nie hatte sie Marie etwas anderes spielen hören als schlechten Heavy Metal aus den Achtzigerjahren.

Sie gingen in die Küche und setzten sich an den Tisch.

Tess schaute zum Küchenfenster über der Spüle, das auf die Straße hinausging. Dort musste Carina gestanden haben, als sie Max vorbeifahren sah.

Weiter drinnen im Haus hörte man das lang gezogene Heulen des Hundes.

»Erzählen Sie uns bitte von der Oktobernacht vor fünfzehn Jahren, als Sie hier in der Küche gestanden haben. Was genau haben Sie gesehen?«

Carina drehte sich zum Fenster.

»Puh, mir wird ganz kalt, wenn ich daran denke.«

Sie schlang die Arme um ihren Oberkörper.

»Wenn ich es damals gewusst hätte, wäre ich rausgegangen und hätte versucht, ihm zu helfen. Aber ich konnte ja nicht ahnen, was da passierte. Es ist wirklich merkwürdig, ich habe sehr viel von dem verdrängt, was in diesem Jahr geschah. Aber speziell dieser Abend hat sich mir für immer eingeprägt. Ich erinnere mich, als wäre es gestern gewesen.«

»Verstehe«, sagte Tess und beugte sich über den Tisch. »Können Sie uns genau erzählen, woran Sie sich erinnern?«

»Damals hatte ich noch Mann und Kinder, inzwischen sind alle ausgeflogen, und ich wohne alleine hier, zusammen mit Mini. In jener Nacht wurde ich von einem Albtraum geweckt. Und wissen Sie, was das Merkwürdige ist?«

»Nein?«

»Ich träumte, ich würde verfolgt. Ist das nicht seltsam? Wenn es nun stimmt und der Junge ebenfalls verfolgt wurde. Wie auch immer, ich konnte nicht wieder einschlafen. Also ging ich in die Küche hinunter, um ein Glas Wasser zu trinken. Vor dem Fenster blieb ich stehen, denn es regnete wie verrückt, es hörte überhaupt nicht mehr auf. Ich war noch ganz mitgenommen von dem Traum, und das Wetter machte es auch nicht besser.«

Carina stand auf und trat ans Fenster.

»Damals war die Hecke noch deutlich niedriger, man konnte also direkt auf die Straße schauen, ein paar der Bäume gab es ebenfalls noch nicht. In fünfzehn Jahren verändert sich ja einiges. Aber dass auf diesem Straßenabschnitt nur sehr wenig Häuser stehen, war schon damals so. Folglich sah man auch nur selten Radfahrer, vor allem nachts und wenn es regnet. Wahrscheinlich konnte ich deshalb meinen Blick nicht von ihm wenden.«

Carina deutete mit dem Finger auf die Straße.

»Von dort sah ich ihn kommen, die Scheinwerfer des Autos strahlten ihn von hinten an.«

Tess stand auf und stellte sich neben sie. Marie blieb sitzen und machte sich Notizen.

»Unmittelbar vor meinem Haus wurde er langsamer, vielleicht sah er, dass drinnen Licht brannte. Plötzlich sah ich, wie er mir das Gesicht zuwandte. Ich bin mir nicht sicher, wie viel er erkennen konnte, aber ich hatte das Gefühl, unsere Blicke trafen sich.«

Sie hob die Arme.

»Mir wird schon wieder ganz kalt, wenn ich daran denke. Und ich hatte das Gefühl, er war völlig verängstigt.«

»Wie dicht hinter ihm war das Auto da?«

»Sehr nah an seinem Fahrrad. So nah, dass ich darauf reagierte. Und dann war da noch etwas …«

»Ja?«

»Ich war mir später nicht sicher, ob ich es wirklich gesehen habe oder ob ich träumte, aber ich glaube, es war wirklich so. Als ich sie in dieser Richtung verschwinden sah … es schien, als würde das Auto ihm zublinken. Wie eine Lichthupe, verstehen Sie?«

Tess nickte.

»Konnten Sie irgendetwas an dem Auto erkennen, vielleicht sogar den Fahrer?«

»Nein, leider nicht. Und das hat mich all die Jahre nicht losgelassen. Aber es war pechschwarz draußen und es regnete in Strömen. Jedenfalls war es ein dunkles Auto, schwarz oder grau, vielleicht auch dunkelblau.«

»Was haben Sie damals gedacht?«

»Mir schossen verschiedene Gedanken durch den Kopf. Der erste war, dass es seltsam aussah. Dann dachte ich, dass sie sich vielleicht kannten, weil das Auto so mit den Scheinwerfern blinkte. Dass es Jugendliche waren, die irgendeinen Blödsinn machten.«

Tess hielt den Blick auf die Straße gerichtet. Es waren nur wenige Meter. Max hätte definitiv sehen können, dass in der Küche Licht brannte. Versuchte er Kontakt mit Carina aufzunehmen, ohne sich zu trauen, tatsächlich anzuhalten? Das Fahrrad sowie seine Leiche waren fast einen Kilometer weiter weg gefunden worden, das Katz-und-Maus-Spiel musste also eine Weile angedauert haben.

»Was Max selbst angeht, was haben Sie da gesehen?«

»Zunächst war ich überzeugt, dass es sich um eine Frau handelte.«

»Eine Frau?«

Davon hatte Tess in den Protokollen mit Carinas Aussagen nichts gelesen.

»Ja, bis ich aus der Zeitung erfuhr, was passiert war. Aber bis dahin war ich davon absolut überzeugt. Es war schließlich ein Damenfahrrad, das er fuhr, und dann das lange Haar und der Schal, der ihm lässig über die Schulter hing. Und seine Hose war doch auch orange, oder sogar rosa? Ja, ich war mir ganz sicher, dass es sich um eine Frau handelte.«

»Das haben Sie der Polizei aber nie gesagt?«

»Nein, denn da wussten ja schon alle, dass es ein Junge war, und ich dachte nicht mehr daran.«

Carina seufzte und schaute erneut aus dem Fenster.

»Wie Sie sehen, habe ich noch immer keine Nachbarn. Die Kommune hat versucht, Grundstücke in der Nachbarschaft zu verkaufen, aber die Leute machen immer einen Rückzieher, wenn sie erfahren, was hier passiert ist.«

»Aber Sie wollten trotzdem bleiben?«

Carina nickte.

»Ja, es ist ein Teil meines Lebens geworden. Was ich in der Nacht gesehen habe, werde ich nie vergessen. Aber es ist nichts, was mich aus meinem Haus vertreiben könnte.«

Sie tranken ihren Kaffee aus und beendeten das Gespräch. Tess bat sie, sich zu melden, wenn ihr noch etwas einfiel.

Im Flur drehte Carina sich zu ihr um und legte ihr eine Hand auf den Arm.

»Glauben Sie an Engel?«

Tess lächelte.

»Nein, nicht wirklich. Warum?«

»Ich glaube, es hat mit der Musik zu tun, dass ich immer eine besondere Verbindung zu diesem Jungen gespürt habe. Wir hatten etwas gemeinsam, er und ich. Vielleicht war ich die Letzte, die er in seinem Leben gesehen hat. Ich nenne ihn meinen Schutzengel. Nach dem, was damals passiert ist, habe ich tatsächlich nie wieder Angst gehabt.«

»Die hätte ich auch nicht, wenn ich einen Hund so groß wie ein Pony hätte«, sagte Marie und gab ihr zum Abschied die Hand.

Draußen stellte sich Tess an den Straßenrand und schaute in die Richtung, in die Max damals gefahren war. Ein Stück von Carinas Haus entfernt machte die Straße eine leichte Biegung. Es war immer noch hell draußen. Obwohl es fünfzehn Jahre her war, gab es auf diesem Abschnitt der Landstraße Väg 9 noch immer keine Straßenbeleuchtung.

»Puh, wie unheimlich, wenn das mit diesem Blinken tatsächlich stimmt«, sagte Marie. »Ich habe Gänsehaut bekommen, als sie das erzählt hat.«

»Mmh, eine Art Folter, Psychofolter.«

»Wer tut so etwas?«

»Jemand, der anderen wirklich Angst machen will.«

Sie stiegen ins Auto.

»Könnte es ein Missverständnis gewesen sein?«, fragte Tess. »Carina dachte ja auch zunächst, Max wäre eine Frau. Vielleicht ein Vergewaltiger, der ihn verwechselt hat, dann enttäuscht war und ihn im Affekt getötet hat?«

»Joe, der damalige Hauptverdächtige?«, fragte Marie. »Der war also eigentlich ein Vergewaltiger, der aus Versehen seinen Freund getötet hat?«

Tess schüttelte den Kopf.

»Nein, du hast recht, das klingt tatsächlich unwahrscheinlich. Aber was verdammt noch mal ist dann passiert, und warum?«

Die Frage blieb in der Luft hängen.

Schweigend fuhren sie nach Malmö zurück. Tess wusste, dass Marie rechtzeitig zu Hause sein wollte, weil sie noch zu ihrem Date mit diesem Janne wollte.

»Ach, übrigens: Du magst doch wohl keine Country-Musik, oder?«, fragte Tess nach einer Weile.

Marie sah sie erstaunt an.

»Nein, natürlich nicht, das weißt du doch. Aber sie hat mich an meine Schwester erinnert, deshalb wollte ich nett sein. Ich mag Leute wie sie.«

»Wie meinst du das?«

»Diese ganzen Sprüche, ihre Haarfarbe, die Tattoos. Irgendwie authentisch. Sie steht zu dem, was sie denkt. Und was für ein verdammtes Pech, dass sie nicht begriffen hat, was da vor sich ging, sonst hätte sie eingegriffen, das weiß ich. Dann hätten wir heute nicht hier rausfahren müssen. Und Max würde wahrscheinlich an irgendeinem Flügel auf einer Konzertbühne in Wien oder so sitzen, wo Pianisten sich halt rumtreiben, und strahlen wie ein frisch gebadetes Kind.«

Obwohl es schon Abend wurde, lagen noch letzte Reste des warmen Frühlingslichts über Österlen.

»Ich mache noch einen Spaziergang«, rief Unni Holm ihrem Mann zu und trat aus ihrem Haus in Simrislund.

Sie ging zur Küstenstraße nach Brantevik hinunter und genoss die laue Frühlingsbrise. Dunkel und still lag das Meer da, nur leises Branden war vom steinigen Strand her zu hören. Nachdem sie und ihr Mann Rune sich vorzeitig hatten pensionieren lassen, wollten sie ein neues Leben anfangen. Keine langen Schreibtischtage mehr, sie wollten sich fit halten und viel draußen sein. Im Sommer standen sie jeden Morgen früh auf, nahmen ihren Kaffee mit zum Strand hinunter und schauten sich den Sonnenaufgang an. An klaren Tagen konnte man bis nach Bornholm sehen, doch jetzt am Abend blinkten lediglich die Lichter der Fischerboote auf dem Wasser.

Unni wollte ihren Kreislauf ein wenig in Schwung bringen und erhöhte das Tempo. Als sie ein Stück gelaufen war, hörte sie, wie sich von hinten ein Auto näherte, die Scheinwerfer beleuchteten die Straße.

Nach einer Weile drehte sie sich um. Wo war es geblieben? Noch immer hörte sie das Motorengeräusch und nahm schwaches Scheinwerferlicht wahr, aber warum hatte es sie nicht überholt?

Das Auto, das wie eine Art Kombi mit zusätzlich montierten Scheinwerfern aussah, stand etwa zehn Meter hinter ihr. Vielleicht hatte es technische Probleme und musste anhalten. Sie selbst war da keine große Hilfe, von Technik verstand sie nicht sehr viel.

Also setzte sie ihre Runde fort. Kurz darauf hörte sie das Auto wieder, es war noch näher gekommen. Sie warf einen Blick zurück, es fuhr jetzt direkt hinter ihr, so nah, dass sie beinahe die Hitze der Scheinwerfer an ihren Beinen spürte. Sie blieb stehen, ging dann ein paar Schritte auf den Wagen zu, der auch angehalten hatte, und schirmte die Augen mit der Hand ab, versuchte auf der Fahrerseite hineinzuschauen. Der grelle Schein einer Taschenlampe blendete sie, und sie wich zurück. Das Auto fuhr plötzlich an, schlingerte an ihr vorbei und verschwand. Unni blieb am Straßenrand stehen, immer noch geblendet von dem starken Licht. Schwarze Flecken flimmerten vor ihren Augen, als sie versuchte, dem Wagen hinterherzusehen.

»Was für ein Idiot«, sagte sie laut zu sich selbst.

Vielleicht war es doch eine blöde Idee gewesen, so spät abends noch alleine loszugehen, obwohl es bereits dunkel wurde. Sie tastete nach dem Handy in ihrer Tasche. Sollte sie ihren Mann anrufen und ihn bitten, sie abzuholen? Es schien ihr nicht nötig und kam ihr auch ein wenig lächerlich vor.

Sie schaute über die verlassene Strandwiese zum Meer hinunter. Bis zu den nächsten Häusern waren es noch mehrere Hundert Meter.

Das Auto war nirgends mehr zu sehen. Vielleicht war es nur irgendein Irrer gewesen, der versucht hatte, sie zu provozieren. Davon würde sie sich in ihrer Freiheit nicht einschränken lassen. Bis Brantevik waren es weniger als zwei Kilometer, und an einem normalen Abend ging sie problemlos die ganze Strecke hin und zurück.

Schnellen Schrittes ging sie weiter. Ein Auto kam ihr entgegen, es war schon von Weitem zu sehen. Als es sich näherte, sah sie, dass es wieder der schwarze Kombi mit den Zusatzscheinwerfern war. Unni blieb stehen, ganz am Rand der Straße. Die Scheinwerfer blinkten ihr zu, erst einmal, dann noch einmal.

Unni beugte sich vor, als könnte sie so besser sehen. Was sollte das? Was wollte dieser Mensch?

Im nächsten Augenblick fuhr er rasend schnell auf sie zu.

Jetzt ist es aus, dachte sie noch.

In letzter Sekunde wich das Auto zur Seite aus und zischte an ihr vorbei.

Was verdammt noch mal sollte das?, dachte Unni und legte eine Hand auf ihr wild klopfendes Herz.

Tess setzte sich aufs Sofa und legte die Füße hoch. Es war acht Uhr abends und bereits dunkel, obwohl die Uhren schon auf Sommerzeit umgestellt worden waren. Nach ihrem Treffen im *Malmö Live* hatten Mette und sie keinen Kontakt mehr gehabt. Sie hatte ein paarmal angefangen, ihr eine SMS zu schreiben, sie jedoch nie beendet. Sie wollte sie gerne wiedersehen, doch wenn sie jetzt die Initiative ergriff, versprach sie damit etwas, von dem sie nicht sicher war, ob sie es würde halten können. Zumindest noch nicht.

Sie nahm ihr Handy und betrachtete das Foto von Mette, das diese ihr ganz zu Anfang geschickt hatte. Wenn sie sich nicht bald bei ihr meldete, konnte es sein, dass sie sie verlor, das war ihr durchaus bewusst. Mette würde weiterfliegen und eine andere treffen. Niemand war unersetzlich, und auch wenn das Angebot auf ihrem Markt begrenzter war, war es doch deutlich größer als vor Erfindung der Dating-Apps.

Am liebsten hätte Tess sich einfach einen guten Film angeschaut und sich einen entspannten Sofaabend gegönnt. Sie überlegte, ob sie vorher ihre Schwester anrufen und ihr erzählen sollte, dass sie vielleicht schwanger war. Doch im Moment fühlte es sich absolut nicht so an. Wenn es aber doch geklappt hatte, würde sie bald jemanden brauchen, mit dem sie darüber reden konnte.

Tess konnte sich selbst nicht erklären, warum es ihr so schwerfiel, sich an den Gedanken zu gewöhnen.

Vielleicht, weil sie ganz tief in ihrem Innern doch lieber nicht schwanger werden wollte. Ein dicker Schwangerenbauch passte einfach nicht zu ihrem Selbstbild, dagegen konnte sie einfach nichts tun. Doch in ihrer Situation war ihre einzige Möglichkeit, das Kind selber auszutragen. Eine Adoption war für sie ausgeschlossen, in ihrem Alter bekam man in Schweden nur noch selten die Erlaubnis, ein Kind zu adoptieren. Im Ausland war es sogar noch schwieriger. Erst kürzlich hatte sie gelesen, dass es nur in sechzehn Prozent aller Länder auf der Welt überhaupt erlaubt war, als gleichgeschlechtliches Paar ein Kind zu adoptieren. Und sie war alleinstehend. Ein Sechser im Lotto war wahrscheinlicher, als in ihrer Situation die Erlaubnis zu bekommen, ein ausländisches Kind zu adoptieren.

Tess scrollte auf dem Handy durch die Filmkanäle. Plötzlich piepte es. Eine Nachricht von Marie. Sie öffnete sie und war sofort hellwach. Sie enthielt lediglich eine Null.

Sie wählte Maries Nummer, doch sie nahm den Anruf nicht an. Rasch überflog sie ihre Unterhaltungen der letzten Tage, fand aber keine Adresse von Janne, mit dem Marie an diesem Abend verabredet war.

Tess versuchte noch einmal, sie anzurufen, gab nach dem fünfzehnten Klingeln jedoch auf. Was sollte sie tun? Marie brauchte offensichtlich Hilfe. Sie hatte selbst gleich das Gefühl gehabt, dass dieser Janne nicht gut für Marie war, sie hätte versuchen müssen, sie von einem weiteren Date mit ihm abzuhalten.

Tess stand auf und ging zum Wohnzimmerfenster.

Noch am Morgen hatten sie darüber gesprochen, dass Marie ihr die Adresse nennen musste. Doch dann war so viel los gewesen, dass sie es schlicht und einfach vergessen hatten.

Tess überlegte. Hatte Marie gesagt, in welchem Stadtteil er wohnte? Denn sie waren doch bei ihm zu Hause verabredet? Doch wie sehr sie sich auch anstrengte, es wollte ihr nicht einfallen.

Marie ging wirklich viel zu große Risiken ein. Wie konnte sie sicher sein, dass sie nicht auf Männer traf, mit denen sie dienstlich schon einmal zu tun gehabt hatte, die sie auf Tinder wiedererkannten und nun Rache an ihr nehmen wollten?

Sie schloss die Wohnungstür auf und versuchte auf dem Weg in die Tiefgarage weiter, Marie zu erreichen.

Sie wusste nicht, wo sie nach ihr suchen sollte, aber es fühlte sich besser an, herumzufahren, als mit dem Handy in der Hand zu Hause zu sitzen und zu warten.

Als Erstes fuhr sie in die Spångatan am Triangeln, wo Marie und ihr Ex-Mann Tomas die Wohnung angemietet hatten, die sogenannte Zelle, in der sie abwechselnd wohnten. Tess war sich ziemlich sicher, dass sie sich nicht dort verabredet hatten. Marie verbrachte nicht mehr Abende in diesem Gefängnis als unbedingt notwendig.

Tess parkte auf der Straße und stieg aus, um nachzusehen, ob in Maries Fenster Licht brannte. Vielleicht hätte sie doch auf dem Revier vorbeifahren und ihre Dienstwaffe mitnehmen sollen.

Alle Fenster im dritten Stock waren dunkel. Also beschloss Tess nach einer Weile, zu Maries Haus in Kirseberg zu fahren. Vielleicht hatten sie sich ja dort verabredet. Es war jedenfalls das Einzige, was ihr jetzt noch einfiel.

Eine Viertelstunde später war Tess in Rostorp am Bejers Park in Kirseberg. Maries rotes Backsteinhaus lag ganz am Ende der Straße. Tess wusste, dass sie ein paar Nächte dort schlafen wollte, während Tomas mit den Kindern verreist war.

Sie schickte ein Stoßgebet zum Himmel, dass Licht brennen möge und drinnen alles in Ordnung war. Dass sich am Esstisch zwei Menschen gegenübersaßen und bei Kerzenlicht gepflegt miteinander plauderten. Obwohl sie wusste, dass Maries Dates normalerweise anders aussahen. Doch was sie vorfand, war ein dunkles Haus, an dem lediglich die Außenbeleuchtung flackerte.

Tess parkte ein und stieg aus dem Auto. Das hohe schmiedeeiserne Tor stand offen, und sie ging hinein, klopfte an der Haustür. Dann zog sie ihr Handy heraus, wählte Maries Nummer und ließ es endlos klingeln, ohne Erfolg. Schließlich ging sie ums Haus herum und auf die Terrasse, um in Schlaf- und Esszimmer hineinzuschauen. Nichts deutete darauf hin, dass jemand zu Hause war. Tess drehte sich um und blickte über Maries Garten. In einer Ecke war der Rasen immer noch kahl, dort hatte früher ein Trampolin gestanden.

Eine Weile lang stand sie ratlos vor Maries verlassenem dunklen Haus. Sie konnte hier nicht ewig Wache halten. Es blieb ihr nichts übrig, als wieder nach Hause zu fahren.

Tess war schon beinahe eingeschlafen, als ihr Handy klingelte.

»Zweiundzwanzig entgangene Anrufe – was ist denn los?« Marie klang aufrichtig erstaunt.

»Wo bist du?«

»Zu Hause. Ist irgendwas passiert?«

»Passiert? Schon vergessen, dass du mir eine Null geschickt hast?«

»Ach das. Einen Moment lang war mir etwas mulmig, aber dann hat sich die Situation wieder entspannt.«

»Entspannt?«

»Ich wollte nur, dass du anrufst, um einen Grund zu haben, gehen zu können.«

Tess setzte sich im Bett auf.

»Also ich glaube, wir sind uns nicht ganz einig, was diese Null bedeutet. Ich bin heute Abend eine Stunde lang vor deinem Haus auf und ab gelaufen.«

»Ups. Aber ich war doch gar nicht dort.«

»Nein, das habe ich auch gemerkt. *Eine Null bedeutet Alarm, ich brauche sofort Hilfe.* Ich habe mir wahnsinnige Sorgen gemacht, dachte, du wirst gerade zerstückelt oder so.«

Marie lachte, schien dann aber einzusehen, dass es nicht der richtige Zeitpunkt für Scherze war.

»Es tut mir leid.«

Schweigen.

»Es tut mir wirklich leid, das war echt dumm von mir. Ich hatte völlig vergessen, dass ich dir die Null geschickt hatte. Und als ich auf mein Handy geschaut habe, dachte ich, du wärst irgendwie durchgedreht.«

»Hast du getrunken?«

»Nicht mehr als sonst. Aber wir sind dann aus seiner Wohnung raus und in die Kneipe gegangen. Ich wollte ihm sagen, dass es nichts wird mit uns, und wollte dieses Gespräch lieber nicht bei ihm zu Hause führen. Als ich das hinter mich gebracht hatte, habe ich alles andere vergessen.«

Tess seufzte.

»Okay. Aber du weißt schon, wie das mit Peter und dem Wolf war?«

»Nein?«

»Nachdem Peter ein paarmal zu oft ›der Wolf kommt!‹ gerufen hatte, glaubte ihm niemand mehr. Und dann kam der Wolf tatsächlich.«

»Ach so, das. Ich habe kapiert, dass es nicht in Ordnung war, noch mal sorry.«

Nachdem sie aufgelegt hatten, legte Tess sich frustriert ein Kissen aufs Gesicht. Wenn das so weiterging, musste sie demnächst Tomas anrufen und ihn bitten, Marie wieder zurückzunehmen.

Samstag, 4. Mai

Im Cold-Case-Büro war es stickig, Tess öffnete das Fenster, streckte sich und merkte erst jetzt, wie verspannt sie war. Mehrere Stunden saß sie schon über den Akten, um Teile der Vernehmungen noch einmal durchzugehen und sich einen Überblick darüber zu verschaffen, wo sie inzwischen standen.

Sie schaute auf die Straße hinunter, wo die Bäume ausschlugen. Begann der Flieder schon zu blühen? Sie hatte das Gefühl, vor lauter Arbeit den ganzen Frühling verpasst zu haben. Noch dazu den wärmsten und schönsten seit vielen Jahren.

»Bingo«, rief Marie beim Hereinkommen. »Ich habe ein paar Telefonate geführt, und unser feiner Hipster Håkan aus Hammenhög scheint hitzköpfiger zu sein, als er sich bei uns den Anschein gegeben hat.«

Sie begann zu berichten.

»Vor einem Monat hat er eine Politesse am Bahnhof in Simrishamn tätlich angegriffen, die versucht hatte, ihm einen Strafzettel zu verpassen. Nichts Schlimmes, und es wurde auch nicht angezeigt, aber immerhin deutet es auf Temperament hin.«

»Interessant«, sagte Tess.

»Warte, das Nächste ist noch besser. Ich habe seinen Namen in einer Ermittlung wegen Cybersex gefunden. Jemand, wahrscheinlich er selbst, hat von seinem Computer aus in einem Sexforum mit jüngeren Mädchen gechattet. Doch wie so oft, wurden die Ermittlungen eingestellt.«

Marie sah sie triumphierend an.

»Netter Familienvater. Da hast du seine gespaltene Persönlichkeit, aus der du nicht schlau geworden bist, Tess. Wer weiß, was er in seiner Jugend alles angestellt hat?«

»Gute Arbeit. Wir fahren noch mal hin und stellen ihn zur Rede.«

Tess vermutete, dass Marie ein schlechtes Gewissen wegen der Sache mit dem Date hatte und sich deshalb besonders ins Zeug legte. Heute früh war sie jedenfalls noch vor acht am Schreibtisch gewesen.

»Ich habe auch auf Flashback nachgesehen«, fuhr Marie fort. »Da tummeln sich zwar nicht gerade die hellsten Lichter, wie wir wissen, aber in dem Thread zum Fall Max lässt immer wieder mal jemand einen Namen fallen. Joe zum Beispiel wird immer wieder genannt, Håkan, Frank und Erik ebenfalls. Über die Party bei Erik schreiben einige, es sei ziemlich chaotisch gewesen, aber keiner erwähnt, dass Joe sich dort geduscht hatte. Über Björn dagegen habe ich so gut wie gar nichts gefunden. Sven Bertilsson ist ein heißer Kandidat, und ein Serienmörder namens Lars-Inge aus Norrland wird ebenfalls von vielen verdächtigt. Auch zu Mischa Lindberg habe ich da mal recherchiert, sie hat ebenfalls einen eigenen Thread. Auch hier steht Lars-Inge aus Norrland ganz oben auf der Liste.«

Tess ging auch manchmal auf Flashback, wenn sie an einem Mordfall arbeitete, vor allem als eine Art Umfeldanalyse. Es war nichts, was sie an die große Glocke hängte, denn diese Art von Quellen waren alles andere als zuverlässig. Doch ab und zu hatte es sie auf neue Ideen gebracht.

Tess ging zum Whiteboard, das sie am Vormittag aktualisiert hatte.

»Erst mal zu den ehemaligen Mitschülern«, sagte sie und

unterstrich den Namen Håkan Westholm zweimal. »Zwei Informationen heute, die auf eine bisher unbekannte Seite an ihm hinweisen. Mit dem müssen wir noch mal reden. Joe Svensson. Erweckt stark den Anschein, er hätte etwas zu verbergen. Immer noch kein Alibi für die Mordnacht und die verschiedenen Partys, es wird behauptet, er habe darüber gelogen. Hauptverdächtiger der früheren Ermittlungen. Und bei uns ist auch nichts herausgekommen, was dem widersprechen würde, stimmt's?«

Marie schüttelte den Kopf.

»Nein. Es sei denn, Björn Almström. Der scheint jedenfalls ein echter Kauz zu sein. Ein Motiv hatte er, außerdem war er erwiesenermaßen aggressiv und tauchte in der Mordnacht im Pub auf. Ich habe auf dem Anrufbeantworter des Cousins eine Nachricht hinterlassen und hoffe, er meldet sich nachher noch.«

Tess nickte. Sie musste an das schlechte Timing in Sachen DNA-Analyse denken, die in dieser Situation den Ausschlag hätte geben können.

»Erik Dahlén und Frank Ögren. Behaupten, Joe habe gelogen, was die Partys in der Mordnacht angeht. Haben beide ein Alibi, vor allem gegenseitig. Und kein ersichtliches Motiv.«

Tess' Handy klingelte. Unterdrückte Rufnummer. Sie klickte das Gespräch weg.

»Anna Woytic«, sagte sie. »Wurde kurz am Telefon befragt. Aufgrund ihres Geschlechts und der Art der Stichverletzungen weniger interessant für uns als die anderen, außerdem ist sie Linkshänderin. Sie ist bereit für eine Rekonstruktion des Abends, die wir hoffentlich in ein paar Tagen im The Goat durchführen können.«

»Das Personal dort hat ebenfalls zugestimmt, ich habe gerade mit ihnen gesprochen«, sagte Marie.

Da hatte sie sich aber wirklich ins Zeug gelegt. Tess klopfte mit dem Stift auf das Foto neben dem von Anna.

»Und zu guter Letzt, zwei Outsider: Sven Bertilsson in Ystad, ein berüchtigter Krawallmacher, Dealer und Vergewaltiger. Tot, wahrscheinlich von einem Balkon gestoßen.«

»Schweine-Svenne ist aber doch eigentlich raus«, sagte Marie. »Zumindest wenn wir davon ausgehen, dass es sich um denselben Täter handelt wie bei Mischa Lindberg.«

Ganz unten stand der große Unbekannte.

»Er hat noch nicht wieder bei Lundberg angerufen und scheint auch nicht Carsten Morris' bevorzugter Kandidat zu sein, denn der geht davon aus, dass der Täter Max kannte.«

Tess setzte sich neben Marie, lehnte sich zurück und betrachtete die Tafel.

Brännström, dachte sie. Wir brauchen einen DNA-Treffer, um weiterzukommen.

»Oh«, sagte Marie und schaute auf ihr Handy. »Unsere undichte Stelle scheint wieder zu lecken.«

»Worum geht es diesmal?«, fragte Tess und beugte sich zu ihr herüber.

Marie las laut vor.

»*Die gemeinsame Spur: mysteriöser weißer Lehm.* Und unter der Überschrift Fotos von Max und Mischa. Johanna Svanberg von SVT Skåne und so weiter und so weiter. Ist das nicht diese anstrengende Frau, die vorher beim *Sydsvenskan* gearbeitet hat?«

Tess seufzte. Sie waren es gewohnt, dass Einzelheiten der Ermittlungen an die Öffentlichkeit durchsickerten. Aber diesmal hatten sie sich wirklich bemüht, den Kreis der Eingeweihten so klein wie möglich zu halten.

»Was nutzt es Makkonen, das weiterzugeben?«

Sowohl Tess als auch Marie waren überzeugt, dass Makkonen das Leck im Polizeigebäude war. In seinem Bekanntenkreis gab es mehrere Journalisten, unter anderem Palmqvist. Außerdem waren sie sich sicher, dass er es genoss, die Presse für seine Zwecke zu nutzen, um sich wichtig zu fühlen. Doch in diesem Fall kam es ihnen absurd vor, und Svanberg war nicht sein Typ Reporter. Tess überlegte, wer sonst noch davon gewusst haben könnte. Dass Sandra Edding als oberste Chefin der Abteilung dichthielt, davon durfte man ja wohl hoffentlich ausgehen.

»Vielleicht hat sie das auch aus Ystad«, sagte Tess und betrachtete die Anzahl Tage, die ihnen noch blieben.

Elf.

Sie stand auf. Carsten Morris fiel ihr ein. Nicht, weil er als undichte Stelle infrage kam, sondern weil sie seit mehreren Tagen nichts mehr von ihm gehört hatte und sich fragte, was er wohl die ganze Zeit in seinem Hotelzimmer machte.

»Weißt du vielleicht, wo Morris abgeblieben ist?«

Marie schüttelte den Kopf und schaute weiter auf ihr Display.

»Nein, was geht mich dieser Irre an?«

Nachdem Marie rausgegangen war, nahm Tess den Laptop auf den Schoß. Sie hatte versprochen, sich wieder bei Max' Eltern, Rolf und Gunnel, zu melden und sie auf dem Laufenden zu halten.

Als sie gerade die Nummer eingab, hörte sie ein Rascheln aus einer Zimmerecke. Hinter einem Aktenschränkchen bewegte sich ein Stück Stoff. Sie knipste die Schreibtischlampe an, richtete sie auf die Ecke und sah einen langen Schwanz verschwinden. Als sie den Aktenschrank beiseiteschob, entdeckte sie ein großes Loch neben der Bodenleiste.

Tess holte Panzertape und klebte das Loch gut zu. Wie viele Ratten gab es wohl hier im Haus? Entdeckte man eine, konnte man sicher sein, dass es hundert weitere gab.

Kurz darauf erreichte sie Gunnel Lund über Skype. Hinter

ihr sah man den Balkon, helles Sonnenlicht fiel in ihre spanische Wohnung. Max' Vater Rolf saß neben Gunnel auf dem gelben Sofa. Tess gab ihnen einen kurzen Lagebericht, erklärte, dass sie Ähnlichkeiten mit einem neuen Mordfall gefunden hätten und dass es aus verschiedenen Gründen etwas dauern konnte. Nachdem sie fünfzehn Jahre gewartet hatten, waren sie es nicht anders gewöhnt.

Sie erkannte Gunnel von Zeitungsfotos wieder, ihr Haar war jetzt grau meliert, und um den Hals trug sie ein lila Tuch. Auch Rolf war gealtert, ohne sich nennenswert verändert zu haben, er trug einen gepflegten grauen Bart und ein hellblaues Jackett.

Nachdem sie eine Weile geplaudert hatten, fiel Tess ein, dass sie gar nicht wusste, wo Max begraben war. Sie fragte die beiden.

Gunnel und Rolf sahen einander an.

Dann drehte Gunnel den Bildschirm so, dass Tess den offenen Wohnzimmerkamin sehen konnte.

»Er ist hier.«

Tess sah die Metallurne auf dem Kaminsims hinter ihnen.

»Oh«, sagte sie.

Es war nicht erlaubt, die Asche eines Menschen zu Hause aufzubewahren. Auch die Toten hatten Rechte, wie etwa dieses: unter die Erde zu kommen oder in einer Zeremonie verstreut zu werden, wenn man sich denn dafür entschieden hatte. Tess hatte jedoch nicht vor, weiter nachzufragen. Je weniger sie darüber wusste, desto besser.

»Wir wissen, dass es nicht erlaubt ist. Aber wir haben beschlossen, ihn bei uns zu behalten, bis wir Klarheit bekommen haben. Dann erst können wir loslassen und ihn freigeben.«

Tess nickte, das konnte sie gut verstehen.

Rolf legte seine Hand auf Gunnels.

»Wenn Sie den Fall tatsächlich lösen, könnte uns das wirklich Frieden schenken, mehr als wir uns das im Moment vorstellen können. Leider sind ja damals einige Fehler gemacht worden, die nicht wiedergutzumachen waren und die dazu geführt haben, dass wir uns nach so vielen Jahren immer noch in dieser Situation befinden.«

»Denken Sie dabei an etwas Bestimmtes?«, fragte Tess.

»Nun ja, es war ja schon sehr unglücklich, dass diese Notizen verschwunden sind, das hat die Ermittlungen wohl ganz wesentlich erschwert.«

»Welche Notizen?«

»Ein Kollege von Ihnen rief uns an und erklärte, dass unglücklicherweise ein Fehler passiert sei, der die Ermittlungen negativ beeinflussen könnte. Er wollte, dass wir vorbereitet wären, falls es an die Presse käme. Dieser Polizist hatte mit einem von Max' Mitschülern gesprochen und dann seine Notizen bei ihm liegenlassen. Jemand hatte angegeben, auf einer bestimmten Party gewesen zu sein, was wohl gelogen war. Das sollte weiterverfolgt werden. Doch das war dann natürlich nicht mehr möglich.«

Tess schwieg kurz und fragte dann:

»Ging es dabei um diesen Joe?«

»Wenn ich es richtig verstanden habe, ja.«

»Erinnern Sie sich noch an den Namen des Polizisten, der Sie angerufen hat?«

Rolf schien zu überlegen.

»Es ist verdammt lange her, aber ich bin mir ziemlich sicher, dass sein Nachname mit Lund begann, also wie unserer. Er könnte etwa in unserem Alter gewesen sein und war sehr betroffen, bat immer wieder um Entschuldigung.«

»Hieß er Lundberg?«

»Ja, gut möglich.«

Nachdem Tess Skype beendet hatte, blieb sie noch eine

Weile sitzen und starrte vor sich hin. Verlorene Aufzeichnungen mit kritischem Inhalt. War es das, was Lundberg so bedrückt hatte? Hatte er sich deshalb so dagegen gesträubt, die Ermittlungen zu Max Lund wieder aufzunehmen?

Sie packte ihre Sachen zusammen und ging hinaus. Als sie an die Rezeption trat, entdeckte sie einen sportlichen Typen in Adidas-Trainingshose und dicker schwarzer Jacke. Obwohl er völlig anders gekleidet war als bei ihrer letzten Begegnung in der Gastwirtschaft in Östarp, erkannte sie ihn sofort.

Mit großen Schritten kam der Bandenchef auf sie zu und streckte die Hand aus.

»Hallo. Endlich ein bekanntes Gesicht.«

»Zu wem wollen Sie?«, fragte Tess.

»Zum Boss. Dem höchsten. Es ist was im Gange. Es wird Sie freuen, es verändert sich was. Hassan und ich haben uns heute getroffen und beschlossen, die Dinge ruhen zu lassen.«

»Ruhen zu lassen?«

Karim fuhr mit der Hand durch die Luft.

»Alles. Die ganzen Familien. Die Fehden. Jetzt.«

»Wieso?«

»Hassans Sohn ist tot. Mein Bruder wäre vor ein paar Wochen beinahe erschossen worden. Es reicht.«

»Und all die anderen, hören die auch auf?«

»Wenn wir aufhören, hören alle auf, so funktioniert das. Die hören auf uns.«

Tess bezweifelte, dass es so einfach war. Doch dass die beiden größten Anführer und ihre Familien beschlossen hatten, Frieden zu schließen, war natürlich dennoch ein großer Fortschritt.

»Allerdings brauchen wir die Hilfe der Polizei. Sie müssen vermitteln und dafür sorgen, dass nicht hinter unserem Rücken irgendeine Scheiße passiert. Deshalb muss ich euren Chef treffen.«

»Wunderbar – sie kommt sowieso gerade.«

Tess deutete zum Eingang hinüber. Sandra Edding betrat den Eingangsbereich in der gleichen Trainingshose wie Karim, offenbar völlig unvorbereitet für ein Gespräch mit dem Bandenchef.

Tess verließ das Gebäude, erleichtert, dass das alles nicht ihre Angelegenheit war.

Montag, 6. Mai

Die Ehefrau

»Das kann ich nicht machen, das ist gegen das Gesetz.«

»Aber prinzipiell wäre es möglich, das herauszufinden?«

Sie hatte sich endlich dazu durchgerungen, ihre Schulfreundin anzurufen, die beim Sozialamt in Malmö arbeitete.

»Ja, natürlich. Der Vorgang liegt wahrscheinlich im Archiv der Stadtverwaltung.«

Einen Funken Hoffnung gab es also. Alle Akten waren noch vorhanden, wenn es auch schwierig sein mochte, sie einzusehen.

Sie sah die Fotos auf dem Laptop vor sich, sein strahlendes Gesicht auf der Picknickdecke neben der Frau, die damals wohl eine Zeitlang seine Pflegemutter gewesen war. Sie konnte Caroline nicht zwingen, wollte nicht zu aufdringlich sein.

Immerhin war es ihr gelungen, Caroline weiszumachen, dass es eigentlich ihr Mann war, der nachvollziehen wollte, in welchen Pflegefamilien er gewesen war. Dass sie ihm nur dabei helfen wollte. Es fühlte sich nicht gut an, eine Freundin zu belügen, doch im Moment hatte sie keine andere Wahl.

»Ich rufe dich gleich noch mal zurück, ich muss nur kurz noch was erledigen«, sagte Caroline.

Nachdem sie aufgelegt hatten, erhob sie sich, musste sich aber sofort wieder setzen, weil ihr schwindlig wurde. Noch immer schlief sie bei ihrer Tochter, dennoch war sie davon geweckt worden, dass ihr Mann am Morgen ungewöhnlich früh zur Arbeit aufgebrochen war. Ob er überhaupt geschlafen hatte? Jedenfalls war er auch in dieser Nacht wieder laufen gegangen.

Die Mail seines Bruders, die sie gelesen hatte, ging ihr einfach nicht aus dem Kopf. Was, wenn er sich tatsächlich alles nur einbildete, was in seiner Kindheit schiefgelaufen war, wenn er in Wirklichkeit auf dem besten Weg war, so krank zu werden, wie seine Mutter es ihm zufolge gewesen war? Sie erinnerte sich, wie er ihr von den vielen peinlichen Situationen in seiner Kindheit berichtet hatte.

Einmal hatte seine Mutter angeblich die Medikamenteneinnahme vernachlässigt und stattdessen versucht, sich mit Alkohol zu kurieren. In einer Bar in Malmö hatte sie ihren Mantel ausgezogen und war darunter völlig nackt gewesen. Der Barbesitzer hatte versucht, sie vor den Augen der anderen zu schützen, aber sie hatte sich weiterhin geweigert zu gehen, sodass er am Ende die Polizei rufen musste.

Der Moment, in dem er der Polizei die Wohnungstür öffnete und seine Mutter halb nackt im Treppenhaus stand, sei einer der schlimmsten gewesen, die er je erlebt hatte. Vielleicht hatte er ihr gerade deshalb so ausführlich davon erzählt.

Denn er konnte das alles ja wohl nicht nur erfunden haben?

Ihr Handy summte, es war noch einmal Caroline.

»Es wäre deutlich einfacher, wenn er selbst die Anfrage beim Archiv stellen würde.«

Sie seufzte.

»Du weißt, wie er ist. Er hat einfach nicht den Mumm dazu, so sehr er es auch eigentlich wissen möchte. Deshalb will ich es an seiner Stelle versuchen.«

Caroline wusste, dass ihr Mann dazu neigte, sich in den Abgründen seiner Kindheit zu verlieren.

»Könnte man denn herausfinden, welche Kontaktfamilien oder welche möglichen Pflegefamilien es damals in den einzelnen Kommunen gegeben hat, und darüber an die Namen kommen?«, fragte sie.

»Nein«, sagte Caroline. »Ich riskiere meinen Job, wenn ich das checken würde. Vor wie vielen Jahren war das überhaupt?«

»Nein, das will ich natürlich auf keinen Fall. Ich dachte nur, es gäbe vielleicht eine Möglichkeit. Es muss jetzt gut dreißig Jahre her sein. Er weiß es nicht genau, weil es ein ziemliches Hin und Her war.«

Caroline versprach zu überlegen, ob es irgendeine andere Möglichkeit gab.

»Aber mach dir keine allzu große Hoffnung«, sagte sie und legte auf.

Ein Schatten huschte an der Wand entlang. Sie erstarrte, als sie seine Stimme hörte.

»Was machst du da?«

»Oh Gott, habe ich mich erschrocken!«

Sie lachte, dann drehte sie sich zu ihm um. Wie lange er wohl dagestanden und sie belauscht hatte?

»Was machst du so früh schon wieder zu Hause?«

Sie wusste genau, dass sie ertappt und übertrieben fröhlich auf ihn wirken musste.

»Wir sind früher fertig geworden …«

Er heftete den Blick auf den Bildschirm vor ihr, als überlegte er, ob sie den Laptop wohl benutzt hätte. Sie stand auf und ging zu ihm. Schlang die Arme um seinen Hals.

»Wie geht es dir? Ich wollte gerade duschen gehen, habe heute alle Schränke ausgewischt.«

Als er sich von ihr losmachte, sah sie erneut die Erschöpfung in seinem Blick. Er ging zum Laptop und nahm ihn an sich.

Einen Moment lang standen sie einfach nur da und

schauten sich in die Augen. Dann wandte sie sich ab, und er ging in den Flur.

»Ich wollte noch mal kurz in die Hütte fahren, es wird wahrscheinlich spät«, sagte er.

»Okay. Melde dich einfach noch mal.«

Sie ging nach oben, um zu duschen, und hörte, wie unten die Haustür zufiel. Vom Fenster aus sah sie seinen Rücken und wie er in Gummistiefeln über ihr Grundstück zum Auto ging. Nach ein paar Metern blieb er stehen, drehte sich um und schaute zu ihr hoch.

Zum ersten Mal wagte sie, es sich einzugestehen. Dieser Blick war nicht der, in den sie sich einmal verliebt hatte.

Am Abend saß sie auf der Verandatreppe und starrte vor sich hin. Osterglocken und Pfingstrosen blühten, und der Ginster erleuchtete mit seinen fast neongelben Blüten den Garten. Doch sie registrierte es kaum. Sie fühlte sich kraftlos, war wie in einem lähmenden Nebel gefangen.

Es gab nur einen Ausweg: Sie musste aufstehen, ihm sagen, dass es vorbei war, und gehen. Andere hatten es vor ihr getan.

Auch sie würde es schaffen.

Aus dem Nachbargarten drangen fröhliche Stimmen herüber, anscheinend aßen sie draußen zu Abend. Es kam ihr vor, als befänden sie sich auf verschiedenen Kontinenten. Die Nachbarn in der normalen, glücklichen, warmen Welt. Sie selbst in ihrem geschlossenen, heimlichen Inferno, in dem jede erdenkliche Jahreszeit herrschen konnte.

Eine Hummel flog vom Lavendelbusch neben ihr auf. Die Frühlingswärme war mit voller Kraft hereingebrochen, und obwohl es Abend war, saß sie im T-Shirt draußen.

Als die Haustür zuschlug, zuckte sie zusammen, stand aber nicht auf, sondern blieb mit dem Rücken zum Haus sitzen.

Die Planken des Verandadecks knarrten unter seinen Füßen, dann setzte er sich neben sie auf die Treppe. Er legte den Arm um ihre Schultern, und sie spürte, wie der Widerstand, den sie gegen ihn aufgebaut hatte, in sich zusammenfiel. Sie lehnte sich an ihn und versuchte krampfhaft, die Tränen zurückzuhalten.

»Vielleicht sollten wir doch überlegen, wieder in die Stadt zu ziehen«, sagte er.

Überrascht blickte sie zu ihm auf.

»Keinem von uns geht es hier besonders gut, vielleicht wird es Zeit einzusehen, dass es nicht das ist, was wir wollten.«

Sie nickte und flüsterte fast unhörbar: »Ja«.

»Wir könnten dadurch jede Menge Geld sparen und uns im Winter vielleicht sogar mal eine größere Reise leisten.«

Sie spürte, wie der Gedanke allein sie beklommen machte, sie bekam kaum noch Luft. Plötzlich konnte sie nicht länger an sich halten.

Er nahm den Arm weg, drehte sich zu ihr und betrachtete verwundert ihre nassen Wangen.

»Warum weinst du? Ich dachte, du würdest dich freuen.«

Sie wischte sich die Tränen ab, und er stand seufzend auf.

Seine Schritte auf der Veranda verrieten, wie sehr ihre Reaktion ihn enttäuschte.

Eine ungewöhnliche Stille lag über der Abteilung Gewalt-verbrechen. Und das nicht nur, weil es dem Schädlingsbe-kämpfer endlich gelungen war, die Ratten zu vertreiben.

Im Morgenmeeting hatte Sandra Edding erklärt, dass sie und Karim sich auf eine Art Waffenstillstand zwischen den Familien verständigt hätten. Keine weiteren Schießereien, und in den Problemvierteln würde die Ordnung wiederher-gestellt werden. Außerdem hätten sich einige der Banden-mitglieder für das Aussteigerprogramm der Polizei gemeldet. Die Grundproblematik blieb zwar bestehen, dennoch konnte eine längere Waffenruhe zumindest dazu beitragen, der Polizei eine Atempause zu verschaffen und die unerwar-teten Einsätze zu vermeiden, die es aufgrund der Bandenak-tivitäten in letzter Zeit immer wieder gegeben hatte.

Westford und Edding wollten im Laufe des Tages eine Pressekonferenz einberufen und dafür sorgen, dass sich die gute Nachricht möglichst rasch verbreitete.

»Du wirst deinen Kaffeebecher wohl weiterreichen müssen, es scheint, als hätten wir eine neue Frau Super-Cop im Haus«, sagte Marie und stieß Tess in die Seite, als sie gemeinsam den Besprechungsraum verließen.

»Ja, man ist immer nur so berühmt wie sein letzter Fall«, sagte Tess und ging ins Cold-Case-Büro hinüber.

Sie betrachtete das Whiteboard. Noch neun Tage. Die Zahl lachte ihr geradezu ins Gesicht. Sie setzte sich an den

Schreibtisch, um auf Lundberg zu warten. Auf dieses Gespräch freute sie sich nun wirklich nicht. Es würde um seinen Versuch gehen, den nachlässigen Umgang mit den Zeugenaussagen zu vertuschen, von dem sie durch Max' Eltern erfahren hatte. Sie war überrascht und enttäuscht von ihrem so geschätzten ehemaligen Mitarbeiter. Ein so wichtiges Vorkommnis während der Ermittlungen verschwiegen zu haben, passte so gar nicht zu ihm.

Sie und Lundberg hatten in all den Jahren, in denen sie zusammengearbeitet hatten, niemals Gespräche dieser Art führen müssen. Doch als sie ihn am Morgen angerufen hatte, schien er gleich zu wissen, worum es ging.

Es klopfte diskret an der Tür. Lundberg wich ihrem Blick aus, als er hereinkam und sich an den Konferenztisch setzte.

»Warum hast du nichts davon erzählt?« Am besten kam sie gleich zur Sache.

»Ich konnte nicht. So ein peinliches Versagen. Nie wieder in meiner Karriere ist mir so ein Fehler unterlaufen. Ich muss einen völligen Blackout gehabt haben.«

Er nahm seine Brille ab, richtete den Blick auf die Tischplatte.

»Dann stimmt es also, dass Erik Dahlén dich vor vielen Jahren angerufen und dir erzählt hat, dass Joe völlig verdreckt bei der Party aufgetaucht ist und sich erst mal geduscht hat? Und dass es dann aufgrund der liegengelassenen Unterlagen unmöglich geworden war, Joe mit diesem Wissen unter Druck zu setzen?«

Lundberg nickte und schaute drein wie ein begossener Pudel.

»Bei wem hast du die Unterlagen denn liegengelassen?«

»In der Wohngemeinschaft, nachdem ich Håkan vernommen hatte. Joe war nicht da, ihn wollte ich am nächsten Tag dazu befragen.«

»Weißt du, ob Håkan ihm gesagt hat, was drinstand?«

»Nein, aber ich vermute es. Ansonsten könnte Joe sie auch am Abend gefunden haben. Erst am darauffolgenden Morgen merkte ich, dass mein Block verschwunden war, und da musste ich Håkan anrufen und fragen, ob er ihn gefunden hätte. Ein sehr unangenehmes Gespräch.«

»Was hat er gesagt?«

»Dass er ihn hätte. Er hat ihn noch am selben Tag vorbeigebracht. Es ist wirklich das Schlimmste, was mir in meiner Laufbahn passiert ist. Als wir später Joe befragten und ich ihn mit dem Gerücht konfrontierte, er wäre schmutzig auf einer Party in Ystad aufgetaucht und habe sich dort als Erstes geduscht, merkte ich sofort, dass er vorbereitet war.«

»Woran?«

»Er wunderte sich überhaupt nicht über die Behauptung und erklärte sehr überzeugend, dass sie falsch sei und dass jemand ihn im Auto nach Malmö mitgenommen habe, der könne seine Aussage bestätigen.«

Tess schaute aus dem Fenster. Blütenstaub lag in der Luft. Die unterschwellige Übelkeit, die sie in den letzten Tagen immer wieder verspürt hatte, meldete sich zurück. Sie trank einen Schluck Wasser, doch davon wurde es eher schlimmer als besser.

Sie verstand Lundbergs Ängste nur zu gut. Er hatte wirklich einen fatalen Fehler begangen. Theoretisch konnte genau das die Ursache dafür sein, dass der Fall Max Lund noch nicht aufgeklärt war. Was hatten sie damals wohl noch aus seinen Aufzeichnungen herausgelesen? Es war der Albtraum eines jeden Ermittlers, dass der Befragte über die eigenen Gedanken, Hinweise und Fragen informiert war.

»Ich habe in den Protokollen der Voruntersuchung nach dem Hinweis gesucht, aber nur ein paar Zeilen dazu gefunden«, sagte sie. »Ein Zeuge, der anonym bleiben wollte, behauptete, Joe auf einer Party in Ystad gesehen zu haben. Und zu der ergänzenden Vernehmung fand sich die Notiz: Verweigert die Aussage. Ich habe nichts darüber gefunden, wer den Hinweis entgegengenommen hat. Warum stand da nichts von einem Fehler, von den vergessenen Aufzeichnungen?«

»Wahrscheinlich wollten die damaligen Chefs mich schützen. Ich habe niemanden darum gebeten, im Gegenteil. Ich sagte, ich wäre bereit, sofort den Dienst zu quittieren, aber sie wollten mich behalten.«

»Und dann hast du dich entschieden, dich aus dem Fall zurückzuziehen?«

Lundberg nickte.

»Es gibt Lücken in Joes Aussagen, die möglicherweise entscheidend sind.«

»Ich weiß. Aber wir, also ich, haben es vermasselt. Der Hinweis wurde unbrauchbar.« Er starrte wieder auf die Tischplatte. »Es tut mir wirklich unglaublich leid.«

Tess stand ohne ein Wort auf und zog ihre Lederjacke an. In ein paar Stunden würden sie und Marie sich mit Håkan in Hammenhög treffen, um ihn zu den neuen Erkenntnissen zu befragen.

Mehrmals hatte sie versucht, Carsten Morris zu erreichen, ohne Erfolg. Das war nicht ungewöhnlich. Als sie das letzte Mal zusammengearbeitet hatten, war er ebenfalls plötzlich abgetaucht, und sie hatte erst von seiner Exfrau erfahren, dass er sich in eine Entzugsklinik begeben hatte. Carsten Morris kämpfte seit Jahren mit einer schweren Tablettensucht.

Tess vermutete, dass er wieder nach Kopenhagen gefahren war, hoffte jedoch, dass er sein Versprechen halten und ein Täterprofil für sie erstellen würde. Als sie gerade gehen wollte, fuhr erneut ein Schmerz durch ihren Bauch. Sie krümmte sich und stützte sich am Schreibtisch ab.

»Was ist?«, fragte Lundberg besorgt.

»Nichts, keine Sorge. Nur der Stress.«

»Ja, das kann ich verstehen«, sagte er und nickte zur Tafel mit der Ziffer Neun hinüber.

»Entschuldige, aber ich ...«

Tess lief hinaus und direkt zur Toilette.

Als sie wieder herauskam, wusste sie, woher die Schmerzen gekommen waren und dass sie nicht schwanger war oder nicht mehr.

Zurück im Cold-Case-Büro blickte Tess sich suchend um. Lundberg war gegangen, und sie hatte selbst das dringende Bedürfnis nach einem Tapetenwechsel, sie musste raus und an die frische Luft.

Rasch packte sie ihre Sachen zusammen und fuhr in die Tiefgarage hinunter.

Im Auto überlegte sie, was sie ihr in der Klinik gesagt hatten. Bei einer Frau in ihrem Alter waren üblicherweise zehn Versuche nötig, bis es klappte. Dann war es also völlig normal. Dennoch war sie furchtbar enttäuscht. Aber so musste sie nicht mehr überlegen, ob sie das alles wirklich wollte oder nicht. Es war vorbei. Und sie selbst war zurück auf Los. Das Merkwürdigste war, dass es ja nie etwas gegeben hatte, sie war gar nicht schwanger gewesen. Dennoch wurde sie von einer Trauer überwältigt, als wäre etwas in ihr gestorben. Sie hatte schließlich fast schon angefangen, das Kind vor sich zu sehen.

Wo war die Erleichterung, von der sie gedacht hatte, dass sie sie empfinden würde? Tränen stiegen ihr in die Augen, sie wunderte sich selbst über ihre Reaktion.

Hatte sie sich selbst belogen, wollte sie es doch mehr, als sie es sich eingestanden hatte?

Tess machte sich auf den Weg in Richtung Södra Sallerup,

einen kleinen Ort östlich von Malmö. Dort hatte ihre Großtante Thea gewohnt, die ihr als Kind sehr nahegestanden hatte. Vor dem ehemaligen Schulhaus, in dem ihre Tante gewohnt hatte, hielt sie an, setzte sich die Sonnenbrille auf und stieg aus.

Das Haus war von hohen Bäumen umgeben und sah unbewohnt aus, zumindest stand kein Auto in der Einfahrt. Es roch stark nach dem dichten Flieder, der schon bald verblüht sein würde. Tess hatte als Kind und Jugendliche viel Zeit in diesem Haus verbracht. Jetzt hatte die Schwester ihrer Mutter es übernommen, und der Garten war ziemlich verwildert.

Tess hatte sich immer vorgestellt, dass sie und Angela einmal hier leben würden, am liebsten mit einem Kind. Doch dieser Traum schien nun endgültig in weite Ferne gerückt. Nicht zuletzt, weil ihre Tante das Haus möglicherweise verkaufen wollte. Tess hatte weder das Geld, sich das zweihundert Quadratmeter große Backsteinhaus zu kaufen, noch für dessen Instandhaltung aufkommen zu können.

Sie ging zum Eisentor und schaute in den Garten mit dem überwucherten Kräuterbeet. Die blaue Bank, auf der sie und ihre Großtante immer gesessen hatten, stand noch da. Wenn sie doch nur noch einmal eine halbe Stunde mit ihr dort hätte sitzen können.

Sie wusste genau, wie das Tor quietschte, wenn man es öffnete. Und sie erinnerte sich, wie es sich angefühlt hatte, wenn sie nach einem Besuch wieder gegangen war und es hinter sich geschlossen hatte. Thea hatte ihr verboten, »tschüs« zu sagen, sie sagten sich immer nur »bis bald«.

Tess wollte nicht hineingehen. Es hatte sich ja doch alles verändert.

Stattdessen ging sie zu der weiß gekalkten Kirche mit dem kleinen Friedhof. Tess war nicht gläubig und besuchte nur selten einen Gottesdienst, aber auf Friedhöfen hielt sie sich gerne auf. Bei einer Runde zwischen den Gräbern bekam man einen guten Überblick, wie sich die Bevölkerung in der Umgebung zusammensetzte.

Tess musste an Max denken, und dass die Eltern seine Asche noch immer in einer Urne bei sich zu Hause aufbewahrten. Was hätte sie selbst wohl in dieser Situation getan? Vielleicht hatte das, was sie gerade empfand, ja ein wenig Ähnlichkeit damit. Die Trauer um ein Kind, das nie geboren worden war. Sie war einfach nicht auf dieses Gefühl vorbereitet gewesen.

Tess öffnete die Pforte zum Friedhof und ging hinein. Sie betrachtete den flachen blanken Stein direkt an der Hecke. Eigentlich hatte Großtante Thea in einem Friedwald begraben werden wollen. Sie wollte niemals jemandem zur Last fallen. Doch nun lag sie, wo sie lag, neben ihrem schon vor langer Zeit verstorbenen Mann Lave.

Tess ging in die Hocke, zupfte ein paar Grashalme aus und streichelte den Stein. Als sie ihr Coming Out gehabt hatte, war sie für eine Weile zu ihrer Großtante gezogen. Die ständigen Fragen ihrer Mutter und ihre Sorgen waren ihr einfach zu viel gewesen. Großtante Thea war immer für sie da gewesen, mit ihrer Ruhe und mit ihren klugen Ratschlägen.

Und so vernahm sie auch jetzt plötzlich ihre Stimme.

»Geh weiter. Lass die alten Träume ziehen. Schaff dir neue.«

Sie wusste, dass Großtante Thea es richtig gefunden hätte, dass sie nach Kopenhagen gefahren war, um sich ihren Kinderwunsch zu erfüllen. Sie wünschte, Thea wäre jetzt hier, und sie könnte mit ihr darüber sprechen.

»Die Frauen in unserer Familie waren schon immer stark und sind allein zurechtgekommen«, hatte Tante Thea immer gesagt.

Klar wäre Tess dazu in der Lage, sich alleine um ein Kind zu kümmern. Dass es schwierig werden würde, wusste sie. Viel mehr Angst hatte ihr gemacht, dass es niemanden gab, mit dem sie all das hätte teilen können. Denn das war es ja, was sie wollte: das Schöne wie auch die Mühen, die ein Kind mit sich brachte, mit jemandem, den sie liebte, zu teilen. Aber was für eine Rolle spielte das jetzt noch?

Wieder war da Tante Theas Stimme.

»Das Leben verläuft nicht immer so, wie man es sich vorstellt. Es gibt Dinge, die wir nicht beeinflussen können.«

Das Handy in ihrer Tasche vibrierte, und Tess zog es heraus.

»Hallo, störe ich gerade?«

Tess richtete sich sofort auf, als sie Brännströms Stimme erkannte, ging zu einer der Bänke hinüber und setzte sich.

»Nein, gar nicht. Ich stehe nur am Grab meiner Großtante und plaudere ein wenig mit ihr. Aber wir waren gerade fertig.«

Brännström räusperte sich.

»Wir haben eine Übereinstimmung bei den DNA-Proben, und zwar zu hundert Prozent.«

»Was?!«, rief Tess und sprang auf, spürte, wie es in ihrer Brust flatterte. »Hundert?«

»Hundert. Mehr können es bekanntlich nicht sein. Der Speicheltropfen auf Max Lunds geringeltem Pullover hat einen Namen bekommen. Joe Svensson.«

Endlich ein Fortschritt, dachte Tess erleichtert.

»Wie haben Sie das so schnell hinbekommen?«

»Ihre neue Chefin, Sandra Edding, hat den Polizeidirektor überredet, bei dem Pullover eine Ausnahme zu machen.«

Tess sah Sandra Edding vor sich. Sie hatte ihr Versprechen, ein gutes Wort für sie einzulegen, also gehalten.

»Mit der Analyse des anderen Fleckens auf dem Pullover,

dem Blut, dauert es noch. Wenn wir Glück haben, kann ich Ihnen nächste Woche Bescheid geben.«

»Ja, sehr gut«, sagte Tess und ging zurück zu ihrem Auto. Sie bedankte sich bei Brännström und stieg ein.

Auf der Rückfahrt sah sie Joe Svenssons Gesicht vor sich.

Es sieht schlecht aus für dich, dachte sie. Eine Lüge beim Alibi und jetzt deine DNA auf dem Pullover. Mehr brauchen wir nicht, um dich vorzuladen.

Hammenhög lag inmitten eines gelb wogenden Rapsmeers an der Landstraße Väg 9 zwischen Ystad und Simrishamn. Mit knapp tausend Einwohnern war es ein kleiner, aber sehr aktiver Ort mit einer Gastwirtschaft, einer Rockszene, einer Algenzuchtfabrik und einer erfolgreichen Frauenfußballmannschaft. Viele jüngere Paare aus der Großstadt hatten sich hier eine Art schickes Hippie-Paradies eingerichtet. Zu ihnen zählten zweifelsohne auch Håkan Westholm und seine Frau. Damit seine Kinder nichts mitbekamen, was sie verstören konnte, hatte Håkan vorgeschlagen, sich nach der letzten Stunde in seiner Schule zu treffen.

Tess und Marie waren etwas zu früh dran und beschlossen, erst einmal in die Innenstadt zu fahren, um sich einen Kaffee zu besorgen. Tess zeigte auf die weiß gekalkte Kirche. Vor einigen Jahren hatte der schlimmste Pyromane Schwedens versucht, sie abzubrennen, jedoch ohne Erfolg.

»Hass und Rache sind starke Kräfte«, sagte Marie. »Kaum zu glauben, dass er nicht für mehr Brände verurteilt wurde.«

Sie parkten neben dem ICA Supermarkt und stiegen aus. Tess' Handy klingelte, und da es Kerstin Jacobsson von der Polizei Ystad war, ging sie sofort ran. Die Ermittlungen zum Mord an Mischa Lindberg stockten. Wenn man bedachte, wie wichtig gerade die ersten Tage und Wochen in einer Mordermittlung waren, konnte sie sich gut vorstellen, dass die Kollegen nervös wurden.

»Wir haben zumindest schon mal ein Bild von einer Überwachungskamera in einer Falafel-Bar in der Östergatan, wo Mischa mit dem Mann zu sehen ist, mit dem sie sich ein paar Wochen vor dem Mord getroffen hat.«

»Kann man darauf etwas erkennen?«

»Es könnte besser sein, das Bild ist ziemlich unscharf, und man sieht den Mann nur von hinten. Er trägt eine braune Lederjacke. Trotzdem wäre es vielleicht nicht schlecht, wenn ihr es euch einmal anseht.«

Sie versprach, ihnen das Foto sofort zu mailen. Tess hörte die eintreffende Nachricht und setzte sich noch mal ins Auto, um es nicht im grellen Sonnenlicht ansehen zu müssen.

Kerstin Jacobsson hatte nicht übertrieben, das Foto war wirklich nicht sehr gut. Von Weitem aufgenommen und noch dazu von hinten. Außerdem trug der Mann eine Kappe, sodass Haarfarbe oder Frisur ebenfalls nicht zu erkennen waren.

Tess kniff die Augen zusammen, versuchte auszumachen, ob vielleicht unter der Kappe ein dunkler Zopf herausguckte. Wenn man sie gezwungen hätte zu raten, um welchen der bisher Verdächtigen es sich handelte, hätte sie am ehesten auf Joe getippt. Vielleicht war das aber auch nur Wunschdenken.

Tess zeigte Marie das Bild.

»Scheiße, ist das schlecht. Das könnte ja genauso gut ich sein.«

»Oder Joe Svensson?«, schlug Tess vor.

Marie zoomte in das Foto hinein und wieder heraus.

»Von der Körperhaltung her ist es jedenfalls eher Joe als Håkan. Aber wie gesagt, es könnten auch ich oder du oder meine Cousine aus Arboga sein.«

Tess steckte ihr Handy wieder ein und wandte ihr Gesicht der wärmenden Frühlingssonne zu.

Ein älterer Mann trat aus einem Geschäft und blieb stehen, als er sie sah. Auf dem Kopf trug er eine Kappe mit dem Logo der Skånemejerierna, einer schwedischen Firma für Milchprodukte. Ein starker Stallgeruch umgab ihn.

»Suchen Sie ein Haus?«

Noch ehe Tess antworten konnte, fuhr er fort.

»Euch Stockholm-Tussis erkennt man doch schon von Weitem, spätestens, wenn ihr den Mund aufmacht.«

Er vergrub die Hände in den Hosentaschen.

Tess und Marie sahen sich an.

»Ja, ja, völlig kaputtrenovierte Häuser. Zehn Jahre, länger haltet ihr es nicht durch, dann zieht ihr wieder nach Norden. Also überlegt es euch gut, bevor ihr hier euer Geld in den Sand setzt.«

»Was denken Sie, worauf man achten muss?«, fragte Marie.

Der Mann musterte sie, schien überrascht, dass sie doch keinen Stockholmer Akzent hatte.

»Hm«, knurrte er. »Die Leute sehen immer nur die idyllischen Kuhwiesen, das Meer und die Schwalben hier unten. Aber in Wirklichkeit sind da Branntwein, Armut und geschlossene Fabriken, und jetzt haben sie auch noch die Busverbindungen eingeschränkt. Und dann die Winter, Jesses Maria. Wie auch immer, viel Glück.«

Er wedelte mit der Zeitung und ging seiner Wege.

Während der Stallgeruch sich verflüchtigte, traf eine SMS bei Tess ein. Håkan schrieb, dass sein Unterricht beendet sei. Sie ließen das Auto stehen und gingen zu Fuß zur Freien Schule von Hammenhög.

Håkan Westholm kam ihnen auf der Treppe des roten Backsteingebäudes entgegen. Obwohl ihre letzte Begegnung eher frostig geendet hatte, nachdem er den Gentest verweigerte, gab er ihnen höflich die Hand und führte sie in einen leeren Klassenraum, wo sie sich ungestört unterhalten konnten. An den Wänden hingen bunte Batiktücher und Bilder.

»Morgen haben die Schülerinnen und Schüler ihre jährliche Kunstausstellung«, erklärte er und setzte sich auf einen Stuhl.

»Hübsch«, sagte Marie und sah sich um.

»Ja, wir sind stolz auf unsere Schule. Inzwischen gibt es ja kaum noch Dorfschulen, die ländlichen Regionen leiden unter Bevölkerungsschwund, und eine nach der anderen muss schließen.«

Håkan erzählte, er und seine Familie seien vor ein paar Jahren von Malmö hierhergezogen, um ein ruhigeres Leben zu führen.

»Finanziell ist es nicht immer einfach, deshalb haben meine Frau und ich jeweils einen Nebenjob, um die Haushaltskasse aufzubessern. Manchmal überlegen wir sogar, wieder nach Malmö zurückzuziehen. Die Winter hier draußen sind wirklich hart.«

Er selbst arbeite aushilfsweise bei ICA. Doch was Nahrungsmittel angehe, seien sie weitgehend autark, da sie unter anderem Kartoffeln, Zwiebeln und Tomaten anbauen würden und eigene Hühner hätten. Auf ihrem Grundstück hätten sie zudem ein eigenes Windkraftwerk, das sie mit den Nachbarn zusammen betrieben.

»Ich habe es selbst gebaut«, sagte er.

Tess sah den Leuchtturm in Stenshuvud vor sich. Ein Gebäude, das lange außer Betrieb gewesen war. Nur ein elektrotechnisch versierter Mensch war in der Lage, ihn wieder zum Leuchten zu bringen. Und dieser Mensch war aller Voraussicht nach auch Mischa Lindbergs Mörder.

»Sind sie technisch begabt?«

Håkan sah sie überrascht an.

»Das würde ich nun nicht gerade behaupten. Aber ich kann ein kaputtes Kabel reparieren, wenn nötig.«

Tess trat ans Fenster des Klassenraums und lehnte sich mit dem Rücken an den breiten Rahmen.

»Es gibt ein paar Details in Ihren Aussagen, aus denen ich nicht recht schlau geworden bin. Das betrifft Ihr Alibi. Und dann haben Sie sich bei unserem letzten Treffen geweigert, einen DNA-Test machen zu lassen.«

»Ich habe Ihnen meine Prinzipien erklärt.«

»Schon, aber es ist eine viel zu ernste Angelegenheit, um auf Prinzipien herumzureiten«, sagte Marie. »Und Ihr Temperament geht ja auch manchmal mit Ihnen durch, wie ich höre.«

»Wie meinen Sie das?«

»Nun, mir wurde gesagt, Sie neigen zu Wutausbrüchen. Kurze Lunte, schnell mal die Fäuste im Spiel.«

Håkan lachte höhnisch.

»Wenn ich zu Unrecht beschuldigt oder kritisiert werde, regt mich das natürlich auf.«

»Vor einem Monat wurde der Polizei gemeldet, dass Sie eine Politesse in Simrishamn geschlagen haben.«

Håkan warf genervt den Kopf in den Nacken.

»Also … Was soll ich dazu sagen. Okay, ich mag Politessen nicht gerade. Wenn sie an der Ecke lauern, bis man gegangen ist, und einem dann schnell einen Strafzettel unter den Scheibenwischer klemmen. Aber das macht mich doch verdammt noch mal nicht zum Mörder!«

»Und dann ist da noch etwas in unseren Unterlagen aufgetaucht«, sagte Tess ein wenig zögernd.

Håkan fuhr sich mit den Händen übers Gesicht, so als könne er schon jetzt kaum noch an sich halten.

»Ja, ja, machen Sie nur, immer drauf auf die Kleinen. Was werden Sie schon großartig gefunden haben? Dass ich mal im Spirituosenladen gewesen bin, obwohl ich noch nicht zwanzig war?«

»Jetzt beruhigen wir uns erst mal ein bisschen, okay?«, sagte Marie und rückte mit ihrem Stuhl näher an ihn heran.

Håkan wich zurück.

»In meiner Welt ist jemand wie Sie, so ein Umweltfreund mit eigenem Windkraftwerk und Zwiebelbeet, auch ein Feminist. Sind Sie das?«

Håkan runzelte die Stirn.

»Was hat das damit zu tun?«

»Sind Sie das? Antworten Sie einfach auf meine Frage.«

»Ja, natürlich. Man ist ja nicht blöd.«

»Wie erklären Sie dann, dass Ihr Name in einem Sex-Chat mit jüngeren Mädchen aufgetaucht ist?«

Håkan sackte in sich zusammen.

»Das ist ewig her«, sagte er leise.

»Und Sie haben Glück gehabt, dass der Fall damals nicht weiterverfolgt wurde. Aber Ihr Name ist immer noch in unseren Computern gespeichert. Und es sind unbezweifelbar Sie, der da gechattet hat, sogar unter verschiedenen Identitäten.«

Sie schwiegen. Marie stand auf und ging eine Runde durchs Klassenzimmer.

»Bei unserem letzten Treffen haben Sie über fair gehandelten Kaffee geredet. Jetzt überlege ich natürlich, wie Sie es mit der Fairness halten, wenn es um junge Mädchen geht, die im Internet von hässlichen alten Männern sexuell ausgenutzt werden.«

Håkan schloss die Augen.

»Ich bin nicht stolz darauf, wirklich nicht. Aber auch das macht mich noch immer nicht zum Mörder.«

Tess setzte sich auf die Tischkante, verschränkte die Arme vor der Brust und sah ihn an.

»Nein, das ist natürlich richtig. Aber Sie haben uns inzwischen mehrfach angelogen, und Ihre moralischen Ansprüche und Ihr Handeln sind, gelinde gesagt, widersprüchlich. Was also sollen wir da glauben?«

Wieder schwiegen alle. Tess vermutete, dass Håkan überlegte, was er vorbringen konnte, um in einem besseren Licht zu erscheinen. Sie ließ ihm Zeit, schaute aus dem Fenster.

Marie nahm wieder Håkan gegenüber Platz.

»Wissen Sie, eines Tages wurde ein hohes Tier bei einem Staatsunternehmen im Solarium beim Sex mit einer Dreizehnjährigen erwischt und dafür verurteilt. Weil aber sein Arbeitgeber nichts davon erfuhr, konnte er seinen Spitzenposten behalten. Eines Morgens fand jedoch seine nichtsahnende Frau das schriftliche Urteil im Briefkasten, gerade rechtzeitig zum Frühstückskaffee. Heute hat er weder Frau noch Job. Es heißt, er lebe völlig verarmt in den Straßen von Bangkok.«

Håkan starrte sie an.

»Drohen Sie mir etwa?«

»Nein, wieso? Ich erzähle Ihnen nur eine Geschichte aus dem wahren Leben.«

Er grinste schief und schüttelte den Kopf.

Schweigend saßen sie da, dann seufzte Håkan.

»Okay, dann machen Sie halt den Abstrich.«

Marie stand auf und zog das Abstrich-Set aus der Tasche.

»Gute Entscheidung«, sagte sie, während Håkan den Mund öffnete.

Anschließend gab Tess ihm die Hand und sagte, dass sie sich wieder bei ihm melden würden. Als sie draußen auf dem Schulhof standen, fragte Tess Marie: »Warst du das, die der Frau das Urteil zugeschickt hat?«

»Was? Wie kommst du denn darauf?«

Unni Holm warf die Trainingsjacke auf den Beifahrersitz ihres roten Golf und schloss ab. Der Parkplatz im Naturschutzgebiet war leer. Sie holte ihre Kopfhörer aus der Tasche und lief zur blau markierten Laufstrecke hinunter. Das ausdauernde Zwitschern der Lerche folgte ihr auf dem Weg zwischen den frisch belaubten Birken.

Während sie ihrem neuesten Hörbuch lauschte, fand sie bald in einen guten Rhythmus. Den Blick hielt sie zu Boden gerichtet, denn vor ein paar Monaten war sie auf dem unebenen Waldboden umgeknickt und spürte die Folgen der Verstauchung noch immer. Sie lief an den wellenförmigen Felsplatten vorbei und weiter am Wall entlang Richtung Schlucht, wo der Fluss in einen kleinen Wasserfall mündete.

Die späte Nachmittagssonne fiel zwischen den Bäumen hindurch und spiegelte sich im Wasser. Als sie am Wasserfall ankam, lag ein Baum quer über dem Weg und blockierte die Strecke. Sie hielt an, stellte einen Fuß auf den Baumstamm und ruhte aus. Dehnte die Muskeln. Das Wasser plätscherte. Nach dem milden Winter und dem ungewöhnlich trockenen Frühjahr führte der Fluss nicht viel Wasser. Sie machte noch ein paar weitere Dehnübungen, dann sprang sie über den Baumstamm und lief weiter.

Hinter den Viehweiden endete ihre Runde am Parkplatz und sie beschloss, noch eine weitere zu laufen. Neben ihrem Auto stand jetzt ein schwarzer Kombi.

Zum zweiten Mal kam sie beim Wasserfall und dem umgestürzten Baum an und hielt kurz inne, um einen Schluck aus der Flasche in ihrem Gürtel zu trinken. Als sie gerade einen Schluck nehmen wollte, richtete sich plötzlich ein starker Scheinwerfer auf sie.

Unni blinzelte und hielt mitten in der Bewegung inne, drehte überrascht den Kopf und schaute zu dem Wall hinauf, wo der Lichtstrahl herkam. Rasch schaltete sie das Hörbuch aus. Doch das einzige Geräusch, das sie vernahm, war das Plätschern des Wasserfalls.

Als ein weiterer starker Lichtstrahl zwischen den Zweigen oberhalb des Wasserfalls aufblinkte, wich Unni instinktiv zurück. Er war genau auf sie gerichtet und blinkte jetzt zweimal kurz auf. Ihr fiel wieder ein, wie vor ein paar Tagen das Auto auf der Straße nach Brantevik sie zweimal angeblinkt hatte.

Sie starrte auf die Stelle, von der der Lichtstrahl ausging. Ihr Herz begann wie wild zu klopfen.

Sie stieg über den Baumstamm und lief weiter. Als sie an der Schlucht vorbei war, ging es bergab, und sie erhöhte das Tempo. Erst ein paar Hundert Meter weiter wagte sie sich umzusehen. Sie blieb stehen, um zu Atem zu kommen, lauschte intensiv auf Schritte, die sich näherten, das Knacken von Zweigen oder Menschenstimmen. Doch bis auf die Vögel war alles still. Der Lichtstrahl und das Blinken waren da gewesen, da war sie sich ganz sicher. Doch es musste eine natürliche Erklärung dafür geben, vielleicht ein Jäger, der mit einer Taschenlampe etwas suchte. Sie schüttelte den Kopf.

Unni holte tief Luft und ging entschlossen weiter.

Kurz bevor sie auf den Weg einbiegen wollte, der an den Viehweiden entlangführte, hatte sie plötzlich das Gefühl, jemand wäre hinter ihr. Sie warf einen Blick über die Schulter, erhöhte erneut das Tempo und beschloss, das letzte Stück zu sprinten.

Ein weiterer Lichtstrahl erleuchtete den Weg unter ihr.

Wieder blieb Unni stehen und drehte sich langsam um. Ein Stück hinter ihr stand ein Mann mit einem großen silbernen Scheinwerfer, den er direkt auf sie richtete.

Sie starrte ihn an, hatte plötzlich das Gefühl, ihn wiederzuerkennen. Sie drehte sich um und begann zu rennen. Hinter sich hörte sie Schritte, und schon nach wenigen Metern hatte er sie eingeholt. Er packte sie am Pullover und riss sie zu Boden.

Der Mann warf sich auf ihren Rücken, packte sie am Hals und riss ihren Kopf herum, starrte ihr in die Augen.

Als sie den Hass in seinem Blick sah, versuchte sie zu schreien. Doch sie bekam keine Luft.

Lundberg schloss die Haustür. Er war allein, seine Frau war zu einem Lesekreis mit ehemaligen Kolleginnen gegangen.

Also ging er in die Küche und überlegte kurz, dann beschloss er, den Whisky zu öffnen, den er sich Ostern auf der Fähre nach Deutschland gekauft hatte. Wochentags trank er nur selten. Zu viele hatte er im Laufe seiner Karriere in den Klauen des Alkohols enden sehen. An einem Abend wie diesem jedoch schien es ihm entschuldbar, die Regeln zu brechen.

Er maß einen ordentlichen Schluck ab und ließ einen Eiswürfel in sein Glas fallen. Dann löschte er in der Küche das Licht und setzte sich auf den Drehsessel im Wohnzimmer.

Eine andere Regel, die er sich auferlegt hatte, war, immer ehrlich zu sein. Im Fall Max war ihm das nicht gelungen. Er hatte es nicht über sich gebracht, seinen Fehler zuzugeben. Weniger, weil ihm die Schlamperei unangenehm war, als wegen der Konsequenzen, die es gehabt hatte. Durch seine Gedankenlosigkeit hatte er die gesamten Ermittlungen aufs Spiel gesetzt. Lediglich die Nachsicht der Kollegen hatte ihn davor bewahrt, dass es herauskam.

Und jetzt stand er doch wieder mit derselben Scham da, fünfzehn Jahre später. Sobald er erfahren hatte, dass die Ermittlungen wieder aufgenommen werden sollten, hatte er diesen starken Druck auf der Brust verspürt, hatte sich gezwungen gesehen zu fliehen. Die Bandenkriminalität und Makkonens Team waren sein letzter Ausweg gewesen.

Doch die Woche, die er dort verbracht hatte, war eine der schrecklichsten in seiner Zeit bei der Polizei gewesen. Vernehmungen von jugendlichen Kriminellen, die sich weigerten zu reden und die Polizei so offen hassten, wie er es noch nie erlebt hatte. Und die Tatsache, dass er sich wie ein feiger alter Hund verhielt, der sich davor wegduckte, Max und seinem Schicksal wieder zu begegnen, machte es natürlich nicht besser.

Tess hatte ihm versprochen, dass sie die Details der Angelegenheit für sich behalten würden. Sie hatte kein Interesse daran, dass es Kreise zog, und er wusste, dass er sich auf sie verlassen konnte.

Es wäre einfach nur traurig, wenn das alles sein würde, was man nach seiner Pensionierung von ihm in Erinnerung behalten würde, dachte er und trank einen Schluck Whisky.

Dann stand er auf und blickte auf seinen Garten hinaus. Bald brach die hellste Zeit des Jahres an, der Juni, in dem der Garten in den verschiedensten Farben und Düften förmlich explodierte. Die beste Jahreszeit, wie er und seine Frau fanden, und diejenige, in der sie immer viel Zeit draußen verbrachten. Allerdings fühlte er sich gerade alles andere als heiter. Es war wahrscheinlich das erste Mal in seinem Berufsleben, dass er so etwas wie Selbstverachtung empfand.

Er dachte daran, was seine Frau gesagt hatte. Dass es das Wichtigste sei, stolz darauf zu sein, was man geleistet hatte.

Lundberg trank einen weiteren Schluck. Wollte er so wirklich den Rest seiner noch verbleibenden Arbeitszeit verbringen? Er stellte sein Glas ab und ging in den Flur, um sein Handy zu holen. Das Display leuchtete hektisch und blinkte, und obwohl die Rufnummer unterdrückt war, beschloss er, dranzugehen.

Als er die Stimme erkannte, drückte er schnell den Aufnahmeknopf und griff nach Papier und Stift, die auf dem Flurtisch bereitlagen.

Nach dem Gespräch ging er ins Wohnzimmer zurück, öffnete die Tür zum Garten und sog den Duft der frisch aufgeblühten Rosen ein. Er musste Tess anrufen. Zuvor aber musste er seine Gefühle sortieren. Wahrscheinlich war es vor allem Erleichterung, was er empfand.

Obwohl es bereits nach acht Uhr abends war, brannte in Sandra Eddings Büro noch Licht. Tess klopfte an die halb geöffnete Tür und trat ein.

Zu spät bemerkte sie, dass ihre Chefin mitten in einem aufgeregten, lautstarken Telefonat war. Sie wollte sich schon wieder zurückziehen, als Sandra Edding signalisierte, sie möge bleiben.

»Nein, nein und noch mal nein«, sagte sie laut, legte auf und warf das Handy auf den Tisch.

Dann strich sie sich frustriert die Haare zurück.

»Ich kann auch später noch mal wiederkommen«, sagte Tess und schickte sich an zu gehen.

»Nein, schon gut«, sagte Edding. Sie trat ans Fenster und blickte hinaus.

»Sie haben keine Kinder?«

»Nein«, sagte Tess erstaunt.

»Es klingt schlimm, aber manchmal ...«

Sie unterbrach sich und lächelte angestrengt.

»Kleine Kinder, kleine Sorgen, große Kinder, große Sorgen, wie man so schön sagt. Meine sechzehnjährige Tochter bestraft mich dafür, dass ihr Vater und ich uns getrennt haben und ich jetzt hier bin. Gerade haben die Nachbarn angerufen. Das Haus ist nach einer Party gestern völlig auf den Kopf gestellt. Es muss vollkommen aus dem Ruder gelaufen sein. Anscheinend hat es sich auf Snapchat verbreitet, dass da etwas stattfindet, und Jugendliche aus der ganzen Stadt sind angereist ... ja, Sie verstehen schon.«

»Oh, das klingt wie ein Albtraum.«

»Ja, vor allem, wenn man über sechshundert Kilometer weit weg ist. Jemand ist wohl an den Kronleuchter gesprungen, sodass er jetzt in tausend Stücken auf dem Wohnzimmerboden liegt. Und der ganze Garten ist vollgekotzt.«

»Müssen Sie dann nicht hinfahren und nach dem Rechten sehen?«

»Klar müsste ich das, aber stattdessen habe ich meine Schwester hingeschickt. Ich schaffe es gerade einfach nicht, mir das selbst anzusehen oder mich darum zu kümmern.«

Sandra Edding drehte sich zum Fenster. Vielleicht hatte Maries Quelle bei der Stockholmer Polizei recht, dachte Tess, bei ihrer Chefin zu Hause schien es wirklich nicht gerade zum Besten zu stehen.

Sie betrachtete Sandra Edding von hinten. Die Schultern waren herabgesunken. Zum ersten Mal sah sie sie als Mensch und nicht nur als die harte, abgehetzte Vorgesetzte, deren Ziel es war, ihr Team aufzulösen. Auch sie schien Schwächen zu haben.

Edding drehte sich wieder zu Tess um.

»Ja, da haben Sie wohl gerade einen kleinen Ausschnitt aus meinem privaten Paradies gesehen«, sagte sie mit einem angestrengten Lächeln. »Vor seinen Problemen wegzulaufen kostet.«

»So hat jeder seins«, sagte Tess und lächelte zurück.

Sandra Edding legte den Kopf in den Nacken, dann sah sie sie wieder an.

»Never mind. Wir haben einen DNA-Treffer im Fall Max, wenn ich das richtig verstanden habe?«

»Genau«, sagte Tess. »Joe Svensson. Der auch in den früheren Ermittlungen als Hauptverdächtiger galt. Das

zeigt doch, wie wichtig es war, den Polizeidirektor umzu-
stimmen.«

Sandra Edding lächelte erneut, diesmal aufrichtig.

»Wie schön, wenn man in diesem Leben auch mal etwas
richtig macht. Fahren Sie jetzt hin und nehmen Sie ihn fest,
oder wie geht es weiter?«

Tess nickte.

»Wir treffen ihn morgen und konfrontieren ihn mit den
neuen Informationen. Aber wir müssen weitere Fragezeichen
ausräumen. Es könnte schließlich auch noch eine andere Erklärung für den DNA-Treffer geben.«

Tess erklärte, dass sie am nächsten Tag in den Pub fahren
und den Abend rekonstruieren wollten, um weitere Indizien
zu finden, die ihren Mordverdacht gegen Joe bestätigten.

»Außerdem konnten wir eine weitere Person ausschließen.
Einen Mann, der in den Ermittlungen als der große Unbekannte geführt wurde und Lundberg mehrfach angerufen
hat. Zuletzt heute Abend, bei ihm zu Hause. Er hat sich
selbst ein Bein gestellt, wenn man das so sagen kann.«

»Interessant. Inwiefern?«, fragte Sandra Edding.

»Er rief an, um den Mord an Mischa Lindberg zu gestehen, mit der er angeblich ein längeres Verhältnis gehabt
habe. Er berichtete, wie er auch sie mit einem Messer erstochen habe, draußen in dem Boot in Stenshuvud. Wie Sie
wissen, sind wir nicht damit an die Öffentlichkeit gegangen,
dass sie erwürgt wurde.«

»Ein Wannabe also, der Nachrichten geschaut hat?«

Tess nickte.

»Und wir schließen nicht aus, dass der Anruf aus einer
psychiatrischen Klinik erfolgte.«

Sandra Eddings Handy klingelte erneut. Sie warf einen
müden Blick auf das Display und nahm das Gespräch nicht
an.

»Scheint, als müssten wir denen in Österlen mal ein bisschen unter die Arme greifen«, sagte sie. »Sie kommen einfach nicht weiter. Merkwürdig ist nur, dass gestern bei *Sydnytt* der Zusammenhang zwischen den Fällen Max und Mischa so eindeutig erschien.«

Tess wusste, worauf Sandra Edding anspielte: Auf einen Beitrag in den Medien, in dem jemand ausgeplaudert hatte, dass in beiden Fällen derselbe Lehm bei den Opfern gefunden wurde.

»Das war sehr unglücklich«, sagte Tess. »Wir hatten diese Information bewusst zurückgehalten, um den geeigneten Zeitpunkt dafür abzuwarten. Schon früher haben wir große Probleme mit undichten Stellen hier im Haus gehabt. Unsere Theorie ist aber weiterhin, dass es da tatsächlich einen Zusammenhang gibt. Die Frage ist bloß, welchen.«

»Sie wissen schon, was die beste Methode ist, undichte Stellen aufzuspüren?«

»Nein?«

»Falsche Informationen in die Welt setzen.«

Tess sah sie an, als machte sie Witze. Doch ihre Chefin schien es vollkommen ernst zu meinen.

»Okay«, sagte Sandra Edding. »Ich nehme es mit in die große Teambesprechung am Mittwoch und hebe noch einmal hervor, wie wichtig es ist, dass alle dichthalten. Alle sind verpflichtet, an diesem Treffen teilzunehmen.«

Sie zeigte mit dem Finger auf Tess.

»Auch Sie.«

Tess betrat das Cold-Case-Büro und schüttelte den Kopf. Ihr Bild von Sandra Edding wurde immer komplexer. Sie wollte sich gerade an den Schreibtisch setzen, als sie auf dem Flur hinter sich Schritte hörte.

»Ich habe Kerstin Jacobsson am Telefon«, sagte Sandra

Edding. »Es gab eine weitere Tote in Österlen. Rufen Sie sie zurück?«

Edding ging wieder in ihr Büro, und Tess wählte Kerstin Jacobssons Nummer.

»Was ist passiert?«

Eine Weile blieb es still.

»Ich kann kaum beschreiben, wie es hier aussieht«, sagte Kerstin Jacobsson schließlich. »Sie ist gewissermaßen … erleuchtet von einem Scheinwerfer. Ich glaube, es wäre gut, wenn Sie herkommen und sich die Leiche vor Ort anschauen. Ein Mann, der mit seinem Hund draußen war, hat sie vor ein paar Stunden an dem kleinen Wasserfall in Bäckhalladalen bei Simrishamn entdeckt und angerufen. Es ist sehr … brutal. Ja, wirklich brutal.«

»Todesursache?«

»Wahrscheinlich ist sie erstickt, aber der Gerichtsmediziner ist noch nicht vor Ort.«

»Erstickt?«

»Ja, und deshalb könnte es für euch interessant sein. Ihr ist Lehm in den Hals gestopft worden, ein großer Klumpen.«

Tess spürte, wie ihr Herz schneller schlug.

»Lehm?«

»Ja.«

»Kann man sehen, welche Farbe er hat?«

»Die Techniker wollten sie möglichst wenig bewegen, aber soweit sie sehen können, ist er eher hell.«

»Und ihr lasst die Leiche so liegen, wie sie ist?«

»Ja, bis die Techniker fertig sind, kann es noch Stunden dauern, schwieriges Gelände, und es wird bereits dunkel. Wir warten auf Verstärkung aus Kristianstad.«

»Ich versuche, in einer guten Stunde bei euch zu sein«, sagte Tess und legte auf. Dann gab sie bei Google Maps Bäckhalladalen ein, ein Freizeitgebiet etwas nördlich von

Simrishamn. Marie hatte heute Abend ihre Kinder bei sich zu Hause und war bestimmt gerade dabei, sie ins Bett zu bringen, Tess dachte nicht einmal daran, sie anzurufen. Doch sie hätte bei dieser Tatortbegehung gerne Carsten Morris dabeigehabt. Wenn es tatsächlich so spektakulär war, wie Kerstin Jacobsson behauptete, sagte es wahrscheinlich eine ganze Menge über den Täter aus.

Tess packte ihre Sachen zusammen und eilte in die Tiefgarage hinunter. Dabei versuchte sie mehrfach, Morris zu erreichen, sowohl auf seinem Handy als auch im Hotel. Laut Auskunft der Rezeption wohnte Mr. Thomas, wie er sich nannte, noch dort.

Sie schickte ihm eine Nachricht, dass sie ihn gerne zu einem Tatort mitnehmen würde, wo eine weitere Frau ermordet worden war.

Tess war eine der wenigen, die wusste, dass Morris sich entweder als Mr. Thomas oder Bond ausgab, wenn er im Hotel wohnte, vor allem aus Sicherheitsgründen. Die Namen hatten nichts mit dem fiktiven Filmstar zu tun. Thomas Bond war der Name des ersten berühmten Profilers, der Mann, der das Profil von Jack the Ripper in London erstellt hatte. Ein Profil, das allerdings nie zur Anwendung gekommen war.

Tess bog auf den Stortorget ein, parkte und lief rasch zum Hoteleingang. An der Rezeption vorbei schlich sie sich zu den Aufzügen und fuhr zu Morris' Zimmer hinauf. Zu ihrer Verwunderung öffnete er nach dem ersten Klopfen.

Sie sah in ein pechschwarzes Zimmer, um den Kopf hatte Morris sich ein großes feuchtes Handtuch gewickelt.

»Migräne«, sagte Morris und zeigte auf seinen Kopf. »Große Scheiße, wenn man das hat.«

Tess überlegte, ob er wohl die ganzen letzten Tage so zugebracht hatte, beschloss aber, lieber nicht danach zu fragen.

Ihre Nachricht schien Morris jedenfalls erhalten zu haben, und er war bereit, sie zu begleiten. Bevor er das Licht löschte, steckte er sich eine Schachtel Tabletten ein. Das feuchte Handtuch behielt er um den Kopf.

In Sjöbotrakten, etwa auf halber Strecke, brach die Dämmerung herein, rosafarbenes Licht senkte sich über die Felder.

»Die Leiche wurde angeleuchtet, haben Sie gesagt?«, fragte Morris plötzlich.

»Ja, von einem Scheinwerfer, wie es aussieht.«

Sie berichtete, was Kerstin Jacobsson ihr über die Leiche und den Lehm erzählt hatte, dass damit der Mord begangen worden sein könnte.

Carsten Morris murmelte etwas Unverständliches.

»Wie bitte?«, fragte sie.

»Er spricht mit Ihnen.«

»Wie das?«

»Das weiß ich nicht, ich muss es erst sehen.«

Sie näherten sich der Küste, bogen nach Gröstorp ab und fuhren dann weiter auf einer kleinen, dunkel asphaltierten Straße, die zum Naturschutzgebiet führte. Ein schmaler Streifen Sonne lag noch immer über dem Meer. Auf der anderen Seite der Felder sah man die Lichter von Simrishamn, die die Küste erleuchteten.

Nach ein paar Hundert Metern kamen sie an einem verlassenen Hof vorbei.

»Hier fährt man nicht zufällig hin«, sagte Tess, ohne eine Antwort von Morris zu erwarten.

Hinter einem kleinen Waldstück wurde es vor ihnen plötzlich hell, sie waren am Parkplatz angelangt. Neben einem der Polizeiautos wartete Kerstin Jacobsson auf sie. Hinter ihr waren die Plastikbänder zu sehen, die die Absperrung markierten.

Jacobsson musterte erstaunt Carsten Morris' umwickelten Kopf, tat aber, als wäre nichts und reichte ihm die Hand.

Sie zeigte auf den roten Golf, der der getöteten Frau gehörte. Vom Parkplatz aus erstreckte sich ein Pfad in den Wald hinein.

»Habt ihr ihre Identität schon festgestellt?«, fragte Tess.

»Unni Holm, dreiundsechzig Jahre alt. Wohnhaft in Simrishamn, zusammen mit ihrem Mann. Der Mann hat sie eine gute Stunde, bevor sie gefunden wurde, vermisst gemeldet.«

Kerstin Jacobsson machte eine Handbewegung zum Wald hin.

»Unni lief hier mehrmals pro Woche, und laut dem Ehemann war heute nichts anders als sonst. Außerdem ist das hier ein sehr beliebtes Freizeitgebiet. Er hat allerdings noch etwas anderes erzählt …«

Sie blieb stehen.

»Vor ein paar Tagen war Unni spazieren, sie ging die Küstenstraße Richtung Brantevik entlang und hatte eine ziemlich sonderbare Begegnung mit einem Wagen. Er kam direkt auf sie zu, bediente die Lichthupe und so was. Der Ehemann meinte, sie sei ziemlich aufgelöst gewesen, als sie nach Hause kam. Aber sie war niemand, der sich von so etwas lange beeinflussen ließ, außerdem war es ja noch Nachmittag und hell, als sie hier rausfuhr. Wir hatten noch nicht die Möglichkeit, ausführlich mit ihm zu sprechen, aber es klang, als könnte es in diesem Zusammenhang von Bedeutung sein.«

Tess sah Max auf seinem Fahrrad vor sich. Dachte an Carina Eskilsson, die gesagt hatte, dass das Auto, das ihn verfolgte, zweimal geblinkt hatte.

Sie folgten Kerstin Jacobsson den Pfad hinunter. Es war zehn Uhr, und obwohl bald die hellste Zeit des Jahres anbrach, war es im Wald dunkel. Kerstin Jacobsson leuchtete ihnen mit einer Taschenlampe den Weg, damit sie nicht stolperten.

»Was ist bisher über ihren Hintergrund bekannt?«

»Sie war einen Großteil ihres Lebens als Sozialarbeiterin angestellt. Letztes Jahr ist sie vorzeitig in Rente gegangen, als ihr Mann fünfundsechzig wurde. Das Paar hat drei erwachsene Kinder, und sie lief gerne, genau wie ihr Mann. Hörte dabei oft Hörbücher und hatte die Kopfhörer noch in den Ohren, als sie gefunden wurde. Auch Autoschlüssel und Portemonnaie waren noch da, um einen Raubüberfall kann es sich also kaum gehandelt haben.«

Tess dachte an ihre eigenen Joggingtouren am Meer in Västra Hamnen. Sie lief immer mit Musik. Im Wald aber kam es vor, dass sie die Kopfhörer abnahm und das nicht nur, um der Natur zu lauschen. Sie wollte einfach die Kontrolle behalten.

»Soweit bekannt, gab es keine Konflikte oder Unstimmigkeiten«, fuhr Kerstin Jacobsson fort. »Und keine offensichtliche Verbindung zu Mischa Lindberg. Sie scheinen sich weder gekannt noch gemeinsame Freunde gehabt zu haben.«

Zigarettengeruch breitete sich im Wald aus. Tess drehte sich um. Morris hatte sich im Dunkeln eine angesteckt.

»Passen Sie auf, wo Sie ihre Füße hinsetzen, es ist recht holprig hier«, sagte Jacobsson.

Von Weitem war Plätschern zu hören, anscheinend näherten sie sich dem Wasserfall. Ein starker Lichtschein drang durch Stämme und Laub. Die Absperrung des Tatorts selbst war etwa zwanzig Meter vom Wasserfall entfernt gezogen worden.

Tess blieb stehen und betrachtete die erleuchtete Bühne.

Sie hatte im Laufe ihres Berufslebens schon so manchen Tatort gesehen, aber das hier machte sie sprachlos. Auch

Carsten Morris sagte nichts, sondern stand nur da und starrte zum Wasserfall hinauf.

Um den erleuchteten Wasserfall herum bewegten sich weiß gekleidete Techniker und sicherten Spuren. Zwischen den Bäumen waren das Knacken von Zweigen und die leisen Stimmen der Kollegen zu hören, die das Waldstück und die Wege rundherum durchsuchten.

Morris nahm das Handtuch ab, hob das Absperrband an und trat näher. Einer der Techniker protestierte lautstark.

»Weg da!«

Morris winkte ihn zu sich. Nachdem er ihm etwas gesagt hatte, nickte der Mann und ging wieder zu seinem Kollegen zurück.

Die Techniker löschten ihre Scheinwerfer, und das Mordopfer erschien so, wie es vor ein paar Stunden gefunden worden war. Unni Holm saß aufrecht im Wasserfall, die Beine gespreizt. Sie wurde von einer großen starken Taschenlampe angeleuchtet, fast eine Art Scheinwerfer, die zwischen zwei Steinen ein paar Meter entfernt eingekeilt worden war.

Von dort, wo sie standen, konnten sie Unnis Gesicht nicht erkennen. Doch Kerstin Jacobsson berichtete, was die Techniker ihr gesagt hatten: dass ihre Augen weit aufgerissen waren, die Stirn blutig und der Kopf nach hinten gedrückt.

»Als wäre sie an den Haaren hochgerissen worden«, sagte sie.

Wasser spritzte auf ihre graue Trainingshose.

Außer dem Plätschern des Wasserfalls war absolut nichts zu hören. Alle, sowohl die Techniker als auch die anderen Polizisten, starrten die Frau im Wasserfall an.

»Das Licht«, sagte Morris leise. »Erst ein Leuchtturm, dann das hier. Man soll unbedingt sehen, was er getan hat.«

Ein Wind fuhr durch die Zweige.

»Er wohnt irgendwo in der Nähe.«

Tess drehte sich zu ihm um.

»Weshalb glauben Sie das?«

»Sie sind faul, wie alle anderen auch.«

Morris redete weiter, während er nicht aufhörte, die Frau anzustarren.

»Sie haben einen Alltag, genau wie wir, und sie suchen nach Bequemlichkeit und Sicherheit. Alle bisherigen Fundorte waren schwer zugänglich. Ich habe Stenshuvud besucht und die Stelle an der Landstraße, wo Max' Leiche gefunden wurde. Öffentliche Orte, wo man jederzeit entdeckt werden kann. Doch er wählt sie nicht zufällig aus. Bei Max könnte man annehmen, es wäre eine Ausnahme gewesen, doch der Regen und der Zeitpunkt sprechen dafür, dass der Täter auch da nicht weit von zu Hause weg war. Er kennt alle diese Orte in- und auswendig.«

Die Techniker warteten auf den Gerichtsmediziner, damit dieser eine erste Untersuchung vornehmen konnte. Doch sie waren bereits an der einen Seite des Wasserfalls hochgeklettert, um zumindest eine vorläufige Todesursache festzustellen.

»Sie hat einen Schlag auf den Kopf bekommen, vermutlich mit einem Stein. Doch gestorben ist sie wahrscheinlich durch Ersticken«, sagte Kerstin Jacobsson leise.

Tess nickte.

»Wann können wir eine Lehmprobe bekommen?«

»Vermutlich werden sie ihn im Zuge der gerichtsmedizinischen Untersuchung entfernen. Ich nehme an, ihr wollt sie so schnell wie möglich dem NFC zukommen lassen.«

Kerstin Jacobsson berichtete, dass der Ehemann unruhig geworden sei, als Unni um halb sieben immer noch nicht zu Hause war und auch nicht an ihr Handy ging. Er war mit einem Bekannten rausgefahren, um nach ihr zu suchen.

»Dieser Mann ist gleichzeitig sein Alibi, er kam zu ihnen

nach Hause, um ihnen im Garten zu helfen, kurz bevor Unni das Haus verließ.«

Tess nickte und Jacobsson fuhr fort:

»Sobald der Ehemann sah, dass das Auto auf dem Parkplatz stand, war er sich sicher, dass etwas passiert sein musste, dass sie einen Schlaganfall oder Herzinfarkt gehabt hatte. Sie folgten dem Weg bis zum Wasserfall. Er und Unni waren dort schon unzählige Male gelaufen, und er wusste genau, welche Strecke sie immer nahm. Aber bei ihrer Suche fanden sie keinerlei Anzeichen dafür, dass irgendetwas passiert war. Nachdem sie die ganze Gegend abgesucht hatten, beschlossen sie, die Polizei einzuschalten und Unni vermisst zu melden. Doch der Mann mit dem Hund fand sie kurze Zeit später und kam so dem Sucheinsatz zuvor.«

»Die Leiche muss also in der Zeitspanne zwischen der Suche des Ehemanns und dem Eintreffen des Mannes mit dem Hund im Wasserfall deponiert worden sein.«

Tess fand, dass es sich so anhörte, als hätte der Täter den Moment abgewartet, in dem er die Leiche an der richtigen Stelle platzieren konnte.

Carsten Morris schien ihre Gedanken zu lesen.

»Er wollte warten, bis es dämmerte, damit der Lichteffekt stärker war, wenn sie gefunden wurde. Dieser Mann geht große Risiken ein.«

Morris schüttelte beim Anblick der Frau den Kopf.

»Für ihn ist die Szenerie, die er hier aufgebaut hat, das Wichtigste. Abgesehen davon, dass das Opfer sterben musste. Er zeigt das Werk, das er geschaffen hat, setzt es ins Licht, so wie man es mit einem echten wertvollen Kunstwerk tut. Das würde ihm hervorragend gefallen, dass wir hier im Dunkeln stehen und sie auf der hell erleuchteten Bühne sehen.«

Eine Weile standen sie schweigend da. Die Techniker schalteten ihre Scheinwerfer wieder an.

»Und der Lehm ist ein direkter Pass in Ihre Richtung«, sagte Morris.

Tess blickte ihn fragend an.

»Wie meinen Sie das?«

»Er weiß, dass Sie durchschaut haben, dass der Lehm in Verbindung zu ihm steht. Jetzt braucht er ihn nicht mehr zu verstecken, sondern zeigt ihn so deutlich, dass er ihn sogar als Waffe benutzt und damit tötet.«

Morris schwieg kurz.

»Ich glaube, dieser Mann kümmert sich um nichts mehr. Er ist in seiner eigenen Rachespirale gefangen.«

»Aber warum?«

»Etwas hat sich verändert. Das ist meistens der Grund.«

2004

Max drehte das Bierglas in seiner Hand, trank den Rest aus. An der Bar stand Joe mit Frank aus dem allgemeinbildenden Zweig. Max überlegte, wann wohl ihr großes Geheimnis bekannt werden würde und was dann passieren würde. Ob sie dann noch an der Schule bleiben durften.

Der Lärmpegel im Pub war hoch. Aus den Lautsprechern war erst Britney Spears zu hören gewesen und jetzt REM, die davon sangen, New York zu verlassen. Erst als diese wiederum von Lars Winnerbäck abgelöst wurden, fand Max die Musik einigermaßen erträglich. Er trommelte im Takt mit den Fingern auf der Tischplatte und sah sich um.

Leute aus den verschiedensten Fachrichtungen waren anwesend, die einzelnen Tische zu einem großen zusammengeschoben worden. Es war offensichtlich, dass einige mehr getrunken hatten, als ihnen guttat. Die Stimmung hatte eine aggressive Färbung angenommen. Vor allem drüben an der Bar, wo Joe und die anderen standen. Max hatte es sofort gespürt, als er sich an den Tisch gesetzt hatte.

Er warf einen Blick zu Joe hinüber. Wenn der Stoß, den er ihm oben an der Treppe verpasst hatte, schlimm ausgegangen wäre, hätte Max vielleicht am Mittwoch gar nicht spielen können. Joe hatte sich so verändert. Wirklich traurig. Doch Max dachte nicht daran, klein beizugeben. Solange er in der WG wohnte, würde Joe dort keine Drogen anschleppen. Aber anscheinend löste sich das Problem ja gerade von alleine. Joe hatte fallen lassen, dass er seinen Unterricht an der Schule in Skurup aufgeben und für ein Jahr in die USA gehen würde. Auch gut, er schien sich ohnehin nichts aus seiner Musik zu machen und provozierte ständig Streit in der WG. Vielleicht wurde es so wieder ruhiger, und er selbst konnte wohnen bleiben.

Håkan ihm gegenüber grinste, anscheinend ebenfalls froh über Joes Entschluss. Den ganzen Abend hatte er dagesessen und seinen Arm um Annas Stuhllehne gelegt, besitzergreifend, als gehörte sie immer noch ihm. Max konnte den Anblick nicht ertragen – warum ließ Anna sich so von ihm behandeln? Wahrscheinlich war sie viel zu betrunken, um es zu merken.

Von der Tür zog es plötzlich kalt herein, Max drehte sich um. Zu seiner Überraschung entdeckte er Björn. Was machte der denn hier? Der Pub würde bald schließen, und Max hatte ihn noch nie bei einem dieser Treffen gesehen. Ja, er hatte ihn noch nicht einmal Bier trinken sehen. Zu Beginn des Semesters hatte er das Gefühl gehabt, Björn würde seine Freundschaft suchen, er hatte ein paar plumpe Versuche unternommen, Kontakt mit ihm aufzunehmen. Vielleicht, weil sie beide Klavier im Hauptfach hatten. Und genau wie Max war Björn vor allem ein Klassik-Fan.

Max folgte ihm mit dem Blick und sah, wie er an die Bar trat. Der Barmann läutete seine Glocke und rief zur letzten Runde auf. Max nahm seinen Mantel, der auf seinem Schoß gelegen hatte, und spähte zum Fenster hinaus. Der Regen schien noch stärker geworden zu sein.

Er vergewisserte sich, dass er die Handschuhe bei sich hatte.

Plötzlich hörte er ungewohnt aggressive Stimmen von der Bar. Er spähte hinüber, Joe stand mitten an der Bar, an einem der Enden Anna, ein Bierglas in der Hand. War sie an der Sache beteiligt? Max sah Håkan fragend an, doch der zuckte nur die Achseln. Anna gegenüber, am anderen Ende der Theke, stand Björn und sah zu ihnen herüber.

Als sich die Aufregung wieder zu legen schien, konnte Max Joe nirgends mehr entdecken. Er bekam mit, dass ein paar Leute noch mit dem Bus nach Malmö fahren wollten, wo einige Schüler aus dem Journalistik-Zweig in einem angesagten Szeneviertel in der Nähe von Möllan spontan feiern wollten. Eine andere Gruppe machte sich auf den Weg zu Erik, dessen Wohnung ein paar Straßen von hier entfernt lag.

Max wollte nicht mit, er fürchtete den Kater, der sich noch Tage später in den Fingern bemerkbar machte. Schlimm genug, dass er hier in der Kneipe saß, mit so vielen anderen Menschen und Bakterien um sich herum. Er musste üben und zusehen, dass er für das Vorspiel am Mittwoch wirklich fit war.

Kurz darauf hatte das Personal alle Gäste hinausgeschickt, und sie sammelten sich trotz des Regens in einer Traube auf dem Stortorget. Irgendwo gab es schon wieder ein Geplänkel. Neben einer der Bänke stand Björn einsam da und beobachtete die anderen.

Max ging zügig zur anderen Seite des Platzes hinüber, wo sie ihre Fahrräder abgestellt hatten. Hinter sich hörte er Glas, das auf dem Boden zersplitterte. Er hatte sich die Handschuhe angezogen, war aber jetzt schon durchnässt und fröstelte im Regen. Er bückte sich, um das Kabelschloss seines Fahrrads zu öffnen. Kontrollierte, ob die Kette saß. Als er sich wiederaufrichtete, zuckte er erschrocken zurück. Es dauerte einen Moment, bevor er erkannte, wer da vor ihm stand.

»Hast du noch mal darüber nachgedacht, was ich gesagt habe?«

Björns Brillengläser waren nass vom Regen. Deshalb war er also gekommen, um noch einmal wegen des Vorspiels herumzunörgeln. Max wischte den Fahrradsattel mit einem Taschentuch trocken. Sekunden später war er so nass wie zuvor.

Max antwortete nicht, sondern schob sein Rad ein Stück über den Platz.

Als er sich umdrehte, sah er Björn noch immer wie eine durchnässte Katze in der Gasse stehen, er schien den Regen kaum zu bemerken.

Als Max schließlich auf den Österleden einbog, merkte er, dass er hungrig war. Da der Grill etwas weiter die Straße hinunter noch geöffnet hatte, hielt er dort an, lehnte sich auf dem Fahrrad sitzend an die Wand und bestellte einen einfachen Hamburger. Die beiden Männer hinterm Tresen waren in eine lebhafte Diskussion verwickelt und schienen ihn kaum wahrzunehmen. Mit ein paar Bissen verschlang er den Burger und fuhr dann weiter. Die Bahnhofsgegend und der Hafen lagen verlassen da.

Am Kreisverkehr hielt er kurz an, stellte einen Fuß auf den Boden und drehte sich um.

Die Straße war dunkel, weder Menschen noch Autos waren zu sehen. Schließlich setzte er die Füße wieder auf die Pedale und fuhr los, es regnete immer noch in Strömen.

Dienstag, 7. Mai

Die Stimmung im Cold-Case-Büro war angespannt. In einer knappen halben Stunde würden Tess und Kerstin Jacobsson vor die Presse treten und über den Mord an Unni Holm in Österlen berichten und auf den vermutlichen Zusammenhang zwischen den Fällen hinweisen.

Seit dem frühen Morgen klingelte Tess' Handy ununterbrochen.

Die Spekulationen waren voll im Gange, und es war bereits durchgesickert, dass die Umstände, unter denen Unni Holm gefunden worden war, spektakulär gewesen sein sollten.

»Um zu zeigen, dass wir alles im Griff haben, könnten wir mit einem Teil des vorläufigen Täterprofils an die Öffentlichkeit gehen, das wir inzwischen bekommen haben«, sagte Sandra Edding.

Morris schüttelte empört den Kopf.

»Ein Profil darf nie an die Öffentlichkeit gelangen, es ist intern und soll bei den Ermittlungen helfen. Der Täter darf auf keinen Fall erfahren, was wir über ihn wissen.«

Sandra Edding seufzte.

»Ich weiß, aber man muss das doch auch von Fall zu Fall entscheiden können. Ein paar Dinge über ihn publik zu machen, könnte seine Identifizierung erleichtern.«

Carsten Morris blickte auf die Tischplatte und ließ seine chinesischen Kugeln durch die Hand gleiten.

»Das große Problem bei diesem Fall ist die Verbindung zwischen den beiden Opfern«, sagte Kerstin Jacobsson, die eine Weile schweigend zugehört hatte. »So sehr wir auch gesucht haben, Max, Mischa und Unni haben offensichtlich nie in derselben Stadt gelebt oder sonst irgendeinen gemeinsamen Nenner.«

Carsten Morris drehte sich zu ihr um.

»Es gibt ihn aber auf jeden Fall. Sonst hätten die Opfer nicht so ausgesehen. Irgendwann in seinem Leben ist er ihnen allen begegnet.«

»Können wir das Profil noch einmal durchgehen?«, bat Tess und nickte Morris zu.

Er legte die Füße auf den Stuhl vor sich, die Kugeln in seiner Hand klimperten leise.

»Wie Sie wissen, ist es ein vorläufiges Profil«, sagte er. »Wir bräuchten sehr viel mehr Zeit. Ausgehend von meinen Gesprächen mit den Technikern und eigenen Besuchen der Tatorte glaube ich jedoch, dass es einigermaßen treffend ist.«

Morris deutete auf den Bildschirm.

»Er kennt sich gut in der Gegend aus, wohnt hier oder hat zumindest hier irgendwo gewohnt. Lebt möglicherweise ein ganz normales Leben, ist fähig zu sozialem Umgang. Auch wenn ich bezweifle, dass in seinem Umfeld nicht irgendjemand Verdacht schöpft. Was das Alter angeht, tippe ich auf um die vierzig. Er ist Rechtshänder, praktisch veranlagt, hat Zugang zu einem eigenen Auto und ist physisch stark.«

Morris ließ den Blick durchs Zimmer schweifen.

»Das Motiv liegt in ihm selbst, er rächt sich für Ungerechtigkeiten, die ihm widerfahren sind, und dass seine Opfer ein junger Mann und zwei Frauen um die sechzig sind, hat in dem Zusammenhang irgendeine Bedeutung.«

Edding sah ihn skeptisch an. Tess fand ihre Reaktion nur

verständlich. So ging es jedem, der ihm zum ersten Mal begegnete.

»Vor allem der Lehm ist etwas, das ganz persönlich mit ihm zusammenhängt. Er weiß, dass er einen Fehler gemacht hat und dass Sie ihm auf den Fersen sind. Das zeigt er, indem er dem letzten Opfer Lehm in den Hals stopft. Und was die Vorgehensweise angeht ... Tja, die ist sehr unterschiedlich, erstechen, erwürgen, ersticken. Doch das ist wahrscheinlich der jeweiligen Situation geschuldet. Die beiden letzten Morde waren definitiv geplant, was Max angeht, bin ich mir nicht so sicher, da hat er wohl selbst nicht damit gerechnet, dass es so ausgehen würde.«

Erneut ließ er den Blick schweifen.

»Seine Risikobereitschaft ist deutlich gestiegen. Er rechnet damit, gefasst zu werden, aber erst will er zu Ende bringen, was er begonnen hat. Und es ist nicht sicher, dass es schon vorbei ist. Im Grunde die gefährlichste Sorte, gut möglich, dass er noch eine ganze Reihe Namen auf seiner Liste hat.«

Sandra Edding unterbrach ihn.

»Damit an die Öffentlichkeit zu gehen wäre in der Tat reiner Selbstmord, da stimme ich Ihnen zu.«

Morris ignorierte ihren Einwurf, legte sich eine Hand auf die Brust und fuhr fort.

»Die Orte sagen etwas ganz Bestimmtes über ihn aus. Er hat eine Art narzisstisches Bedürfnis, dass Sie verstehen, was ihm widerfahren ist. Und was ihn besonders kennzeichnet, sind die spektakulären Szenerien, die er für Sie erschafft. Er ist kein dummer, zufällig handelnder, unorganisierter Täter. Er weiß ganz genau, was er tut. Deshalb liegt eines seiner Opfer an einer Straße, die Arme ausgebreitet, fast wie ein Engel. Und das zweite unter einem Leuchtturm, den er wieder zum Laufen gebracht hat. Und sie ...«

Carsten Morris hielt inne und sah sie der Reihe nach an.

»Die erste Frau, die Künstlerin, sollte nicht dort liegen, wo sie gefunden wurde. Etwas muss schiefgegangen sein. Sie sollte neben dem Leuchtturm sitzen, sodass ihr Körper erleuchtet würde, genau wie bei der zweiten Frau im Wasserfall, auf die er einen Scheinwerfer gerichtet hat.«

Alle schwiegen.

»Okay«, sagte Sandra Edding schließlich und schaute auf die Uhr. »Wenn ich das richtig sehe, gehen wir davon aus, dass er eine Narbe hat, von einer Verletzung, die er sich in Zusammenhang mit der Ermordung von Max zugezogen hat. Diese Narbe ist doch wahrscheinlich etwas, womit wir an die Öffentlichkeit gehen können, etwas ganz Konkretes. Was noch? Das Alter? Seine Ortskenntnis?«

Da Morris ihrem Blick auswich, sah sie Tess an. Tess begriff, wie sie dachte, erinnerte sich aber zu gut, wie es ausgegangen war, als beim letzten Mal Teile von Morris' Täterprofil an die Medien durchgesickert waren.

Er hatte seine Sachen gepackt und war wieder nach Dänemark zurückgefahren.

Pressesprecherin Westford klopfte an und trat ein.

»Da unten ist jetzt schon die Hölle los. Ich musste mehrere Journalisten abweisen, es gibt einfach nicht genug Platz für alle. Sollen wir noch warten?«

Tess schaute auf die Uhr und stand auf.

»Nein, wir ziehen das jetzt durch.«

Westford nickte zu Carsten Morris hinüber.

»Sie fragen, ob der dänische Profiler an den Ermittlungen beteiligt ist.«

»Nein«, sagte Morris und schüttelte den Kopf. »Ich bin gar nicht hier.«

Sandra Edding sah ihn fragend an.

»Ich schlage vor, wir machen deutlich, dass wir ein ziemlich genaues Bild von der Persönlichkeit des Täters haben, ein vorläufiges Profil«, sagte Tess. »Auf Details werde ich aber nicht eingehen.«

Morris nickte, und sie brachen die Besprechung ab.

Tess und Kerstin Jacobsson traten mit Westford auf den Flur, um mit dem Aufzug nach unten zu fahren, wo die Pressekonferenz stattfinden sollte.

An den Aufzügen holte Morris sie ein.

»Vergessen Sie nicht, dass er oder seine Angehörigen Sie sehen werden. Sprechen Sie ihn gerne direkt an, wenn es sich ergibt«, sagte er leise und verschwand.

Tess nickte und stieg in den Fahrstuhl.

Tess ließ den Blick über den überfüllten Presseraum wandern, der den Namen von Eva Rudberg trug. Reporter und Fernsehteams hatten sich versammelt. Sie zupfte an den Ärmeln ihres Jacketts, sah, dass sowohl die lokalen Redaktionen als auch die großen, wie etwa das *Aftonbladet,* vertreten waren. Kerstin Jacobsson saß neben ihr und nahm einen Schluck aus ihrem Wasserglas.

Westford stellte die Polizistinnen kurz vor.

»Wir werden anschließend alle Informationen auf unserer Webseite veröffentlichen.«

Johanna Svanberg von SVT Skåne, eine der hartnäckigsten Journalistinnen, denen Tess je begegnet war, hob die Hand.

»Wir hätten hinterher gerne noch ein Einzelinterview mit Tess Hjalmarsson.«

Westford erklärte, das sei leider nicht möglich.

Als Tess aufstand, wurde es still.

»Ich kann die Informationen, die kürzlich an die Öffentlichkeit gelangt sind, heute bestätigen. Wir sehen einen Zusammenhang zwischen dem Mord an Mischa Lindberg und dem bereits vor fünfzehn Jahren verübten an Max Lund. Dabei geht es um Spuren einer besonderen Art weißen Lehms, die an oder bei beiden Opfern gefunden wurden.«

Tess hörte das Stimmengemurmel der Reporter, die live berichteten. Aus dem Augenwinkel sah sie Johanna Svanbergs zufriedenen Blick – sie war diejenige, die diese Information vorab verbreitet hatte.

»Außerdem wurde, wie Sie wissen, gestern Abend eine weitere Frau ermordet aufgefunden, und zwar im Freizeitgebiet Bäckhalladalen bei Simrishamn. Auch hier spielte der weiße Lehm wieder eine Rolle.«

Westford musste die Reporter zur Ordnung rufen, damit Tess weiterreden konnte.

»Meine Kollegin Kerstin Jacobsson wird Ihnen nachher noch Näheres zu den Ermittlungen in den beiden neuesten Mordfällen erläutern. Ich werde Ihnen den Zusammenhang darstellen, den wir mit dem fünfzehn Jahre alten Mord an Max Lund erkennen und an dessen Aufklärung mein Cold-Case-Team arbeitet.«

Tess klickte auf dem Laptop eine Datei an, und Max Lunds lächelndes Gesicht füllte die Leinwand.

»Die meisten von ihnen kennen den Fall. Vor fünfzehn Jahren wurde Max Lund neben der Landstraße Väg 9 bei Ystad tot aufgefunden. An seiner Hose entdeckte man, wie allgemein bekannt sein dürfte, eine besondere, weiße Sorte Lehm, deren Herkunft die Ermittler niemals feststellen konnten.«

Sie klickte ein weiteres Bild an. Diesmal erschien eine Karte, auf der Ystad, Stenshuvud und Bäckhalladalen mit Kreuzen markiert waren. Väg 9, die Landstraße, die an allen drei Orten vorbeiführte, war rot nachgezeichnet worden.

»Es kann Zufall sein, dass derselbe Lehm jetzt in Verbindung mit den beiden Frauenmorden in Österlen wiederaufgetaucht ist, doch wir gehen davon aus, dass es einen Zusammenhang gibt. Unsere Theorie ist deshalb, dass diese drei Morde, die alle entlang dieser Landstraße stattgefunden haben, auf irgendeine Weise miteinander zusammenhängen. Wie genau, darüber können wir derzeit noch keine Auskunft geben.«

Tess klickte ein Foto des Lehms an.

»So sieht er aus. Was die Forensiker verblüfft, ist, dass es sich um einen sehr auffallenden Steingutlehm handelt, er ist also nicht synthetisch. Die Konsistenz ist eher körnig, und er ist vollkommen weiß. Er muss irgendwo in dieser Gegend vorkommen, aber es ist uns bisher nicht gelungen, ihn ausfindig zu machen. Sollte jemand etwas darüber wissen, bitten wir um unmittelbare Benachrichtigung der Polizei.«

Auf der Leinwand erschien die entsprechende Rufnummer: 114 14.

Ein Meer von erhobenen Händen erstreckte sich vor ihr, doch Tess ignorierte es.

»Es ist uns gelungen, ein vorläufiges Täterprofil zu erstellen. So ein Täterprofil dient jedoch nicht dazu, eine bestimmte Person ausfindig zu machen, sondern hilft uns lediglich, den Personenkreis einzugrenzen, eine gewisse Persönlichkeit auszumachen. Aus ermittlungstechnischen Gründen werden wir dazu jedoch nichts weiter bekanntgeben.«

Johanna Svanberg stand auf.

»Laut unseren Informationen könnte sich der Täter beim Mord an Max Lund verletzt und eine Narbe an einer Hand davongetragen haben. Können Sie das bestätigen?«

Tess blickte sie an. Wer um alles in der Welt war nur ihre Quelle?

Westford bat die Reporter, sich zu beruhigen und die beiden Polizistinnen weiterreden zu lassen.

»Ich kann mir gut vorstellen, dass die Ereignisse der vergangenen Tage eine Menge Gerüchte in Gang gesetzt haben«, sagte Tess. »Wir bitten Sie jedoch, damit nicht an die Öffentlichkeit zu gehen, bevor die Polizei sie bestätigt hat. Es könnte zum jetzigen Zeitpunkt unsere Ermittlungen beeinträchtigen. Was die Verletzung angeht, von der Sie sprechen, deutet einiges darauf hin, dass er – denn wir suchen in erster

Linie nach einem Mann – eine Narbe haben könnte. Doch die Indizien sind zu schwach, als dass wir Ihnen heute mehr dazu sagen könnten.«

Nachdem das Gemurmel verebbt war, klickte Tess das unscharfe Bild von Mischa Lindberg aus der Überwachungskamera an.

»Dieses Foto von Mischa Lindberg entstand ein paar Wochen vor ihrer Ermordung auf der Östergatan in Malmö. Wir wissen, dass die Qualität sehr schlecht ist, aber darauf ist ein Mann in einer braunen Lederjacke zu sehen, der der Kamera den Rücken zuwendet. Wenn es jemanden gibt, der die beiden gesehen hat oder weiß, wer dieser Mann ist, soll er sich bei uns melden. Er braucht nicht zwingend etwas mit dem Mord zu tun zu haben. Derzeit sind wir auch noch bestrebt, möglichst viele Personen als Verdächtige auszuschließen.«

Ein Reporter des *Helsingborg Dagbladets* hob die Hand.

»Es heißt, einer der Mitbewohner aus Max' WG stehe unter Verdacht. Ist das richtig?«

Tess lächelte über seinen naiven Versuch.

Ein Fernsehreporter stand auf, um die anderen zu übertönen.

»Das Cold-Case-Team Schonen war sehr erfolgreich. Gleichzeitig ist die Situation mit der Bandenkriminalität und den Schießereien in Malmö alarmierend. Und jetzt sind in Österlen zwei Frauen ums Leben gebracht worden. Ist es da verantwortlich, so viele Ressourcen darauf zu verwenden, einen alten Fall aufzuklären?«

Tess fragte den Mann nach seinem Namen.

»Robert Karlsson vom *Kristiansbladet*.«

»Robert«, sagte sie und sah ihn fest an. »Zum einen beteiligen wir uns gerade intensiv an den Ermittlungen in den aktuellen Mordfällen. Zum anderen weiß ich zwar nicht, wie

Ihre familiäre Situation aussieht, aber wenn Sie einen Bruder oder eine Schwester hätten, die ermordet wurde, und die Polizei würde nichts tun, um den Täter zu finden – wie würden Sie da reagieren?«

Robert, der neu in der Branche zu sein schien, errötete.

»Tja, da wäre ich wohl ziemlich sauer.«

»Ganz genau. Denn wie bewertet man ein Leben? Ist es nicht genauso wertvoll, den Mord an einem zweiundzwanzigjährigen Pianisten wie den an einem zweiundzwanzigjährigen Bandenmitglied aufzuklären? Ja, natürlich ist es das. Das Menschenleben stellt an sich einen Wert dar. Und ich als Leiterin des Cold-Case-Teams glaube, dass es aus moralischer wie aus gesellschaftlicher Perspektive wichtig ist zu zeigen, dass wir alles tun, um auch ältere Verbrechen aufzuklären.«

Tess klappte ihren Laptop zu.

»Eine letzte Frage noch«, rief Lasse Palmqvist von der *Kvällsposten* von ganz hinten, wie immer trug er eine Kappe.

Sie nickte müde.

»Bedeutet das jetzt, dass das Cold-Case-Team weiterarbeiten kann?«

»Das entscheiden wir leider nicht selbst, da sind wir ganz in der Hand der Polizeidirektion. Aber jetzt sollte erst einmal meine Kollegin, Kerstin Jacobsson, das Wort erhalten.«

Die Reporter riefen noch wilder durcheinander.

»Gehen Sie davon aus, dass er noch einmal zuschlagen wird?«

»Hat der dänische Profiler Carsten Morris das Profil erstellt?«

»Es gibt Gerüchte, die Frau aus Simrishamn sei gefoltert worden.«

»Könnte er den Lehm selbst angemischt haben?«

Als es ihr endlich gelungen war, sich auf den Flur durchzukämpfen, seufzte sie erleichtert. Pressekonferenzen gehörten tatsächlich zu den schlimmsten Dingen, die sie sich vorstellen konnte. Natürlich begriff sie, dass die Reporter auch nur ihre Arbeit machten, doch manche Journalisten waren wirklich penetrant.

Als sie ein angestrengtes Keuchen hinter sich hörte, drehte sie sich um. Es war Johanna Svanbergs Einmannteam mit dem Kameralogo von SVT Skåne.

»Kann ich ein kurzes Gespräch unter vier Augen für unser Extra bekommen?«

»Ich habe leider wirklich keine Zeit«, sagte Tess und schaute auf ihr Handy.

In gut zwei Stunden endete Joe Svenssons Schicht in der Salatbar in Simrishamn. Dann mussten sie zur Stelle sein, um ihn zu vernehmen.

»Bitte.«

»Unter einer Bedingung.«

Johanna Svanberg sah sie verwundert an.

»Ich gebe ein Statement ab und beantworte keine Fragen.«

»Ja, ja, schon gut.«

Sie stellte die Kamera auf, und sobald das rote Lämpchen leuchtete, schaute Tess direkt in die Kamera.

»Ich möchte dem Täter, der sich wahrscheinlich gar nicht so weit von hier entfernt aufhält, wie wir inzwischen glauben, etwas mitteilen: Wir werden dich kriegen. Wir werden dich den Rest deines Lebens jagen, und du wirst dich nie wieder sicher fühlen.«

Tess schwieg, und Johanna Svanberg begriff, dass das alles gewesen war.

»Das klingt ja beinahe, als wüssten Sie, wer der Täter ist?«

Tess drehte sich um und ging davon, ohne zu antworten.

Tess und Marie fuhren aus der Tiefgarage und auf die Straße, um Joe Svensson zu treffen und ihn mit den neuesten Erkenntnissen zu seiner DNA-Probe zu konfrontieren. Ein paar Presseteams standen noch immer vor dem Polizeigebäude und produzierten Einspieler für ihre Sendungen.

Als sie die Stadtgrenze von Malmö erreichten, klingelte Maries Handy. Tess drehte die Lautstärke des Hardrockgeschrammels herunter.

»Ach, wie tragisch. Können Sie mir das genaue Datum nennen?«, fragte Marie.

Tess hörte sie zustimmend murmeln und sah, wie sie sich etwas notierte.

»Und er hat keinen Brief hinterlassen? Okay, verstehe. Wir arbeiten gerade noch nach dem Ausschlussverfahren, wie Sie vielleicht mitbekommen haben. Haben Sie eventuell noch etwas, das ihm gehört hat?«

Marie schrieb »Björn« auf ein Blatt Papier und zeichnete ein Kreuz dahinter, dann zeigte sie es Tess.

»Tot?«, flüsterte sie.

Marie nickte, bedankte sich bei Björns Cousin, der sie angerufen hatte, und erklärte, sie würden sich eventuell noch einmal mit weiteren Fragen bei ihm melden.

»Jepp«, sagte sie und wandte sich Tess zu. »Das erklärt zumindest einiges. Björn Almström hat sich vor einem Jahr im Flur seiner Wohnung in Kent erhängt. Der Cousin meint, er habe eine schleichende Depression gehabt, die sich in den letzten Jahren immer weiter verschlimmert hatte.«

»Oh. Vielleicht hing das mit dem Hörverlust zusammen?«

»Es scheint so. Der Cousin hatte nicht viel Kontakt zu ihm, scheint aber der Einzige zu sein, der ihm überhaupt einigermaßen nahestand.«

»Was für eine Tragödie. Und wie einsam er gewesen sein muss.«

Dass Verdächtige in alten Fällen starben, war nichts Ungewöhnliches. Vor ein paar Jahren hatten sie an einem alten Mordfall gearbeitet, und als sie einen der Verdächtigen zu Hause vernehmen wollten, war dieser einen Tag zuvor an einer Überdosis gestorben.

Doch vor einem Jahr war noch keine Rede davon gewesen, dass der Fall noch einmal aufgerollt werden würde. Das konnte Björn nicht in den Tod getrieben haben.

Sie sah sein ernstes, ein wenig nichtssagendes Gesicht von den Fotos vor sich. Tess hätte ihn gerne kennengelernt, um herauszufinden, ob er wirklich der Sonderling war, als den ihn alle beschrieben hatten.

»Der Cousin war jedenfalls derjenige, dem sie seine Habseligkeiten haben zukommen lassen«, sagte Marie. »Die Wahrscheinlichkeit, dass etwas dabei ist, von dem wir noch DNA gewinnen können, ist aber ziemlich gering.«

Tess nickte, war aber inzwischen ziemlich überzeugt davon, dass Björn Almström nichts mit ihrem Fall zu tun hatte.

Es war stickig in dem Raum, der ihnen im Polizeigebäude Simrishamn für die Vernehmung zur Verfügung gestellt worden war. Die Sonne schien direkt herein, und man konnte die Fenster nicht öffnen.

Marie saß schweigend am Ende des Tisches und starrte Joe an.

Tess überlegte, ob er wohl in den Nachrichten die Berichte von der Pressekonferenz am Morgen gesehen hatte. In diesem Gespräch wollten sie sich allerdings erst einmal auf Max und den DNA-Treffer konzentrieren.

Auf dem Tisch lag Joes schwarze Schirmmütze, ohne die er wesentlich älter aussah. An seinem hohen, leicht ergrauten Haaransatz hatten sich Schweißperlen gebildet. Ein Sonnenstrahl blendete ihn, und er blinzelte. Tess trat ans Fenster und zog die Vorhänge zu.

Dann legte sie ihm ein großes Foto von Max vor, das ihn so fröhlich an seinem letzten Abend zeigte.

»Vor ein paar Tagen habe ich mit Max' Eltern gesprochen. Seine Mutter hat seit fünfzehn Jahren keine einzige Nacht durchgeschlafen. Es muss die reinste Folter sein. Sie waren doch Freunde, Max und Sie, zumindest eine Zeitlang. Auch um seinetwillen sollte der Fall endlich aufgeklärt werden. Finden Sie nicht?«

Joe blickte zu Boden.

»Sie ahnen schon, dass wir neue Erkenntnisse haben, oder?«

Joe hob den Kopf, als wäre er nicht ganz anwesend.

»Wie bitte?«

Tess beugte sich über den Tisch.

»Wir haben den Pullover noch einmal untersuchen lassen, den Max anhatte, als er getötet wurde. Darauf wurde Ihre DNA gefunden.«

Joe hob die Hände und sah sie entsetzt an.

»Aber ich habe ihn nicht getötet, das schwöre ich.«

»Wir erklären Sie sich das dann?«

»Jetzt mal ehrlich, ich habe keine Ahnung. Ich habe ihn nur einmal an diesem Abend angefasst, als er oben vor meinem Zimmer stand und offensichtlich gelauscht hatte. Er machte mich wahnsinnig. Ich wusste genau, worauf er aus war. Ich kam ihm ganz nah, ich wollte ihn warnen, sich ständig in meine Angelegenheiten einzumischen.«

»Und wie reagierte er?«

»Er brüllte, er hätte die Treppe runterfallen und sich das Genick brechen können. Das war total übertrieben. Ich erinnere mich, dass er diesen grün geringelten Pullover anhatte, und vielleicht ist bei dem Streit ein Speicheltropfen darauf gelandet.«

Marie musterte ihn skeptisch.

»Sie wollen so gefaucht und gespuckt haben, dass ein Speicheltropfen auf seinem Pullover gelandet ist?«

Joe wandte sich zu ihr um und hob die Stimme.

»Näher bin ich ihm an dem Abend jedenfalls nicht gekommen, das schwöre ich.«

Tess zeigte erneut mit dem Finger auf Max' Foto.

»Ich glaube, an dem Abend passierte einiges, worüber Sie nicht reden wollen. Ich kann Ihnen nur raten zu kooperieren, denn im Moment sieht es ganz schlecht für Sie aus.«

Joe warf einen raschen Blick auf das Foto und sah dann schnell wieder weg. Tess beschloss, ihm etwas Zeit zu lassen, aber nach einer Weile stellte sie überrascht fest, dass Joe Tränen über die Wangen liefen.

Sie beobachtete, wie er mit sich rang und überlegte, was er als Nächstes tun sollte.

Schließlich holte er tief Luft und wischte sich mit dem Handrücken über das Gesicht.

»Ich habe mich nicht getraut, es zu erzählen. Jeder hätte dann gedacht, ich wäre es gewesen.«

Tess und Marie wechselten einen kurzen Blick.

»Was zu erzählen?«, fragte Tess ruhig.

Joe schüttelte den Kopf und schniefte.

»Und jetzt glauben Sie trotzdem, ich wäre es gewesen. Es ist so sinnlos, irgendwie.«

Er versuchte zu lächeln.

»Erzählen Sie es so, dass ich es verstehe.«

Joe seufzte und rieb sich mit den Händen das Gesicht. Dann wandte er sich ihr zu.

»Ja, ich war auf dieser Party in Ystad. Und ja, ich habe gelogen, dass ich mich nicht genau erinnern würde und dass mich jemand im Auto nach Malmö mitgenommen hätte. Das stimmte nicht. Und ja, ich kam schmutzig und verdreckt dort an und ging sofort duschen. Aber wissen Sie was?«

»Nein?«

»Ich habe Max nicht getötet.«

Joe blinzelte, kniff die Augen fast zu.

»Ich hatte wahnsinnige Angst, beschuldigt zu werden und wusste, dass das mit dem Duschen einen ganz schlechten Eindruck gemacht hätte. Ich war damals nicht sehr stabil und hätte mir wahrscheinlich lieber das Leben genommen, als verdächtigt und verhaftet zu werden.«

»Warum waren Sie so schmutzig, was war passiert?«

»Ich hatte mich mit jemandem geprügelt, aber nicht mit Max.«

Tess beugte sich über den Tisch zu ihm hinüber.

»War es dieselbe Person, mit der Sie bereits im Pub aneinandergeraten waren?«

Joe wirkte verunsichert.

»Ja«, antwortete er zögernd. »Aber ich bin nicht mit ihm aneinandergeraten, ich wurde angegriffen.«

»Von wem?«

Joe klemmte sich die Hände zwischen die Oberschenkel und rutschte auf dem Stuhl hin und her. Sein ganzer Körper drückte Widerstand aus.

»Frank. Frank Ögren.«

»Also gut. Frank Ögren aus dem allgemeinbildenden Zweig«, sagte Marie. »Worum ging es bei dem Streit?«

»Ich schuldete ihm Geld. Und er hatte gerade erfahren, dass ich in die USA gehen wollte. Aber ich hatte keine einzige Öre, konnte ihm nichts zurückzahlen.«

»Wo fand dieser Streit statt?«

»Ganz in der Nähe der Party.«

Tess rief einen Stadtplan von Ystad auf ihrem Handy auf und bat Joe, ihr den Ort zu zeigen.

»Ich bin lange nicht mehr dort gewesen, kenne mich so gut wie gar nicht mehr aus«, sagte er. »Aber es muss hier irgendwo gewesen sein.«

Er zeigte auf eine Straße ein Stück oberhalb der Hauptstraße Österleden, die später in die Landstraße Väg 9 überging.

»Die Party fand in einer Wohnung statt, in der Nähe der Fridhemsgatan. Es regnete in Strömen. Frank passte mich unterwegs ab. Er sprang mich regelrecht an, er war außer sich, und wir stürzten zu Boden und rollten durch das schlammige Gras.«

»Wie endete der Streit?«

»Es gelang mir, mich zu befreien. Ich schnappte mir mein

Fahrrad und machte, dass ich wegkam. Irgendwann kehrte ich dann wieder um und fuhr zu der Party.«

»Um wie viel Geld ging es genau?«

»Keine Ahnung, aber es war ziemlich viel. Ich war knapp bei Kasse und lieh mir öfter etwas von ihm. Er arbeitete nebenbei und hatte immer Geld.«

»Waren Sie sehr eng miteinander?«

Joe zögerte die Antwort hinaus.

»Ich glaube, er sah mich als eine Art Bruder und war persönlich enttäuscht, weil ich von der Schule abgehen und nach Amerika wollte. Ich fand seine Reaktion übertrieben. Klar, wir waren Freunde, aber so schlimm war es doch nun auch nicht, dass ich aufhören wollte.«

Tess nickte und sah Marie an.

»Aber Frank hätte Ihnen doch ein Alibi geben können«, sagte Marie.

Joe drehte sich zu ihr um.

»Nicht nach unserem Streit.«

»Er hat aber doch ausgesagt, dass Sie auf der Party in Ystad waren.«

Joe schnaubte.

»Schon, aber doch wohl eher, um mich verdächtig zu machen.«

Tess sah Frank Ögren vor sich, wie sie sich im Wald getroffen hatten. Sie konnte nicht behaupten, dass er einen besonderen Eindruck auf sie gemacht hatte, erinnerte sich kaum an sein Gesicht. Ihr war vor allem aufgefallen, dass er für einen Waldarbeiter eher schmächtig wirkte.

»Wie stehen Sie heute zu Frank?«

Joe zuckte die Achseln.

»Ich habe ihn seit Jahren nicht mehr gesehen.«

»Haben Sie je darüber gesprochen, was damals passiert ist?«

Joe schüttelte den Kopf.

Tess erhob sich, schenkte sich und Joe Wasser ins Glas. Dann trat sie ans Fenster und schaute hinaus. Die sengende Sonne erinnerte eher an Griechenland im August als an einen nordischen Frühlingstag. Ihr war heiß, und sie fühlte sich unangenehm klebrig. Schweiß rann ihr in den Nacken.

»Es ist wirklich wahnsinnig heiß hier drinnen, wir sollten nicht ewig hier herumsitzen. Sie haben das alles lange genug mit sich herumgetragen, fünfzehn Jahre lang. Ebenso wie die Angehörigen. Schön, dass Sie uns das mit der Party erzählt haben. Aber wird es nicht endlich Zeit, alle Karten auf den Tisch zu legen? Endlich mit dem Ganzen abzuschließen?«

Joe sah ihr in die Augen und hob die Hände.

»Da gibt es nichts weiter. Ich habe alles gesagt.«

»Wie Sie vielleicht aus den Nachrichten erfahren haben, gibt es Berührungspunkte zwischen dem Mord an Max und den beiden kürzlich in Österlen ermordeten Frauen.«

»Ja, die Sache mit dem Lehm. Jetzt bin ich wohl auch noch wegen dieser Morde verdächtig? Haben Sie mich deshalb gefragt, was ich Ostern gemacht habe?«

Marie stand ebenfalls auf.

»Wir fragen viele nach vielem. Da Sie es aber gerade ansprechen: Was haben Sie Karfreitag am frühen Morgen und gestern Nachmittag gemacht?«

Joe fuhr sich erneut mit den Händen über das Gesicht.

»Am Karfreitag war ich die meiste Zeit zu Hause bei meiner Familie, das kann meine Frau bestätigen. Und gestern Nachmittag habe ich einem Freund geholfen, ein paar Sachen zur Müllkippe zu fahren.«

Marie trat zu ihm und verschränkte die Arme vor der Brust.

»Dann hoffen wir mal, dass Sie diesmal ein besseres Alibi

bekommen. Das aus Malmö ließ ja schließlich zu wünschen übrig.«

Joe verzog das Gesicht und fragte Tess, ob er jetzt gehen könne.

»Wir müssen in den nächsten Tagen noch mal mit Ihnen sprechen, halten Sie sich also zu unserer Verfügung. Sie haben doch nicht irgendwelche Reisepläne?«

»Nein, wir sind zu Hause.«

Joe stand auf und ging hinaus.

»Ich zerfließe gleich«, sagte Marie und packte ihre Sachen zusammen.

Heiße Luft schlug ihnen entgegen, als sie vor die Tür traten.

»Was hältst du von ihm?«, fragte Tess auf dem Weg zum Auto.

»Immer neue Geschichten«, sagte Marie und fächerte sich mit ihrem Notizbuch Luft zu. »Der Typ ist als Lügner geboren. Dennoch bin ich mir nicht sicher. Es wäre interessant, was Frank dazu zu sagen hat.«

Tess ging es ähnlich. Die Tränen, die er verdrückt hatte, als er von seiner Angst sprach, verdächtigt zu werden, waren ihr nicht echt vorgekommen. Und er verschwieg ihnen immer noch etwas, da war sie sich sicher.

Tess schaute zum Himmel. Im Osten, Richtung Meer, hatte sich eine dicke, dunkle Wolkendecke gebildet. Wenn die auf dem Weg zur Küste war, konnten sie sich auf ein ordentliches Gewitter gefasst machen.

Unterwegs besorgte Marie Getränke, und Tess rief in der Zwischenzeit Frank Ögren an, der schon nach kurzer Zeit abnahm. Im Hintergrund war eine Motorsäge zu hören, wahrscheinlich war er im Wald und arbeitete.

Tess erklärte, Joe hätte ihnen neue Informationen über den Oktoberabend gegeben, an dem Max ermordet wurde.

»Er sagt, Sie beide hätten sich in der Mordnacht geprügelt, und dass er deshalb so schmutzig gewesen sei.«

Frank seufzte laut.

»Völliger Blödsinn. Er lügt, bis er es selber glaubt, das war schon immer so. Ich war auf der Party.«

»Er sagt, Sie hätten ihm aufgelauert, als er zu dieser Party wollte.«

»Wir trafen uns vor dem Haus und redeten, mehr war da nicht. Es stimmt, dass ich wütend auf ihn war, er schuldete mir Geld, und ich wollte es wiederhaben, bevor er ins Ausland ging. Er lieh sich überall Geld, ich war nicht der Einzige, der wütend auf ihn war. Aber eine Prügelei hat es nie gegeben.«

Nachdem sie das Gespräch beendet hatten, öffnete Tess die Autotür und schaltete den Motor ein. Die wohltuende Kühle der Klimaanlage breitete sich im Auto aus.

Marie war zurück und stieg ebenfalls ein.

»Er behauptet, Joe lügt. Aussage gegen Aussage.«

»Wie immer. Ich bin diese Kerle und ihre Lügen so satt. Und sie glauben immer, sie könnten mit allem durchkommen.«

Tess fuhr in den Kreisverkehr und auf die Straße nach Ystad.

»Wir haben einen DNA-Treffer, und Joe hat kein Alibi. Wir haben schon Leute verhaftet, gegen die wir weniger in der Hand hatten. Doch auf die große Frage gibt es noch immer keine Antwort. Was hätte Joe für einen Grund, Max mit vierundzwanzig Messerstichen zu töten? Und, wenn der Lehm tatsächlich eine Bedeutung hat: Worin besteht die Verbindung zwischen dem Lehm und den beiden Frauen?«

Kurze Zeit später parkten sie in einer Seitenstraße in der Nähe des Stortorget in Ystad und begaben sich zu dem Pub. Er hieß jetzt nicht mehr The Goat, sondern The Sheep, unter dem neuen Namen stand »billiges Bier«.

Tess erkannte Anna Woytic, die an der Bar der lichtdurchfluteten Kneipe stand, sofort. Sie ging zu ihr, um sich vorzustellen. Ihr Gesicht hatte sich in den fünfzehn Jahren kaum verändert. Die Wangen waren etwas voller geworden, doch ihr dunkles Haar trug sie nach wie vor schulterlang.

»Fühlt sich merkwürdig an, nach so langer Zeit wieder hier zu sein. Ich war tatsächlich kaum mehr in Ystad, seit das passiert ist. Es war ja irgendwie alles mit dem Mord und mit Max verbunden.«

Tess schaute auf den Marktplatz hinaus, auf das weiße, prachtvolle Rathaus und die charakteristischen Fachwerkhäuser gegenüber. Auf den Bänken saßen Menschen aus Ystad und Touristen und genossen die ungewöhnlich warme Maisonne.

»Und jetzt passieren um uns herum wieder solch schreckliche Dinge«, sagte Anna. »Diese beiden Frauen, die getötet wurden – ist wirklich davon auszugehen, dass es einen Zusammenhang mit dem Mord an Max gibt?«

»Das wissen wir noch nicht, aber es gibt Parallelen. Unsere wichtigste Aufgabe ist es, endlich Klarheit darüber zu gewinnen, was mit Max passiert ist.«

Sie setzten sich an einen der Tische.

»Bevor wir die Ereignisse durchgehen, die sich an jenem Abend hier drinnen abgespielt haben, müssen wir noch eins klären«, sagte Tess.

Anna sah sie ängstlich an.

»In den ersten Befragungen nach Max' Ermordung haben Sie ausgesagt, dass sowohl Håkan als auch Joe zu Hause waren, als Sie in die WG zurückkamen.«

Anna schluckte, und Tess fuhr fort.

»Ich weiß, dass Sie diese Aussage später zurückgenommen und sich entschuldigt haben, dass Sie die falschen Schlüsse gezogen hätten. Können Sie mir erklären, wie Sie damals gedacht haben?«

Obwohl Tess so vorsichtig mit ihr umging, sah Anna aus, als würde sie jeden Moment in Tränen ausbrechen.

Sie faltete die Hände im Schoß.

»Es tut mir so leid, und wenn ich könnte, würde ich die Zeit zurückdrehen, aber ...«

Marie unterbrach sie.

»Hat einer von den beiden Sie gebeten, ihm ein falsches Alibi zu geben?«

»Nein, auf keinen Fall. Niemand hat versucht mich zu beeinflussen.«

Anna biss sich auf die Lippe.

»Ich glaube, ich wollte einfach gerne, dass sie zu Hause gewesen wären. Es war alles so schrecklich. Und wir gehörten doch zusammen, auch wenn wir uns in den letzten Monaten oft gestritten hatten. Als WG hielten wir zusammen. Ich ertrug es nicht, dass einer von ihnen verdächtigt werden könnte.«

»Haben Sie selbst jemals gedacht, einer von ihnen könnte etwas mit Max' Tod zu tun gehabt haben?«

»Nein, ganz bestimmt nicht. Aber ...«

Anna sah aus dem Fenster.

»Ich wusste ja, dass es hier und da Zoff gegeben hatte und die Gerüchte sich verbreiten würden.«

»Was meinen Sie mit Zoff?«

»Ja, also vor allem zwischen Joe und Max. Und es wurde noch schlimmer, als wirklich alle dachten, er hätte ihn getötet.«

»Was war mit Ihnen?«

»Ich habe nie geglaubt, dass Joe so etwas tun könnte. Von keinem auf der Schule könnte ich es mir vorstellen. Man hätte es doch merken müssen, wenn jemand Max so sehr gehasst hätte.«

Anna machte einen sehr gutgläubigen Eindruck auf Tess.

»Es ist erstaunlich, wie oft zwischen Menschen Dinge vorgehen, von denen wir gar nichts mitbekommen.«

Anna blickte von Tess zu Marie und wieder zurück.

»Es tut mir wirklich leid, dass ich damals gelogen habe. Heute würde ich es ganz bestimmt anders machen.«

»Ja«, sagte Tess, »zumal es um zwei Menschen geht, mit denen Sie seitdem keinen Kontakt mehr hatten. Vielleicht waren Sie doch gar nicht so enge Freunde, und es stellt sich heute vielleicht noch einmal in einem anderen Licht dar? Oder?«

»Ja, bestimmt«, sagte Anna und nickte.

Tess stand auf.

»Wollen wir Ihre Erinnerungen an diesen Abend gemeinsam durchgehen?«

Sie hatten Anna gebeten, eine Skizze der Bar zu erstellen, um sich besser zu erinnern, was die Leute gesagt und wie sie sich bewegt hatten. Und es stellte sich heraus, dass Anna zu den wenigen gehörte, die ein richtig gutes Gedächtnis hatten.

Marie blieb sitzen und schrieb alles auf, was sie sagte.

»Sie haben die WG dann kurze Zeit später aufgelöst?«

»Ja, wir zogen alle drei aus. Die letzten Monate waren wirklich schrecklich.«

»Wie haben Sie Håkan und Joe in dieser letzten Zeit erlebt? Wirkten sie irgendwie verändert?«

»Joe sah ich kaum, er hing meistens bei einem Kumpel in Malmö ab. Es schien ihm richtig schlecht zu gehen, also, so richtig. Eigentlich wollte er ja in die USA, doch daraus wurde erst mal nichts. Joe und Max waren ziemlich gut befreundet gewesen, enger jedenfalls als Håkan mit einem von ihnen. Sie waren sich irgendwie ähnlich, kleideten sich ähnlich, hatten eine ähnliche Frisur, typische Musiker eben. Håkan war völlig anders, weniger sensibel und von Natur aus fröhlicher. In den letzten Monaten nach Max' Tod war er aber auch nur noch selten zu Hause, übte viel in der Schule und übernachtete häufig bei Freunden. Ich war oft allein im Haus, denn ich kam ja aus dem Norden und kannte hier nicht so viele, bei denen ich hätte übernachten können.«

»Das muss eine anstrengende Zeit für Sie gewesen sein.«

»Ja, es war wirklich schlimm. Und unheimlich, weil man ja nicht wusste, was passiert war. Allein in diesem großen Haus herumzulaufen, und dann ständig Besuch von der Polizei … Man kam ja auch immer wieder an Max' Zimmer vorbei. Nein, ich war echt erleichtert, als ich endlich ausziehen konnte.«

»Wie war Ihre Beziehung zu Max?«

»Gut. Er war so ein Typ, mit dem man gut befreundet sein konnte. Sanft, witzig, nett. So würde ich ihn beschreiben. Klar, manchmal konnte er ein bisschen übertrieben moralisch sein. Darüber haben sich viele aufgeregt.«

»Können Sie uns ein Beispiel nennen?«

»Es waren Kleinigkeiten in der WG. Und dann hatte er natürlich Joe wegen seiner Drogen auf dem Kieker. Außerdem fand er, Joe müsse mehr üben. Max hatte eine sture und sehr eigensinnige Seite, ich fand es aber meistens eher lustig. Es kam zwar nicht mehr dazu, aber er hatte für das Vorspiel ein Solostück ausgewählt, diese Goldbergvariationen. Alle anderen spielten mit mehreren. Ich meine, das fiel schon auf. Es gehörte eindeutig zu den anspruchsvolleren Beiträgen. Trotzdem glaube ich, dass er und ich eigentlich die beste Beziehung in der WG hatten. Sie war einfach unkompliziert.«

»Aber Sie waren nur befreundet?«

Anna lächelte und wirkte plötzlich ein bisschen verlegen.

»Also einmal, als wir betrunken waren, knutschten wir, und anschließend herrschte schlechte Stimmung, weil ich eigentlich mit Håkan zusammen war. Ein Jahr lang, ungefähr, aber das wissen Sie ja bestimmt. Håkan war deshalb ziemlich sauer auf Max.«

»Wollte Max etwas von Ihnen?«

»Nein, es war nur so ein betrunkenes Ding. Heute kann man nicht mehr so richtig nachvollziehen, wie man das machen konnte, aber damals war es nicht weiter seltsam. Wir waren wirklich nur Freunde, aber Håkan wurde, wie gesagt, ziemlich wütend. Später, nach Max' Tod, hatte er dann aber ein schlechtes Gewissen deswegen, glaube ich.«

Sie seufzte.

»Håkan konnte ein richtiger Kontrollfreak sein, deshalb habe ich dann auch mit ihm Schluss gemacht. Er war mir viel zu dominant.«

»Und Max? Gab es andere Frauen in seinem Leben?«

Anna überlegte kurz.

»Nein, das war wohl auch ein bisschen sein Fluch, alle wollten ihn immer nur als guten Freund.«

Anna ging an die Bar, um sich ein Glas Wasser zu holen. Tess betrachtete den Marktplatz draußen. Eine Frau in ihrem

Alter kam mit einem kleinen Mädchen vorbei, das gerade laufen gelernt hatte. So würde ihr Leben erst einmal nicht aussehen, das stand fest. Und vielleicht würde es das in ihrem Leben niemals geben.

Als sie am Morgen in ihrer Wohnung in Västra Hamnen aufgewacht war, hatte sie sich unendlich leer gefühlt. Sie war nicht bereit für diese Gefühle, die sie da plötzlich übermannten. Kannte sie sich selbst wirklich so schlecht? Wie konnte das sein?

Anna kehrte an ihren Platz zurück und riss sie aus ihren Gedanken.

Tess deutete zum Ende der Bar.

»Und Sie standen also dort?«

»Ja, ich hatte keine Lust mehr, am Tisch zu sitzen und ging an die Bar. Die Musik war ziemlich laut, und die Kneipe sollte bald schließen. Ich unterhielt mich mit einer Frau, die kreatives Schreiben belegt hatte, konnte sie aber kaum verstehen, wegen des Streits und überhaupt, weil es so laut war. Und noch etwas war seltsam, fällt mir gerade ein.«

»Ja?«

»Dieser Eigenbrötler aus unserer Klasse, wie hieß er noch?«

»Björn Almström?«

»Genau, die Namen vergisst man manchmal. Er kam plötzlich rein. Ich erinnere mich, wie erstaunt alle waren. Er ging sonst nie in eine Kneipe, und er kam auch zu keiner Party. Und dann tauchte er plötzlich auf wie aus dem Nichts und bestellte eine Cola an der Bar.«

Anna lächelte und schüttelte den Kopf.

»War er da, als der Streit ausbrach?«

Anna schaute auf ihre Skizze und zeigte auf die Mitte der Bar.

»Ja, er stand gegenüber, auf der anderen Seite. Und genau

in dem Augenblick wurde die Stimmung plötzlich total gereizt. Es wurde laut, und sie schubsten sich.«

»Haben Sie gesehen, wer an dem Streit beteiligt war?«

»Ja, zumindest teilweise. Joe stand hier in der Mitte, und Frank stand hier.«

Sie zeigte auf einen Platz an Joes anderer Seite.

»Die beiden stritten sich.«

»Haben Sie mitbekommen, worum es ging?«

»Ich glaube, es hatte mit Joes Amerika-Plänen zu tun, und dass er die Schule schmeißen wollte.«

Anna sah Tess an.

»Komisch, jetzt wo ich hier stehe, fühlt es sich an, als wäre es wieder dieser Abend. Ich kann fast die Musik und ihre Stimmen hören.«

Tess nickte. Genau das hatte sie gehofft.

»Stritten Frank und Joe öfter so?«

»Keine Ahnung. Ich kannte Frank nicht gut. Aber soweit ich weiß, waren sie gute Freunde, vor allem war Frank gern mit Joe zusammen.«

»Und Björn Almström?«

»Nein«, sagte sie und deutete auf die andere Seite. »Er stand nur da wie ein Gespenst und guckte, redete mit niemandem. Er war wirklich ein bisschen speziell, wenn man das so sagen kann.«

Tess nickte.

»Ich habe große Teile der Ermittlungen gelesen«, sagte sie. »Alle Zeugen, die hier waren, erwähnen den Streit, und dass dieser ungewöhnlich aggressiv gewesen sei. Ich frage mich, worum es da ging. In einer Aussage heißt es, es habe Gerede gegeben. Wissen Sie darüber irgendetwas?«

»Gerede?«

Anna sah nachdenklich drein.

»An so einer Schule mit angeschlossenem Wohnheim

sind natürlich immer Gerüchte im Umlauf. Man lebt ziemlich nah beieinander, vor allem, wenn man denselben Zweig besucht. Aber man wusste nie recht, was davon stimmte.«

Anna schwieg.

Tess sah sich im Lokal um, sie spürte, dass Anna noch etwas zu sagen hatte.

»Es ist wirklich wichtig, dass Sie uns alles sagen«, meinte Tess. »Was relevant ist und was nicht, sehen wir dann.«

Anna sah sich in der Bar um, als stünden ihre damaligen Kommilitonen noch dort.

»Es hieß, Joe und Frank würden Drogen verkaufen.«

Tess nickte nur.

»Und dass ein paar Monate zuvor in Malmö etwas ziemlich Schreckliches passiert wäre. Ein Typ war gestorben. Er hatte Pilze genommen und war von einem fünfstöckigen Wohnhaus gesprungen.«

Tess nickte wieder, tat, als hätte sie das schon mal gehört.

Marie blickte auf.

»Pilze?«

»Ja«, sagte Anna. »Ich kenne mich da ja nicht aus, aber ich nehme an, es waren keine Pfifferlinge, die sie verkauften. Jemand, der den Typen gekannt hatte, wusste, dass Frank und Joe sie ihm verkauft hatten und begann zu reden.«

»Ziemlich unangenehm, wenn das stimmte«, sagte Tess.

»Ja, schrecklich. Klar war es nur ein Gerücht, aber ich habe es von mehreren Seiten gehört.«

»War an dem letzten Abend hier ebenfalls davon die Rede?«

»Nein, ich habe nur das mit Joes Amerika-Plänen mitbekommen.«

»Aber diese Gerüchte über die Pilze und den Todesfall – haben Sie sie damals erwähnt, als Sie vernommen wurden?«

»Nein, ich wollte keine Gerüchte verbreiten. Ich wusste

ja nicht, was überhaupt dran war. Und ich dachte, es hätte nichts mit Max zu tun. Einzelheiten von dem Abend sind mir überhaupt erst viel später wieder eingefallen. Man war ja wie unter Schock nach dem Mord. Jetzt, wo ich hier stehe, fühlt es sich wieder so an, als wäre es gestern gewesen.«

»Und Max hatte mit alldem nichts zu tun?«

»Nein, er interessierte sich nicht für so etwas. Wenn er es gewusst hätte, wäre er sicher außer sich gewesen.«

Tess ging zu den großen Fenstern hinüber. Anna stellte sich neben sie, schauderte und schlang die Arme um ihre rote Strickjacke.

»Puh, das sind keine schönen Erinnerungen.«

»Nein«, sagte Tess. »Aber auch wenn es manchmal hart ist, mit der Wahrheit konfrontiert zu werden, ist es doch besser, als jahrelang mit Lügen zu leben, die immer größer werden.«

Anna wandte sich erst Tess zu, dann Marie.

»Glauben Sie, dass das Gerücht über diesen Typen, der gestorben ist, etwas mit dem Mord zu tun hat?«

Tess zuckte die Achseln.

»Das wissen wir noch nicht. Aber es ist gut, wenn man so viele Fragezeichen wie möglich ausräumen kann. Und bei ein paar davon haben Sie uns heute geholfen, haben Sie vielen Dank.«

Annas Gesicht leuchtete auf. Gemeinsam gingen sie auf den Platz hinaus.

In der Mitte blieb Anna stehen und schaute zur Fußgängerzone hinüber. Die Sonne schien, die Geschäfte waren geöffnet und frühlingshaft gekleidete Stadtbewohner flanierten durch die Gassen und über den Markt.

»Ich denke oft daran, wie ich ihn allein auf dem Fahrrad davonfahren sah. Das Leben ist seltsam. Was, wenn wir zusammen nach Hause gefahren wären? Vielleicht wäre das alles dann gar nicht passiert.«

Tess schaute ebenfalls in die Richtung.

»Wahrscheinlich nicht. Aber weiß man es? Vielleicht wäre es stattdessen in der darauffolgenden Woche passiert?«

Nachdem sie sich verabschiedet hatten, gingen Tess und Marie zum Auto.

»Darum also ging es bei diesem Gerede und den Heimlichtuereien.«

Sie stiegen ein.

»Könnte Max Joe gedroht haben, die Sache mit den Pilzen und dem anschließenden Todesfall auffliegen zu lassen?«, fragte Marie. »Hat Joe ihn deshalb überfallen?«

Tess fuhr los. Derselbe Gedanke war ihr auch schon gekommen.

»Das wäre zumindest so etwas wie ein Motiv.«

Als sie an Maries Wohnung in der Spångatan ankamen, sagte Marie:

»Komm doch mit hoch, dann zeige ich dir das Malmöer Ritz.«

Tess zögerte, nach dem langen Tag mit Pressekonferenz und Vernehmungen war sie hungrig und müde. Sie zog ihr Handy heraus. Brännström hatte noch nicht wieder angerufen, obwohl noch mehrere DNA-Ergebnisse ausstanden. Vielleicht halfen sie ihnen aber auch ohnehin nicht weiter, vielleicht ließen sich die Blutflecken nicht analysieren. Tess hatte große Hoffnungen darauf gesetzt. Wenn das Blut ebenfalls von Joe stammte, würde sich der Verdacht gegen ihn erhärten. Oder er führte sie noch einmal in eine ganz andere Richtung, vielleicht zu eventuellen Mittätern.

Tess beschloss, wenigstens auf einen kurzen Sprung mit hinaufzugehen. Die grelle Neonröhrenbeleuchtung im Treppenhaus verstärkte das Übelkeit erregende Grün der Wände. Auf dem Weg zum Fahrstuhl schlugen ihnen Essens- und Abfallgerüche entgegen.

Im dritten Stock öffnete Marie ihre Wohnungstür.

»Pass auf, dass du dich nicht verläufst«, sagte sie und trat sich die Turnschuhe von den Füßen.

Tess ging die paar Schritte ins Zimmer hinein und stellte fest, dass Marie tatsächlich nicht übertrieb, wenn sie ihr neues Teilzeit-Zuhause als Zelle beschrieb.

An der Wand gegenüber der Tür hing ein gerahmtes Poster der Band Krokus, einer von Maries Lieblingsbands, das Tess noch aus dem Flur ihres Hauses in Kirseberg kannte.

Marie deutete mit dem Finger darauf.

»Das hängt da vor allem, weil Tomas sich drüber ärgert. Er hängt es jedes Mal ab, wenn er hier ist.«

Tess sah sich nach einer Sitzgelegenheit um, doch der einzige Sessel war mit Kleidungsstücken überhäuft. Sie hob eine Tasche von dem schmalen Holzbett und setzte sich auf den freien Platz. Ihr Handy meldete sich, das hatte es seit der Pressekonferenz ununterbrochen getan, sie hatte es auf lautlos gestellt, und so vibrierte es vor sich hin. Mehrmals am Tag hatte Johanna Svanberg von SVT Skåne versucht sie zu erreichen, ihre Nummer erkannte sie inzwischen sofort. Tess ging auch jetzt nicht dran. Svanberg schien ja genügend andere Kontakte bei der Polizei zu haben.

Marie stand in der kleinen, gelb gestrichenen Kochnische ohne Fenster.

Tess erkannte sofort das jagende Schlagzeug und die Gitarrenriffs, die Einleitung zu »Ace of Spades« von den Motörheads, die Marie eingeschaltet hatte, sie musste sie sich oft genug im Auto mit anhören.

Mit einer Flasche Weißwein und zwei Gläsern kehrte Marie zurück.

»Kleine Beruhigung für die Nerven, nach dieser großartigen Rundtour?«

Tess sah sie an und konnte sich ein Lachen nicht verkneifen.

»Ja, warum nicht. Du hast es sehr gemütlich und scheinst dich schon richtig eingenistet zu haben. Falls du trotzdem irgendwann Platzangst bekommst, kannst du zu mir ziehen.«

Marie schüttelte den Kopf und schenkte ein.

»Genau darauf habe ich jahrelang hingearbeitet. Das Leben ist wunderbar. Skål!«

Sie stellte einen Becher Salzstangen auf den Nachttisch. Über dem Sessel hing ein Foto von Marie und dem Sänger von Motörhead, Lemmy Kilmister, auf dem er sie auf die Wange küsste.

Marie folgte ihrem Blick.

»Das war nach einem Auftritt im Saga in Kopenhagen. Er ist echt keine Schönheit, mit diesen Warzen und so, aber so was von cool. Er hat mir sogar eins seiner Plektren geschenkt.«

Tess trank einen Schluck, es war ihr erstes Glas Wein, seit sie wusste, dass sie nicht schwanger war, und es schmeckte vor allem sauer.

Marie setzte sich neben sie aufs Bett. Sie schwiegen, schauten zum Fenster mit der heruntergelassenen Jalousie.

»Das Burger-King-Schild leuchtet nachts so hell, dass man nicht schlafen kann, wenn man die Jalousie offenlässt.«

Sie blickten sich an und lachten erneut. Nach einer Weile wischte Marie sich die Wangen, ihr Lachen war in Tränen übergegangen.

»So etwas hat eine dreifache Mutter einfach nicht verdient. An einem Freitagabend vor ein paar Wochen, ich hatte nichts vor, und die Kinder waren bei Tomas, bin ich so lange wie möglich im Büro geblieben. Als ich anschließend hierherkam, bekam ich so einen Panikanfall, dass ich gleich wieder ins Auto stieg und zu unserem Haus fuhr. Ich saß draußen und schaute hinein. Tomas und die Kinder rannten durchs Wohnzimmer und spielten. Das Licht drinnen war warm, er hatte auch noch einen Freund zu Besuch, alle waren gut gelaunt und lachten. Ich wollte reinrennen und rufen: ›Lass uns die Uhr zurückdrehen, lasst mich einfach nur mit dabei sein.‹ Aber das geht nicht, es ist vorbei. Es war das Heftigste, was ich je erlebt habe.«

Sie schob sich eine Haarsträhne zurück, die aus ihrem Pferdeschwanz gerutscht war.

»Es heißt ja immer, nach einer Scheidung gibt es einen Zeitpunkt, wo man so richtig unten ankommt. Für mich war das dieser Moment. Und weißt du, was das Schlimmste ist?«

Tess schüttelte den Kopf.

»Dass ich selbst daran schuld bin.«

Tess schluckte und spürte, wie es hinter ihren Lidern brannte. Auch wenn sie und Angela keine Kinder gehabt hatten, kannte sie das, was Marie gerade beschrieb, nur allzu gut. Die Leere, die Verlorenheit, die Einsamkeit unmittelbar nach der Trennung.

»Gestern habe ich gehört, dass Tomas bei gemeinsamen Freunden zum Essen eingeladen war. Niemand hat mir Bescheid gesagt. Kann mir schwer vorstellen, dass ich die Einladung einfach nur nicht bekommen habe. Dabei war ich es, die zunächst mit der Frau befreundet war, es war meine Freundin. Und jetzt treffen sie sich zum Essen, mit meinen Kindern und meinem Exmann, während ich selbst den ganzen Samstagabend allein zu Hause sitze. Ist das nicht bescheuert? Andere Freunde, mit denen wir viel zu tun hatten, haben sich seit unserer Trennung gar nicht mehr bei mir gemeldet, nicht mal, um sich zu erkundigen, wie es mir geht. Vielleicht, weil sie mich als den Sündenbock ansehen? Oder wir waren nur als Paar interessant für sie und nicht jeder für sich?«

Tess hatte keine Antwort darauf, kannte aber auch das nur allzu gut. Sozial gesehen schien sie, ebenso wie Marie, diejenige gewesen zu sein, die durch die Trennung am meisten verloren hatte.

Sie trank ihren Wein aus, nahm Marie ihr Glas ab und stellte beide auf den Tisch.

»Komm, wir brauchen was zu essen, wir gehen jetzt aus.«

Drei Stunden später hatte Tess Marie schließlich doch von ihrem Besuch in der Kinderwunsch-Klinik erzählt. Vor allem aber von den unerwarteten Gefühlen, die sie übermannt hatten, als sie feststellte, dass sie nicht schwanger war.

»Tess Hjalmarsson, du bist wirklich ein Feuerwerk der Überraschungen«, rief Marie laut.

»Pssst«, machte Tess. Sie hatten die zweite Flasche Wein schon fast ausgetrunken, und auch wenn es im Pub Golden Lion sehr laut war, wollte Tess nicht riskieren, dass halb Malmö mitbekam, was sich in ihrem Privatleben abspielte. Sie hatten den Abend im Restaurant Bastard am Lilla Torget begonnen. Doch mit steigender Anzahl Gläser hatten sie sich preislich und was die Qualität anging, nach unten gearbeitet.

»Das wird verdammt noch mal gefeiert, und zwar mit einem Shot.«

»Aber ich bin doch gar nicht schwanger.«

»Nein, aber du hast es endlich angepackt und es versucht, das ist doch das Wichtigste. Außerdem kannst du es ja auch noch mal probieren, finde ich.«

Marie balancierte zwei kleine Gläser mit einer lila Flüssigkeit von der Bar an ihren Tisch. Tess spürte schon die Kopfschmerzen, die darauf folgen würden. Gleichzeitig war es ewig her, seit sie zuletzt etwas trinken war, und es fühlte sich gut an, endlich einmal loszulassen und auf den nächsten Tag zu pfeifen.

Nachdem sie die Gläser in einem Zug geleert hatten, wandte Tess sich an Marie.

»Und jetzt musst du mir endlich mal alles von dir und Carsten Morris erzählen.«

Marie legte den Kopf in den Nacken und zog die Schultern hoch.

»Er ist der eigentliche Grund dafür, dass ich mich getrennt habe.«

»Ups – so ernst?«

»Ja, aber dann wurde doch nichts weiter draus. Ich war tatsächlich richtig verliebt in ihn. Und da begriff ich, dass es lange her war, seit ich dasselbe für Tomas empfunden hatte, deshalb musste ich mich trennen.«

Tess hatte ihre Vermutungen gehabt, aber jedes Mal, wenn sie versucht hatte, Marie danach zu fragen, hatte sie völlig dichtgemacht.

»Und warum wurde es nicht mehr zwischen euch?«

Marie hob die Augenbrauen.

»Du siehst doch, wie er ist. Findest du, er wirkt gesund?«

»Wer ist das schon? Ich mag ihn jedenfalls«, sagte Tess und nahm sich eine geröstete Erdnuss aus dem Schälchen. »Also nicht so, aber das weißt du ja.«

Marie lachte.

»Nein, das hätte mich jetzt auch sehr gewundert.«

»Vielleicht ist es ja noch nicht zu spät für euch beide?«

Marie hob abwehrend die Hand.

»Nein, auf gar keinen Fall.«

»Wieso? Hat er dich abserviert?«

Marie sah sie verärgert an.

»Hör mal, wenn du uns beide so ansiehst, wer serviert da wohl wen ab, was meinst du?«

Tess nahm sich noch eine Handvoll Nüsse.

»Ich finde, Morris ist ein guter Fang, deutlich besser jedenfalls als viele von den Typen, mit denen du dich in letzter Zeit getroffen hast. Und auf jeden Fall besser als dieser unheimliche Janne.«

»Ach, egal. Lass einfach stecken. Sonst fange ich wieder

von unserer neuen Chefin an, die eigentlich genau dein Typ sein müsste, wenn du ehrlich bist. Na, wie sieht's aus?«

»Du spinnst ja«, sagte Tess und ging zur Toilette.

Als sie wiederkam, war es noch voller geworden, und Marie war mit ihrer Dating-App beschäftigt.

Tess setzte sich und schaute zur Bar hinüber, die voll besetzt war. Überlegte, ob es hier wohl an jedem Abend, den sie selbst auf der Arbeit oder zu Hause auf dem Sofa verbrachte, so voll war. Stimmen und Gelächter verschmolzen miteinander, wurden zu einem fernen Hintergrundrauschen. Wie viel hatte sie eigentlich getrunken? Für einen Moment glaubte sie, doppelt zu sehen, stellte dann aber erleichtert fest, dass es Zwillinge waren, die sich an der Bar unterhielten.

Während sie sie beobachtete, spielte sie in ihrem Innern noch einmal die Szenen ab, die sich im Pub zugetragen haben mussten.

Anna an einem Ende der Theke, Joe und Frank in der Mitte und Björn am anderen. Max in seinem grün-weiß geringelten Pullover und mit dem breiten Lächeln im Gesicht. Der Lärm und die Unruhe um sie herum. Trotz ihres benommenen Zustands sah sie die Gesichter ganz deutlich vor sich und hörte ihre Stimmen.

Irgendwann stieß Marie sie mit dem Ellbogen an.

»Bist du eingeschlafen?«

Tess fühlte sich, als würde sie aus einem Trancezustand erwachen. Wie lange sie wohl so dagesessen und die Szenen vor sich gesehen hatte?

Rasch trank sie einen Schluck Wasser und erklärte dann Marie, sie müsse kurz telefonieren.

Sie drängte sich an lärmenden Frauen und Männern vorbei, die mitten im Raum standen. Draußen auf der Straße sog sie die frische milde Frühlingsluft ein, lehnte sich mit dem Rücken an die Backsteinmauer und zog ihr Handy heraus.

Mittwoch, 8. Mai

»Du erinnerst dich, dass du sie angerufen hast, oder?«, fragte Marie am Telefon.

Tess brach der kalte Schweiß aus. Sie griff nach dem Wasserglas neben ihrem Bett.

»Wie bitte?«

»Du hast Sandra Edding angerufen.« Marie lachte. »Okay, du hast es vergessen. Aber du warst einigermaßen fit, das habe ich gemerkt, als du zurückkamst.«

Ganz tief in ihrem verkaterten Hirn tauchte ein deutlicher Flashback des Telefonats mit ihrer Chefin auf, aber es hätte ebenso gut vor vielen Jahren stattgefunden haben können oder in einem Traum.

»Ich frage mich ja, was ihr zu besprechen hattet, du warst ganz schön lange weg.«

»Hör auf, ich habe jetzt schon furchtbare Kopfschmerzen.« Marie hüstelte. »So schlimm?«

»Furchtbar. So einen Kater hatte ich nicht mehr, seit wir in der achten Klasse Stroh-Rum im Schlosspark getrunken haben.«

»War lustig, Tess Hjalmarsson mal völlig außer Rand und Band zu sehen. Mir geht es übrigens prima, wahrscheinlich vertrage ich einfach mehr. Was macht dein Bauch?«

»Mein Nicht-Bauch? Es fühlt sich … irgendwie traurig an. Ich hatte angefangen zu hoffen, dass es klappt. Aber heute bin ich natürlich erleichtert, dass da nichts ist.«

»Klar, sonst wärst du nicht du. Aber tu, was ich dir gesagt habe, fahr hin und versuche es noch mal. Oder finde eine Partnerin, die es macht. Oder eine, die schon Kinder hat.«

Tess antwortete nicht.

Nachdem sie aufgelegt hatten, schaute sie auf die Uhr. Sie hatte verschlafen, es war bereits halb neun.

Ihr brummte der Schädel. Sie fürchtete sich davor, ihre Anrufliste der letzten Nacht zu öffnen. Das Gespräch mit Sandra Edding hatte siebzehn Minuten gedauert. Hatte sie wirklich so lange mit ihr über ihre neuesten Gedanken zum Fall gesprochen? Noch dazu in alles andere als nüchternem Zustand.

Sie lehnte sich an das Kopfteil ihres Betts, seufzte tief und nahm noch eine Aspirin. Nein, so sehr sie sich auch konzentrierte, sie konnte das Gespräch nicht vollständig rekonstruieren. Zuerst hatten sie über die Befragung von Anna und die neuen Erkenntnisse geredet, die zu einem möglichen Motiv geführt hatten. Aber dann? Es dauerte ja keine siebzehn Minuten, das zu erzählen. Oder hatte sie so langsam gesprochen?

Tess stöhnte.

Sie hatte ihr doch wohl hoffentlich nicht von ihrer vermeintlichen Schwangerschaft erzählt, die sie nicht einmal ihrer Schwester anvertraut hatte? So viel Selbstbeherrschung hatte sie doch hoffentlich aufgebracht?

Sie schleppte sich aus dem Bett und hielt sich dabei den Kopf. Der Umzug, sie hatten darüber gesprochen, dass Sandra Edding nach Malmö ziehen wollte. Aber warum? Wahrscheinlich spielte es keine Rolle. Ihr blieb nichts übrig, als den Stier bei den Hörnern zu packen und ihre Chefin anzurufen.

Sandra Edding nahm sofort ab.

»Guten Morgen.«

Tess kam sofort zur Sache.

»Ich muss mich für gestern entschuldigen. Also, ich weiß nicht, wie ich das erklären soll, wir hatten wohl ein bisschen viel getrunken. Es tut mir leid, dass ich so spät noch angerufen habe und …«

Sandra unterbrach sie.

»Dafür brauchst du dich doch nicht zu entschuldigen, im Gegenteil. Es war ein sehr nettes und interessantes Gespräch. Du kannst mich gerne öfter anrufen.«

»Okay.«

»Aber du hast die Besprechung verpasst, die ich für acht Uhr angesetzt hatte.«

Tess wurde eiskalt. Daran hatte sie gar nicht mehr gedacht.

»Angesichts der Fortschritte, die ihr gestern erzielt habt, will ich daraus aber kein großes Ding machen. Erinnerst du dich eigentlich noch, worüber wir gesprochen haben?«

Tess lachte.

»Ja, klar.«

»Gut. Ich habe jetzt nämlich eine Besprechung mit der Polizeiführung und dem Polizeidirektor und wollte ihnen darlegen, dass uns ein Durchbruch gelungen ist und dass wir im Mordfall Max Lund kurz vor der Verhaftung eines Tatverdächtigen stehen … Und dass wir außerdem in Zusammenarbeit mit der Polizei Ystad Fortschritte bei den beiden aktuellen Morden vorweisen können. Deshalb hoffe ich wirklich, dass es stimmt, was du mir erzählt hast. Auch wenn du manche Dinge ›noch nicht ganz zu Ende gedacht hast‹, wie du meintest.«

»Ja, ja, ich glaube, wir sind nah dran.«

»Klingt super«, sagte Sandra und legte auf.

Tess ging ins Bad und stellte sich unter die Dusche. Nachdem sie sich angezogen hatte, ging sie auf den Steg unterhalb des Hauses und schaute aufs Meer hinaus. Auf dem

Öresund ging, wie üblich, ein starker Wind, und sie ließ sich von ihm die Haare zerzausen und den Kopf freipusten. Sie ging am Kai entlang bis zum Ribersborgstrand, drehte dann um und ging wieder zurück. Dabei versuchte sie fieberhaft, ihre Gedanken vom Vortag zu rekonstruieren. Hatte sie wirklich logisch gedacht, oder waren ihre Schlüsse das Ergebnis von zu viel Alkohol gewesen?

Wieder vor ihrem Haus, blieb sie stehen. Endlich hatte sie wieder das Gefühl, sich auf ihre Intuition verlassen zu können. Und dass sie reagieren musste, wenn ihre inneren Alarmglocken läuteten.

Sie war sich ganz sicher: Sie mussten noch mal rausfahren und mit Joe sprechen, und zwar sofort. Außerdem wusste sie genau, wen sie dabei an ihrer Seite haben wollte.

Tess zog ihr Handy heraus und rief Lundberg an.

»Kannst du alles stehen und liegenlassen und sofort mit mir mitkommen?«

Er schwieg, und sie hörte, wie er aufstand.

»Ja. Worum geht es?«

»Ich dachte, du möchtest vielleicht bei der Festnahme dabei sein? Oder zumindest bei der ausschlaggebenden Vernehmung?«

Wieder schwieg er kurz. Dann sagte er:

»Ja. Ja, klar, ich komme gerne mit.«

Von Weitem war ein leises Grollen zu hören. Tess hatte das Gefühl, der Schädel müsse ihr zerspringen.

Vor ihr fuhr ein Traktor mit breitem Anhänger und einem großen Strohballen. Sie sah nichts, auf dieser kurvenreichen Strecke hatte sie keine Chance, ihn zu überholen.

Tess nahm die Colaflasche aus der Halterung und trank einen Schluck, dann signalisierte sie per Lichthupe, dass sie vorbeiwollte. Im Rückspiegel sah sie Lundbergs Auto, und wie er das Lenkrad losließ und resigniert die Hände hob.

Bereits von unterwegs nach Simrishamn hatte Tess die Besitzerin der Salatbar angerufen und erfahren, dass Joe ein paar Tage Urlaub genommen hatte und mit seiner Familie für ein verlängertes Wochenende wegfahren wollte.

Gut möglich, dass sie schon zu spät dran waren. Doch es war einen Versuch wert, sie wollte unangemeldet bei ihm auftauchen.

Sie hatte Lundberg gebeten, seine Dienstwaffe mitzunehmen und ihre eigene ebenfalls geholt, bevor sie sich auf den Weg gemacht hatten. Vielleicht würden sie Joe ja noch vor dem Abend festnehmen. Doch zunächst wollte sie die Theorie überprüfen, die sie gestern in der Kneipe entwickelt hatte, und die ihr auch in nüchternem Zustand immer schlüssiger erschien, je länger sie darüber nachdachte.

Der Traktor machte noch immer keine Anstalten, den Weg freizumachen, und Tess war mit ihrer Geduld am Ende.

Sie hupte kräftig. Zu ihrer Überraschung hielt der Traktor daraufhin an. Die Fahrertür öffnete sich, und ein älterer Mann mit brauner Schirmmütze und blauer Arbeitshose sprang heraus, kam herüber und beugte sich zu ihrem Fenster herunter.

»Was ist los?«, fragte er in breitestem Schonisch.

»Polizei, es ist dringend. Können Sie uns bitte vorbeilassen?«

Der Mann rückte seine Mütze zurecht.

»Können Sie sich ausweisen?«

Tess zückte ihren Dienstausweis. Gleichzeitig kam Lundberg zu ihnen herüber. Auch er zeigte dem Bauern seinen Ausweis.

»Ah ja, in Ordnung«, sagte er, nickte zufrieden in Lundbergs Richtung und rückte erneut seine Mütze zurecht. »Ich fahre bis zur nächsten Kurve und biege dann ab.«

Er ging zu seinem Traktor zurück und stieg ein. Hinter ihnen hatte sich bereits eine lange Schlange frustrierter Autofahrer gebildet.

Tess schüttelte den Kopf und startete den Motor.

Ihr Navi zeigte an, dass ihr Ziel nicht mehr weit entfernt war. Bald sah sie drei identische Häuser aus den Fünfzigerjahren vor sich, fuhr langsamer und wartete, bis Lundberg sie eingeholt hatte. Sie bog auf eine Wiese ab und parkte.

»Hoffen wir, dass er nicht ausgeflogen ist«, sagte Tess, nachdem auch Lundberg ausgestiegen war.

Sie gingen zum Haus hinüber. Vom Tor aus sah Tess, wie sich die Haustür öffnete.

Joe Svensson hatte eine grüne Reisetasche in der Hand und starrte sie an.

»Hallo Joe, wir haben noch ein paar Fragen an Sie.«

»Jetzt? Was wollen Sie denn noch? Sie haben mich doch gerade erst vernommen, und jetzt sind wir auf dem Sprung zu ein paar Freunden, übers Wochenende.«

Er schaute über seine Schulter.

Tess ging eine Treppenstufe hinauf.

»Tut mir leid, aber wir können nicht warten. Sind Sie allein zu Hause?«

Eine Frau, die ein paar Jahre älter zu sein schien als er, und von der Tess annahm, dass es seine Frau war, trat heraus. Tess streckte die Hand aus.

Die Frau blickte sie fragend an.

»Ist etwas passiert?«

Tess nickte Joe zu.

»Wie gesagt, wir müssen uns nur kurz unterhalten.«

Joe wandte sich an seine Frau.

»Kannst du die Kinder schon mal abholen?«

Die Frau zögerte kurz, sie bückte sich und schob ein Paar Gummistiefel beiseite, die im Flur herumlagen. Dann nahm sie Joe die Autoschlüssel aus der Hand, seufzte und ging zum Auto.

»Kommen Sie rein«, sagte Joe und trat einen Schritt beiseite.

Im Flur standen mehrere Körbe Wäsche. Sie gingen in die Küche und setzten sich.

»Was ist denn so wichtig?«, fragte er mit gerunzelter Stirn.

Tess sah sich in der sonnigen, aufgeräumten Küche um, erleichtert, dass sie rechtzeitig gekommen waren.

Der Raum wirkte frisch renoviert und hatte eine großzügige Terrasse, auf der ein großer Olivenbaum und eine Sitzgruppe aus Rattan standen.

»Schön – wohnen Sie das ganze Jahr über hier?«

Joe kratzte sich die Wange, Smalltalk schien ihm nicht sonderlich zu behagen.

»Ja, wir sind vor ein paar Jahren hier rausgezogen, davor hatten wir es als Wochenendhäuschen.«

Tess nickte, und auch Lundberg sah sich in der Küche um.

Joe seufzte und fragte schließlich noch einmal, was denn so sehr eile.

Tess blickte ihm fest in die Augen.

»Ich glaube, Sie haben uns noch mehr zu sagen. Und ich möchte, dass Sie es jetzt tun, sonst müssen wir Sie wegen des begründeten Verdachts des Mordes an Max Lund festnehmen. Und dann können Sie den Wochenendtrip mit Ihrer Familie natürlich vergessen.«

Joe verschränkte die Arme vor der Brust.

»Verhaften? Aber ich habe Ihnen doch schon alles über den Abend erzählt.«

»Nein, das glaube ich nicht. Und wie Sie wissen, wurde Ihre DNA auf dem Pullover des Opfers gefunden, ohne dass Sie uns eine einleuchtende Erklärung dafür liefern konnten. Sie haben auch früher schon gelogen, was den Abend damals betrifft, und jetzt haben wir außerdem herausgefunden, dass Sie in Drogengeschäfte verwickelt waren, in deren Folge ein Mensch gestorben ist.«

Joe stützte die Ellbogen auf den Tisch und verbarg das Gesicht in den Händen.

»Die meisten Dinge holen einen irgendwann ein«, sagte Tess. »Es wäre sehr viel besser gewesen, Sie hätten uns von vorneherein alles erzählt.«

Joe starrte aus dem Fenster.

Tess erhob sich, ging zur Spüle und füllte sich ein Glas Wasser, das sie in einem Zug leerte.

»Okay, Joe. Ich möchte Ihnen ein wenig dabei helfen, reinen Tisch zu machen.«

Sie trat neben den Tisch, an dem er saß.

»Ich glaube nämlich, dass Sie unschuldig sind, was den Mord an Max angeht.«

Joe sah sie mit großen Augen an. Auch Lundberg drehte sich überrascht zu ihr um.

»Und wissen Sie was?« Sie verschränkte die Arme vor der Brust. »Ich glaube, Sie waren es, der getötet werden sollte.«

Joe verzog keine Miene, während Tess weitersprach.

»Und Sie haben es all die Jahre gewusst, oder?«

Sie versuchte seinen Blick einzufangen, doch er saß wie versteinert da und starrte auf einen Punkt hinter ihr.

»Genau wie ich sind auch Sie davon überzeugt, dass es Frank war, der Max getötet hat, oder?«

Joe zuckte, und Tess sah, dass seine Hände zitterten.

»Stimmt das?«

Er nickte kaum merklich.

»Bedeutet das ›ja‹?«

Joe nickte erneut.

»Ja«, sagte er dann leise.

»Er war eigentlich hinter Ihnen her, als er in jener unheimlichen, verregneten Nacht Max auf der Landstraße Väg 9 verfolgte. Er wollte Ihnen einen solchen Schrecken einjagen, dass Sie es nicht wagen würden, der Polizei von dem Typen zu erzählen, der gestorben war, nachdem Sie gemeinsam in Malmö Pilze verkauft hatten. Was Sie ihm etwas früher an dem Abend angedroht hatten. Immer noch richtig?«

Joe klemmte sich die Hände unter die Oberschenkel, schaute zu Boden und nickte wieder kaum merklich.

»Aber irgendetwas passierte in dem Graben, und Frank benutzte das Messer, das er mitgenommen hatte. Sie haben es vielleicht sogar gesehen, als Sie sich vor dem Haus, in dem die Party stattfand, trafen?«

Joe schüttelte den Kopf.

»Er drohte, er habe ein Messer in der Tasche, aber ich habe ihm nicht geglaubt.«

Tess schaute in den Garten hinaus. Sie sah Frank vor sich, den brennenden Blick in seinem sonst eher unscheinbaren Gesicht. Am Himmel türmten sich schwarze Gewitterwolken auf.

»Fuhr Frank oft mit dem Auto?«, fragte Lundberg.

»Ja, er trank nie etwas, deshalb war er immer der Fahrer.«
Tess drehte sich wieder zu ihnen um.

»Als Frank also mit dem Auto in Richtung Ihrer WG fährt und Sie auf Ihrem Fahrrad sucht, ist er entschlossen, ein Zeichen zu setzen. Oder vielleicht will er Sie sogar töten. Wahrscheinlich hat er Ihnen nicht geglaubt, dass Sie schweigen würden und fürchtet die Konsequenzen. Er denkt also, Sie wären mit dem Fahrrad unterwegs und entdeckt irgendwo auf der Landstraße Väg 9 einen Radfahrer, der aussieht wie Sie. Das lange Haar, das ihm in nassen Strähnen ins Gesicht hängt. Das Damenrad. Der Mantel, der Schal. Die Hose. Seine orange, Ihre beige kariert, im Dunkeln leicht zu verwechseln. Sie sahen sich an dem Abend sehr ähnlich, noch dazu im Regen und bei schlechter Sicht.«

Joes Augen füllten sich mit Tränen.

Tess hielt inne und sah Lundberg an, der nickte.

Sie setzte sich wieder an den Tisch.

»Als er Max umgestoßen hatte und begann, auf ihn einzustechen, war er immer noch überzeugt, dass Sie das waren. Doch mitten im Kampf schaffte Max es, sich umzudrehen, und Frank entdeckte seinen Irrtum. Da wurde er panisch und stach ihn von vorne in den Oberkörper. Vielleicht ertrug er es nicht, dass er sich vertan hatte und dass Max ihn so entsetzt ansah, und stach ihm deshalb ins Auge.«

Tränen liefen Joes Wangen hinunter.

»Ich hatte solche Schuldgefühle«, sagte er. »Über lange Zeit.«

»Das verstehe ich«, sagte Tess. »Es muss furchtbar sein, so etwas jahrelang mit sich herumzutragen, zu wissen, dass man selbst an der Stelle des Opfers hätte sein sollen, und dass ein

Freund deshalb sein Leben verlor. Haben Sie deshalb Max'
Eltern diesen Brief geschrieben?«

Joe wirkte überrascht, dann nickte er.

»Ja. Ich traute mich nicht, mit meinem Namen zu unterschreiben, denn alle dachten ja, ich wäre schuld. Manchmal
wünschte ich mir tatsächlich, ich wäre an seiner Stelle gestorben.«

Lundberg mischte sich ein.

»Hatte Frank so viel gegen Sie in der Hand, dass Sie nicht
wagten, ihn anzuzeigen?«

»Ich traute der Polizei nicht zu, dass sie ihm den Mord
nachweisen könnten. Es gab ja keine Beweise. Ich habe nicht
einmal das Messer gesehen. Und wie sollte ich sicher sein,
dass er dann nicht erst recht auf mich losgehen und mich
töten würde.«

»Hatten Sie danach noch Kontakt zu Frank?«

»Nein«, sagte Joe und schniefte. »Er hat immer gesagt,
ich wäre wie ein Bruder für ihn. Mit seinem eigenen Bruder
hatte er keinen Kontakt, und er hatte wohl auch eine ziemlich furchtbare Kindheit. Seine Eltern schlugen ihn, und er
wurde von einer Pflegefamilie zur nächsten weitergereicht.
Er hatte mir immer leidgetan. Aber nach dem Abend war das
natürlich anders.«

Joe wischte sich das Gesicht mit dem Handrücken ab.
Durchs Fenster sah Tess seine Frau mit dem Auto ins Car-
port fahren.

»Wir werden jetzt Frank dazu befragen, wie Sie sich sicher
denken können. Ich hoffe sehr, dass Sie zu Ihren Aussagen
stehen werden, wenn es zum Prozess kommt, denn darauf sind
wir dringend angewiesen. Würden Sie das tun? Max zuliebe?«

Joe stand auf und zog sich die Ärmel herunter. Dann
nickte er.

»Ja, das mache ich.«

Lundberg stieg zu Tess ins Auto. Sie sahen, wie Joe seiner Frau entgegenging und sie auf der Treppe umarmte. In der Ferne krachte es, und der dunkle Wolkengürtel zog sich über ihnen zusammen.

Tess nahm ihr Handy und suchte die Adresse von Frank Ögren in Brantevik heraus.

»Wann bist du darauf gekommen?«, fragte Lundberg.

»Gestern. Ich sah Zwillinge an einer Bar, sie waren unterschiedlich gekleidet, glichen sich ansonsten aber aufs Haar. Bei Frank und Max war es umgekehrt. Von Weitem sahen Max und Joe sich an jenem Abend wirklich ähnlich, mit ihrem Boheme-Outfit und ihren Pagenfrisuren. Ihre Gesichter dagegen ähnelten sich überhaupt nicht. Vielleicht deutete sich der Gedanke auch schon an, nachdem Carina Eskilsson ausgesagt hatte, sie sei davon ausgegangen, dass Max eine Frau war. Irgendwo in meinem Hinterkopf entstand die Idee, es könnte sich um eine Verwechslung gehandelt haben. Doch erst nachdem sich ein Motiv herauskristallisierte, fielen die Puzzleteile an ihren Platz. Ein Geheimnis, das gefährlich genug und wert war, dafür zu töten. Da wurde es mir langsam klar. Joe war die Bedrohung, er kannte die Wahrheit und sollte zum Schweigen gebracht werden. Vielleicht sollte aber nicht einmal er unbedingt sterben.«

»Aber Frank Ögren hatte ein Messer dabei, einen gewissen Plan gab es also«, sagte Lundberg. Er blickte Tess an. »Genial.

Aber ärgerlich, dass ich selbst nicht darauf gekommen bin. Vor fünfzehn Jahren, zum Beispiel.«

Tess lächelte.

»Immerhin hast du eine zweite Chance bekommen. Also lass uns hinfahren und die Dinge ein für alle Mal richtigstellen. Joe hat uns zwar schon einige Varianten der Mordnacht präsentiert, aber diese hier stimmt, glaube ich, wirklich.«

Lundberg nickte und schob sich die Brille in die Stirn.

»Die Frage ist, warum Erik Dahlén bestätigt hat, dass Frank auf der Party war. Dadurch hatte er ja tatsächlich eine Art Alibi, auch wenn die Zeitangaben sehr vage waren. Er soll bereits da gewesen sein, als Joe völlig verdreckt aufkreuzte und erst einmal duschen ging. Vielleicht gut, Dahlén gleich noch mal anzurufen«, sagte Lundberg und öffnete die Tür.

Bevor er ausstieg, hielt er kurz inne.

»Was Joe über Franks Hintergrund erzählt hat, mit den Pflegefamilien und so weiter. Hattest du davon vorher schon mal was gehört?«

»Nein«, sagte Tess. »Aber es fiel mir ebenfalls auf.«

»Es wäre interessant herauszufinden, bei wem er gewohnt hat. Und die andere Frau, die hier draußen ermordet wurde, Unni Holm, hat die nicht mal beim Jugendamt gearbeitet?«

Tess und Lundberg sahen einander schweigend an.

»Ich setze sofort Marie darauf an, sie soll in den entsprechenden Archiven nachschauen lassen.«

Die Ehefrau

Sie blickte auf den Bildschirm. Der Mund der Polizistin bewegte sich in Zeitlupe, wie durch dicken Nebel drangen die Worte »Lehm«, »Zusammenhang zwischen den Morden«, »Narbe an der Hand« zu ihr durch.

Sie scrollte ein Stück weiter, und der Blick der Polizistin durchbohrte sie.

»Wir werden dich den Rest deines Lebens jagen.«

Und hinter der Polizistin: Fotos der beiden Frauen und von Max. Das Bild einer Überwachungskamera von einem Mann in brauner Lederjacke in Malmö.

In ihrem Kopf drehte sich alles, ihr Mund wurde trocken.

Im Flur, am Karfreitagmorgen, Metall, das rhythmisch gegen die Wände der Waschmaschinentrommel schlug. Rund, rund.

Der übernächtigte Blick, als er ihr in der Tür zur Kellertreppe entgegengekommen war, das rastlose Laufen in der Nacht. Wie sie selbst die ganze Strecke nach Dalarna zu ihren Eltern hatte fahren müssen. Die vielen Stunden, die er allein in der Hütte verbracht hatte. Wie er ihr neulich auf der Veranda gesagt hatte, von ihm aus könnten sie auch wieder wegziehen.

Sie schlug sich die Hand vor den Mund. Als sie aufstand, zitterten ihre Beine.

Ihr Magen rebellierte, sie rannte zum Waschbecken und übergab sich. Spülte sich mit Wasser den Mund aus und schaute auf die Uhr.

Wenn sie Hedvig und Jacob in einer halben Stunde von der Schule abholte, konnten sie abhauen. Vielleicht sollte sie vorher anrufen und bitten, sie heute früher abholen zu dürfen. Sie wählte die Nummer der Lehrerin, doch niemand nahm ab.

Mit dem Rücken lehnte sie sich ans Waschbecken. Zitterte am ganzen Leib, ihr war eiskalt.

Als sie zum wiederholten Mal niemanden erreichte, gab sie auf.

Das rhythmische Poltern der Waschmaschine hörte nicht auf, als wäre es in ihren Kopf eingedrungen. Sie musste sich bewegen. »Los jetzt«, mahnte eine innere Stimme. Ihre Beine versuchten zu gehorchen. Im Wohnzimmer blieb sie stehen, wie erstarrt, sie sah aus dem Fenster, die Arme um den Oberkörper geschlungen.

»Du musst weg«, rief die Stimme. Doch es war wie in diesen Träumen, in denen man rennt, ohne irgendwohin zu kommen.

Sie nahm die Wolldecke vom Sofa, suchte etwas, ohne zu wissen, was. Von der Straße waren Motorgeräusche zu hören. Sie lauschte, doch die innere Stimme wurde immer lauter.

»Hau ab, sofort.«

Endlich konnte sie sich wieder bewegen und rannte nach oben, öffnete die Schränke, Kleidungsstücke fielen heraus, sie raffte sie wahllos zusammen, stopfte sie in eine große Tasche. In der Tür zu Hedvigs Zimmer blieb sie stehen, musterte das ungemachte Bett und den Stoffhund Koksi, der auf dem Kissen lag. Ihre Augen brannten. Sie musste daran denken, wie stolz ihr Mann gewesen war, als er ihn vor einem Jahr im Legoland gewonnen hatte.

Draußen zogen vom Meer her Gewitterwolken heran. Von Weitem grollte der Donner. Sie lief zum Bett und packte den Hund ein, dann rannte sie wieder die Treppe hinunter.

»Ruhig«, sagte sie sich selbst. »Ganz ruhig.«

Sie sah die Öresundbrücke vor sich. Dann über die Brücke am Storebælt und weiter nach Dänemark. So weit weg wie möglich.

Ihr Elternhaus in Dalarna war ausgeschlossen. Dort würde er zu allererst suchen. Was, wenn er versuchte anzurufen. Wie sollte sie die Kinder davon abhalten, dranzugehen?

Sie sah sich ein letztes Mal im Flur um. So viele Hoffnungen und Erwartungen hatten sich einmal mit diesem Haus verknüpft, als sie vor vier Jahren eingezogen waren. Jetzt war davon nichts mehr übrig. Keine einzige Minute wollte sie mehr in diesen Mauern verbringen.

Die Taschen waren schwer, und sie stellte sie auf der Treppe ab, um die Tür abzuschließen. Sie wollte zu Karin, schauen, ob sie zu Hause war. Es fühlte sich nicht richtig an, einfach wegzugehen, ohne dass es jemand wusste, und Karin war ein guter Mensch, vielleicht gerade der einzige in ihrer Umgebung, dem sie vertraute.

Sie sprang ins Auto und fuhr das kurze Stück bis zu ihrem Haus. Als sie ausstieg, zuckte ein Blitz über den Himmel, und dann noch einer. Über dem Meer ein kräftiges Donnern.

Karin öffnete die Tür und schien überrascht.

»Komm rein.«

»Nein, danke, dazu reicht die Zeit nicht, ich fahre für ein paar Tage weg. Aber wenn du nach dem Haus schauen und ab und zu die Fische füttern könntest, bis wir wieder zurück sind, wäre das schön.«

Sie reichte ihr die Schlüssel. Karin schaute über ihre Schulter zum Auto.

»Was ist passiert?«

»Nichts. Wir haben nur gerade eine anstrengende Zeit, und ich muss mal raus.«

Sie merkte selbst, wie angestrengt und seltsam sie klang. Karin glaubte ihr bestimmt kein Wort.

Karin nickte und warf noch einen Blick auf das Auto.

»Er schlägt dich doch nicht, oder?«

»Nein, so ist er nicht.«

Sie ging ein paar Stufen hinunter, hielt inne, schloss die Augen und drehte sich noch einmal um.

»Er hat Hedvig geschlagen.«

»Wie bitte?«

Sie schlang die Arme um sich.

»Ich schaffe es jetzt nicht, es dir zu erzählen, aber ich wollte, dass du weißt, dass ich abhaue. Ich nehme die Kinder mit. Sag niemandem, dass wir geredet haben.«

Karin sah sie mit weit aufgerissenen Augen an, dann legte sie die Hand auf ihre Brust.

»Natürlich nicht, aber ich bin ganz … Ich bin hier, wenn du mich brauchst.«

»Danke.«

Mit schnellen Schritten lief sie zum Auto und drehte sich ein letztes Mal zu Karin um, bevor sie einstieg.

Im Rückspiegel sah sie das fassungslose Gesicht ihrer Freundin, die auf der Treppe stand und ihr hinterherblickte.

Als sie schon um die Ecke war, tastete sie die Taschen ihrer Regenjacke ab. Ihr Portemonnaie. Hatte sie es liegenlassen? Verzweifelt durchsuchte sie noch einmal ihre Taschen. Wann hatte sie es zuletzt gesehen? Es hatte auf dem Nachttisch in ihrem Schlafzimmer gelegen. Rasch warf sie einen Blick auf die Uhr. Sie würde es schaffen, noch mal reinzugehen und es zu holen.

Die schweren dunkelblauen, fast schwarzen Wolken lagen noch immer über dem Meer und grollten, als zögere das Gewitter noch.

Sie lief zur Tür, steckte den Schlüssel ins Schloss und seufzte erleichtert, als sie feststellte, dass sie noch abgeschlossen war.

Im Flur blieb sie kurz stehen und lauschte. Als sie nichts hörte, rannte sie ins Schlafzimmer hinauf.

Ganz richtig lag ihr Portemonnaie auf dem Nachttisch, und sie steckte es ein.

Ihr Handy klingelte, und sie starrte auf das Display.

Es war Caroline, ihre Freundin, die beim Sozialamt arbeitete. Sie musste rangehen.

»Ich habe es geschafft, über eine Kollegin an die Informationen heranzukommen und maile sie dir jetzt. Aber du musst mir versprechen, sie mir zuliebe sofort wieder zu löschen. Und dieses Gespräch hat nie stattgefunden, okay?«

Natürlich würde sie die Nachricht löschen, das versprach sie und bedankte sich bei Caroline. Gleichzeitig hörte sie das Pling der eintreffenden Mail in ihrem Postfach.

Ihre Hände zitterten. Sie musste die Mail nicht öffnen, konnte sie einfach löschen und nie wieder zurückschauen. Diese Möglichkeit gab es nur jetzt, anschließend wäre es zu spät, für immer zu spät. Aber sie wusste, dass es falsch wäre, sie betrog sich nur selbst. So als versuchte sie die Tür einen kleinen Spalt offen zu halten. In Wahrheit war sie längst zu, und das schon seit Langem.

Es schien ihr ewig zu dauern, bis sich die Mail-App öffnete.

Ihr Herz klopfte, als wäre sie zehnmal die Treppe rauf und runtergerannt.

Sie brauchte nicht weit zu scrollen. Die Angaben zu den Pflegefamilien fand sie bereits in der dritten Zeile. Die Adressen, wo er gewohnt hatte, ebenfalls. Sie hielt sich am Bettrahmen fest und musste durch die Nase atmen, um Luft zu bekommen. Ihr Herz klopfte jetzt so schnell, dass es wehtat. Sie presste die Knöchel in den Mund. Auch wenn man vorbereitet ist, ist man doch niemals bereit, nicht, wenn es zum Schlimmsten kommt, dachte sie.

Jetzt begriff sie, warum es für ihn so wichtig gewesen war, in genau dieses Haus zu ziehen.

Sie schaute aus dem Fenster. Wind war aufgekommen, die Büsche im Garten bogen sich. Ein paar Regentropfen landeten auf dem Fensterbrett, und ein Blitz blendete sie. Sekunden später kam der Knall. Das Gewitter musste direkt über ihnen sein.

Erneut versuchte sie, die Schule zu erreichen. Nach ein paarmal Klingeln meldete sich Hedvigs Lehrerin.

»Aber Ihr Mann war längst da und hat Hedvig und Jacob abgeholt. Er meinte, Sie würden übers Wochenende zelten, das klang nett.«

Sie legte auf, stützte sich erneut am Bett ab und wollte sich gerade umdrehen und die Treppe hinunterlaufen, als sie hörte, wie unten die Haustür geöffnet wurde.

Tess hielt am Straßenrand und rannte zu Lundberg, der hinter ihr gehalten hatte. Ein weiteres Donnern hallte über die Küste, als sie die Beifahrertür hinter sich zuschlug.

Lundberg hatte gerade ein Telefonat beendet.

»Erik Dahlén«, erklärte er und hielt das Handy hoch. »Er sagt, er habe Frank nie auf der Party gesehen.«

»Warum hat er gelogen?«

»Er war davon ausgegangen, dass Frank da war, weil er behauptet hatte, Joe gesehen zu haben. Es war voll, es wurde reichlich Alkohol getrunken, und niemand erinnert sich noch genau an alle Details.«

»Und in Wahrheit hat Erik Frank also nie dort gesehen?«

»Nein, wenn man glauben kann, was er sagt. Vielleicht kam Frank tatsächlich zur Party, aber viel später. Aber als Erik erzählte, wie Joe aufgetaucht und erst mal duschen gegangen war, nutzte Frank die Gelegenheit zu bestätigen, dass er es ebenfalls gesehen hatte. Diese Lüge rettete ihn und verschaffte ihm ein falsches Alibi für den Zeitpunkt, als er eigentlich noch im Straßengraben saß und auf Max einstach.«

Tess blickte zum dunklen Himmel hinauf. Ihre Kopfschmerzen ließen allmählich nach.

»Konnte er dir sagen, wo Frank jetzt ist?«

»Nein, sie hatten vor nächster Woche keine neuen Aufträge mehr. Doch er bestätigte noch etwas Interessantes. Sowohl er als auch Frank führen bei ihrer Arbeit einfache Elektrikeraufgaben durch. Einen Sicherungskasten könnten sie auf jeden Fall reparieren, meinte er. Wie zum Beispiel in einem Leuchtturm.«

Lundberg und Tess blickten schweigend aufs Meer.

»Wie lange dauert es, von hier nach Brantevik zu fahren?«

»Elf Minuten, wenn wir nicht wieder hinter einem Traktor landen.«

»Wir lassen meinen Wagen stehen und fahren mit deinem«, sagte Tess und schloss ihr Auto per Knopfdruck ab.

Als sie gerade losfuhren, rief Marie an.

»Ich sitze gerade über den Akten«, sagte sie, »1989 war Frank Ögren zehn Jahre alt. Sein Vater war abgehauen und seine Mutter schizophren, sie schaffte es nicht, sich um Frank und seinen älteren Bruder zu kümmern. Also landete der kleine Frank in einer Pflegefamilie. Und ich glaube, ihr könnt euch denken, bei wem.«

»Mischa Lindberg?«, fragte Tess.

»Bingo. Mischa war damals dreißig und lebte allein in Österlen. Das war, bevor sie mit dem charismatischen Andy Sartz zusammenkam. Ich habe also auch ihn angerufen, um zu hören, was er über ihr Leben wusste. Und er erinnerte sich, dass sie ein paar Pflegekinder gehabt hatte.«

»Warum hat er uns das nicht vorher schon erzählt? Wir haben beim letzten Mal doch lange über ihren dringenden Kinderwunsch gesprochen. Vielleicht war es für sie eine Art Ersatz?«

»Ja, was weiß ich. Er behauptet, er hätte nicht daran gedacht, weil sie nie wieder darüber geredet hätten. Es habe keine weitere Bedeutung für ihr Leben gehabt.«

»Wie viele Kinder hatte sie denn in Pflege?«

»Laut den Papieren, die ich aus Simrishamn bekommen habe, drei. Frank lebte ungefähr zwei Jahre bei ihr. Andy kannte die Namen der Kinder nicht, er hat sie nie kennengelernt und auch nicht mitbekommen, dass Mischa später im Leben noch mal Kontakt zu ihnen hatte.«

»Danke«, sagte Tess. »Wir sind jetzt auf dem Weg zu Franks Haus.«

»Es gibt noch etwas. Ratet mal, wer die Entscheidung getroffen hat, dass Frank dorthin kam und auch dass er später wieder zu seiner Mutter musste?«

»Ich schätze mal, Unni Holm.«

»Wieder Bingo. Der Mutter ging es besser, und sie sollte eine neue Chance bekommen, wovon Frank nicht so begeistert gewesen zu sein scheint.«

Sie passierten das Ortseingangsschild von Brantevik und rollten in das kleine Fischerdorf ein. Ein starker Geruch nach Algen drang ins Auto.

»Wenn ihr schon mal da seid«, sagte Marie, »könnt ihr gleich überprüfen, ob es noch Spuren von Mischa Lindberg im Haus gibt.«

»Wie meinst du das?«

»Sie wohnte in dem Haus, während Frank als Pflegekind bei ihr war.«

Tess verschlug es die Sprache. Sie schaute auf den malerischen Pier mit der Räucherei und den weißen Fischerbooten.

»Du meinst, Frank hat das Haus in Brantevik gekauft, in dem er als Zehnjähriger mit Mischa Lindberg gelebt hat?«

»Psycho, oder?«

Tess sah Lundberg an.

»Gute Arbeit«, sagte sie zu Marie.

Sie schalteten das Navi ein und folgten den schmalen Straßen durch Brantevik. Tess rief Kerstin Jacobsson an und berichtete ihr, was sie herausgefunden hatten und wohin sie gerade fuhren. Sie gab ihr die Adresse und bat sie um Verstärkung, falls etwas schiefgehen sollte. Sie kamen durch den ältesten Ortsteil und bogen in die Straße ein, in der Franks Haus lag.

Die Häuser standen dicht beieinander, und ganz am Ende entdeckten sie sein weißes Haus, das von einem blauen Holzzaun umgeben war. Sie parkten ein Stück entfernt und stiegen aus. Die Apfelbäume im Garten hatten schon angefangen zu blühen, und die Wiese war voller Löwenzahn.

Grelle Blitze jagten über den Himmel, und die Luft stand seltsam still.

»Bewegt sich im Haus irgendetwas?«

Lundberg schüttelte den Kopf.

An der Garage standen zwei Kinderfahrräder.

Tess ging zur Haustür und klingelte.

»Sieht verlassen aus«, sagte Lundberg.

Tess blickte sich um.

»Was jetzt? Die Kinder können noch in der Schule sein, und die Frau ist vielleicht arbeiten.«

»Frida Ögren heißt sie«, las Lundberg von seinem Handy ab.

Sie gingen um das Haus herum. Auf der Rückseite befand sich eine Terrasse und ein kleines Stück Wiese.

»Erik Dahlén meinte am Telefon, Frank hätte eine Hütte in Fyledalen, wo er oft hinfahren würde, um zu malen.«

»Fyledalen? Wo liegt das?«

»Ein Naturschutzgebiet weiter landeinwärts, westlich von Tomelilla.«

Tess ging zum Auto zurück.

»Okay, lass uns hinfahren.«

Die Ehefrau

»Du brauchst dir keine Sorgen um sie zu machen.«

»Wo sind sie? Sag mir einfach nur, wo sie sind.«

»Sie sind an einem sicheren Ort. Ich will euch doch nichts Böses.«

»Wie meinst du das?«

»Wir fahren hin, wir werden bald alle vier am selben Ort sein. Du brauchst dir keine Sorgen zu machen, glaub mir.«

Frida bekam kaum Luft. Sie lag mit dem Gesicht nach unten auf dem Boden, denn er hatte sich auf sie geworfen und hielt sie dort fest. Es machte ihr Angst, wie er ständig wiederholte, dass sie an einem »sicheren Ort« wären. Was bedeutete das? Sie nahm an, dass Frank mit Hedvig und Jacob hier rausgefahren war, nachdem er sie von der Schule abgeholt hatte. Dann war er zu ihr gefahren und hatte sie gezwungen, in sein Auto zu steigen. So musste es gewesen sein. Aber wo genau waren die Kinder jetzt?

Als er sie vor der Hütte aus dem Auto gestoßen hatte, hatte sie sich verzweifelt nach ihnen umgeschaut. Doch vor der Hütte lag nur eine größere Wiese, und dahinter ein kleiner, bewaldeter Hügel. Es gab hier kein anderes Gebäude. Und in der Hütte konnte er die Kinder nicht versteckt haben, dazu war sie zu klein.

Er drückte sie mit seinem ganzen Körper fest zu Boden, und sie war an Händen und Füßen gefesselt.

Wo auch immer die Kinder sich befanden, sie mussten das Auto gehört haben, als es auf den Weg zur Hütte einbog.

Schliefen sie? Hatte er ihnen etwas gegeben?

Frida versuchte zu lauschen, doch abgesehen vom Knacken des Boilers war es vollkommen still. Sie, Hedvig und Jacob waren bisher nur ein einziges Mal hier gewesen. Die Einrichtung war noch dieselbe wie damals. Ein einfaches Holzbett, ein weißer Korbstuhl und ein kleiner Tisch. Eine Kochplatte und eine Mikrowelle. Trotz der Wärme roch es stickig und feucht.

An den Wänden hingen Bilder, die sie noch nie gesehen hatte. Er musste sie hier gemalt haben, zumindest stand in einer Ecke eine Staffelei. Sie schaute zu dem Aquarell in der Mitte auf, einer dunkelhaarigen Frau in gelbem Poloshirt.

Und daneben das Kind, Frank selbst, auf der karierten Decke. Sie erkannte das Motiv von dem Foto wieder, das sie auf seinem Laptop gesehen hatte, und begriff jetzt auch, wer die Frau auf der Decke war.

Hatte er deshalb den Traum gehabt, Künstler zu werden? War es lediglich ein krankhafter Versuch gewesen, dieser Frau näherzukommen, indem er dasselbe tat wie sie? Indem er erst das Haus kaufte, in dem sie gewohnt hatte und sie dann … auslöschte, tötete.

»Warum?«, fragte sie.

»Warum was?«

»Warum hast du sie getötet?«

Frank antwortete nicht.

»Ich weiß, dass du es getan hast.«

»Max sollte nicht sterben, es war ein Missverständnis. Aber die Geschichte ist abgeschlossen und etwas, womit ich längst hätte fertig sein sollen.«

Frida konnte seinen Blick nicht sehen, doch sein kalter, mitleidloser Ton fiel ihr auf.

Sie sah erneut zu dem Bild hinüber und nickte.

»Und sie? Die Frau auf dem Bild?«

»Sie hat mich betrogen, wie alle anderen auch«, sagte er und betrachtete ebenfalls das Bild.

»Wie das?«

»Sie wollte keinen Kontakt, bat mich, nicht mehr anzurufen. Und dann hatte sie die Frechheit, im Fernsehen von ihrer Kinderlosigkeit zu sprechen. Und dieses Bild zur Schau zu stellen, das sie mit ihrem letzten Menstruationsblut gemalt hatte. Das war wie eine Ohrfeige für mich. Sie hätte mich haben können, aber ich genügte ihr anscheinend nicht.«

Sie spürte seine Wut in ihrem Nacken, hörte die Bitterkeit in seiner Stimme, ganz dicht neben ihrem Ohr. Das Selbstmitleid, das sie all die Jahre ertragen hatte, erreichte seinen Höhepunkt.

Frank zeigte auf das Bild und schrie beinahe:

»Ich war zehn und brauchte sie mehr als irgendetwas auf der Welt. Ich hatte niemanden außer ihr. Aber sie schickte mich weg. Sie wollte sich nicht binden, hatte ihre Malerei, die wichtiger war als alles andere. So oft habe ich versucht, Kontakt mit ihr aufzunehmen. Manchmal ließ sie sich auf ein Treffen ein, meistens aber nahm sie nicht einmal ab, wenn ich sie anrief.«

Es gelang Frida, den Kopf zu drehen, um auch die anderen Bilder sehen zu können.

Auf einem von ihnen war ein Fels im Meer zu sehen, auf dem ein Leuchtturm stand. Sie ließ den Blick zum nächsten Bild wandern, einer Waldlichtung und einem Flüsschen, das in einen beleuchteten Wasserfall mündete. Sie musste es wissen, auch wenn sie seine Antwort eigentlich nicht hören wollte.

»Und die andere Frau?«

»Sie traf alle Entscheidungen. Ich befand mich komplett in ihrer Gewalt. Wie eine Puppe wurde ich von einer Familie zur nächsten weitergereicht. Und die meisten waren nur darauf aus, Geld zu verdienen, waren völlig kaputt. Außer Mischa.«

Franks Tonfall änderte sich, wenn er von ihr sprach.

»Nein, Mischa war heil und rein, sie hätte einem Kind wirklich etwas bieten können. Aber sie wollte nicht.«

Frida sah plötzlich Karin vor sich. Sie hatte ihr doch von der Hütte erzählt, die Frank in Fyledalen geerbt hatte? Vielleicht kam sie ja darauf, dass sie hierhergefahren waren.

Was hatte er vor? Frida schwitzte, es fühlte sich an, als müsste sie jeden Moment ohnmächtig werden. Aber das durfte sie nicht, sie musste wach bleiben. Nicht für sich, mit ihr konnte er tun, was er wollte. Es war ihr wirklich egal. Aber nicht die Kinder.

Sie versuchte es noch einmal.

»Warum machst du das hier?«

»Weil auch du mich am Ende hintergangen hast und es ja doch keinen Ausweg gibt.«

»Wie meinst du das, hintergangen?«

»Weil auch du mich verlassen wolltest. Und weil es so das Beste für uns ist. Die Kinder sollen nicht als Waisen enden.«

»Wieso sollten sie das?«

Er beugte den Kopf zu ihr herab und sah sie an.

»Glaubst du wirklich, ich käme da noch raus? Du hast doch selbst gesehen und gehört, was passiert ist.«

Sie wollte rufen: Aber ich kann doch für sie sorgen, auch wenn du vielleicht verschwindest. Doch sie wagte nicht, das Schicksal so herauszufordern.

»Bald ist alles vorbei, und wir sind frei.«

Sie spürte, wie sie innerlich explodierte, presste jedoch die Zähne fest aufeinander.

»Aber es gibt nichts, wovon ich befreit werden müsste.«

Erneut sah er sie an und lächelte schief.

»Doch, du steckst genauso drin wie ich.«

Sie lag stumm da, die Wange auf den Boden gepresst. Er hatte sich aufgerichtet, saß neben ihr und tat irgendetwas, das sie nicht sehen konnte. Sie fühlte sich seltsam, ihr Mund war so trocken. Hatte er ihr ebenfalls etwas gegeben? Das hätte sie aber doch merken müssen? Es war wohl doch nur die Hitze hier drinnen.

Sie wagte kaum zu fragen, aber sie musste es wissen.

»Worauf warten wir?«

Seine Stimme klang völlig teilnahmslos: »Darauf, dass sie weiterziehen dürfen.«

Sie schloss die Augen und öffnete sie wieder. Da er nicht mehr auf ihr lag, konnte sie auch das letzte Bild an der Wand betrachten. Vier menschliche Körper, zwei große und zwei kleine, die auf einen gelben Hintergrund zuschwebten.

»Wohin sollen sie denn ziehen?«

Er folgte ihrem Blick.

»Dorthin, wo auch wir hingehen werden. Aber sie müssen zuerst gehen, damit wir uns sicher sein können, dass sie nicht allein zurückbleiben.«

»Was hast du ihnen gegeben? Wo sind sie?«

»Noch schlafen sie nur, aber gleich bekommen sie dasselbe wie du. Und dann ich. Du brauchst dir keine Sorgen zu machen. Es ist für uns alle völlig schmerzlos. Wir bleiben einfach nur hier liegen und warten es ab.«

Sie blickte ihm erneut in die Augen. Dieser schwarze Blick aus tief liegenden Augen. Sie war seinem Wahn völlig ausgeliefert.

Er drehte sich um und nahm etwas aus der Tischschublade.

Als er vier Spritzen auf der Tischplatte aufreihte, hielt sie es nicht mehr aus.

»Hilfe«, schrie sie. »Helft mir hier raus!«

Sie strampelte mit den Beinen und versuchte ihre Arme zu bewegen, wand sich, rollte sich herum. Obwohl sie wusste, dass es sinnlos war.

Das Tal wirkte wie eine lichtgrüne Kapelle, mit seinen steilen, von dichtem Buchenwald bewachsenen Hängen zu beiden Seiten der Straße. Ganz unten schlängelte sich das Flüsschen Fyleån entlang, das sich in mehrere Richtungen verzweigte.

Lundberg hatte die Adresse von Franks Hütte im Grundbuch gefunden, und laut Navi mussten sie bald da sein. Überrascht stellten sie fest, dass die Straße in einem Wendehammer endete.

Tess schlug resigniert mit beiden Händen auf das Lenkrad und hielt an. Kerstin Jacobsson rief an.

»Seid ihr schon da?«

»Nein, wir suchen immer noch, wir müssen uns verfahren haben.«

»Wir haben einen Wagen in Brantevik, der das Haus dort überwacht, ein anderer ist unterwegs zu euch nach Fyle. Ich müsste mit meiner Kollegin ebenfalls bald da sein.«

Sie habe versucht, Franks Frau Frida auf der Arbeit zu erreichen, aber auch sie habe heute frei. Auch mit der Schule der Kinder habe sie Kontakt aufgenommen.

»Frank Ögren hat die Kinder anscheinend gegen Mittag abgeholt und behauptet, die Familie wolle zelten gehen. Seitdem hat sie niemand mehr gesehen oder etwas von ihnen gehört. Alle ihre Handys sind ausgeschaltet.«

»Irgendwelche Freunde, die wissen könnten, wo sie sind?«

»Die Kollegen in Brantevik befragen gerade die Nachbarn.«

Tess wendete und gab noch einmal die Adresse ins Navi ein. Zelten, dachte sie. Was bedeutete das?

Nach ein paar Hundert Metern zeigte das Navi an, dass sie nach links abbiegen mussten. Eine große Wiese mit grasenden weißen Kühen breitete sich vor ihnen aus. Und ganz hinten, am Waldrand, entdeckten sie ein blaues Holzhäuschen, vor dem ein schwarzer Kombi parkte.

Tess hielt an und setzte in einen kleinen Waldweg zurück. Lundberg nahm ein Fernglas zur Hand, stieg aus und verbarg sich zwischen den Bäumen. Kurz darauf nickte er Tess zu und hob den Daumen. Das Kennzeichen gehörte zu Frank Ögrens Kombi.

Lundberg packte sein Fernglas wieder ein.

»Ansonsten sieht es verlassen aus.«

Das Gewitter war weitergezogen, und obwohl der Regen ausgeblieben war, roch es hier im Tal feucht nach Erde und Buchenwald.

Helle Sonnenstrahlen fielen zwischen den Baumstämmen hindurch. Lundberg rückte die Pistole im Holster zurecht, dann schloss er das Auto ab. Tess fiel ein, dass er die jährliche Schießübung immer so lange wie möglich vor sich herschob.

»Fühlst du dich sicher damit?«, fragte sie und rückte selbst ihre Waffe zurecht.

Lundberg nickte.

Um nicht gesehen zu werden, näherten sie sich der Hütte geduckt und indem sie hinter der Steinmauer Schutz suchten. Über Funk stand Tess mit Kerstin Jacobsson in Kontakt. Sie und die Kollegen würden in zehn Minuten da sein. Abgesehen von der Streife, die ohnehin schon unterwegs war, hatte sie einen weiteren Wagen sowie einen Krankenwagen angefordert.

Etwa zwanzig Meter von der Hütte entfernt blieben Tess und Lundberg stehen. Die blaue Farbe blätterte an mehreren Stellen von den Wänden ab. Auf der Wiese vor dem Haus wuchsen hohe Margeriten, und ein großer Raubvogel flog über das Dach. Tess blickte sich um, konnte aber in der näheren Umgebung keine weiteren Häuser entdecken.

Schweiß rann ihr in den Nacken, hier unten im Tal schien es noch wärmer zu sein als ohnehin schon.

Der laute Schrei einer Frau zerriss die Stille. Tess und Lundberg sahen sich an. Das musste aus der Hütte gekommen sein.

Tess nickte Lundberg zu und lief um die Hütte herum.

Lundberg näherte sich von der anderen Seite. Als er an dem schwarzen Kombi vorbeikam, warf er einen Blick hinein und gab Tess ein Zeichen, dass er leer war. In der Hütte war es wieder still geworden.

Mit der Hand an der Waffe schlich Tess sich heran und legte ein Ohr an die Wand. Von drinnen waren gedämpfte Geräusche zu hören, die Stimmen eines Mannes und einer Frau.

Sie duckte sich unter das Fenster und näherte sich dann der Tür, sie ließ sich nicht öffnen. Lundberg stand auf der anderen Seite neben der Tür, und Tess gab ihm ein Zeichen, dass sie durchs Fenster hineinsehen wollte. Sie hatten keine Zeit, auf Verstärkung zu warten. Als sie einen vorsichtigen Blick hineinwarf, sah sie eine dunkelhaarige Frau auf dem Boden liegen, sie war gefesselt und versuchte verzweifelt, sich zu befreien. Das musste Frida Ögren sein.

Auf ihr lag Frank und hielt ihr Kinn fest in der Hand.

Tess duckte sich erneut und legte noch einmal das Ohr an die Wand.

»Beruhige dich«, hörte sie ihn sagen.

»Wo sind sie?«, schrie Frida. »Wo sind meine Kinder? Du hast kein Recht dazu.«

»Unsere Kinder. Sie sind hier, gleich bringe ich dich zu ihnen. Wir gehen alle zusammen.«

Tess schlich vorsichtig um das Haus herum. Wo waren die Kinder? Hinter der Hütte war etwas mit einer grünen Plane abgedeckt. Sie hob eine Ecke an, konnte aber nichts als Holzscheite entdecken.

Sie hätten das Fernglas mitnehmen sollen. Noch einmal sah sie sich um. Log er seine Frau an, waren die Kinder gar nicht in der Nähe?

Sie blieb stehen und blickte sich noch einmal um. Wo konnten sie sein? Sie merkte, wie ihre Anspannung zunahm. Wo sollte sie zuerst suchen?

Vorsichtig ging sie zur Hütte zurück und gab Lundberg ein Zeichen, dass sie die Kinder nicht gefunden hatte.

Als sie sich wieder umdrehte, entdeckte sie etwas Oranges auf einer Anhöhe zwischen den Bäumen, ein paar Hundert Meter weiter hinten im Wald. Sie rannte in diese Richtung.

Oben auf einem Felsplateau stand ein Zelt. Außer Atem näherte sie sich, blieb stehen und lauschte. Sie fürchtete sich vor dem Anblick, der sich ihr möglicherweise bot, wenn sie den Reißverschluss am Eingang öffnen würde. Sie schloss die Augen und betete, dass die Kinder noch lebten.

Der Reißverschluss klemmte, und sie musste ordentlich daran zerren, um ihn aufzubekommen. Drinnen war es unerträglich heiß und stickig. Sie steckte den Kopf hinein.

Auf einer Decke lagen ein etwa zwölfjähriges Mädchen und ein Junge, der etwas jünger war, dicht nebeneinander auf der Seite. Tess kroch hinein, tastete ihre warmen Körper ab und suchte ihren Puls.

Sie lebten! Tess zitterte am ganzen Körper. Die beiden schliefen tief und fest, ihre Haare waren schweißnass. Vorsichtig griff sie nach dem Arm des Mädchens. Als sie ihn losließ, fiel er schwer herab. Neben den Kindern standen zwei leere Limonadenflaschen, ansonsten war das Zelt leer. Tess kroch wieder nach draußen.

Als sie sich aufrichtete, sah sie Blaulicht in der Ferne. Sie zog ihr Handy heraus und rief Lundberg an.

»Schick mir bitte sofort den Krankenwagen hierher. Die Kinder sind oben auf dieser Anhöhe, in einem Zelt. Sie scheinen Beruhigungsmittel bekommen zu haben und sind bewusstlos. Es eilt.«

Sie wollte die Kinder nicht allein lassen, bis die Sanitäter kamen. Vom Hügel aus sah sie, wie die Polizeiwagen ein Stück von der Hütte entfernt hielten. Ein Krankenwagen parkte hinter ihnen.

Sie überlegte, was sich wohl drinnen in der Hütte abspielte und ob Frank bemerkte, was draußen geschah.

Lundberg lief zum Krankenwagen und gestikulierte in Richtung der Anhöhe, wo sie stand. Die Sanitäter, ein Mann und eine Frau, nahmen einen Koffer aus dem Wagen und rannten in ihre Richtung. Tess deutete auf das Zelt mit den Kindern, und die beiden krochen hinein.

Tess sah, wie Lundberg sich der Hütte näherte, dicht gefolgt von vier Polizisten mit gezogener Waffe.

Gleichzeitig flog die Tür auf und ein Mann rannte hinaus auf die Wiese, es musste Frank Ögren sein.

»Stehen bleiben!«

Der Ruf hallte durch das Tal, doch Frank rannte weiter. Lundberg, der der Hütte am nächsten stand, nahm die Verfolgung auf.

Einer der Kollegen gab einen Warnschuss ab. Aufgeschreckt durch den Knall, rannten die Kühe ans andere Ende der Weide, Richtung Wald.

Für sein Alter war Lundberg schnell, fast hatte er Frank eingeholt.

Aus der Hütte drang ein Schrei.

»Hier bin ich, helfen Sie mir! Er hat die Kinder.«

Frank kletterte über den Zaun auf die Kuhweide, Lundberg hinterher. Tess sah, wie er Franks Hosenbein packte und ihn zu Boden warf. Doch der riss sich los und war schnell wieder auf den Beinen.

Der Abstand zwischen Frank und Lundberg wurde größer, und Tess rannte den Hügel hinunter, um dem Kollegen zu Hilfe zu eilen. Einer der Polizeiwagen startete den Motor, um Frank den Weg auf der anderen Seite der Weide abzuschneiden.

Ein weiterer Schuss hallte über die Wiese. Tess blieb stehen. Frank Ögren sank zu Boden und hielt sich das Bein. Lundberg musste ihn getroffen haben. Er rannte zu ihm und warf sich auf Frank. Kurz darauf waren auch die Kollegen da und überwältigten ihn.

Frank schrie und versuchte sich aus ihrem Griff zu winden. Tess drehte sich um, zwei weitere Sanitäter halfen Frida aus der Hütte und redeten beruhigend auf sie ein.

»Die Kinder sind hier, wir haben sie. Sie werden überleben.«

Frida zitterte, in eine Decke gewickelt, die Arme um den Oberkörper geschlungen.

»Wo sind sie, ich muss sie sehen!«

Sie führten sie zum Krankenwagen.

»Was hat er mit ihnen gemacht?«, rief sie außer sich, als sie die Kinder erblickte.

Tess trat zu einem der Sanitäter, der gerade in den Krankenwagen steigen wollte.

»Wie geht es ihnen?«

»Der Puls ist okay, sie haben Beruhigungsmittel bekommen, werden aber bestimmt bald wach. Das, was wir drinnen gefunden haben, ist da sehr viel gefährlicher«, sagte er und nickte zur Hütte hinüber.

»Was meinen Sie?«

»Oxycodon. Eine ordentliche Dosis. Hätte ein Pferd töten können. Wir können dankbar sein, dass er ihnen das noch nicht verabreicht hatte.«

Die Türen des Krankenwagens schlossen sich.

Nachdem sie mit Blaulicht abgefahren waren, trat Tess zu Lundberg, der sich mit Kerstin Jacobsson unterhielt. Er kratzte sich Lehm von der Hose, der von der Weide stammen musste, auf der er Frank Ögren zu Fall gebracht hatte.

»Es geht doch nichts über Erfahrung«, sagte sie und klopfte ihm auf die Schulter.

Lundberg grinste zufrieden. Tess konnte sich gut vorstellen, was es für eine Genugtuung für ihn bedeutete, endlich den Fall mit abschließen zu können, der ihn so lange belastet hatte. Es musste eine enorme Erleichterung sein.

Ein weiterer Krankenwagen hielt in der Nähe. Die Polizisten begleiteten den angeschossenen Frank Ögren hinein und fuhren mit ihm davon.

Tess betrachtete Lundbergs Hosenbein und stellte fest, dass der Boden hier ungewöhnlich feucht und hell war. Als sie sich zu der Hütte umdrehte und einmal um sie herumging, entdeckte sie, dass auch dort der Boden eine ungewöhnlich helle, fast schimmernde Färbung hatte.

Sie hockte sich hin und berührte die lehmige Erde. Nahm mit den Fingern etwas davon auf und gab es in eine Plastiktüte.

Sie schaute auf ihren Kalender. Achter Mai.

Von den neunzehn Tagen, die ihnen als Frist gesetzt worden waren, waren dreizehn vergangen.

Auf dem Weg zum Auto rief sie Brännström an.

2004

Max lag mit dem Gesicht auf dem Boden, war wie benebelt. Die Nase schmerzte von den Faustschlägen, und das nasse Gras drang in seinen Mund. Er musste ohnmächtig geworden sein, als er mit dem Kopf aufschlug. Seine Arme waren zu beiden Seiten des Körpers ausgebreitet. Er versuchte die Hände zu bewegen und stellte fest, dass die Finger ihm tatsächlich gehorchten. Vorsichtig versuchte er den Kopf zu drehen. Die Scheinwerfer beleuchteten das Gras vor ihm, und er konnte ein Stück der Fahrbahn sehen. Der Regen prasselte auf ihn herab. Er sah, wie die Tropfen sprangen, wenn sie auf dem Asphalt aufschlugen.

Sein Rücken war eiskalt, der Mantel musste ihm hochgerutscht sein. Eine Autotür schlug zu, und er sah ein Paar Hosenbeine. Rasche Schritte näherten sich über den Asphalt. Als er das Gewicht des anderen auf seinen Beinen spürte, stöhnte er und versuchte zu schreien. Dann bohrte sich etwas in seinen Rücken, ein Stich, ein unvorstellbarer Schmerz. Wieder versuchte er, sich zu bewegen, wegzukriechen, zu fliehen. Doch weitere Stiche in den Rücken nahmen ihm den Atem.

Er entfernte sich immer weiter. Es tat nicht mehr weh. Sein Körper war taub. Doch noch immer lastete dieses Gewicht auf ihm.

Plötzlich sah er sich selbst am Klavier. So durfte sein Leben nicht enden, das war nicht der richtige Schluss. Er wollte spielen, am Mittwoch, und dann sein ganzes Leben lang.

Mit letzter Kraft gelang es ihm, sich umzudrehen. Jetzt lag er mit dem Rücken zur Erde.

Max öffnete die Augen, blickte zu dem Mann hoch, der auf ihm saß. Seine Augen waren pechschwarz. Und er kannte sie. Aber er begriff es nicht. Begriff überhaupt nichts.

Die Augen starrten ihn an, dann wandt sich das Gesicht zum Himmel und aus dem Mund drang ein Brüllen. Beim ersten Stich in den Bauch wurde es schwarz um Max.

Mittwoch, 8. Mai

Tess hasste Veranstaltungen wie diese, konnte sich aber nicht davor drücken. Ganz davon abgesehen, dass sie es nicht mochte, im Mittelpunkt zu stehen, kam es ihr absurd vor, ein freundliches Lächeln und Blumen entgegenzunehmen, nachdem sie eben erst den Angehörigen mitgeteilt hatte, was passiert war. Der Polizeidirektor rief ihren Namen auf und hielt ihr einen bunten Blumenstrauß entgegen.

Tess zog Marie, Lundberg und Kerstin Jacobsson mit nach vorn, sie weigerte sich, das allein durchzustehen.

Die Kollegen im Raum Zlatan applaudierten, und der Polizeidirektor begann seine Rede.

»Während die Polizei eines der turbulentesten Jahre ihrer Geschichte erlebt, gelingt es diesem Team, einen der schwierigsten Cold Cases Schwedens zu lösen und darüber hinaus innerhalb derselben Ermittlungen zwei aktuelle Mordfälle in Österlen. Ich fühle mich außerordentlich geehrt, als Polizeidirektor solche Polizistinnen und Polizisten um mich zu haben.«

Erneuter Applaus. Tess nahm die Blumen entgegen und bemühte sich, Marie nicht anzusehen.

Makkonen und Sandra Edding bekamen ebenfalls jeder einen Strauß, weil es ihnen gelungen war, im Bandenkrieg zu vermitteln, sodass die Schießereien, zumindest vorläufig, beendet waren.

Am Vormittag hatte Tess Carsten Morris angerufen und

ihm für sein punktgenaues Täterprofil gedankt. Er schien nach wie vor in seinem Hotelzimmer in Malmö zu sein. Tess hatte ihn eingeladen, ebenfalls vorbeizukommen. Doch der Däne hatte freundlich, aber entschieden, abgelehnt.

Von Weitem sah Tess, wie Marie ihr Stück Torte verschlang und sich dann hinausschlich.

Auch Tess nutzte die Gelegenheit, den Raum zu verlassen.

Sie ging ins Cold-Case-Büro. Im Laufe des Vormittags war sie darüber informiert worden, dass die Kinder, Hedvig und Jacob Ögren, außer Lebensgefahr waren. Ihr Vater hatte ihnen eine größere Menge Stesolid verabreicht.

Sie nahm an, dass er die Kinder mit dem Angebot gelockt hatte, sie würden zelten gehen, und dass es ihm dabei irgendwie gelungen war, ihnen Beruhigungsmittel zu verabreichen, vermutlich, indem er es ihnen in die Limonade mischte. Anschließend musste er nach Brantevik zurückgefahren sein, um Frida zu holen. In den ersten Vernehmungen hatte Frank Ögren jede Aussage dazu verweigert.

Wären sie und Lundberg eine halbe Stunde später nach Fyledalen gekommen, wäre es vermutlich schon zu spät gewesen. Die Spritzen, die er für sich und seine Familie vorbereitet hatte, enthielten eine tödliche Dosis. Der kollektive Selbstmord war aus seiner egoistischen Sicht der einzige Ausweg gewesen. Er selbst hätte es wahrscheinlich als Akt der Barmherzigkeit bezeichnet. Tess schüttelte den Kopf und schloss die Tür hinter sich.

Sie wusste, dass es in Schweden schon ähnliche Fälle gegeben hatte, doch sie selbst war bisher noch nicht damit konfrontiert gewesen.

Für den Abend waren in Simrishamn und Ystad Gedenkveranstaltungen für Mischa Lindberg und Unni Holm angekündigt, auch als allgemeines Zeichen gegen die zunehmende Gewalt. In Ystad war ein Fackelzug von der Stelle an der Landstraße Väg 9, wo Max gefunden worden war, bis zum Stortorget geplant. Die Stadtverwaltung Ystad hatte Tess gefragt, ob sie sich vorstellen könnte, im Anschluss auf dem Marktplatz eine Ansprache zu halten.

Sie hatte abgelehnt, denn sie hatte ihren Teil geleistet und keine Kraft für solche Auftritte.

Tess trat an ihren Schreibtisch und entdeckte einen großen silbernen Teller auf ihrem Platz, der mit einer Plastik-tüte abgedeckt war. Sie zog die Tüte beiseite. Auf dem Teller lag eine riesige grüne Weingummi-Ratte. Auf der Karte dazu stand: »Für unseren Super-Cop von den Kollegen aus dem zweiten Stock. Ein Symbol für den zähen Überlebenswillen des Cold-Case-Teams, den es mit diesem Tier, unserem Haustier, teilt.«

Sie lachte, legte die Füße hoch und lehnte sich auf dem Stuhl zurück.

Am Whiteboard hing noch immer das Foto von Max Lund. Sie schaute in seine Augen. Der Fall war zu Recht als völlig unbegreiflich bezeichnet worden. Hinter einem der schwierigsten Cold Cases steckte schlicht und einfach eine Verwechslung.

Du solltest gar nicht sterben, dachte Tess und blickte weiter das Foto an. Deshalb hat es so viele Jahre gedauert, den Fall aufzuklären. Und wegen etlicher Missverständnisse und Verdunklungsversuche. Sie überlegte, wie viel Max wohl von dem mitbekommen hatte, was am Straßenrand passiert war. Und wann Frank seinen Irrtum bemerkt hatte.

Tess ließ den Blick weiter zu Mischa Lindberg und Unni Holm wandern.

Hätte Frank seinen Rachefeldzug jemals begonnen, wenn der Mord an Max nicht geschehen wäre? Welche Mecha-nismen waren damals in Gang gesetzt worden? Sie würden es vermutlich nie erfahren.

Tess schaute auf ihr Handy. Ihr Vater hatte mehrfach versucht, sie anzurufen. Sie scrollte sich durch die verpassten Anrufe und ihre SMS und entdeckte eine Nachricht von ihm. Auf dem angehängten Foto stand er mit seiner Eva auf einer Terrasse vor einem hohen Berg. Sie hielten sich an den Händen und zeigten etwas in die Kamera. Tess zoomte hinein.

»Oh nein«, entfuhr es ihr, als sie die Verlobungsringe sah. Der Text dazu lautete: »Wir haben zugeschlagen. Kuss, Papa.«

Tess klickte das Bild weg und rief Brännström vom NFC an. Er hatte versprochen, die Analyse des zweiten Flecks auf Max' Pullover bis heute abgeschlossen zu haben.

»Und?«, fragte sie.

Brännström zögerte mit der Antwort, um es dramatischer zu machen.

»Ja, Sie werden sich freuen. Es war nicht leicht, den Blutstropfen zu isolieren und zu analysieren, aber am Ende ist es mir doch gelungen.«

Tess ahnte die Antwort, fragte aber dennoch:

»Und von wem stammt jetzt also das Blut?«

»Frank Ögren, wie Sie sicherlich gehofft haben.«

»Fantastisch«, sagte Tess. »Genau das, was der Staatsanwalt noch braucht.«

Tess nahm an, dass Frank nicht der Typ war, der seine Taten zugeben würde, deshalb mussten sie wohl damit leben, dass Fragen wie die nach dem Verbleib von Max' Lederhandschuhen unbeantwortet blieben.

Vielleicht hatte er sie ganz einfach verloren, als Frank ihn in dem Graben überfiel, und sie waren tatsächlich von irgendeinem Tier gefressen worden. Die Frage, warum das Fahrrad an einer anderen Stelle gelegen hatte, war mithilfe der Fahrraddiebin Charlotte zumindest geklärt worden.

Was Tess gerne gewusst hätte, aber wahrscheinlich nie erfahren würde, war, warum es so lange gedauert hatte, bis Max' Leiche gefunden worden war. Sie vermutete, dass Frank Max in den Kofferraum gelegt und unmittelbar nach dem Mord zu Erik Dahléns Party gefahren war. Und dort hatte er wohl noch einen weiteren Tag gelegen. Vielleicht hatte Frank plötzlich Angst bekommen und wusste nicht, was er mit der Leiche anfangen sollte. Und so hatte er Max wohl doch zurück an die Landstraße gebracht, aber den ursprünglichen Ort nicht mehr gefunden, an dem sein Schal immer noch lag.

»Ja«, sagte Brännström. »Und ich kann es einfach nicht fassen, dass dieser weiße Lehm die ganze Zeit vor einer Hütte mitten in Schonen lag. Wenn ich das richtig verstanden habe, ist die Erde in der Gegend um Fyledalen ungewöhnlich kalkhaltig.«

»Vielleicht können Sie jetzt richtig reich werden, mit diesem einzigartigen Lehm. Sie hätten es zumindest verdient.«

Brännström lachte.

»Ich werde jedenfalls in den Ferien mal hinfahren und ihn mir mit eigenen Augen ansehen. Aber was passiert jetzt eigentlich mit dem Cold-Case-Team?«

Tess stand auf und trat ans Fenster.

»So etwas weiß man nie, das Leben bei der Polizei Malmö ist eine einzige Achterbahnfahrt.«

»Verstehe«, sagte Brännström. »Verlassen kann man sich in unserem Beruf ja ohnehin auf nichts. Dennoch habe ich das Gefühl, dass ich es diesen Sommer zum ersten Mal seit Langem schaffen werde, mir vier Wochen Urlaub zu nehmen, wie andere Menschen auch. Danke für die gute Zusammenarbeit.«

Kaum hatten sie aufgelegt, öffnete sich die Tür.

Sandra Edding trat ein, stellte sich neben sie und sah ebenfalls aus dem Fenster.

»Bist du vor der Blümchenzeremonie geflüchtet?«

Tess lachte.

»Ja, so etwas fällt mir fast schwerer, als einen alten Mord aufzuklären.«

»Danke«, sagte Sandra und reichte ihr die Hand. »Und ein schönes Wochenende.«

Auf dem Weg zur Tür drehte sie sich noch einmal um.

»Ich sollte mich noch mal gebührend mit einem Essen oder etwas in der Art bei dir bedanken, aber du hast mir ja bereits versprochen, mich zum Abendessen einzuladen und mir Västra Hamnen zu zeigen.«

»Wie bitte?«

Tess erstarrte und sah sie fragend an.

Sandra tat, als führte sie ein Glas zum Mund.

»Geh nach Hause und lass es krachen. Aber übertreib es nicht mit, na, du weißt schon. Heute bin ich eindeutig zu müde für nächtliche Telefonate.«

Tess fasste sich an die Stirn und ließ sich auf den Stuhl fallen. Im selben Moment klingelte ihr Handy.

Sie nahm ab und hörte Motorengeräusche im Hintergrund. Es waren Gunnel und Rolf Lund, die sie von einem Boot aus anriefen.

»Haben Sie gesehen, dass es Max zu Ehren heute in Ystad eine Kundgebung gegen Gewalt geben soll?«, fragte Tess.

»Ja, das ist wunderbar«, sagte Gunnel. »Wir wünschten, wir könnten dabei sein.«

Sie musste beinahe schreien, um den Motor zu übertönen, und Tess hielt den Hörer ein Stück vom Ohr weg.

»Wir sind mit dem Boot auf dem Weg zu einem kleinen Dorf namens Begur, ein Stück nördlich von Barcelona. Glenn Gould hatte dort sein Ferienhaus, und Max hatte ein

Poster dieses Hauses in seinem Zimmer. Es ist wirklich schön hier, das Haus liegt auf einem Felsen unten am Meer.«

Glenn Gould, dachte Tess, Max' großes Vorbild. Sie konnte sich denken, was die Eltern vorhatten.

»Annelie ist auch hier, sie ist gestern mit dem Flugzeug gekommen«, fuhr Gunnel fort.

Tess stand auf und trat erneut ans Fenster. Schaute auf den Slusskanal hinab, der in der Sonne glitzerte.

Im Hintergrund hörte sie, wie Rolf etwas zu Gunnel sagte.

»So, es sieht aus, als wären wir angekommen.«

»Okay, dann will ich nicht weiter stören«, sagte Tess.

»Aber wir hätten Sie gerne mit dabei. Wir müssen nur noch kurz am Steg anlegen. Haben Sie Zeit, noch ein paar Minuten am Telefon zu bleiben?«

»Aber ja«, sagte Tess und spürte, wie ihr die Tränen in die Augen stiegen.

»Sie haben uns das hier überhaupt erst ermöglicht«, sagte Gunnel. »Und wie man so sagt: ›No matter how difficult the past you can always begin again today.‹ Ich glaube, das machen wir jetzt.«

Tess hörte das Rauschen des Meeres, die Wellen, die gegen die Felsen schlugen. Auf dem Boot waren verschiedene Stimmen zu hören.

»Leb wohl, Max, unser Sohn. Jetzt darfst du endlich in Frieden ruhen«, sagte Rolf.

Tess hörte, wie ein Deckel aufgeschraubt wurde.

Bis auf ein rhythmisches Glucksen war alles still.

Dann rauschte ganz leise der Wind.

Vielen Dank an

Bo Lundqvist und Anders Erikssons, die echten Cold-Case-Helden, die mir immer wieder Detailfragen zu ihrer Arbeit beantworten und mich an ihren Gedanken und Gefühlen teilhaben lassen.

Ew-Gun Westford, die beste echte Polizeipressesprecherin. Danke, dass ich Dich in meinen Büchern dabeihaben darf.

Ola Johnsson, den besten echten (ehemaligen) Österlen-Fischer, für seine lebhaften Geschichten über die Ostsee und den besten Pfifferling-Toast der Welt.

Jens Ulvstad, den Lehrer des Musikzweigs in Skurup, der Max die Goldbergvariationen gegeben hat.

Joakim Palmkvist, Kriminalreporter und Autor für Malmö-Fakten und die Überlassung seines (falsch buchstabierten) Nachnamens.

Maja Sistedt, Molekularbiologin beim NFC, Mark Personne, Oberarzt und Giftexperte, Lennart Kjellander, Kriminalinspektor, und Ulf Åsgård, Täterprofiler und Psychiater, für ihre wertvolle Hilfe, die sie mir aufgrund ihrer Spezialgebiete zuteilwerden lassen konnten.

Dem gesamten Team des Forum/Bokförlaget Ester Bonnier für all die Arbeit, die sie sich mit meinen Büchern und Reihen machen. Vor allem Dank an das Trio Teresa Knochenhauer, John Hägblom und Johan Stridh. Für ihre Liebe zu den Protagonisten, und weil sie mich daran erinnerten, dass Tess sich eine Hundesitterin anschaffen musste, und für überhaupt allerhand Rettungsaktionen, wenn ich einen Gedanken nicht zu Ende gedacht habe.

Meiner Agentur Nordin Agency, Anna Frankl und Signe Lundgren für alle Aufmunterungen.

Karin Olsson dafür, dass Marie weiterhin in dem schönen Kirseberghaus wohnen darf. Ein Haus, das auch mir immer offenstand.

Ninni Schulman, Büromitbewohnerin und Freundin, für die Unterstützung, wie sie nur eine Meisterin des Krimis geben kann.

Sofia Wikman für ihre großartigen Leuchtturmbilder.

Åsa Flood für Faktenchecks und Hilfe bei der Namensgebung.

Meinem geliebten Tesso, weil Du durchgehalten hast. Und weil Du liest und Lob und Kritik in (meist) genau der richtigen Dosierung verteilst. Schön, dass es Dich in meinem Leben gibt.

Alison, meiner allerliebsten Tochter, für Deine Geduld all die vielen Male, die du gezwungen warst, auf ein dänisches Gefängnis, einen Parkplatz oder einen Acker in Schonen zu starren.

Ich klaue immer wie wild aus dem Leben meiner Freunde: Namen, Ehemänner, Wohnungen, Erlebnisse, Hunde und Meinungen.

Vieles ist wahr, aber vieles ist auch reine Fantasie. Und eventuelle Irrtümer sind ganz allein mir zuzuschreiben.

Cold Case: Das gezeichnete Opfer hat viele Parallelen zu dem unaufgeklärten Mord an Niklas Elmberg etwas außerhalb von Lund 1991. Aus Rücksicht auf die Angehörigen und die Ermittlungen wurden viele Details und Orte geändert. Danke an Niklas' Geschwister, Peter, Malin und Claes, für ihr Vertrauen.

Ich hoffe, dass ich durch meine Bücher zu einem besseren Verständnis dafür beitragen kann, warum es so wichtig ist, Cold Cases zu lösen.

Tina Frennstedt
Stockholm, den 20. Februar 2020

Letzte Spur: Malmö

Tina Frennstedt
COLD CASE –
DAS VERSCHWUNDENE
MÄDCHEN
Thriller
Aus dem Schwedischen
von Hanna Granz
448 Seiten
ISBN 978-3-431-04138-5

Er lauert Frauen in den frühen Morgenstunden auf. Er überfällt sie in ihren Wohnungen. Er tötet sie – und verschwindet. Als an einem Tatort Spuren auftauchen, die auf einen alten Vermisstenfall hinweisen, übernimmt Tess Hjalmarsson, Expertin für COLD CASES, die Ermittlungen. Hängt das spurlose Verschwinden der damals 19-jährigen Annika, deren Fall nie gelöst wurde, tatsächlich mit den aktuellen Serienmorden zusammen? Tess ermittelt unter Hochdruck. Ein Rennen gegen die Zeit beginnt. Denn eines ist sicher: Der Serienmörder wird wieder zuschlagen ...

Spannung pur von Schwedens neuer Top-Thrillerautorin

Bastei Lübbe

Ein tödliches Spiel mit dem Feuer ...

Tina Frennstedt
COLD CASE - DAS
GEBRANNTE KIND
Kriminalroman
Aus dem Schwedischen
von Hanna Granz
416 Seiten
ISBN 978-3-7857-2753-9

Bereits vier Menschen sind in den Bränden getötet worden. Offensichtlich ist der Täter immer derselbe. Er entfernt die Brandmelder, kennzeichnet die Häuser mit Ziffern und legt Feuer. Als eine Frau überlebt und berichtet, dass im Haus Musik zu hören war, während das Feuer wütete, ist Kommissarin Tess Hjalmarsson alarmiert. Dieses Detail kennt sie von einem ihrer ersten Mordfälle, der niemals aufgeklärt wurde und sie bis heute verfolgt. Jetzt ermitteln auch Tess und ihr COLD-CASE-Team unter Hochdruck im Fall des Brandstifters, denn das tödliche Spiel mit dem Feuer geht weiter ...

Lübbe

Du glaubst, du kennst deine Frau. Bis sie dich tötet ...

Gustaf Skördeman
GEIGER
Thriller
Aus dem Schwedischen
von Thorsten Alms
496 Seiten
ISBN 978-3-7857-2737-9

Das Festnetz-Telefon klingelt, als sie am Fenster steht und ihren Enkelkindern zum Abschied winkt. Agneta hebt den Hörer ab. »Geiger«, sagt jemand und legt auf. Agneta weiß, was das bedeutet. Sie geht zu dem Versteck, entnimmt eine Waffe mit Schalldämpfer und tritt an ihren Mann heran, der im Wohnzimmer sitzt und Musik hört. Sie setzt den Lauf an seine Schläfe – und drückt ab.

Als Kommissarin Sara Nowak von diesem kaltblütigen Mord hört, ist sie alarmiert. Sie kennt die Familie seit ihrer Kindheit ...

Lübbe